T0275085

SANGRE DE DIOSES

SANGRE DE DIOSES

BELÉN MARTÍNEZ

Argentina – Chile – Colombia – España
Estados Unidos – México – Perú – Uruguay

ISBN: 978-84-19252-45-6
E-ISBN: 978-84-19699-95-4
Depósito legal: B-16.928-2023

Fotocomposición: Ediciones Urano, S.A.U.
Impreso por: Rodesa, S.A. – Polígono Industrial San Miguel
Parcelas E7-E8 – 31132 Villatuerta (Navarra)

Impreso en España – *Printed in Spain*

Para mi tío Octa, que disfrutaba de las aventuras de

El Capitán Trueno.

Te echo mucho de menos.

«Tal vez los Dioses antiguos sean grandes,
pero no son bondadosos ni misericordiosos».
La vida invisible de Addie LaRue, V. E. Schwab.

PRIMERA PARTE

CHISPAS

*La Diosa Balar regaló su aliento a los Aer
y les concedió el Don del Aire.
El Dios Kaal derramó su sangre caliente sobre los Lux
y les concedió el Don del Fuego.
La Diosa Kitara dejó que los Mare bebieran de su boca
y les concedió el Don del Agua.
El Dios Vergel les ofreció sus huesos a los Virentia
y les concedió el Don de la Tierra.*

Primera página de las Antiguas Escrituras.

1

LA CRIADA

Había dos normas que Anna jamás debía romper.

La primera: no acercarse al fuego, no tratar de encenderlo, no tratar de apagarlo. Mantenerse lo más lejos que pudiese de él.

La segunda: ocultar el verdadero color de su pelo. Según Lady Aliena, ofendía a los Dioses. Sobre todo, a Kaal, el Dios del Fuego. Antes de que se cumpliera el ciclo de cada luna, Anna debía embadurnárselo con una sustancia oscura que la propia Lady Aliena le proporcionaba. No solo teñía su pelo de negro, también la piel y las uñas.

El resto de las criadas del castillo la observaban con el gesto hosco y no disimulaban al alejarse cuando las manos de Anna se encontraban demasiado cerca de ellas. También trataban de mantenerla alejada de los invitados. Cuando no quedaba otra opción y debía ayudar en las cenas o en las habitaciones mientras los huéspedes permanecían allí, la obligaban a llevar unos guantes negros. Más de uno la había observado con fijeza, tratando de detectar alguna deformidad.

Esas dos estúpidas reglas hacían que Anna odiara cada día más a Lady Aliena. Su vida, a los dieciséis años, podría haber sido medianamente normal. Trabajar de criada para una familia noble como los Doyle no era lo peor que podía hacer una plebeya. Solo tenía que ver a los esclavos para darse cuenta de lo afortunada que era. Pero desde que tenía recuerdos, Lady Aliena siempre había intentado hacer su vida más complicada de lo que ya era. Siempre había tratado de mantenerla aislada de todos y de todo, hasta incluso de su propia madre.

Cada vez que sus miradas se cruzaban, una tormenta parecía estallar a su alrededor.

—Anna, estás empapando el suelo.

La voz de su madre la hizo despertar. Suspiró y miró hacia el bajo de su falda gris, que se había vuelto negro después de haber atravesado el patio de armas bajo la lluvia. Entre sus pies se había formado un pequeño charco de agua.

—Si me dejaran acercarme a una chimenea, podría secarme —replicó Anna, enfadada.

Su madre dejó caer la manta y la observó con aspecto cansado. Era la décima habitación de invitados que limpiaba. La habían encontrado peor que las caballerizas después de que la pareja de nobles que había estado alojada se marchara. Bajo los ojos celestes de la mujer se habían extendido unas ojeras profundas y violáceas.

—Baja un momento y cámbiate.

Anna miró hacia la estrecha ventana del dormitorio y bufó.

—Sigue lloviendo. Cuando atraviese el patio, volveré a mojarme.

Su madre se inclinó de nuevo sobre el suelo y frotó con fuerza, puliendo las piedras con el jabón y el roce de sus rodillas.

—Entonces, corre.

Anna puso los ojos en blanco, pero no tenía otra opción, así que se alejó de su madre, que se estaba destrozando la espalda por unos malditos nobles que no sabían siquiera beber de una copa, y se internó en la galería.

Aunque ya había amanecido, el castillo de Grisea permanecía sumido todavía en el letargo del sueño. Por culpa de la tormenta que arreciaba y de las estrechas ventanas, la penumbra hacía creer que estaba a punto de caer la noche. Había comenzado el último mes de verano, pero aquel día, tan oscuro, frío y húmedo, parecía sacado de las profundidades del invierno.

Un par de criados encendían algunas de las antorchas que colgaban a ambos lados del corredor. Al escuchar los pasos de Anna, se volvieron para observarla. Ella no se detuvo e hizo caso omiso a sus miradas torvas, en las que se mezclaban el recelo y la cautela. Cuando pasó junto a ellos, escuchó algún murmullo que ignoró.

Anna enfiló hacia una de las escaleras de caracol que solo utilizaba el servicio y que comunicaban con la planta baja.

El frío hizo que se estremeciera. En las escaleras de los criados nunca se encendían las antorchas a menos que fuera de noche y, en ese momento, las corrientes de aire que se colaban por las ventanas estrechas hacían revolotear la falda mojada de Anna y la pegaban a sus piernas.

Se detuvo en mitad de la escalera y sus ojos se volvieron hacia el corredor principal del segundo piso, donde unas voces conocidas hicieron eco en las paredes.

Los dedos se crisparon sobre la tela empapada.

Era cierto que desde pequeña había sentido una extraña fascinación por el fuego, por la forma en que crepitaba y por sus llamas danzarinas, por cómo convertía troncos del tamaño de un hombre en cenizas, por cómo derretía el acero hasta hacerlo parecer oro líquido. Pero eso no justificaba lo que ocurrió. Cómo, desde ese momento, todo cambió y nada de lo que explicó a su madre, a Lady Aliena, a... él, pudo arreglarlo.

Solo lo empeoró.

Habían pasado cinco años, pero todavía no sabía si aquello había sido culpa suya o de Bastien, el único hijo y heredero de los Doyle. Él tenía un año más que ella y eran tan diferentes como la luna lo era del sol. No solo por su aspecto. Lo único que compartían era el tono azabache del cabello, porque mientras que la calidez inundaba a Anna con sus ojos castaños y su piel tostada, el helor empapaba a Bastien con una mirada de hielo y una piel de nieve.

Él pocas veces reía. Siempre estaba en guardia, con los ojos puestos a su alrededor, como si esperara que alguien lo atacase. A pesar de estar rodeado por criados o soldados, siempre parecía muy solo.

Como ella.

Desde pequeña, sus manos tintadas y el hecho de no ser bien recibida por Lady Aliena habían sido un buen motivo para que el resto de los niños temieran acercársele.

Con Bastien fue distinto. Al principio solo fueron miradas furtivas; después, palabras susurradas cuando los tutores y los guardias no estaban atentos; más tarde, aprendieron a escapar de la vigilancia de los adultos y jugar a escondidas. Más de una vez los atraparon. Anna recibía castigos y a Bastien lo encerraban en su habitación, pero siempre encontraban la manera de burlar las normas.

Ella tenía once años cuando todo cambió.

Estaban jugando al escondite, y Anna había decidido ocultarse en las caballerizas. No había guardias ni mozos de cuadra cerca, así que caminó entre los caballos y la paja. De pronto, oyó cómo la puerta se abría y corrió a esconderse tras una pila de heno. Entre las hebras doradas, vio cómo Bastien colocaba un tablón de madera y trababa la puerta. Sabía que ella se escondía ahí dentro y no quería que escapara.

El fuerte golpe que produjo la madera al quedar encajada hizo resoplar al caballo que estaba más próximo a Anna. Pateó el suelo un par de veces y meneó la cabeza de un lado a otro, antes de fijar sus ojos redondos en Bastien.

Anna se mantuvo inmóvil, con la respiración contenida.

Bastien cruzó delante de ella. Sus ojos azules se posaron en los fardos tras los que estaba escondida, pero siguieron de largo, y su figura desapareció más adelante. Anna esbozó una pequeña sonrisa y se asomó con cuidado: el corredor estaba completamente vacío.

De pronto, unas manos la sujetaron desde atrás.

—¡Te encontré!

Ella soltó un alarido y se apartó con brusquedad. Intentó huir de Bastien, que también gritó, divertido, y se abalanzó hacia adelante. El caballo que estaba cerca de ellos relinchó y se movió de un lado a otro. Con su poderoso cuerpo, golpeó un poste cercano. Este crujió y el animal se puso todavía más nervioso. Volvió a relinchar, y esta vez, se alzó en dos patas.

Coceó y golpeó una de las paredes de madera. La destrozó con el impacto. Anna y Bastien chillaron y se arrojaron al suelo. Ella rodó y se alejó del animal, pero Bastien no fue tan rápido y se quedó atrapado entre otra pared y los cascos del caballo.

Anna no recordaba bien qué había sucedido. Y Bastien, por lo que confesó después, tampoco. Lo único de lo que ella estaba segura era de que le pareció ver un resplandor anaranjado. Fuego. Y el fuego asustaba a los animales. No tuvo tiempo para pensar en nada más. Solo alzó las manos para alcanzar esa luz. Y entonces, se desató el infierno. Las llamas se extendieron a toda velocidad. El caballo derribó a Bastien en su huida hacia la puerta cerrada. A su paso, el resto de los animales lucharon contra sus amarres mientras el fuego continuaba propagándose.

Más tarde, cuando todo acabó, hallaron a Anna indemne en mitad de todo aquel caos, y a Bastien, aullando, retorciéndose, mientras con las manos trataba de ocultar la terrible quemadura que le atravesaba media cara.

Hubo interrogatorios a los responsables de las caballerizas, pero ellos juraron que ninguna antorcha estaba encendida allá adentro. Había demasiada paja, demasiada madera. «A nadie se le hubiera ocurrido encender una chispa», dijeron.

Esa misma noche, Lady Aliena prohibió a Anna acercarse al fuego. Y Bastien no volvió a dirigirle la palabra nunca más.

El eco de las voces la hizo regresar a una realidad en la que seguía helada, en mitad de la escalera, con la falda mojada pegada a sus piernas. Anna parpadeó y por el otro extremo del corredor vio aparecer una falda opulenta.

Apartó la vista con rapidez y descendió un peldaño más.

—¿Qué haces aquí?

Anna volvió a subir el escalón que acababa de bajar y se giró con lentitud, con una ensayada sonrisa en sus labios, a pesar de la rabia y la aprensión que siempre le provocaba esa voz. Por la galería iluminada por antorchas, se acercaba Lady Aliena. Unos metros por detrás, se encontraban su marido y su hijo.

Lady Aliena era alta y esbelta, y hubiera sido preciosa de no haber tenido siempre esa expresión de hastío arrugando su cara. Su cabello rubio estaba bien peinado en un intrincado recogido del que no escapaba ni un cabello, y sus ojos celestes lucían un tenue maquillaje, como ordenaba la moda, aunque eso los hacía todavía más gélidos.

—Mi madre me ha ordenado cambiarme —dijo Anna mientras señalaba su falda—. Estoy mojando vuestro preciado suelo.

—No puedes perder el tiempo en eso —contestó Lady Aliena, frunciendo ligeramente el ceño—. Ayuda a servir el desayuno.

No esperó ninguna réplica. Le dio la espalda y se dirigió hacia donde esperaban su esposo y Bastien, cerca del comedor. Que Anna enfermara por el frío y la humedad era algo que la traía sin cuidado, por supuesto. Ella estaba segura de que, cada invierno, Lady Aliena rezaba a los Dioses para que alguna pulmonía se la llevara para siempre y la apartara de su vista.

Con un bufido atragantado en los labios, Anna la siguió a cierta distancia. Esperó a que toda la familia entrara en el comedor, antes de hacerlo ella.

La estancia era una sala rectangular de piedra gris, recargada de tapices y con una gran chimenea en un extremo. Las ventanas parecían cuchilladas contra los muros y no dejaban pasar luz suficiente. Por eso, habían encendido los candelabros de la larga mesa que se encontraba en el centro.

Dibujados con miles de hilos, los ojos del Dios Vergel parecían fulminarla. En todos los tapices, aparecía rodeado de enredaderas y flores, extendiendo la mano hacia algún ancestro de los Doyle, que se postraba ante él. Un hilo rojo, que representaba su sangre santa, enmarcaba todas las obras.

Anna apartó la vista con fastidio.

La sangre de los Dioses corría por las venas de los Doyle, al igual que por las de todos los nobles del reino, lo que les concedía un don único. Eso los hacía especiales, poderosos. Prácticamente sagrados.

El don de Lord Emmanuel descendía del Dios Vergel, estaba estrechamente relacionado con la naturaleza. Su poder lograba que toda ave estuviera bajo su mando, desde las palomas mensajeras hasta los halcones peregrinos. Un pestañeo y podía conseguir que un gorrión se pusiera a saltar a la pata coja. O que no abriera las alas durante el vuelo y acabara aplastado contra el suelo. El don de Lady Aliena era distinto; procedía de otra familia noble, la Vasil. Con un solo movimiento de su dedo, podía hacer que los objetos se desplazaran, desde un plato hasta una espada.

Ambos constituían Dones Menores, dones débiles, de poco poder. Uno de los dos debía haberlo heredado Bastien, pero Anna no había averiguado cuál todavía. Nunca lo había visto usarlo.

Sus ojos se dirigieron hacia él y, al instante, sintió su mirada fría abrirse paso en su interior como un puñal. Ni siquiera Lady Lya, su prometida, que se sentaba a su lado, podía aplacar esa gelidez con su cálida sonrisa.

—¿Qué haces ahí quieta? —Lady Aliena había tomado asiento entre su hijo y su marido, y observaba a Anna con exasperación—. Muévete.

Marit, otra criada que ya se encontraba en la estancia, apretó los labios con incomodidad cuando vio acercarse a Anna. A pesar de que había pasado casi una luna desde la última vez que Anna se había teñido el pelo y de que tenía las manos tan limpias como podían tenerlas las sirvientas, se apartó cuando ella extendió los brazos para alcanzar la jarra de vino caliente y especiado.

Con cuidado de no derramar ni una gota, Anna vertió el líquido oscuro en la copa de Lord Emmanuel. Él ni siquiera la miró. Al contrario que su mujer y su hijo, su actitud hacia Anna era de total indiferencia. Si para Lady Aliena y Bastien ella aparentaba ser una molestia constante, para él ni siquiera existía.

—Esta noche deberás teñir tu cabello —le siseó Lady Aliena, cuando se inclinó para llenar su copa. Su mirada gris se hundió en aquella línea roja como la sangre que dividía su cabeza en dos hemisferios oscuros—. Ofendes a Kaal con ese terrible color.

Ella se contuvo de poner los ojos en blanco; en vez de eso, sacudió ligeramente la cabeza y se retiró, mientras su compañera se acercaba a servir la comida. Anna sintió lástima por sus uñas, porque casi se habían vuelto blancas.

Estaba todavía mirándolas cuando escuchó la exclamación ahogada de Marit.

Levantó la vista y observó a Lord Emmanuel, cuyos ojos habían cambiado. La pupila se había reducido y el blanco que le rodeaba el iris se había teñido de un amarillo verdoso. Sus manos, sobre los cubiertos, se habían crispado. Parecía hacer verdaderos esfuerzos por contener la respiración.

Lady Lya, cerca de él, había palidecido al ver los ojos de su futuro suegro, que se parecían más que nunca a los de un halcón peregrino.

—Jinetes. Se acercan jinetes —musitó él, con la voz de pronto ronca—. Traen un mensaje.

Lady Aliena también se puso lívida y la copa que sostenían sus largos dedos estuvo a punto de caer al suelo.

Lord Emmanuel parpadeó varias veces y, en el momento en que sus ojos recuperaron su habitual color azul, el sonido de los cascos hizo eco por toda la estancia. No se quedaron en un simple rumor, crecieron hasta que la misma sala pareció llenarse de caballos invisibles.

—Salid de aquí —ordenó Lady Aliena, con los ojos posados en las dos criadas.

Marit se apresuró a dejar la bandeja sobre el aparador de madera más próximo. Se inclinó en una reverencia, mientras Anna la imitaba, y se giraron con intención de cumplir la orden. Sin embargo, antes de que llegasen a cruzar el umbral, un hombre desconocido entró con rapidez en el comedor, apretando con firmeza un pergamino entre sus dedos.

Anna se quedó paralizada y lo observó. No era un simple mensajero. Se trataba de un caballero, y no uno cualquiera, sino uno al servicio del monarca. El escudo dibujado en la pechera de su armadura no dejaba lugar a dudas. La cara monstruosa del Dios Kaal, rodeada de llamas rojas y anaranjadas, era conocida hasta por el último mendigo del reino. Ni siquiera se había quitado el casco.

No esperó a que Lord Emmanuel le diera permiso para hablar, ni a que Anna y Marit salieran del comedor. Simplemente, se dejó caer de rodillas, extendió el pergamino que traía consigo y susurró:

—El rey ha muerto.

2

EL HEREDERO

Tu corazón te matará.

Era una frase que perseguía a Bastien desde que era un niño.

Todo había ocurrido hacía años, incluso antes de que sucediera el incidente en las caballerizas y terminara con media cara en llamas. Era de noche y, desde hacía unos días, el castillo de sus padres había dado cobijo a unos artistas ambulantes con la condición de que los entretuvieran cada jornada. Aquel día era la última función.

Aunque su madre le había ordenado no abandonar el edificio, aquella noche se internó solo en los caminos formados por las tiendas y los farolillos, fascinado por los hombres que cantaban, las mujeres que reían envueltas en colores intensos y los niños felices a los que observaba con envidia.

Cuando Bastien pasó delante de una pequeña tienda, escuchó cómo una voz débil lo llamaba por su nombre. Al principio se asustó, pero apenas unos segundos más tarde descubrió que solo se trataba de una anciana. Vestía con telas brillantes y vaporosas, y su largo cabello blanco estaba envuelto en cadenas de las que colgaban monedas doradas. Cuando la mujer movió la cabeza y lo observó, estas produjeron un tintineo que le provocó un estremecimiento.

—¿Quieres conocer tu futuro, joven señor? —preguntó.

—Ya lo conozco —respondió Bastien, sin vacilar—. Voy a ser el próximo gobernante de Grisea.

—Entonces, no te detengas y sigue tu camino.

Él, en vez de hacer caso a su instinto, recortó las distancias con la anciana y se internó en la tienda.

—¿Cómo puedes conocer mi futuro?

Ella sonrió y extendió sus manos, que parecían las garras de un dragón.

—Solo tengo que mirarte a los ojos, joven señor.

Bastien dio unos pasos hacia ella, vacilante, y entonces la anciana se acercó con tanta rapidez que él no pudo apartarse a tiempo.

Clavó las uñas en la nuca de Bastien y aproximó tanto la cara que el hedor de su aliento lo abofeteó. Intentó apartarse, pero ella lo retuvo con fuerza y lo observó sin pestañear. Por mucho que él luchara por cerrar los ojos, no lo conseguía. Una fuerza extraña le impedía hacerlo.

Al cabo de unos segundos que parecieron años, lo soltó al fin. Él retrocedió con tanta violencia que tropezó con sus propios pies y cayó al suelo. Se incorporó de un salto, a punto de echar a correr, pero la voz de la anciana lo detuvo.

—¿No quieres saber lo que he visto?

Bastien quería decir que no, pero se quedó inmóvil en la entrada de la tienda, con la mirada borrosa por el miedo y el hielo corriendo por las venas.

—Tu corazón te matará. Me parece que vas a morir joven, mi querido señor.

—¿Es... estoy enfermo? —preguntó el niño, con voz temblorosa—. ¿Es eso lo que has visto?

—He vislumbrado muchas cosas. Manos abiertas, pero vacías, un pelo rojo como el fuego, ojos como el agua... y tu corazón, que se quebraba en miles de pedazos.

Bastien se agitó cuando un escalofrío le recorrió la espalda.

—Eso no tiene ningún sentido —replicó, a pesar de que sus manos temblaban de miedo—. Solo eres una vieja mentirosa.

—Por mucho que intentes engañarte, eso no te va a salvar. —La sonrisa de la anciana no se borró ni un ápice mientras lo observaba—. Tu corazón te matará.

Él no esperó a oír nada más. Le dio la espalda y echó a correr en dirección al castillo. Mientras lo hacía, tomó una decisión. Si no podía esconder su corazón, si eso iba a matarlo, decidiría no tenerlo. Sería un niño sin corazón. De esa forma, nada ni nadie podría matarlo y la profecía de esa anciana no se cumpliría.

—El rey ha muerto.

Bastien sacudió la cabeza y regresó de golpe al comedor de piedra, frío a pesar de los tapices y de la chimenea que ardía en la pared. La sangre rugió en sus oídos. Tenía que haber escuchado mal.

—Que el Dios Kaal lo recoja en su reino —añadió el caballero real.

Lya, su prometida, le apretó la mano con suavidad. Sus dedos estaban más helados que los suyos.

Los ojos de Bastien se fijaron en el hombre que seguía postrado. Se había quitado por fin el casco y mantenía la frente clavada en el suelo. Una cicatriz fina cruzaba su rostro.

Nadie se movía. Nadie respiraba. Hasta que la copa resbaló de las manos de su madre y cayó al suelo. El estrépito metálico alertó a todos.

Lord Emmanuel se inclinó sobre ella y le murmuró algo al oído que Bastien no alcanzó a escuchar. Lya se aferró a él con más fuerza.

Hasta Anna, a la que nunca nada parecía asustarla, estaba tensa. Sus ojos castaños buscaron los de Bastien, pero él apartó la vista de inmediato.

Sus padres se pusieron en pie, ambos pálidos y envarados. Lord Emmanuel separó los labios, pero el caballero recién llegado lo interrumpió.

—Mis señores, sabéis bien por qué he acudido aquí en primer lugar. El Rey Nicolae tenía un trato con vuestra familia. Debéis...

—¡Silencio! —estalló la voz férrea de Lord Emmanuel—. Sé a lo que os referís, pero hablaremos en un lugar más privado.

El caballero asintió y, de pronto, fue consciente de las criadas que estaban de pie, a su lado, y que lo examinaban con descaro. En el momento en que sus ojos se encontraron, Anna agitó la cabeza y ambas hicieron amago de retirarse, con la mirada baja.

—Quietas —siseó Lady Aliena. Las detuvo en el acto—. Os prohíbo que habléis de esta noticia con nadie. Si me entero de que mencionáis algo al respecto antes del anuncio oficial, juro por el Dios Vergel que os cortaré la lengua yo misma.

Anna ni siquiera pestañeó ante la amenaza, estaba demasiado acostumbrada. La otra joven, sin embargo, palideció.

—Sí, mi señora —murmuraron, antes de salir por fin al pasillo.

Los señores de Grisea se levantaron de la mesa y se dirigieron hacia el caballero, que se irguió con lentitud, con el pergamino todavía aferrado entre sus manos. Bastien los imitó, después de separarse con una sacudida de las manos de Lya.

Hundió los ojos en el papel amarillento y, a pesar de la distancia, pudo reconocer la firma de la reina.

—No, Bastien. No puedes acompañarnos —lo detuvo Lord Emmanuel, colocando una mano en su hombro.

—¿Qué? —susurró Bastien, frunciendo el ceño.

Jamás le habían prohibido el paso a sus reuniones. Ni siquiera en aquellas en las que se discutían asuntos delicados. Al fin y al cabo, era el heredero. Su único heredero.

—Te lo contaremos a su debido tiempo, no ahora —intervino Lady Aliena, mientras observaba por encima del hombro cómo su marido intercambiaba algunos susurros con el caballero—. Quédate aquí y acompaña a Lya durante el desayuno.

—No me importan ni ella ni su desayuno —replicó Bastien, sin molestarse en bajar la voz. Que su prometida lo escuchara era el menor de sus problemas—. Quiero saber qué es lo que ocurre.

Una sombra cubrió los ojos de su madre. Apenas duró un instante, porque cuando miró nuevamente a su hijo, sus ojos habían vuelto a ser esos fragmentos de acero frío a los que estaba acostumbrado.

—Ojalá nunca tengas que saberlo —susurró.

Esta vez le dio la espalda y se alejó de él para unirse al caballero real y a Lord Emmanuel. Con presteza, desaparecieron tras las puertas abiertas del comedor sin mirar atrás ni una sola vez.

Bastien se quedó quieto, atónito, todavía girado hacia el lugar en donde habían desaparecido. Permaneció así, sin apenas pestañear, hasta que escuchó la voz de Lya, que se alzaba a su espalda.

—¿No vas a desayunar?

Se volvió hacia ella con lentitud, una mirada envenenada ardía en sus ojos.

Aunque era una expresión con la que Bastien aterrorizaba a los criados o a los soldados que se atrevían a desobedecer una orden, ella ni siquiera vaciló. Mantuvo su calmada sonrisa, sin flaquear, y sus ojos grandes, llenos de demasiada dulzura como para ser real. A veces, Bastien creía que, si le dijera que pensaba hacer arder el mundo hasta sus mismos cimientos, ella asentiría con la cabeza y seguiría sonriendo.

Le habían enseñado demasiado bien, o demasiado mal, no estaba seguro.

—No tengo hambre —respondió él, antes de darle la espalda—. Termina sin mí.

No añadió nada más. A pasos rápidos, Bastien salió del comedor y atravesó la galería de la segunda planta, ignorando a todos los que se detenían cuando se cruzaba en su camino y le dedicaban una reverencia respetuosa.

Su cabeza bullía. Apretaba tanto la mandíbula que no sabía cómo sus dientes no se habían hecho pedazos.

El Rey Nicolae había muerto. Y con él, otra de las Grandes Familias se había extinguido.

Primero fueron los Virentia, los descendientes directos del Dios Vergel. Luego, los Aer, los preferidos de la Diosa Balar. Ahora era el turno de los Lux, que procedían del Dios Kaal.

Eso significaba que la próxima familia en reinar sería la de los Mare, los descendientes de la Diosa Kitara. Era la única familia que todavía poseía un Don Mayor.

Su familia no era importante, solo pertenecía a una de los cientos de ramas que se habían disgregado de la familia Virentia con el paso de los siglos. Los Doyle solo eran una mota de polvo en mitad del gigantesco árbol genealógico que relacionaba a todas las familias nobles de Valerya. Sin embargo, cuando alguien con un Don Mayor moría, la guerra acechaba el reino.

La pérdida de tanto poder siempre tenía sus consecuencias.

Pero eso no explicaba por qué un caballero real, enviado desde Ispal, había atravesado todo el reino para informar a su familia. Con un simple mensajero habría sido suficiente.

Sin darse cuenta, Bastien se llevó las yemas de los dedos a la quemadura que descendía hasta su ojo derecho.

Se dirigió a las escaleras de piedra y ascendió hasta alcanzar el último piso, donde se encontraban los dormitorios de la familia.

Aunque todas las antorchas estaban encendidas, se estremeció mientras recorría el pasillo. Y hasta que no se adentró en su dormitorio, donde la chimenea estaba encendida, no pudo abandonar el deseo de frotarse los brazos.

Bastien cerró la puerta y se acercó al calor. Extendió las manos sobre las llamas.

Si fuera un Lux, podría controlar la altura del fuego. Podría hacerlo retorcerse entre las palmas de sus manos, podría hacer que lo envolviera como un manto y nunca más tendría frío. Sería especial. Y sería poderoso. Si fuera un Mare, crearía agua de sus manos y apagaría la fogata con un chasquido de los dedos. Si fuera como cualquier otro heredero noble del reino, podría hacer muchas cosas. Sin embargo, por mucho que mantuvo las manos quietas, flotando en el aire, nada cambió, nada sucedió. *Nada.* Así que terminó apartando los dedos cuando las llamas estuvieron a punto de rozarlos.

Bastien elevó la mirada y la hundió con rabia en el enorme espejo que se apoyaba en la repisa de la chimenea. A pesar de la poca luz que se colaba por las ventanas estrechas, podía verse a sí mismo con claridad.

La forma en que sus padres lo miraban había cambiado después de que casi se quemase vivo en las caballerizas. No había perdido su pelo negro, aunque, por muchas formas distintas que encontrara de peinárselo, jamás lograba esconder la cicatriz que se extendía desde su sien derecha hasta el inicio de su mejilla.

Anna, que nunca lloraba, había jurado entre lágrimas que no recordaba con claridad qué había ocurrido en aquel momento. Bastien le creyó, y dijo lo mismo cuando su padre le preguntó. Pero había mentido.

Claro que lo recordaba. La imagen que vio antes de que el fuego lo envolviera lo persiguió durante muchas noches; todavía la veía cuando la melena teñida de Anna se cruzaba frente a él.

Su amistad no se había terminado por lo que había sucedido. Bastien sabía que había sido un accidente. Su amistad había muerto cuando él descubrió aquella mañana lo que ella poseía, y lo que a él le faltaba. Lo que *siempre* le había faltado.

Y, aunque nunca lo había dicho en voz alta, estaba seguro de que sus padres lo sabían. Ahora que el rey había muerto y un caballero había llegado a Grisea para comunicarles la noticia, creía atisbar por qué ellos se habían esforzado en mantener a Anna dentro de los muros del castillo.

3

LA DAMISELA

L ya terminó su plato, aunque no se sirvió una segunda vez. No sería propio de una dama.

Con cuidado, se limpió la comisura de los labios con la servilleta y la dejó a un lado del plato, bien doblada. Después, colocó los cubiertos que había utilizado en la posición adecuada y movió un poco la copa, de forma que quedase frente a ella, en el lugar que ocupaba al inicio.

De haber estado acompañada, habría dado las gracias por la comida y hubiera pedido permiso para levantarse, pero como estaba sola, Lya se limitó a ponerse en pie.

Normalmente, después de desayunar pasaba la mañana con Lady Aliena mientras Bastien atendía sus deberes como heredero. A ella le hubiese gustado pasar más tiempo con él, conocerlo, aunque Bastien no tuviera ni el más mínimo interés. Cada vez que sus ojos se encontraban, él apartaba la mirada con un bufido.

Lya sabía que era bonita, pero nada más. Y Bastien era lo suficientemente inteligente como para saber que eso no bastaba para que el amor naciera entre ellos. Por eso intentaba molestar lo menos posible. Ser invisible, sonreír siempre. No quería que ocurriera de nuevo. No quería que la obligaran a marcharse.

Si cerraba los ojos, Lya todavía podía ver a sus hermanas, de pie frente a la puerta de su castillo, observando cómo se alejaba con una mezcla de sentimientos reflejados en sus rostros. Su hermana más pequeña, Vela, quería correr hacia ella, mientras Gadea, la mayor de las cuatro, la sujetaba a la fuerza.

De su padre, Tyr Altair, ni un atisbo. Ya lo había decepcionado de tantas formas y en tantos momentos que, al parecer, ella ni siquiera merecía una despedida.

Era la maldición de pertenecer a una familia importante.

Cuando Lya nació, sus padres creyeron que era perfecta. Al fin y al cabo, sus primeras tres hijas lo habían sido, y Lya debía serlo también.

Su pelo era ondulado, y su tono recordaba a los troncos de los árboles cuando el sol del atardecer se refleja en ellos. Caoba intenso. Sus ojos tenían el color de las praderas que inundaban la Sierra de Arcias, el territorio de su familia y, en los días oscuros, lucían el matiz de las hojas de los bosques umbríos. Su piel, pálida, era similar a la que recubría los troncos de los álamos.

Sus hermanas, con su don, eran capaces de hacer andar a los árboles y levantar olas de tierra. Y Vela, la más pequeña, con apenas doce años podía hacer florecer un campo entero con solo apoyar la palma de la mano en un terreno yermo.

Lya nunca había sido capaz de hacer nada así.

Todas sus hermanas manifestaron su don durante el primer año de vida. Ella no solo no lo hizo, sino que transcurrieron años sin que pudiera hacer nada extraordinario. Sus padres llegaron a creer que era una Inválida, una noble sin don. Una auténtica desgracia para cualquier familia noble, pero todavía más para la suya. Sin embargo, el día que Lya cumplió siete años, sufrió una horrible pesadilla, y despertó con el dormitorio plagado de hojas, ramas y enredaderas que habían atravesado la pared exterior del castillo, destrozándola por completo.

Su madre, que todavía vivía por aquel entonces, estaba asomada por lo poco que quedaba de la puerta, boquiabierta, observándola como si fuera la primera vez que realmente la veía.

Lya estuvo a punto de sonreír, orgullosa, pero entonces se percató de que tenía las manos manchadas de algo caliente y pegajoso. Cuando bajó la mirada con lentitud, empezó a gritar.

Uno de los perros que de vez en cuando entraba en el castillo había dormido aquella noche con ella, entre sus brazos. Seguía en el mismo lugar. Muy quieto, extrañamente rígido, con los ojos abiertos de par en par. Si moverse, sin respirar, sin un ápice de vida. Una de las gruesas ramas que había destrozado la pared le había atravesado el lomo de parte a parte, cubriendo con sangre las manos de la niña y gran parte de su camisón blanco.

—¿Lady Lya?

Ella se volvió con brusquedad para observar a Neila, su dama de compañía, que la contemplaba, a su vez, desde la puerta abierta del comedor. Era la única que había decidido permanecer a su lado. La familia tenía más damas de compañía, pero todas habían preferido quedarse con sus talentosas hermanas, en el enorme castillo de Itantis, la capital de la Sierra de Arcias, y no acompañarla a ese pequeño rincón del reino, en el sur, alejado de todos y de todo. A nadie se le ocurrió obligarlas a hacerlo. Neila era la única persona a la que le importaba de verdad. Lord Emmanuel y Lady Aliena eran agradables con Lya, pero solo porque debían serlo. Nada más.

—¿Te encuentras bien?

—Perfectamente —contestó ella antes de bajar la cabeza para que las sombras de la estancia ocultaran sus ojos húmedos.

Neila se acercó con el ceño fruncido y la tomó de las manos para estrecharlas con suavidad.

—Estás helada —susurró—. Ven al dormitorio. Las criadas acaban de encender la chimenea.

Lya asintió y la siguió con placidez. Recorrieron la galería del segundo piso del castillo. Al final de esta, se encontraba la escalera que las conduciría a las habitaciones, custodiada por un guardia.

—¿Dónde está Lady Aliena? ¿Y tu prometido? —preguntó Neila, entre murmullos.

—Ha ocurrido algo.

—¿Qué es tan importante como para dejarte sola, sin un solo acompañante? —comentó, irritada.

—El rey ha muerto.

Neila se detuvo de golpe y lanzó una exclamación entrecortada. Lya tiró de la manga del vestido de su dama de compañía y la empujó hacia uno de los salones laterales. Se llevó el índice a los labios y cerró la puerta a sus espaldas.

Habían entrado a la biblioteca. Lya había estado muchas veces allí, fingiendo que leía mientras acompañaba a Bastien. Él pasaba horas en este lugar, concentrado entre páginas y pergaminos, mientras Lya imaginaba que caminaba junto a un príncipe sonriente, sin quemaduras en la cara, en un romántico paseo en el bosque cercano que rodeaba al castillo.

—Dime que mis oídos me han engañado. Dime que estás mintiendo.

—Me temo que es verdad —contestó Lya, observando su expresión demudada—. Nos lo ha comunicado un caballero de la familia real.

Neila parpadeó, confusa, y se acercó un poco más.

—¿Un caballero? ¿Estás segura?

—Sé que es extraño, pero tengo la certeza de que lo era —respondió Lya, recordando el escudo que relucía en la armadura.

—Nadie ordenaría a un caballero remitir un mensaje. Y mucho menos, enviarlo aquí, a este castillo. Aprecio a tu prometido —añadió, con un tono que demostraba lo contrario—, pero su familia es... poco importante para que alguien se interese por ella. No tiene sentido.

Lya asintió, pero no dijo nada más.

—La muerte del rey conlleva una luna de luto —añadió de pronto Neila—. Nadie puede casarse durante ese periodo.

—Lo sé —contestó Lya, mirando hacia una de las estrechas ventanas—. Esto retrasará la boda.

Neila tragó saliva y la observó con preocupación. Sabía tan bien como ella lo que significaba ese matrimonio. Sin embargo, una dama no podía asustarse y llorar. Así que Lya empujó su miedo hacia algún lugar bien profundo y levantó la cabeza, sonriendo.

Siempre se le había dado muy bien fingir.

—Solo serán unas semanas más. Puedo esperar.

Neila estaba a punto de responder, pero de pronto, un susurro hizo eco en la biblioteca.

Las dos se miraron con sobresalto y Neila se llevó el índice a los labios. Lya cabeceó, con el pánico latiendo en sus venas. La dama de compañía se deslizó por la sala arrastrando sus zapatos por el suelo alfombrado sin levantar ni un murmullo. Con cuidado, apoyó la espalda en una de las estanterías más cercanas y se asomó tras ella. Se quedó paralizada durante un instante, pero entonces, suspiró y retrocedió, observando a Lya con una media sonrisa.

—Estamos solas, pero quizá deberíamos marcharnos de aquí.

Lya asintió. No obstante, no se movió cuando Neila abrió la puerta de la biblioteca.

Le pareció escuchar un nuevo crujido, pero por mucho que hundió la mirada en la estancia, no vio más que libros polvorientos. En el exterior, la lluvia seguía golpeando los muros con fuerza.

—¿Lady Lya? —Neila se volvió hacia ella con los ojos entrecerrados—. ¿Ocurre algo?

Lya tardó un momento más en despegar los ojos de las estanterías y volverse en su dirección.

—No, supongo que no.

Sin embargo, la sensación de que alguien las observaba no desapareció hasta que cerró la puerta a su espalda.

4

EL VIENTO SE LEVANTA

Las manos le dolían tanto que tuvo que dejar caer los troncos al suelo.

Anna miró a un lado y a otro, vigiló que los guardias que caminaban con tranquilidad por el patio trasero no le prestaran atención, y se apoyó en el muro del castillo, agotada.

Tenía la piel cubierta de sudor. Aunque a la hora del almuerzo había dejado de llover, notaba la tela del vestido todavía húmeda y no le hacía falta acercar la nariz a ella para oler cómo apestaba. Las piernas le palpitaban casi tanto como el corazón.

Estaba destrozada.

El rey había muerto, sí, pero se preguntó si eso cambiaría en algo su vida. Ella no había vivido ninguna guerra, pero sí había escuchado las viejas historias de los soldados cuando, estando de guardia, bebían demasiado y hablaban de más. Los juglares también hablaban sobre las batallas, pero en ninguna de sus canciones aparecían las personas como ella. Las costureras, los herreros, los guardias de los muros, las criadas. Los protagonistas eran siempre los mismos: princesas, nobles, reyes. Al parecer, las grandes historias solo estaban reservadas para aquellos por cuyas venas corría la sangre de los Dioses.

Un soldado pasó a su lado y sus ojos acusadores observaron los troncos que se hallaban junto a sus pies. Con un suspiro, Anna no tuvo más remedio que apilarlos de nuevo sobre sus doloridos brazos y echar a andar en dirección a las cocinas.

Odiaba entrar allí. En primer lugar, porque las cocineras la miraban aún peor que las otras criadas y querían que se mantuviera bien lejos de los alimentos. En segundo lugar, por el olor. Era demasiado irresistible.

Olía a tantas cosas que Anna apenas podía probar, que se mareaba de frustración. Era terrible tener al alcance de su mano todo lo que necesitaba y no poder tomarlo.

Atravesó el patio trasero, donde se encontraban el granero, el corral y los establos. A lo lejos, casi oculto por uno de los muros, podía ver el tejado de las caballerizas que habían ardido con Bastien y ella en su interior. Se mordió los labios y apartó la vista justo para esquivar a un par de gallinas que habían escapado e intentaban picotearle la poca carne que recubría sus piernas. Llegó hasta una pequeña puerta de madera que comunicaba con las cocinas del castillo y empujó con todo su peso para poder abrirla. En el momento en que cedió, el olor y el calor le abofetearon la cara.

—He traído la leña —dijo, alzando la voz por encima de los burbujeos y el chisporroteo de los fogones.

Sin embargo, nadie respondió.

Dejó los troncos en el suelo, junto a una cesta llena de piñas y acículas secas, y avanzó con cautela.

—¿Hola?

Normalmente no dejaban que Anna traspasara el umbral. Había varias chimeneas y demasiados fogones. Todo el mundo sabía que el fuego estaba prohibido para ella, pero en ese momento no había nadie que le impidiese avanzar.

No sabía dónde se había metido todo el mundo. Aunque las cocinas estaban en funcionamiento, ningún sirviente de los Doyle andaba por allí.

Varios fogones humeaban y sobre las largas mesas de madera había verdura cortada, quesos y embutidos troceados. También había varias hogazas de pan y jarras de vino y cerveza. Veía más comida de lo normal, así que Anna adivinó que esa noche tendrían invitados.

El estómago le rugió e impulsivamente dio un paso más.

No había nadie, ni siquiera se colaba alguna voz por el pequeño pasillo que nacía más adelante, el que comunicaba con el castillo. Echó un vistazo a su espalda. Por la puerta que había dejado abierta solo se podía ver corretear a un par de gallinas.

A Anna se le entrecortó la respiración y sintió tanta saliva en la boca que no tuvo más remedio que tragar.

Avanzó otro paso y alzó las manos. Solo se llevaría un par de trozos para su madre y para ella. Nadie lo notaría. Había tantísima comida que era imposible que la descubrieran.

Sus dedos rozaron la corteza del pan, pero de pronto, un sonido la hizo detenerse en seco.

Se quedó quieta, con la mano flotando e inmóvil, sin respirar.

Ese sonido que llegaba hasta Anna, mezclado con el chisporroteo de las llamas y el burbujeo de los caldos, era agudo y melódico. Un silbido, creía. Alguien estaba silbando.

Movió los ojos, con la respiración entrecortada.

Medio oculto por una columna, frente a la chimenea más grande del lugar, había alguien. Estaba de espaldas a ella, ladeaba la cabeza de un lado a otro y seguía el ritmo de una canción. Tenía el pelo negro como el carbón y una ropa aún más sucia que la de

Anna. Estaba de puntillas y tenía la pelvis ligeramente inclinada hacia el enorme caldero que hervía en la chimenea. Entre sus piernas se veía caer un fino chorro de líquido amarillento, que terminaba dentro del recipiente que tenía frente a él.

La imagen dejó a Anna tan helada que tardó demasiado en darse cuenta de lo que estaba haciendo.

—¡Eh!

El joven se dio la vuelta y Anna no necesitó dedicarle más que una mirada para adivinar lo que era. Solo un esclavo podía estar tan delgado, tener unas ropas tan destrozadas. Su cara, escuálida y morena por el sol, estaba cubierta por finas cicatrices. No sabía si era mayor o menor que ella, pero sus ojos parecían muy oscuros y viejos para esa sonrisa tan endiablada.

En vez de huir, se anudó a la cintura el trozo de tela que usaba por pantalones y la observó con un brillo peligroso. Sus pupilas parecían dos carbones encendidos.

—¿Qué estás haciendo? —preguntó Anna, con el ceño fruncido.

—¿Hace falta que preguntes? —repuso él, en absoluto avergonzado—. Si quieres, puedo mostrártelo otra vez. No he vaciado del todo la vejiga.

Su sonrisa burlona no se desvaneció. Se inclinó de nuevo hacia el caldero y removió con la cuchara de madera su contenido. Sin soltarla, se volvió para mirar a Anna.

—¿Y tú? ¿Qué hacías?

Sus ojos se posaron en su mano, aún demasiado cerca de la comida. Anna palideció un poco, pero se mantuvo firme.

—Te ejecutarán por lo que has hecho.

Él se encogió de hombros con tranquilidad.

—No lo creo.

Soltó el cucharón y, antes de que Anna pudiera darse cuenta, estaba prácticamente encima de ella, acorralándola entre el borde de la mesa y él. No era alto, ningún esclavo podía serlo debido a su alimentación. De hecho, era un par de dedos más bajo que ella y su cuerpo era aún más delgado. Su cara morena, a pulgadas de la de Anna, parecía construida a base de tendones y hueso. Sin embargo, había algo en él, una atmósfera que lo envolvía, que lo hizo parecer enorme. Casi peligroso.

Ella ni siquiera tuvo tiempo para moverse. Cuando intentó apartarlo, algo afilado y helado rozó su nuca. Se quedó paralizada. No sabía cómo el esclavo había podido hacerse con un cuchillo, estaba segura de que no le había visto ninguno en la mano.

Jamás había visto a nadie moverse con tal rapidez.

—¿Por qué estropear una buena broma? —preguntó el esclavo, con una sonrisa demente.

Anna no contestó y se obligó a devolverle la mirada con dureza, aunque el metal afilado conseguía que le temblaran las piernas.

El crepitar del fuego creció en las chimeneas. Las ollas que se mantenían en ebullición comenzaron a silbar. El contenido se derramó y cayó sobre los carbones encendidos y sobre la madera, haciéndola humear.

El esclavo balanceó su mirada entre las llamas y la cara de Anna, y su sonrisa se apagó un poco. Parecía a punto de decir algo, pero entonces, apartó la hoja afilada y dejó caer el cuchillo sobre la mesa. Cuando Anna alzó la mirada, el chico se alejaba con los trozos de embutido y de pan que ella había pensado robar.

Desapareció por la puerta que comunicaba con el patio en apenas un suspiro.

Anna se quedó inmóvil, respirando agitadamente, apoyada en el borde de la mesa. No se movió, ni siquiera cuando un par de mujeres entraron en la estancia, ataviadas con delantales blancos y cofias.

—¿Qué haces aquí? —exclamó una de ellas, nada más verla—. Sabes de sobra que no puedes estar en las cocinas. Avisaré a Lady Aliena si no te marchas de inmediato.

—He traído leña —contestó Anna, con la voz algo ronca, mientras señalaba los troncos apilados junto a la puerta por la que había desaparecido el chico.

—Bien. Entonces lárgate.

La otra mujer la hizo apartarse de un tirón y comenzó a limpiar frenéticamente la zona en la que Anna había apoyado sus manos, a pesar de que no había dejado ninguna mancha en la madera.

Ella se quedó quieta, en mitad de la sala, observando el caldero junto al que había visto al chico. Burbujeaba tanto que su contenido, de un color amarillo intenso, rebasaba por sus bordes.

—¿Ocurre algo? —le preguntó la cocinera con rudeza.

Anna clavó los ojos en ella y, tras un instante de vacilación, sacudió la cabeza.

—El guiso tiene un aspecto maravilloso. Espero que los señores disfruten de la cena.

Salió de las cocinas escondiendo una media sonrisa y no volvió a mirar atrás.

Al anochecer se hizo el anuncio oficial sobre la muerte del rey. Y, desde ese instante, no se habló de otra cosa.

Al parecer, la Reina Sinove había encontrado a su esposo sentado en el trono, aparentemente dormido, con una copa vacía entre los dedos ya rígidos.

Nicolae Lux, tras veinte años de reinado, no había dejado descendencia alguna. Su primogénito y único hijo, Prian, había muerto ahogado años atrás, cuando apenas era un niño.

Se hablaba de envenenamiento, de traición, de suicidio, pero sobre todo se hablaba de guerra.

Anna había oído en muchas bocas el apellido Mare, la antigua familia reinante del país, que perdió la corona cien años atrás, tras el enfrentamiento contra los Lux. La guerra había mermado hasta casi extinguir a los miembros de las dos familias y ambas decidieron declarar la paz. Aunque se firmó un acuerdo en el que los Mare aceptarían en adelante al primogénito de los Lux como legítimo rey, siempre había habido rumores. Sus familias se habían enfrentado durante siglos. Estaba en su sangre. Agua y fuego, el sol y la luna de los Dones Mayores. Estaban destinados a destruirse el uno al otro.

Como finalmente había ocurrido, habían empezado a murmurar algunos.

A pesar del ambiente lúgubre que se había extendido por todo el castillo, Lord Emmanuel no había tenido otra opción que celebrar una ceremonia en el templo y una cena en honor a los caballeros del rey, que habían llegado como parte de un amplio destacamento después de que uno de ellos se adelantara para anunciar la noticia sobre la muerte de Nicolae Lux. No obstante, nadie comprendía por qué habían atravesado todo el reino para llegar hasta Grisea.

No iba a ser un gran banquete, pero, aun así, habían invitado a las familias más importantes de los alrededores. Comerciantes, sobre todo, que acudieron vestidos de negro en cuanto cayó la noche y las antorchas del sendero principal se encendieron para mostrar el camino al castillo.

Anna los observó atravesar las grandes puertas de madera desde un rincón del patio de armas. Aunque no eran nobles, podía leer en sus caras el miedo y la preocupación. La idea de la guerra había calado hasta en el último sirviente. Eran ellos, los comerciantes y los plebeyos, los que siempre sufrían las consecuencias. Sí, algún noble podía morir, algunas de las familias más poderosas podían acabar arrasadas, pero siempre se prefería mantener a sus miembros con vida y utilizarlos como moneda de cambio. Anna sabía que ellos no eran tan importantes. Eran útiles hasta que se cansaban, y entonces, los mataban. O les hacían cosas peores.

Suspiró hondo y se escondió entre las sombras. Atravesó el patio de armas por la zona menos concurrida, en dirección a la residencia donde dormía la servidumbre de la familia Doyle.

Después de tantas horas de barrer, fregar y recoger leña, estaba tan agotada que apenas podía continuar despierta. Solo quería llevarse algo al estómago y teñirse el pelo lo antes posible, para cerrar los ojos de una maldita vez y descansar.

Sin embargo, una voz conocida la hizo detenerse.

Se giró y observó a Marit, que se aproximaba con rapidez. Se detuvo a una distancia considerable y extendió sus manos.

—Ten. —Se alejó con rapidez en cuanto le arrojó un par de objetos sin cuidado.

—¡Espera! ¿Qué se supone que debo hacer con esto?

A uno de ellos lo reconocía. Era una pequeña vasija de barro que guardaba la mezcla negra y pastosa que teñiría las raíces de su pelo. Alzó el otro, con el ceño fruncido. La brisa nocturna lo hizo ondear entre sus dedos. Un largo pañuelo.

—Lady Aliena ordena que, a partir de ahora, te cubras siempre la cabeza con él, incluso para dormir.

—¿Qué? —exclamó Anna—. Eso no tiene ningún...

—Es una orden —la interrumpió Marit, sin pestañear—. También ordena que esta noche no salgas de tu habitación.

Ni siquiera la dejó responder. Le dio la espalda y se marchó a paso rápido hacia el castillo. De pronto, Anna se dio cuenta de que la joven criada se había cambiado, y de que llevaba puesto el vestido negro con volantes que debían usar cuando servían en momentos especiales.

Anna, con el pañuelo aún apretado en su puño, la observó alejarse.

—No pensaba hacerlo —siseó.

Con una sacudida de cabeza, se volvió y recorrió los escasos metros que la separaban de la residencia. Al llegar, abrió la ruinosa puerta de par en par y se adentró en la estancia, subiendo los escalones de dos en dos. Cuando alcanzó la diminuta habitación que compartía con su madre, la encontró allí, sentada sobre la cama en la que las dos dormían. La única luz provenía de un candelabro medio roto, que reposaba sobre el pequeño baúl donde guardaban todas sus pertenencias.

Hasta que Anna no cerró la puerta, su madre no se percató de su presencia.

—Hija —murmuró. Había algo extraño en la forma en que la examinaba.

—¿Ocurre algo? —preguntó Anna, mientras se acercaba a ella.

—Solo estoy cansada.

Su madre bajó la vista hacia el jergón. Sobre él, confundido con las sábanas, había un vestido idéntico al que le había visto llevar a Marit hacía apenas unos instantes.

—Me han pedido que ayudase a servir después de la ceremonia en el templo. Hoy el comedor estará lleno.

Anna desvió la mirada hacia sus botas. Todavía estaban húmedas, se moría de deseos de quitárselas, mandarlas al otro extremo de la habitación y estirar los pies doloridos.

—¿Quieres que yo te sustituya? —preguntó, al cabo de un instante.

Su madre sonrió y negó con la cabeza.

—No, Anna. Deberías quedarte aquí y descansar. Hoy ha sido un día duro.

—Estoy bien —mintió—. Puedo hacerlo.

—*No*.

La voz de su madre no dio lugar a más réplica. Anna frunció el ceño y se acercó. Ella mantenía la mirada en la ventana, con terquedad. Sus dedos estaban entrelazados con fuerza, casi parecía que estaba rezando.

—¿Madre?

—No deberías estar aquí —musitó ella, con la voz tomada—. Sería lo mejor. Para todos.

—¿Qué estás diciendo...? —Anna sacudió la cabeza y sintió como si un puño la golpeara cuando vio cómo las primeras lágrimas escapaban de los ojos de su madre—. Es por el rey, ¿verdad? Estás asustada porque ha muerto.

Ella asintió, mientras sus mejillas, morenas y ajadas por tanto trabajo, se iban humedeciendo poco a poco.

—Madre, no ocurrirá nada —dijo Anna, con una sonrisa forzada—. Nosotros no somos nobles, no somos como ellos. Si los Doyle caen, otros ocuparán su lugar. Nosotros seguiremos siendo lo que somos. Seguiremos haciendo lo que hacemos: servir.

La madre bajó la mirada y cabeceó sin mirarla a los ojos. Anna no estaba muy segura de que la hubiera escuchado. Extendió las manos para abrazarla, pero ella se apartó con rapidez y se limpió las lágrimas con las mangas de su vestido.

—Debo irme —musitó.

Anna asintió. Se sentó sobre el catre y permaneció callada. Observó en silencio cómo su madre se deshacía de la ropa que había usado aquella jornada y se ponía el vestido negro. En ningún momento la miró a los ojos.

—Acuéstate pronto —dijo—. Mañana habrá mucho trabajo.

Con dos zancadas, recorrió la habitación diminuta y se inclinó sobre su hija. Le besó la frente y sus dedos le acariciaron el pelo durante un largo instante. Anna sintió un prolongado escalofrío, pero no intentó detenerla cuando desapareció por la puerta. Los ojos de su madre todavía estaban húmedos.

Con el ceño fruncido, clavó la mirada en el tinte que descansaba sobre su falda y en el pañuelo negro, que era lo suficientemente grande para cubrir su melena abundante. Después, sus ojos rodaron hacia el baúl.

Lady Aliena le había ordenado que permaneciera en su habitación.

Su madre, también.

Pero no sería la primera vez que desobedeciera a las dos.

CEREMONIA

Los nobles nunca llevaban armas encima. Su don era lo único que necesitaban. Si alguien descubriese una simple navaja escondida en la bota, lo tacharían de cobarde, de débil, de Inválido.

Sin embargo, Bastien solía llevar un puñal con él. Sus padres se lo habían prohibido hacía mucho, a pesar de que sabía hacer buen uso de él. Sentían terror de que alguien lo descubriera, de que se percataran de la debilidad de su hijo.

Generalmente él no solía obedecer, pero esa noche, con tantos ojos sobre la familia Doyle, Bastien había dejado el puñal en su habitación, aunque se sentía desprotegido sin él. Era peor que estar desnudo. Pero, si en ese momento, en mitad del templo, el acero resbalaba y caía al suelo, se haría público el secreto de que Bastien Doyle era un Inválido, un noble sin don.

No sabía qué les gustaría más a sus futuros súbditos, si la noticia de la muerte del rey o el descubrimiento de que el único hijo de una familia noble tenía tan poca sangre de los Dioses en las venas como ellos. Quizá la segunda. No había nada que pudiese con la humillación y la vergüenza, ni siquiera la propia muerte.

Aburrido por las palabras del sacerdote, que no dejaba de halagar al monarca caído, Bastien dejó vagar la mirada por el templo erigido en honor al Dios de su familia, Vergel. No era tan impresionante como el que debían tener los Altair, la familia de Lya, cuyo don estaba conectado directamente con él, pero aun así era grande y contaba con tres pequeños altares extra, dedicados a los Dioses restantes.

El edificio estaba conformado por decenas de árboles entrelazados. En el interior de la sala principal, donde aguardaba la estatua del Dios Vergel, ramas gigantescas caían desde el techo descubierto y acariciaban las baldosas de mármol con las hojas.

La familia Doyle se encontraba de pie, frente a la estatua del Dios y del sacerdote. Los caballeros del rey, un poco más alejados, ocupaban las primeras filas.

Lya era la única que parecía extasiada entre tanta oración y naturaleza. El resto (guardias, invitados, una gran parte de los criados) parecían algo agobiados por tener que permanecer en el templo, demasiado pequeño para todos los que lo llenaban.

—Pareces disgustado —murmuró Lya, al sentir su mirada sobre ella.

—Me alegra saber que tienes ojos en la cara.

Su sonrisa vaciló, pero solo un poco.

—¿Estás preocupado por la presencia de esos caballeros?

Bastien apretó los labios y desvió la mirada. Nadie recorrería todo el reino solo para transmitir un mensaje, a no ser que tuviera una importancia terrible. Tenía grabadas a fuego las palabras que el caballero había logrado pronunciar antes de que su padre le ordenara a gritos que guardara silencio.

«El rey tenía un trato con vuestra familia».

Un trato. Con los Doyle. Con una de las familias de menor poder en todo el reino. Bastien no entendía qué podía necesitar tan desesperadamente el Rey Nicolae de sus padres; qué pudieron ofrecerle ellos que él no tuviese. Era un Lux y ellos unos nobles venidos a menos, con un hijo Inválido que jamás poseería un don.

Bastien clavó los ojos en la armadura de los caballeros que se ubicaban a la izquierda de sus padres, tras el sacerdote. Todos tenían la cabeza inclinada, los ojos cerrados, y rezaban en silencio. Después de la reunión que habían tenido, a la cual Bastien no había sido invitado, la mitad del grupo se había dividido y había partido hacia algún lugar que desconocía. De eso hacía ya varias horas.

—Que los Dioses me guarden —oyó que maldecía de pronto Lady Aliena—. Esa maldita niña.

Bastien siguió su mirada y encontró a Anna en una esquina del templo, algo alejada del resto de los criados. Parecía tan aburrida como él por la ceremonia, y se mantenía apoyada en una de las ramas sagradas que conformaban las paredes, con los brazos cruzados.

—Ordené que esta noche no saliese de la habitación —continuó su madre, en un siseo iracundo—. Le ordené que se tiñese el pelo, que se pusiera el maldito pañuelo, ¡por Vergel!

—Cálmate, Aliena —contestó su marido, en un murmullo.

—No, Emmanuel. Tienes que detener la ceremonia.

—Apenas quedan unos minutos. No puedo hacer que en mitad de un funeral en honor al rey...

—Sí puedes —replicó Lady Aliena, en un susurro airado. Su mano se movió rápida y cerró los dedos en torno al antebrazo de su marido. Bastien entornó los ojos ante el gesto y dio un par de pasos calculados hacia ellos—. Y *debes* hacerlo.

Lord Emmanuel asintió tras un momento de duda. Dio un paso adelante. Los invitados que se hallaban frente a ellos captaron el movimiento y sus ojos se dirigieron hacia él.

Tenso, Bastien giró la cabeza y volvió a observar a Anna, que seguía en el mismo rincón oscuro que antes, vestida con el atuendo negro de la servidumbre. Durante un instante, sus miradas se encontraron. Y, por primera vez en años, él no la apartó.

Lord Emmanuel avanzó otro poco y esta vez la multitud comenzó a murmurar. El sacerdote, perdido en su letanía, abrió los ojos que había mantenido cerrados y echó un vistazo por encima del hombro. Sus cejas se arquearon un poco cuando vio al señor de Grisea a menos de un metro de él, con la clara intención de interrumpirlo.

Su oración se cortó abruptamente, pero Lord Emmanuel no habló. Se había quedado mudo de pronto. Sacudió la cabeza, como si estuviera mareado, y sus ojos cambiaron, como siempre ocurría cuando utilizaba su don.

Los murmullos subieron de volumen. Los invitados no podían apartar la vista de su señor en trance.

—¿Emmanuel? —musitó Lady Aliena. Avanzó un par de pasos y le rozó el borde de la capa con los dedos.

Pero él continuó inmóvil, sumergido en lo que estaba viendo a través de los ojos de las aves que se encontraban en el exterior.

—Bastien —lo llamó de pronto Lya, con un susurro ronco.

Él se volvió con brusquedad. Ella no lo miraba, pero algo en su voz, una nota agónica, le produjo un espasmo. Siguió el rumbo de sus ojos verdes y hundió la vista en un caballero que, imperceptiblemente, había deslizado sus dedos hacia la empuñadura de su espada. El mismo que había anunciado la muerte del rey aquella mañana.

Bastien se llevó la mano al chaleco. Pero bajo él no encontró el consuelo de su puñal.

Las pupilas de Lord Emmanuel volvieron a la normalidad. Bastien vio cómo jadeaba, descompuesto, y giraba la cabeza hacia los caballeros. Tenía los ojos desencajados de terror.

No tuvo tiempo de pronunciar palabra alguna. El caballero que estaba más cerca, el que había interrumpido el desayuno, desenfundó su espada con un movimiento rápido y deslizó el filo por su cuello. Fue un corte limpio, preciso, que ni siquiera le proporcionó tiempo al hombre para inspirar una última vez.

Lord Emmanuel giró sobre sí mismo y cayó sobre los escalones del altar.

La sangre empapó los peldaños del suelo sagrado y el sacerdote comenzó a gritar. No fue el único, pero los oídos de Bastien solo se llenaron de un vacío desgarrador.

6

TEMPLO DE SANGRE

Cuando Lya comenzó a gritar, comprendió que era demasiado tarde.

Lord Emmanuel la observaba desde el suelo, con los ojos abiertos y una terrible sonrisa en su garganta. El caballero que lo había asesinado pasó por encima del cadáver, pisando la sangre todavía caliente. La punta de su larga espada arañó los peldaños del altar.

No dijo nada. Solo miró un instante por encima de su hombro hacia el resto de los caballeros. Al instante, estos se dividieron. Varios avanzaron hacia el gentío, que había empezado a retroceder entre alaridos, y los cinco restantes se colocaron detrás del asesino de Lord Emmanuel, con sus espadas desenvainadas.

Estos no son caballeros de la familia real, susurró una voz en la cabeza de Lya.

—¡Bastien! —exclamó la voz de Lady Aliena.

Lya giró la cabeza. Su futura suegra miraba a su hijo de una forma extraña. Había palabras flotando entre sus cabezas que ella no comprendía. Bastien, tan pálido como su madre, asintió.

SANGRE DE DIOSES

Lady Aliena alzó una mano y del cinto de uno de los falsos caballeros escapó una espada desenvainada. Cruzó cortando el aire frente a los ojos de Lya y acabó en la mano de Bastien, que la sujetó con habilidad.

Cuando el caballero que había matado a su padre se adelantó otro paso, él esgrimió la espada con un movimiento grácil.

Lya dio un paso atrás cuando vio cómo los metales chocaban. ¿Por qué Bastien no usaba su don? Jamás había visto a un noble sujetar algo afilado entre sus manos que no fuera un par de cubiertos.

Unos dedos fríos se incrustaron en su brazo y la hicieron chillar.

—Tienes que ayudarme —le siseó Lady Aliena.

Lya clavó la mirada desencajada en los cinco caballeros que avanzaban en su dirección. Algunos guardias y soldados de la familia Doyle corrieron hasta ellas y crearon un muro con sus cuerpos.

—Yo... yo no... —La lengua le pesaba como una piedra. Sus pensamientos estaban demasiado enredados. Contempló el cadáver de Lord Emmanuel, que seguía sangrando como un animal recién sacrificado, y se tambaleó.

Con la vista emborronada, observó a la multitud en la estancia; una parte golpeaba con desesperación la puerta de salida del templo, que se mantenía cerrada a pesar de los intentos. Los hombres y las mujeres se aplastaban contra ella, había empujones y pisoteos, mientras los gritos de horror se mezclaban con los de dolor.

Los guardias de la familia Doyle intentaban protegerlos de los falsos caballeros y de otros que habían parecido simples invitados, pero ahora iban armados y arremetían contra quienes luchaban por escapar.

Todo aquello no tenía ningún sentido.

—Tienes que ayudarme —insistió Lady Aliena, fulminándola con sus ojos claros—. Eres la única que puede. La única, aparte de mí, que tiene un don.

Lya desvió la mirada hacia Bastien, que luchaba junto a sus guardias. Si no fuera por su atuendo, parecería uno de ellos. Jadeó y clavó la mirada en su futura suegra, que negó con un movimiento seco de cabeza.

La verdad la sacudió con la fuerza de un latigazo.

Bastien Doyle era un Inválido.

—¿Qué tengo que hacer? —La voz de Lya era apenas un susurro en medio del infierno.

—Necesito que encuentres a Anna, la criada. Quiero que la traigas hasta mí. Sabes quién es, ¿verdad?

Ella asintió. Cómo olvidar a esa chica a la que tanto odiaba Lady Aliena, con sus manos negras y su mirada testaruda.

Encaró la multitud que seguía desesperada, intentando huir mientras los atacantes luchaban contra los guardias y los soldados, y los hacían caer. Se había formado una fila de cadáveres que dividía el salón en dos hemisferios perfectos.

El débil valor que había sentido desapareció al ver tanta muerte y horror. Retrocedió, sin aliento, con las manos apretadas contra el pecho.

—Yo... —balbuceó, y negó con la cabeza—. Yo no puedo. Yo...

—¡Tienes un don, maldita sea! ¡Haz uso de él! —exclamó Lady Aliena, perdiendo los nervios—. Me da igual cómo lo hagas, pero quiero que la traigas junto a mí. ¡Ya!

Lya se acercó al gentío que luchaba por escapar, buscando con desesperación la melena de Anna. Intentó avanzar, pero le era imposible. El caos la envolvía.

De pronto, una mano se aferró a su hombro con fuerza y tiró con dureza de ella. Lya ahogó un grito e intentó apartarse.

—¡Lady Lya! Soy yo, ¡soy yo!

La voz de Neila la hizo respirar. Estaba desgreñada y alguien le había hecho un feo arañazo en la mejilla. Aun así, su dama de compañía la contemplaba con una determinación que ella jamás había tenido.

—¿Qué haces aquí? ¿Por qué no estás junto a tu prometido?

Lya miró por encima de su hombro; Lady Aliena se defendía usando su don. Hacía volar todo objeto contundente que podía usar contra los caballeros que la atacaban. Cerca de ella, veía también la cabellera negra de Bastien, que combatía como un soldado más.

Solo ella lo miraba. Nadie tenía tiempo o vida para asombrarse de que el único heredero de los Doyle fuera un Inválido.

—Tengo que encontrar a Anna —murmuró Lya, antes de girarse hacia su dama de compañía.

—¿Anna? ¿La criada? —Neila la observó como si hubiera perdido la cordura—. ¿Para qué diablos la necesitas ahora? Debemos irnos de aquí.

—No lo sé —respondió Lya, con los ojos fijos en el gentío—. Pero creo que es importante.

La dama de compañía miró a su alrededor y se mordió los labios.

—Está bien. Pero mantente detrás de mí.

Ella asintió y se pegó a su espalda, la siguió todo lo cerca que pudo. Sabía que Neila no tenía ningún don, que era ella la que debía caminar en primer lugar para protegerla.

Pisó algo blando y, al bajar la mirada, ahogó un grito cuando unos ojos muertos no se la pudieron devolver. Estaba pisando el cadáver de la otra criada que les había servido aquella misma mañana el desayuno y, por mucho que intentaba alejarse de ella, no podía. Los cuerpos que la encerraban apenas la dejaban avanzar.

Delante de Neila, los hombres armados casi se bebían a los pobres invitados que intentaban huir. No sabía si eran mercenarios a los que alguien había contratado, o traidores a la familia Doyle que se habían vendido por un puñado de monedas de oro. Aunque había soldados, no eran suficientes. Cada vez eran más los cadáveres y los heridos regados por el suelo.

—¡No la veo, Lady Lya! —gritó Neila, por encima de los aullidos—. ¡Hay demasiada gente!

Ella miró a su alrededor, frustrada y, de pronto, una mano de uñas rotas y negras se aferró a su tobillo. Había surgido debajo de un par de cadáveres. Lya se abalanzó sobre ella y trató de empujar los cuerpos que la aplastaban. Los dedos sucios se agarraron con desesperación. Lya tiró con todo el peso de su cuerpo.

Una joven emergió tras la mano. Era Anna. Tenía el rostro amoratado y el vestido negro hecho trizas. Jadeaba cuando consiguió ponerse en pie. Parte de su piel estaba marcada con la sombra de unas pisadas que casi la habían matado.

Miró a Lya con los ojos desorbitados, incapaz de proferir una palabra.

—Tienes que seguirme —jadeó ella, sin soltarla.

La expresión de la criada estaba llena de confusión, pero asintió con la cabeza.

—No podemos quedarnos aquí —Neila se colocó frente a ellas—. Tenemos que movernos.

Ni siquiera pudo dar un paso. De pronto, el cuerpo de Neila se estremeció y el acero de una lanza asomó en mitad de su espalda. Lya ahogó un gemido e intentó retroceder, con el aliento atragantado. No pudo dar más de dos pasos, porque Anna y la muchedumbre que las cercaban se lo impidieron. Neila cayó hacia atrás. Su cara congelada en la expresión que tenía hacía apenas un instante. Un hilo de sangre le resbaló de la nariz y la comisura de los labios.

Al derrumbarse la dama de compañía, apareció su asesino. No era un desconocido. Era uno de los caballeros que habían estado a los pies del altar junto a la familia Doyle. El rostro ardiente del Dios Kaal, el emblema del rey, brillaba en su armadura. Se movió rápido, alargó el brazo y el extremo de su lanza acarició a Lya con su punta. Ella retrocedió, ahogando una exclamación de dolor, y se llevó las manos al hombro izquierdo. La sangre empapó la manga abullonada y ahora desgarrada de su vestido, pero solo era un arañazo. El paso atrás que había dado le había salvado la vida.

Tenía naturaleza por todos lados. Lianas que caían del techo del templo, troncos retorcidos, ramas afiladas. Si fuera cualquiera de sus hermanas, podría usarlos con el chasquido de sus dedos. Pero Lya no era ninguna de ellas, y solo pudo observar con la mirada dilatada por el miedo cómo el hombre alzaba de nuevo la lanza.

Pero de pronto, unas manos aparecieron tras el caballero y unas uñas negruzcas se aferraron a su cuello. Lya parpadeó y la cortina de terror que había nublado su vista apenas le permitió reconocer a Anna.

Lya estuvo a punto de huir, pero un súbito resplandor en las manos de la criada la hizo detenerse en seco.

El caballero dejó escapar un grito desgarrador y cayó de rodillas. El arma resbaló hasta los cadáveres que cubrían el suelo. Se llevó las manos al cuello.

Anna rodó lejos de él y, sin mirarlo, tiró de la falda de Lya y la obligó a caminar. Esta la siguió a trompicones, aunque no pudo apartar la vista del caballero, que gritaba fuera de control. La gorguera humeaba. Parte del metal se había derretido y se había fundido con la piel del hombre. La marca de unos dedos era perfectamente visible.

Cuando se volvió para mirar a Anna observó más de cerca las raíces rojas de su cabello y un profundo escalofrío la estremeció.

Lady Aliena las observó llegar al altar. No parecía herida, ni su hijo tampoco. A su alrededor, sin embargo, había varios cadáveres que pertenecían a soldados de la familia.

Frente a ellos aún luchaban los cinco caballeros, junto a algunos de los falsos invitados. Cada vez ganaban más terreno, aunque todavía quedaba una muralla de soldados de los Doyle que separaba a la familia de los atacantes.

Lady Aliena se acercó a ellas y rozó las mejillas de Anna con la punta de los dedos. Sus brazos temblaban.

—Sigues viva —susurró.

La criada dio un paso atrás, como si su señora la acabase de amenazar.

—Tenéis que salir de aquí. —Y, antes de que Anna pudiera responder, se volvió hacia los soldados que luchaban a apenas unos metros de ellas—. ¡Bastien!

Su hijo, mimetizado entre los soldados que lo rodeaban, giró la cabeza y retrocedió hacia ellas, mientras otro hombre ocupaba su lugar. El corazón de Bastien rugió cuando se encontró frente a Anna. Ella lo miró, buscando una explicación a todo lo que estaba ocurriendo, pero él se limitó a apretar los dientes. Parecía tan confusa, tan aterrada, que ni siquiera se había dado cuenta de que él llevaba un arma entre las manos.

—Seguidme —susurró Lady Aliena, mirando el muro cada vez más exiguo de soldados que los protegía.

Pasó por encima de la sangre de su marido, y el borde de su largo vestido se tiñó de un rojo todavía fresco. Lya lo sorteó con las manos apretadas contra la boca para controlar las arcadas.

Lady Aliena se dirigió hacia la parte posterior del templo, la más alejada de las puertas de salida, donde se erigían los pequeños altares dedicados al resto de los Dioses. Se dirigió al que se encontraba más a la izquierda, el de Kaal, el Dios del Fuego. A simple vista, no tenía nada especial. Había una mesa cubierta con un largo mantel en la que estaban bordadas llamas naranjas y rojas. Tras ella, dibujada en colores sobre los troncos de varios árboles unidos, estaba la cara del Dios. De piel curtida, ojos dorados como el sol y largo pelo del color de la sangre.

Lady Aliena se agachó tras la mesa cubierta y palpó debajo del tablero.

Lya sintió un ligero crujido bajo sus pies. Tras la mesa, el suelo parecía haberse hundido un poco.

—¡Vamos! —exclamó la mujer.

Lya avanzó a tientas. Sentía las piernas dobladas por el miedo y la garganta atenazada por las náuseas.

Todo había ocurrido demasiado rápido. La muerte de Lord Emmanuel, Neila, su querida Neila, la única que no la había abandonado... Antes de que se diera cuenta, tenía la cara empapada por las lágrimas.

Pestañeó y bajó la mirada hacia el suelo. Una pequeña abertura había aparecido en él, tan estrecha que no estaba segura de si su vestido abultado la dejaría pasar. Sin embargo, no llegó a comprobarlo, porque Bastien se cruzó en su camino y se colocó delante de su madre.

Tras ellos, el sonido metálico de las espadas y los alaridos lo llenaban todo.

—No. —La mano que sujetaba la espada temblaba con violencia, pero no por el miedo—. Han matado a mi padre. Quiero la verdad. —Sus ojos relampaguearon con una furia helada.

—Bastien... —Lady Aliena balanceó la mirada entre Anna y su hijo.

—*Ahora* —replicó él, impertérrito.

Anna la observaba también, con el ceño fruncido y pálida por el miedo. Tragó saliva cuando Lady Aliena volvió la cabeza para mirarla solo a ella.

—Hace dieciséis años, mi hermana pequeña, Mirabella, acudió a mí —dijo, masticaba con cuidado las palabras antes de pronunciarlas—. Estaba embarazada, muy asustada, y no le quedaba mucho para dar a luz. Traía en mano una carta firmada por el Rey Nicolae Lux.

—¿Una carta? —repitió Bastien, con la voz ronca.

—El rey se dirigía a Emmanuel y a mí. Nos pedía esconder a Mirabella entre nuestros muros, al menos, hasta que hubiese dado a luz. Después, prometió que buscaría un lugar seguro para ella y el recién nacido.

Bastien respiró hondo y clavó los ojos en Anna. Ella le mantuvo la mirada, aunque sus puños temblaban un poco.

—Vuestra hermana estaba embarazada del rey, ¿verdad? —preguntó de pronto Lya. Aunque su voz era débil, sus palabras contenían el estruendo de mil gritos—. El hijo era suyo.

Lady Aliena asintió, sin separar las pupilas de Anna.

—*La hija* —corrigió, con suavidad.

Los ojos de Anna se abrieron desmesuradamente y retrocedió como si así pudiera alejarse de las palabras de la mujer.

—Estáis loca —siseó.

—Es la verdad —contestó Lady Aliena; sus ojos, de pronto, se habían llenado de lágrimas. Se acercó a Anna, la aferró de los brazos, aunque ella se encontraba demasiado paralizada como para reaccionar—. Pero todo se torció. Mirabella murió al dar a luz y el rey no quiso que regresaras a Ispal, a la capital. Nos ordenó que te protegiéramos, que te hiciéramos pasar lo más desapercibida posible. Juró que protegería Grisea y a nuestra familia con su vida, si nosotros prometíamos cuidar de ti.

Lya observó cómo Anna palidecía. Era demasiada información. Era demasiada verdad después de tantas mentiras. Se estaba rompiendo por dentro.

—En ese tiempo, una de nuestras criadas dio a luz y perdió a su hija en el parto. Su esposo había fallecido hacía unos meses y se sentía muy sola. Creímos que entregarte a ella era la mejor decisión. —La voz de Lady Aliena sonaba tensa, rasposa. Se quebraría de un instante a otro—. Te vigilamos, te protegimos, te volvimos invisible.

De pronto, un grito de alarma les hizo mover la cabeza. Ya apenas quedaban soldados de la familia Doyle en pie. De un instante a otro, los falsos caballeros los superarían y llegarían hasta ellos. Lady Aliena volvió a girarse. Una expresión decidida se había instalado sobre sus duros rasgos.

—Y ahora debes salir de aquí. —Sus pupilas se elevaron hasta su hijo, terriblemente pálido, que terminó asintiendo, y Lya, que parecía al borde del desmayo—. *Todos* tenéis que hacerlo.

Les hizo un gesto hacia la abertura del suelo. Lya no dudó. Se acuclilló y embutió la falda a duras penas. Una estrecha escalera de madera estaba apoyada en el borde. Pero, al tratar de descender, sus pies resbalaron y ella cayó un par de metros antes de golpearse de bruces contra el suelo: despeinada, con la falda levantada, aterrorizada y magullada.

Miró a su alrededor, estaba al inicio de lo que parecía un pasadizo excavado en la roca. Si no fuera por la luz que provenía de arriba, no podría ver absolutamente nada.

Bastien fue el siguiente en descender la escalera. Anna todavía no se movió. No podía.

—El pasadizo os llevará hasta la planta baja del castillo —dijo Lady Aliena—. Las puertas estarán abiertas, así que corred y no miréis atrás. Destruiré el pasadizo. Los contendré tanto como pueda.

Bastien se detuvo en su descenso.

—¿Qué? —boqueó—. No, no. Entonces me quedaré contigo. Te ayudaré.

Lady Aliena sonrió con una dulzura que su hijo apenas había visto en toda su vida. Le asustó incluso más que las palabras que pronunció a continuación:

—No. Debes ayudar a Anna. A Annabel. Ese es su verdadero nombre —añadió, observándola de soslayo. Ella parecía a punto de vomitar—. No solo forma parte de tu familia. Es la segunda hija del Rey Nicolae Lux y, después de la muerte de su primogénito, después de su propia muerte, es la heredera al trono.

Bastien estuvo a punto de replicar, pero su madre negó con la cabeza, con una sonrisa que no tenía cabida en el interior de ese templo, lleno de gritos, espadas que se cruzaban, y sangre.

—Ayúdala. Protégela. Haz todo lo que yo no fui capaz de hacer por mi hermana.

Bastien negó con la cabeza, tomó impulso para subir, pero su madre fue más rápida. Empujó con fuerza a Anna. Ella gritó y se precipitó por la abertura, arrastrando a Bastien. Cayeron uno sobre otro en el duro suelo de piedra, junto a Lya.

Bastien parpadeó, dolorido, y entre destellos vio el rostro de su madre, asomándose para verlo. Una última vez.

—¡No... no! —exclamó.

Lady Aliena movió las manos y activó su don. La mesa de piedra que se asentaba sobre la abertura se hizo pedazos, y ellos tuvieron que apartarse para que los escombros no les cayeran encima. El techo tembló y rugió sobre sus cabezas.

La negrura los engulló y la abertura quedó cubierta por piedras y madera, separándolos sin remedio del infierno del templo.

Aunque allí, en la oscuridad, nada fuera mejor.

7

SIN DESPEDIDAS

A pesar de los metros de piedra que los separaban del templo, Anna era capaz de escuchar el eco de algunos gritos. Y los sollozos de Lya.

En mitad de todo ese eco mortal, las palabras de Lady Aliena todavía resonaban en su cabeza, mareándola con su significado. Una parte de ella se preguntaba si se habría vuelto loca. Esa mujer que acababa de salvarle la vida no podía haberla visto nacer. No podía haber estado protegiéndola desde que era un maldito bebé. Anna no podía tener la sangre del Dios Kaal corriendo por sus venas.

Esa mujer no podía ser de su familia. Y ella no podía ser hija de un rey.

Todo tenía tan poco sentido como el maldito canto de un juglar.

—Maldita sea, Lya. ¡Deja de llorar! —gritó de pronto Bastien.

El llanto se extinguió inmediatamente. Era obediente hasta ese extremo.

Él dio un par de pasos adelante, su respiración sonaba acelerada.

—Tenemos que avanzar, no podemos seguir aquí. —La voz se le entrecortó.

—Espera —replicó Anna; era la primera vez que se dirigía de una forma tan directa a él desde los once años. Bastien se sobresaltó ante su cercanía—: Esto... es un terrible error. Lo que está ocurriendo no tiene nada que ver conmigo. Lady Aliena...

—¿Error? —repitió Bastien, se movió para colocarse frente a ella, a pesar de que, con tanta oscuridad, era imposible discernir sus rasgos—. ¿Crees que mis padres han sacrificado su vida por un error?

Anna negó vehemente con la cabeza, a pesar de que nadie podía verla.

—Yo no puedo ser la hija de ningún rey —murmuró.

—Entonces, ¿por qué mi madre te obligaba a teñirte el pelo desde que eras una niña? ¿Por qué, si no, ha estado todos estos años manteniéndote alejada del fuego? ¿Cómo crees que se incendiaron las caballerizas cuando no había ninguna antorcha en el interior?

El jadeo de Anna hizo eco en mitad del pasadizo. Los dedos de Bastien volaron hasta la quemadura de su cara. Bajo las yemas, él notó la piel dura y rasposa como el cuero.

—Ese incendio lo provocaste tú. Yo lo vi —dijo él—. Llamas en tus manos. Creí que eras una No Deseada, y mentí para protegerte. Todos saben lo que les hacen. Sobre todo... si poseen un don tan poderoso.

La marca de su cara le ardió, como si llevase días en su piel, y no cinco larguísimos años. Bastien pasó por delante de Anna y Lya y se adentró en ese pasadizo en el que no se veía el final.

—Yo no quería hacerte daño —dijo Anna, en un murmullo.

—Tenemos que salir de aquí —fue lo único que contestó.

El pasadizo moría en una luz anaranjada.

Una ligera tabla de madera, con los listones podridos por la humedad y el paso del tiempo, creaban una falsa ilusión tras un tapiz colgado en la pared.

Los tres permanecieron en silencio, pero, aunque se escuchaban gritos, parecían lejanos. Bastien tomó aire y golpeó con el hombro la madera.

Esta al instante se hizo polvo bajo su cuerpo y él cayó al suelo, enredado en el tapiz que ocultaba la salida del pasadizo. Los ojos bordados del Dios Vergel le sonrieron.

Él se deshizo de esa mirada, pisoteándola.

Tras él, se asomaron Anna y Lya.

Habían llegado a un pasillo lateral que desembocaba en el vestíbulo del castillo. Como había dicho Lady Aliena, las puertas del edificio estaban abiertas de par en par. Junto a ellas, yacían un par de soldados de la familia Doyle. Una sonrisa sangrienta decoraba sus cuellos.

Lya gimió e intentó retroceder hacia la oscuridad del pasadizo, pero Anna negó con la cabeza y la obligó a salir.

Desde donde estaban podían escuchar las voces, los gritos. A lo lejos, una montaña de llamas se alzaba en el lugar donde se había levantado el templo en honor a Vergel.

A Bastien se le entrecortó la respiración. Sintió una debilidad tan súbita que la espada que sostenía estuvo a punto de caer al suelo.

En los muros se reflejaban resplandores anaranjados y rojos. Fueran quienes fueren los que se encontraban en el exterior, no solo querían matar a todos los habitantes de Grisea, querían hacer arder el lugar hasta los mismísimos cimientos.

—Iremos a las caballerizas —dijo Bastien, de pronto—. Tomaremos caballos e iremos por uno de los caminos secundarios. Es la forma más rápida de huir.

Anna lo aferró del brazo y lo obligó a volverse hacia ella.

—Eso sería un suicidio. Llamaríamos la atención.

—Seríamos demasiado rápidos como para que lograsen alcanzarnos.

—Puede que ellos también tengan caballos y yo apenas sé montar. —Lo miró con el ceño fruncido, antes de señalar el viejo vestido negro que la cubría—. No es algo que se les instruya a las criadas como yo.

Bastien le dedicó una mirada exasperada.

—¿Qué propones entonces?

La amargura de su tono resonó en los oídos de Anna.

—Huir a pie a través del bosque —contestó, sin amilanarse—. Lady Lya es una Altair, es capaz de controlar los árboles y las plantas. Podría crear senderos falsos, escondernos y abrirnos camino en el caso de que lo necesitáramos.

Lya la observó con los ojos brillantes, más asustada que antes. No pudo articular palabra. Bastien miró a su prometida de soslayo, con la duda dibujada en cada pulgada de su piel. Parecía a punto de replicar, pero Anna se adelantó.

—Pero antes, iremos a por mi madre.

Él dejó de fulminar a Lya para desviar su vista hasta ella. Sus ojos azules eran puro hielo.

—No es momento de bromear.

—¿Te parece que estoy bromeando?

Bastien bufó por lo bajo y sus dedos se tensaron sobre la empuñadura de su espada.

—Esa criada no es tu madre. Tu madre murió el día que naciste. Creía que habías escuchado la historia.

—Esa mujer me ha criado, no puedo dejarla atrás.

—Claro que puedes —replicó—. Eso es lo que hace la gente como nosotros. La gente a la que *tú* perteneces ahora.

Bastien dio un paso al frente y el filo de la espada se apoyó en el estómago de Anna, a solo un palmo del pecho.

El corazón de Anna se detuvo, pero no por miedo. Alzó la mirada para contemplar al heredero de los Doyle como si fuera la primera vez que lo veía. De pronto, fue consciente de lo que significaba que un noble estuviera sosteniendo un arma.

Pestañeó.

Ni siquiera había tenido tiempo o aliento para pensar en ello, pero desde que había comenzado el ataque, Bastien no había utilizado su don.

—Llevas una espada. —Su voz no sonó interrogante.

—Soy un Inválido —contestó Bastien, sin dudar—. Nací sin ningún don.

—Cuando éramos pequeños... —musitó Anna, confusa. La cabeza le daba vueltas. Aquella información era más afilada que el arma que tenía apoyada en el estómago—. Nunca me lo contaste.

—Supongo que todos tenemos secretos, *majestad*.

La piel de Anna se encendió de pura rabia. No quedaba nada en él de ese niño al que se había sentido tan cercana, antes de que unas llamas los separaran.

—No vamos a perder el tiempo recogiendo a criadas que están condenadas —añadió Bastien, implacable—. Vas a seguirme, quieras o no, aunque tengas que hacerlo a punta de espada.

La ira convirtió en lava la sangre que corría por las venas de Anna. Lo observó con los puños tensos, respirando con agitación, mientras las llamas de las antorchas que estaban clavadas en las paredes de piedra se sacudían con ímpetu.

—Inténtalo —siseó.

Bastien estuvo a punto de replicarle, pero entonces un par de figuras aparecieron de una de las galerías que comunicaban con el vestíbulo, y se detuvieron en seco al verlos.

Tenían las manos empapadas en sangre y cargadas de joyas que habían debido robar de alguna habitación. A Lya le pareció ver cómo uno de ellos llevaba alguno de sus collares bien apresados entre sus dedos.

Ninguno de los dos hombres se movió, ni siquiera respiraron. Sus ojos se balancearon entre los tres jóvenes, deteniéndose en la expresión demudada de Lya, en la espada que sostenía Bastien y en el pelo de Anna, partido en dos por una línea tan roja como el fuego.

Se abalanzaron sobre ellos sin pronunciar una palabra.

—Que los Dioses me guarden —murmuró Bastien.

El choque entre las armas fue brutal y lo hizo retroceder, arrojándolo contra la pared. Ahogó un gemido de dolor y, de un manotazo, arrancó una de las antorchas que estaban clavadas en la pared y la arrojó hacia Anna. Ella la atrapó de un salto.

El otro hombre cayó sobre ella. Anna vio de soslayo el brillo de la espada antes de que esta se dirigiera a su cuello. Se apartó justo a tiempo y la hoja arañó la piedra de la pared. Produjo un chirrido que le desolló los oídos.

Lya retrocedió, pálida y temblorosa, balanceando la mirada entre los atacantes, que ni siquiera le prestaban atención. Sus ojos verdes se cruzaron con los de Anna, y ella adivinó de golpe lo que estaba a punto de hacer. Negó con la cabeza, suplicante, pero Lya apartó la mirada. Ya había tomado una decisión. Retrocedió un paso y se dio la vuelta; echó a correr con toda la velocidad que le permitían sus piernas y la inmensa falda de su vestido.

No dijo nada, no volvió a mirar atrás; corrió hacia las puertas abiertas del castillo y desapareció en la noche.

—Maldita cobarde —masculló Bastien—. Ella debería ser la Inválida, no yo.

No hubo tiempo para nada más. Anna apartó la mirada de Bastien cuando su agresor volvió a caer sobre ella; su arma estaba empapada de rojo oscuro. Con la mano que tenía libre, logró sujetarla del pelo antes de que Anna consiguiera hacerse a un lado. Tiró con fuerza de los mechones teñidos y le arrancó un grito desgarrador.

Con el pelo bien enredado en sus dedos, la arrojó contra la pared. Desesperada, Anna recordó que todavía sujetaba la antorcha con la mano izquierda. La alzó con torpeza, paseando las llamas peligrosamente cerca de su atacante. Él rugió un juramento y se apartó. Anna tomó impulso y se abalanzó contra su cuerpo. Consiguió que perdiera el equilibrio y cayera al suelo junto a Bastien.

Él ni siquiera vaciló. Con un movimiento brusco, alzó la espada y la hundió en el pecho del hombre, que dejó escapar un grito que sacudió a Anna hasta lo más profundo. Sin embargo, Bastien pagó cara esa distracción, porque cuando volvió su atención al otro asaltante, este ya se encontraba encima de él.

No le dio tiempo a alejarse. El hombre hundió la punta de la espada en su hombro. Bastien soltó un grito ahogado. Dejó caer su arma y resbaló, quedando de rodillas.

Su agresor no cejó. Con la boca doblada en una mueca de horror, Anna vio cómo a ese chico, al que tanto había querido de pequeño, le retorcían la hoja del arma dentro de la articulación.

Bastien aulló, y sus ojos azules se clavaron un momento en los de ella.

—¡Vete!

Sus gritos se cortaron de golpe cuando el hombre extrajo la hoja de la herida con un movimiento brusco y lo golpeó en la cabeza con la empuñadura. Bastien no emitió ni un suspiro. Cayó de espaldas sobre el otro asaltante que acababa de matar. Inconsciente.

Anna no se permitió un nuevo jadeo. Se dio la vuelta y echó a correr. Atravesó las puertas abiertas del castillo y se sumergió en la oscuridad de la noche, rota por el humo y la sangre.

8

PIEDAD

L ya era una cobarde, lo sabía, pero no por eso iba a dejar de correr.

Los terrenos del castillo se habían convertido en un infierno en el que solo había fuego, sangre y muerte. Muchísima muerte. Y la luna llena que brillaba en el cielo se encargaba de mostrarlo sin miedo.

Apenas quedaban en pie soldados que pertenecieran a los Doyle. Los pocos que seguían vivos luchaban a duras penas contra los hombres armados. Sus ropas eran sencillas, pero las espadas que portaban eran dignas de cualquier caballero. Gente así no podía ser más que mercenarios. Nadie llevaría esa clase de armas si no fuesen su instrumento para trabajar y para vivir.

Lya se deslizó con la espalda pegada al muro de una de las torres, intentando pasar desapercibida entre las sombras.

Tenía que huir, aunque no tuviera un caballo al que subirse o algo de valor que no fueran más que las joyas que llevaba puestas. No sabía a dónde iría, cómo podría esquivar a tantos enemigos, pero debía alejarse de ese lugar. Como fuera.

Lya estaba a punto de cruzar el patio de armas, resguardada por la oscuridad de la noche, cuando una mano la sujetó de la falda y tiró con fuerza de ella para hacerla caer hacia atrás.

Alzó las manos, acobardada, con un gemido atragantado en la base de la garganta.

Creyó que sería uno de los falsos caballeros reales, pero solo se topó con un joven vestido con harapos. La luz de la luna y de las antorchas lejanas creaban sombras en un rostro anguloso por el hambre. No podía ver bien sus rasgos, pero el hedor de la ropa que lo cubría le reveló que no se había lavado en semanas.

—Mira a quién he encontrado —dijo el desconocido, con la voz cargada de rabia y diversión—. No pareces tan poderosa ahí tendida a mis pies, *mi señora*.

Otra sombra apareció a su lado. Era de menor estatura que el joven, pero igual de delgada y decrépita. Parecía un niño.

—¿Quiénes sois? —preguntó Lya, con la voz quebrada por el miedo—. ¿Mercenarios?

—¿Mercenarios? ¿Has oído, Zev? —El joven dejó escapar una carcajada amarga—. ¿No reconoces al estúpido esclavo que te ha estado lavando el orinal desde que llegaste aquí?

Lya separó los labios, quizá para disculparse, no lo sabía muy bien, pero la otra figura se adelantó. Tiró del brazo de su compañero y él soltó la falda. Se frotó las manos en su propia ropa, como si fuera el vestido de Lya el que diera asco, y no el suyo.

—Déjala, Val. No es a ella a quien buscamos —dijo, antes de darle la espalda.

El joven pareció dudar, pero finalmente se dio la vuelta y la siguió. Solo se detuvo un instante para mirar hacia atrás y escupir a sus pies.

Lya ni siquiera esperó a que desaparecieran. Se puso en pie y corrió como nunca, levantando el vestido para no tropezar con él.

Cruzó el patio sin mirar atrás, sin ver el suelo que pisaba, repleto de cadáveres. Se alejó del edificio principal del castillo y se adentró en la zona donde se alojaba el servicio de la familia Doyle.

Ahora, casi todo estaba envuelto en llamas.

Lya avanzó a toda velocidad y corrió a esconderse en la pequeña herrería, uno de los pocos lugares que seguían intactos. Atravesó la vieja puerta y la atrancó a su espalda. El calor era insoportable. Los fogones estaban encendidos, con algunos hierros en su interior, ya al rojo vivo. Había armas por todos lados, terminadas y a medio hacer. Lya ni siquiera pensó en robar alguna. Para ella las armas eran tan inútiles como su don.

—¿Lady Lya? —susurró de pronto una voz, asustándola.

Ella se dio la vuelta y vislumbró en un rincón, junto a uno de los fuegos, a una pequeña figura arrodillada. Supo que era una de las criadas del castillo por el vestido negro con volantes y el delantal blanco que las obligaban a llevar.

Lya se acercó con cautela y consiguió reconocerla a pesar de los claroscuros que el fuego creaba en su rostro. Era una de las mujeres que siempre acompañaba a Anna en sus tareas. La mujer que, según la historia de Lady Aliena, la había criado como su propia hija.

Lya estaba a punto hablar, pero sus ojos se encontraron con las manos de la criada, que se apretaban con fuerza el costado. Entre los dedos se le escapaba más y más sangre, inundando casi por completo su delantal.

—Están aquí por ella, ¿verdad? —musitó la mujer, casi sin fuerzas—. Están aquí por mi Anna.

Lya asintió, y vio cómo se retorcía por un dolor que nada tenía que ver con la herida.

—¿Dónde está? ¿La han atrapado? —La mujer se arrastró hacia ella y le sujetó el borde de la falda. Dejó una huella de sangre—. No podéis dejar que la atrapen, Lady Lya. No es solo el futuro de

Valerya... es mi niña, mi niña fuerte y valiente. —Miró la mancha que había dejado en la tela y se apartó de Lya, negando con la cabeza—. No merece morir.

La familia de Lya, los Altair, siempre había odiado las mentiras, sobre todo aquellas que tenían un trasfondo compasivo. «Las mentiras piadosas protegen a los débiles» era algo que le repetían a Lya a menudo, pero ella no veía qué mal podía hacer a esa mujer que estaba a punto de morir.

—Anna ha conseguido escapar —susurró. Vio cómo, poco a poco, sus ojos se apagaban—. Escapó junto a Bastien y a varios soldados. Ahora ya debe estar lejos de aquí.

La tranquilidad se extendió por el rostro de la criada como agua derramada. Sus labios se torcieron y se alzaron, esbozando una hermosa sonrisa que contuvo la poca vida que aún no se le había escapado por la herida del costado. Pareció a punto de decir algo, pero entonces unas voces llamaron la atención de ambas. Eran masculinas y provenían del exterior de la herrería, a tan solo unos pasos de la puerta.

Lya se volvió de nuevo hacia la mujer. Tenía una sonrisa serena pintada en su pálida cara, pero en sus ojos aún abiertos, Lya solo vislumbró una mirada vacía. Ya se había ido.

No tuvo tiempo de lamentarlo. La puerta comenzó a estremecerse por culpa de unos potentes golpes, así que no le quedó más opción que salir por la pequeña y única ventana de la herrería. Cayó sobre el suelo, de nuevo afuera, y se arrastró hasta la muralla del castillo intentando no hacer ruido. Palpó las piedras con las manos, desesperada, pero no encontró ninguna puerta, nada que pudiera conducirla fuera de los muros.

Las voces estaban cada vez más cerca.

Reconoció a más de una. Pertenecía a uno de los caballeros que habían acudido esa mañana, con el mensaje de que el Rey Nicolae había muerto. El mismo que le había cercenado la garganta a Lord Emmanuel.

Si sorprendían a Lya intentando huir, no tendrían piedad. Y ella, por mucho que quisiera, no podía luchar contra ellos. Jamás había sido habilidosa con su don. Jamás había ganado ni un solo combate, ni siquiera cuando se enfrentaba a Vela, su hermana pequeña.

Pero no podía quedarse allí a esperar su muerte, sin más. Clavó las manos en la tierra seca y en las malas hierbas que cubrían el patio del castillo, y murmuró:

—Por favor, no me falles ahora.

No supo si fue el miedo a morir, pero su don respondió. Lo notó burbujear en su interior, como la sangre en las venas. Recorrió cada pulgada de su piel y la hizo sentir durante un instante fuerte y poderosa.

Sus dedos temblaron. De pronto, del suelo comenzó a surgir una gruesa enredadera que creció y creció; producía un siseo constante que apenas se escuchaba a través de los gritos de la batalla y las voces de los hombres que se aproximaban.

El don de Lya vaciló, desfalleció, pero ella intentó concentrarse, manteniendo los ojos cerrados, las manos cada vez más hundidas en la tierra. Era como si el Dios Vergel, desde las profundidades, la quisiera engullir, extrayéndole la poca fuerza que poseía. La enredadera seguía creciendo, y cuando por fin alcanzó la parte superior de la muralla y envolvió a Lya por completo, ella separó los dedos del suelo. Retrocedió, agotada, y se apoyó en el muro, ahora cubierta por ramas y hojas oscuras, frondosas y gruesas, que parecían llevar ahí toda una eternidad.

Apenas tuvo tiempo para recobrar el aliento. Los caballeros entraron de golpe en su campo de visión. No iban solos. Llevaban a rastras a Bastien y a Lady Aliena, que apenas podía mantenerse en pie a pesar de que ella seguía consciente, a diferencia de su hijo.

Durante un instante, los ojos de la mujer se volvieron hacia la enredadera, y Lya se sintió morir. Sin embargo, si ella la descubrió oculta entre las ramas y las hojas, no lo demostró. Apartó la mirada y la clavó en la de los caballeros.

—Sé muy bien para quién trabajáis —siseó, tras escupir algo que parecía sangre—. ¿Creéis que vuestros escudos y las armaduras me pueden engañar?

—Lo dudo mucho, mi señora —contestó uno de ellos, ahogando una carcajada—. Esto os va demasiado grande.

Lady Aliena no cedió. Levantó los ojos y fulminó a los hombres con la mirada.

—No lo conseguiréis. Los Mare no serán los próximos que reinen en Valerya. Decídselo a Lord Silvain de mi parte.

Mare, pensó Lya, sobresaltada. El apellido resonó con la fuerza de una campanada en su interior.

—No creo que le interesen mucho esas palabras. Estará más dispuesto a escuchar todo lo que tengáis que decir sobre el trato que hizo con el difunto Rey Nicolae.

Lady Aliena hizo caso omiso. Siguió hablando en voz alta, casi gritando, de forma que Lya pudiera oírla.

—Si me matáis, mi hijo Bastien hará correr la noticia. Sabe todo lo que ocurrió y...

—¿Vuestro hijo conoce el secreto? —la interrumpió un caballero, sorprendido.

Intercambió una mirada con los otros tres que lo rodeaban y se encogió de hombros antes de volverse hacia la mujer.

—Lo siento, Lady Aliena, pero es mucho más fácil cargar con un Inválido.

No añadió nada más y la sujetó con fuerza de los hombros, obligándola a erguirse. El grito que profirió la mujer apenas fue un suspiro comparado con el gemido desesperado y roto que escupió cuando la espada de uno de los caballeros le atravesó el pecho y le destrozó el corazón de una sola estocada.

Con un ruido sordo, Lady Aliena cayó a un par de palmos de los pies de Lya.

Ella se llevó las manos a la boca, espantada. Intentó controlar el alarido que se le había enredado en sus cuerdas vocales y le impedía respirar.

El caballero extrajo la espada del cuerpo con un movimiento limpio y suspiró al ver la hoja empapada en sangre.

—Esto es una masacre —comentó.

—¿Masacre? —repitió uno de sus compañeros, riéndose entre dientes—. Que los Dioses nos guarden... esto son solo las chispas del incendio que se nos viene encima.

9

En llamas

Anna se escurrió entre los cuerpos caídos y saltó por encima de los charcos de sangre que coloreaban el suelo. Esquivó todo lo que se encontró, desesperada, empujando a quien entorpecía su huida. Notaba que su corazón perdía fuerza a medida que los jadeos del hombre que la perseguía sonaban más próximos.

Miró por encima del hombro y comprobó con angustia el poco espacio que existía entre ellos. Con solo un par de zancadas, podría hundir el filo de su larga espada en ella. Solo necesitaba unos momentos más.

Él alargó el brazo y logró desgarrar con la hoja de su arma la tela que cubría la espalda de Anna. Ella dejó escapar un chillido estrangulado y el frío que le acarició la piel pareció el tacto de la muerte. Trastabilló, a punto de caer al suelo, pero consiguió mantener el equilibrio en el último momento.

Un grupo de criados pasó a su lado huyendo entre gritos y Anna se mezcló entre ellos para escapar de su perseguidor.

Unos pasos más adelante, los criados se dispersaron cuando varios asaltantes cayeron sobre ellos. Un hombre joven que tenía las manos teñidas de sangre logró sujetarla durante un momento, pero la impetuosidad de la huida de Anna los hizo caer, uno sobre otro. Sin darle tiempo a reaccionar, ella le mordió la mano con todas sus fuerzas. El joven gritó, pero ella solo apartó los dientes cuando notó el sabor cálido y pegajoso de la sangre en la boca. Sintió una oleada de náuseas y se apartó de él como pudo, antes de reanudar la huida.

Anna miraba a un lado y a otro, buscando a su madre. Pero era imposible encontrarla en medio de un caos como ese. Muchos cadáveres cubrían el suelo, habían prendido fuego a más de la mitad del castillo, y una fogata inmensa se alzaba varios metros en dirección al cielo. Los que quedaban con vida corrían despavoridos, solo algunos de los soldados de la familia Doyle aún enfrentaban a los atacantes.

Apestaba a humo, a terror y a sangre.

De pronto, un fuerte empellón la arrojó al suelo. Anna cayó de costado y se golpeó la cabeza. Unas manos se clavaron en sus piernas y tiraron de ella. Volvió los ojos, desesperada, y una mirada conocida la atravesó. Era uno de los falsos caballeros que la había atacado en el templo, el que había asesinado a la dama de compañía de Lady Lya.

Tenía la gorguera parcialmente fundida, y la piel que asomaba por encima de ella estaba en carne viva y plagada de ampollas.

—Tú... tú... —jadeó, con una sonrisa mustia—. Te encontré.

Sus dedos la hicieron gemir de dolor. Pataleó y estiró sus brazos hacia la cara del hombre, pero no logró apartarlo de ella. A pesar de que estaba herido, sus manos se anclaron con fuerza en la piel de Anna para impedir que escapara.

—Puede que muera, pero tú me acompañarás de camino al infierno, bastarda —escupió, antes de levantar la hoja de la espada—. Es hora de decir adiós.

SANGRE DE DIOSES

Las pupilas de Anna engulleron por completo los iris. Su visión se convirtió en un borrón turbulento. El corazón se le detuvo durante el instante en que el arma comenzó a descender y, de pronto, como si tomara una bocanada de aire, latió con fuerza. Con tanta que hizo eco en sus oídos.

Y no solo en los suyos.

El hombre detuvo el filo plateado a tan solo un palmo de distancia de su cuello y dejó escapar un gemido ahogado.

—Maldita hija de...

Terminó la frase con un bramido. De los dedos de Anna, como si fueran el cabo de una vela, saltó una chispa anaranjada y una red de llamas se extendió por los brazos del atacante y lo cubrió por completo, convirtiéndolo en una fogata viva.

Anna separó los labios, pero fue incapaz de gritar. Con la mirada aún desenfocada, contempló cómo el hombre caía hacia atrás y se revolcaba con desesperación, mientras intentaba apagar en vano un fuego que consumía su carne y sus huesos.

No había ninguna flecha ardiente clavada en su espalda, ni tampoco astillas en llamas. Nada aparentemente había provocado aquel extraño incendio. Simplemente, sus brazos se habían encendido, y con ellos, el resto del cuerpo.

El Don del Fuego, dijo una voz en el interior de su cabeza. *El don de los Lux.*

El olor de la piel quemada logró hacerla reaccionar. Con las náuseas atrapadas en la garganta, se puso de pie y se alejó a trompicones de él. El cuerpo del hombre ahora yacía quieto, retorcido en el último movimiento desesperado, mientras las llamas consumían su pelo y sus ojos abiertos.

Anna necesitaba esconderse, alejarse como fuera. Avistó entre la nube densa de humo el tejado de las caballerizas, el lugar que una vez había hecho estallar en llamas, con Bastien en su interior. Corrió hacia allí. Sentía un dolor lacerante en la cabeza, apenas le quedaba aliento en los pulmones.

Lanzó una última mirada desesperada junto a la puerta de entrada, sin encontrar los ojos de su madre ni en la cara de los vivos ni en la de los muertos, y dio la espalda a ese infierno antes de adentrarse en la súbita oscuridad del lugar.

Los gritos, el chasquido de las llamas, el sonido metálico de las armas, se amortiguaron de pronto entre las paredes de madera. No había ni un solo caballo en los cubículos. Tal vez los atacantes los habían liberado o bien los habían utilizado para marcharse.

El miedo que la reconcomía desapareció de golpe para dejarla agotada. Respiró con dificultad y se dejó caer sobre uno de los montones de heno, intentando controlar los temblores que la doblaban en dos. Una arcada estuvo a punto de hacerla vomitar.

—Aquí estás.

Anna se sobresaltó cuando una mano le sujetó el tobillo y lo apretó con fiereza.

Tumbado de mala manera, medio oculto entre dos montículos de heno, se encontraba el joven que la había perseguido instantes atrás, antes de que una turba de criados que huía los separara. Alguien lo había herido, porque hilos rojos resbalaban de las comisuras de su boca. Eso no le impidió sonreír con crueldad.

Anna intentó asestarle una patada, pero él consiguió atraparle el otro pie, inmovilizándola casi por completo. Reptó por su cuerpo, logró llegar hasta sus hombros y darle la vuelta, colocándola de cara frente a él.

—Vi lo que hiciste en el templo, *majestad*. Sé quién eres —canturreó—. Me van a dar un buen precio por tu cabeza, preciosa. Pero antes nos divertiremos un poco, ¿verdad? Una princesa con cicatrices vale lo mismo que una princesa sin ellas.

Antes de que Anna pudiera reaccionar, el hombre cargó todo su peso contra ella y la retuvo debajo de él. Le aplastó la espalda contra el sucio suelo. Anna gritó y se revolvió, mientras veía cómo extraía un puñal, escondido en su bota.

—No, por favor... —suplicó, casi sin fuerzas—. No, no, ¡NO!

Entonces Anna lo vio. De las yemas de sus dedos vio brotar las llamas. Anaranjadas, brillantes, pero tan inofensivas para ella como el aire. Durante un instante se mantuvieron inmóviles, reflejándose en las claras pupilas de su atacante. Y de pronto, al ritmo de los latidos de su corazón, se extendieron como enredaderas hasta él y lo envolvieron por completo.

El hombre rodó por el suelo y se alejó con rapidez, sin dejar de chillar mientras el fuego lo devoraba sin que pudiera evitarlo.

Las pupilas se le dilataron cuando miró sus manos, ahora apagadas, sin más marcas o cicatrices de las que le había causado su propia vida como sirvienta.

Intentó incorporarse, pero sus piernas le fallaron y cayó de bruces sobre la paja, embargada de nuevo por un horrible cansancio. A su lado, el hombre ardía furiosamente, ya inmóvil, y extendía las llamas por toda la estancia, tal como había ocurrido hacía muchos años.

Tengo que salir de aquí. Tengo que moverme.

Sin embargo, Anna era incapaz de hacerlo. Ni siquiera el horror y el asco que le producía ver la carne consumiéndose a centímetros de ella logró ponerla en pie. Era como si hubiese malgastado todas sus fuerzas en esa inconsciente defensa. Lo único que podía hacer era seguir respirando.

Perdió la noción del tiempo hasta que, de pronto, entre el crepitar del fuego, chascando muy cerca de los oídos, escuchó unos pasos que se arrastraban hacia ella.

Giró la cabeza, desfallecida, y descubrió una sombra oscura a apenas unos palmos de distancia. No era capaz de verla con claridad, la densa humareda y la visión borrosa le impedían apreciar bien su rostro.

—¿A mí también me vas a hacer estallar en llamas?

Lo único que podía ver eran unos ojos negros que parecían palpitar cuando las lenguas del fuego se reflejaban en ellos.

El mareo no había dejado de crecer y el mundo que la rodeaba se iba convirtiendo en un mero borrón negro y naranja, a punto de extinguirse.

Anna separó los labios y el humo la hizo toser. No pudo responder a la pregunta. Alzó la mirada una última vez, hundiéndola en esos ojos que resplandecían como el carbón al rojo vivo y, de pronto, el miedo, el calor, el dolor y la oscuridad se hicieron uno y desaparecieron, arrastrándola con él.

SEGUNDA PARTE

MALAS
COMPAÑÍAS

Cuando los Dioses entregaron sus dones a los mortales,
impusieron tres normas que nunca debían romperse:
La primera: un noble jamás podrá tener relación o descendencia
con cualquier mortal que no posea don.
La segunda: el mortal sin don que se atreva a relacionarse o a
tener descendencia con un noble será condenado a muerte.
La tercera: quien nazca como resultado de esta aberración será
calificado como «No Deseado» y deberá ser marcado y controlado
durante el resto de su vida. Si se lo considerara demasiado peligroso,
deberá ser ejecutado.
La sangre de los Dioses no puede mancharse ni mezclarse.
Es ley sagrada.

Capítulo seis de las Antiguas Escrituras.

10

MERCENARIOS
Y MONSTRUOS

Tenía el pelo lleno de hojas y ramas.

Cuando Lya se movió, escuchó cómo susurraban contra sus oídos y le acariciaban los brazos con suavidad. Parecían darle ánimo.

No sabía en qué momento de la noche se había quedado dormida junto al muro, cubierta por las enredaderas que ella misma había creado con su don. Hubo un momento en que el fuego, el olor a muerte y las voces se convirtieron en una letanía tan lejana que la sumergieron en un sueño oscuro y sin imágenes.

Se incorporó un poco. Estaba helada. Tenía el vestido cubierto de un rocío congelado y le dolía todo el cuerpo. Con extremo cuidado, apartó las delgadas ramas de las enredaderas y se asomó entre ellas.

Creía que la noche anterior había sido la perfecta representación del infierno, donde los Dioses arrojaban a las almas malditas, pero no podía haber estado más equivocada. Esto sí era el infierno. La nada. El silencio. La ausencia de vida.

Todos los fuegos que ardían ayer, antes de que ella se quedara dormida, ya no eran más que cenizas humeantes. El aire olía a quemado y a podrido, y lo que no había quedado cubierto por una película negra por el humo y las llamas, estaba lleno de sangre. Mirase adonde mirase, había cadáveres. Algunos eran esclavos y mercenarios que habían atacado Grisea, pero la mayoría eran invitados que habían luchado por salir del templo, criados, soldados, cocineros y herreros que trabajaban para los Doyle.

Las arcadas la sacudieron y tuvo que cubrirse la boca cuando sus ojos tropezaron con el cuerpo de Lady Aliena.

Estaba en el suelo, en la misma posición en la que había quedado cuando el falso caballero le atravesó el pecho con la espada. Habría parecido que dormía si no fuese por el inmenso charco de sangre negruzca que la rodeaba, coagulada desde hacía horas.

Lya la miró, sobrecogida, con el horror atenazándole la garganta. Debía hacer algo, no podía dejarla allí sin más.

Lady Aliena se había sacrificado para darles una oportunidad.

Cerca del templo de Vergel, donde había comenzado el ataque, se encontraba el cementerio de la familia Doyle. Lya podría llevarla hasta allí, darle una sepultura digna, pero se sentía demasiado horripilada, demasiado asqueada, como para pasar más tiempo en ese lugar. No escuchaba ni veía a nadie con vida a su alrededor, pero necesitaba salir de ese horrible castillo.

A todos aquellos que tenían un don relacionado con el Dios Vergel les afectaba de manera especial la muerte. El Dios era la representación misma de la naturaleza, de la vida.

Lya se acercó con cautela al cadáver de la mujer y apoyó las manos en el suelo cubierto de ceniza, con cuidado de no tocarla.

Tomó aire, intentó ignorar el hedor a carne quemada y a hollín y se concentró.

Su don ardió en las venas, ella sintió cómo se extendía hasta las puntas de sus dedos, cómo se adentraba en la tierra muerta y la despertaba. No era sencillo, notaba cómo perdía la fuerza y escapaba de sus manos. Apretó los dientes y los párpados, y clavó todavía más los dedos. Las uñas se le llenaron de cenizas.

—Vamos, vamos, vamos —murmuró Lya, como en una oración a los Dioses.

La tierra comenzó por fin a moverse. Con un ligero temblor, se abrió bajo el cuerpo de Lady Aliena. Esta se agitó y se hundió en el agujero que se iba extendiendo a su espalda poco a poco, poco a poco, hasta que el don de Lya empezó a fallar otra vez.

Se detuvo de golpe, jadeando por el esfuerzo. Miró hacia el suelo, frustrada. No sabía si el cadáver estaría lo suficientemente profundo, si un perro podría escarbar y removerlo. Lo intentó de nuevo, pero la tierra ya no se abrió para ella. Era más dura, estaba llena de minerales y eso le ponía trabas.

Si lo hubiese hecho su padre o cualquiera de sus hermanas lo habrían conseguido con un simple pestañeo. Pero ella no. Era una auténtica deshonra.

Lya hizo volar la tierra de nuevo hasta el hoyo para cubrir el cadáver de Lady Aliena. Después, con un suspiro que escapó lento de sus labios, hizo surgir margaritas y hierba por toda la tierra removida. Tras tanta destrucción, ese pequeño prado era como un oasis en mitad del desierto.

Hacer surgir flores de la nada, incluso de una tierra tan muerta como esa, era algo que siempre le había resultado sencillo. Su padre solía decir que siempre se le habían dado bien las cosas inútiles y hermosas.

—Que los Dioses protejan vuestro camino, Lady Aliena —murmuró Lya mientras se incorporaba.

Estaba a punto de hacer una reverencia a la improvisada tumba, pero entonces, un súbito siseo le hizo darse la vuelta.

Lya miró a su alrededor, con el aire atrapado en los pulmones y el pulso latiendo errático en sus muñecas. Escudriñó su entorno, pero no vio a nadie. El sonido regresó y esa vez lo distinguió mejor. Parecía un suave relincho. De un caballo.

Justo lo que necesitaba para salir de allí.

Atravesó el patio del castillo a pasos veloces, sin poder contenerse. Apenas había recorrido la mitad, cuando lo vio de pronto. Un caballo blanco, ensillado, que pastaba en una de las pocas zonas verdes que el fuego había respetado. Ignoraba, a su lado, a un par de cadáveres calcinados.

Dio un paso en su dirección y el animal alzó la cabeza, alerta. Sin embargo, al descubrirla, sacudió las crines y volvió a la hierba.

Lya miró a su alrededor una vez más y se aseguró de que no hubiera nadie observándola desde ningún rincón. Todo seguía en silencio. Caminó hacia el caballo y, con cuidado, le acarició la larga cabeza.

El animal frotó su morro contra su palma abierta y, al girarse un poco para apretarse contra su cuerpo, ella vio las riendas, atadas y clavadas en el suelo con un puñal.

Lya dejó de respirar. Si eso estaba ahí, era porque alguien así lo había querido.

Era una trampa.

Se volvió en redondo en el momento en que escuchó las pisadas.

Por las puertas quemadas del castillo surgió un grupo de cinco hombres. Eran mercenarios y, probablemente, llevaban allí desde el ataque de la noche anterior. Todos iban armados.

Se habría abofeteado a sí misma si hubiera tiempo para ello. Por Vergel, había sido una estúpida.

—¡Ahí! —gritó uno de ellos al señalarla.

Con fuerza, Lya arrancó las riendas del suelo, dejó el puñal a un lado y subió de un salto a la silla. Ni siquiera quiso mirar hacia atrás, clavó los talones en el lomo del animal y este relinchó, poniéndose en movimiento con un brusco empellón que estuvo a punto de tirarla de la montura.

Algo silbó por encima de su cabeza. Flechas. Alguno de sus perseguidores las disparaba sin cesar, una tras otra.

Se pegó todo lo que pudo al lomo del animal; las crines blancas le azotaban la cara con la carrera. Mientras avanzaba a toda velocidad, rezaba entre dientes al Dios Vergel, le pedía que la protegiera y le rogaba que la dejara vivir, que la salvara, ya que ella era incapaz de salvarse a sí misma.

Pero Vergel estaba demasiado lejos y ella jamás había sido su favorita, así que no impidió que dos flechas se clavaran en las ancas del caballo, justo en el momento en que atravesaban las murallas del castillo de Grisea.

El animal relinchó y agitó con violencia sus patas traseras, asaeteadas por las armas. Redujo la marcha de golpe e hizo que Lya se tambaleara sobre la silla de montar. Desesperada, golpeó el lomo con los talones y lo obligó a continuar para guiarlo hacia la espesura del bosque que rodeaba el castillo.

Como pudo, con ayuda de su don, Lya apartó las ramas que se cruzaban en su huida e intentó mover los matorrales para así cubrir el camino que atravesaba. A pesar de la distancia que la separaba de sus perseguidores, todavía escuchaba sus gritos. Por mucho que Lya lo deseara, el animal se negaba a avanzar más rápido. Dejaba escapar relinchos entrecortados y se agitaba de vez en cuando.

En el momento en que Lya volvió a tirar de las riendas, el caballo se encabritó y la arrojó al suelo. Antes de que ella pudiera incorporarse, se alejó en dirección al castillo, coceando por momentos.

Lya miró a un lado y a otro, dolorida, desesperada. No conocía ese bosque. En el tiempo que llevaba viviendo junto a la familia Doyle apenas había participado en algún paseo por los alrededores, no había querido aventurarse más allá de sus muros. Prefería quedarse en el silencio y en la seguridad del interior, junto a Lady Aliena, soñando despierta.

Porque soy una cobarde, pensó. *Soy una cobarde. Soy una maldita cobarde.*

Sin saber qué dirección tomar, Lya se abalanzó hacia el camino más agreste. Atravesó los matorrales llenos de espinas, que rasgaron la falda de su vestido y complicaron su avance. Sabía que hacía demasiado ruido, las ramas se agitaban demasiado a su paso. La atraparían. Y sabía también lo que le harían cuando lo consiguiesen.

Gadea, su hermana mayor, se lo dijo una vez cuando era solo una niña: «Va a ser difícil cuando seas mayor, Lya. Va a traerte muchos problemas ser tan hermosa. Y, por desgracia, eres demasiado inútil para escapar de ellos tú sola».

Cuando Lya se libró del matorral de espino echó a correr, esquivando los árboles, jadeando. El corazón retumbaba en su cabeza.

A varios metros pudo ver cómo el camino se aclaraba para desembocar en un sendero de tierra, bien trazado. Se dirigió hacia él con la piel empapada por el sudor que corría bajo su vestido y los oídos saturados por su respiración sofocada.

Estaba tan concentrada en alcanzar esa pequeña carretera que no vio venir a las dos sombras enormes que aparecieron de pronto tras el grupo de árboles que dejaba a su izquierda. Se sobresaltó y sus pies tropezaron con el borde de la falda. Perdió el equilibrio y se desplomó entre un lío de telas rasgadas y enaguas manchadas.

—Vaya, hemos encontrado a un cachorrito perdido —comentó un timbre de voz suave.

—Apártate del camino.

Lya levantó la mirada, amedrentada ante aquella segunda voz. Jamás había escuchado un tono tan ronco y profundo.

Montadas en caballos oscuros, había dos personas.

La más cercana a ella era un hombre muy alto y robusto, vestido con una cota de malla vieja y algo oxidada. En su cinto llevaba una espada que podía doblar en tamaño a todas las que Lya había visto en su vida. Mantenía la cabeza gacha; mechones negros y apelmazados cubrían parte de su cara.

Él debió notar su mirada curiosa, porque alzó la barbilla y hundió sus pupilas en las de Lya.

Ella habría echado a correr si no hubiese habido un grupo de hombres persiguiéndola en el sentido contrario.

Jamás había visto una mirada así. Tan negra que era incapaz de distinguir el iris de la pupila. Era pura brea, azabache. Si los ojos eran el espejo del alma, debía estar asomándose el corazón de un monstruo.

Desde su frente, medio oculta por el cabello, una cascada de cicatrices hondas y gruesas cruzaban su cara hasta morir en el inicio de la barba descuidada. La quemadura de Bastien era terrible, pero Lya jamás había visto unas marcas así. Cuando se las hicieron, debieron llegar hasta el hueso.

Lya tragó saliva, sintiéndose repentinamente sin aliento.

—Deja de hacer eso, Dimas —dijo la otra voz, con una risita burlona—. La estás asustando.

—No estoy haciendo nada.

Lya no era capaz ni de parpadear. Estaba paralizada ante aquel hombre que no dejaba de taladrarla con sus pupilas.

—La miras, y tus ojos dan escalofríos. Creo que te lo he dicho en más de una ocasión.

A duras penas, Lya consiguió girar la cara y centrar su atención en la otra figura a caballo. Era una mujer casi tan alta como el hombre que montaba a su lado. Del cinturón de su vestido oscuro, apenas cubierta por la capa de viaje, asomaba la empuñadura de una espada.

Su rostro era atemporal, Lya no podía adivinar su edad, aunque parecía mayor que ella. A pesar de la expresión dulce de su mirada, tenía una mandíbula cuadrada, dura, y unas mejillas marcadas. Su nariz era larga y afilada, y su cabello rubio oscuro caía en una abundante melena hasta su cintura.

Algo, su don, su instinto, le susurró a Lya que esa desconocida no era peligrosa, aunque iba armada y acompañaba a un hombre que podría haber salido su peor pesadilla.

—Necesito vuestra ayuda —murmuró de pronto.

—¿De veras? —contestó la mujer, entornando los ojos con algo que parecía diversión.

Las voces de sus perseguidores llegaron entonces hasta los oídos de Lya y también a los de los desconocidos. Vio cómo fruncieron el ceño. La mujer se colocó de pie sobre los estribos y oteó el horizonte.

Lya se incorporó por fin y caminó hacia ella sin mirar al hombre con cara de monstruo. Sabía que era patético, que su familia se avergonzaría si la viera suplicar, pero enredó los dedos en la áspera falda de la mujer y tiró de la tela, consiguiendo de nuevo su atención.

—Me persiguen unos hombres. Mercenarios, creo. Quieren hacerme daño.

La mujer intercambió una mirada con su compañero, pero él solo parecía aburrido.

—¿Y por qué querrían hacerte daño?

El otro hombre resopló y paseó su mirada por la tela del vestido de Lya, que aún sucia y rasgada, brillaba bajo el débil sol de la mañana; por sus pesados pendientes, por el collar dorado que decoraba su escote.

—Vienes del castillo de Grisea, ¿verdad? Sabemos que ayer lo atacaron. —La mujer acercó su rostro al de ella y la examinó con curiosidad—. ¿Cómo te llamas?

—No mientas —le advirtió su compañero. Sus dedos enguantados se cerraron en torno a la empuñadura de su espada—. Solo hay una cosa que odio más que a los mentirosos.

Ella ni siquiera dudó.

—Me llamo Lya Altair.

—¿Altair? —preguntó el hombre. En sus labios, su apellido sonó como una blasfemia.

—Sí, soy Lya Altair —respondió ella, intentando que no le temblara la voz—. Hija de Tyr y Eda Altair, la tercera de sus cuatro hijas.

—Disculpa que tenga mis dudas, pequeña —intervino la mujer, con las cejas arqueadas—. Las tierras de los Altair se encuentran muy lejos de aquí.

—Mi padre me prometió a Bastien Doyle hace semanas. Ayer atacaron su castillo y mataron a Lord Emmanuel y a Lady Aliena, los señores de Grisea. Ni siquiera sé si mi prometido sigue con vida —contestó Lya, desesperada, sin tener idea de qué más podía decir—. Yo logré escapar.

Los dos jinetes intercambiaron una nueva mirada, en silencio. El hombre, más que aburrido, parecía ahora molesto. Estaba a punto de decir algo, pero de pronto el sonido de unos pasos que se dirigían hacia ellos les hizo volver la mirada.

Con las pupilas dilatadas por el terror, Lya vio cómo sus perseguidores se acercaban por el camino. Algunos la señalaron y otros gritaron en señal de triunfo.

Lya retrocedió un par de pasos y se colocó entre los dos caballos oscuros. El corazón le iba a estallar de un instante a otro.

—Si fueras una Altair, podrías con esa chusma —dijo la mujer. No mostraba preocupación alguna, a pesar de las armas y las expresiones amenazadoras que esgrimían los hombres que se aproximaban.

Los dedos de Lya se crisparon contra su falda y sintió cómo, sin poder controlarlo, un par de lágrimas escapaban de sus ojos.

—Yo no —susurró—. Yo no.

La mujer la observó durante un instante más antes de que se le escapara un largo suspiro. Con delicadeza, apartó la mano de Lya y pasó la pierna por encima de la silla. De un salto, cayó a su lado. Era tan alta que Lya apenas alcanzaba sus hombros.

—¿Qué haces? —gruñó su compañero.

—Venga, Dimas, sé que no eres tan tonto como pareces —contestó ella. Desenvainó su larga espada y se colocó a su lado—. Si eres una Altair, significa que te pertenecen tierras y riquezas, *muchas* riquezas. Esta ayuda que pides no te saldrá gratis.

—Os pagaré —contestó Lya de inmediato—. Os juro que os pagaré.

—Yo no veo ninguna bolsa de dinero colgando de ese vestido mugriento —masculló el hombre, sin dejar de vigilar al grupo de mercenarios que seguía avanzando hacia ellos.

Sin dudarlo, Lya se llevó la mano al cuello y se arrancó el collar, cuajado de perlas y piedras preciosas. También se quitó de un tirón los grandes pendientes de oro y los apretó entre los dedos, alzándolos por encima de su cabeza para que él los pudiera ver.

—¿Os parece bien este adelanto? —preguntó con desesperación.

El hombre hizo una mueca con sus gruesos labios y, al igual que su compañera, saltó de la silla y cayó al suelo. En vez de colocarse a su lado, se plantó frente a Lya, cubriéndola con todo su cuerpo.

—Da un paso atrás —le ordenó con brusquedad.

Ella obedeció para dejar que los dos desconocidos se adelantaran. Asustada, observó cómo los mercenarios disminuían la velocidad de su carrera hasta detenerse a unos metros de distancia.

—Apartaos —dijo uno de ellos. Señaló a Lya con la espada que llevaba entre las manos—. Esa joven nos pertenece.

—Me parece que estáis equivocado, mi buen señor —contestó la mujer, dando un paso adelante—. Creo que ella prefiere nuestra compañía, ¿verdad?

Lya no pudo hacer otra cosa que asentir con vehemencia.

—Haceos a un lado —dijo otro—. No podéis ganar este enfrentamiento. Sois solo solo dos y nosotros, cinco.

La mujer frunció el ceño, extrañada, y miró a su compañero.

—¿Cinco? Yo solo veo a cuatro.

Ninguno de los mercenarios tuvo tiempo para responder.

Lya vio un relámpago plateado y, de pronto, uno de ellos cayó al suelo, con un largo cuchillo, tan ancho como la palma de su mano, clavado en el pecho de uno de sus atacantes. Hasta la empuñadura.

Lya miró al hombre con cara de monstruo y retrocedió otro paso más, espantada. Había sido tan rápido que ni siquiera sabía de dónde había sacado el arma.

—Lo que he dicho. Solo sois cuatro —comentó la mujer, sonriente ante las expresiones de sus oponentes—. Dos para cada uno.

Nadie añadió nada más. Los extraños salvadores de Lya se abalanzaron contra los mercenarios, con sus espadas en alto. Estos, a su vez, esgrimieron sus armas y gritaron de tal forma que a Lya se le erizó la piel.

En el momento en que las espadas se encontraron, ella volvió la cabeza y la hundió en el lomo del caballo, con los ojos cerrados. Apretó los dedos contra su piel, dura y caliente, y comenzó a recitar entre dientes todas aquellas oraciones que había aprendido en honor a Vergel. Los sonidos que escuchaba eran horribles. Algo que caía. Algo húmedo que salpicaba el suelo. Gritos estrangulados. Jadeos. Gemidos de dolor. Y después, silencio.

Tras un instante eterno, Lya levantó la cabeza y observó, todavía aterrorizada, los cinco cuerpos que yacían frente a sus dos peculiares salvadores. En ese momento, cubiertos de sangre, con sonrisas dementes pintadas en sus labios, parecían más bien espíritus vengadores enviados por los dioses.

Los ojos de la mujer se encontraron con los de Lya y les dedicaron un guiño divertido al ver su expresión.

—Nosotros hemos cumplido nuestra parte del trato —dijo, mientras su compañero limpiaba su espada en la ropa de uno de los muertos—. Cumple ahora la tuya.

De pronto, observando el estado en el que habían quedado sus perseguidores, Lya se preguntó si no se habría equivocado. Si no se habría encaminado por su propia voluntad a las fauces abiertas del león.

—Os he dado todo lo que tengo —dijo, con voz temblorosa.

La mujer arqueó una ceja y una mueca peligrosa retorció sus gruesos labios, pintados de un carmín tan rojo como la sangre que coloreaba el suelo.

—Has dicho que se trataba de un adelanto.

—Es cierto que tengo riquezas, dinero, pero no aquí —contestó Lya, intentando controlar el temblor de su voz—. Puedo entregároslo cuando lleguemos a mis tierras.

Lya sabía que debía ir al Valle de Austris, llegar a Ispal, la capital del reino, e informar personalmente a la Reina Sinove de lo que había ocurrido en Grisea. Si lo que había escuchado la noche anterior era cierto, si los Mare estaban detrás de la masacre del castillo de los Doyle, podía ser que también estuvieran detrás del asesinato del rey. Eso habría sido lo correcto. Eso habría sido lo que habría hecho una persona con valor. Pero Lya no lo tenía. Solo quería regresar a la Sierra de Arcias, a Itantis, a su hogar.

—Los dominios de los Altair se encuentran a semanas de viaje —replicó el hombre, con un gruñido.

—Lo sé, pero si me lleváis hasta allí, si me protegéis, os prometo por mi vida que os pagaré bien —contestó Lya con algo que no sabía si era vehemencia o desesperación—. *Os lo juro.*

Los dos intercambiaron una larga mirada que pareció durar años. Cuando se volvieron por fin hacia Lya, la mujer le dedicó una sonrisa tan deslumbrante como maliciosa.

—Te acompañaremos, *Lady Lya*. Últimamente no nos cruzamos con muchos a quienes saquear.

—Lya —murmuró ella, antes de darse cuenta—. Llamadme Lya.

Los dos se acercaron, aunque el hombre con cara de monstruo apenas le dedicó una mirada antes de subirse a su caballo. Sus ojos negros parecían dos puertas que se abrían al infierno de los Dioses.

—Encantada de conocerte, Lya. Tengo que felicitarte por haber contratado a los dos mejores cazarrecompensas de todo el reino de Valerya. Mi querido amigo se llama Dimas y yo soy Lucrezia. —La mujer subió de un salto a su caballo gris y le ofreció una mano para ayudarla a montar—. Si cumples con tu palabra, llegarás sana y salva a tu hogar. Si no, te prometo que te despedazaremos y repartiremos cada trozo que quede de ti por toda Valerya. ¿Trato hecho?

Su sonrisa estaba intacta y su mano también. Flotaba en el aire, esperando. Lya reprimió el escalofrío que luchaba por recorrerle la espalda y, por una vez, se obligó a ser valiente.

Asintió con la cabeza y aceptó su mano.

—Trato hecho.

11

IGUALES

Cuando abrió los ojos, Anna recordó la escena.

Había un joven de espaldas a ella, con la pelvis inclinada hacia adelante. Estaba de puntillas y se balanceaba, mientras una melodía pegadiza llenaba de ecos su cabeza. Tenía el pelo negro, sucio y enredado, y la piel bronceada por las horas que había estado al sol o por la mugre que la cubría, no estaba del todo segura. Era tan delgado que recordaba haber visto marcados los huesos de sus hombros bajo la fina tela de su camisa. O más bien, del trozo harapiento que los revestía.

El olor de un guiso burbujeante, de los embutidos y del pan recién hecho la hizo jadear.

—¿Qué estás haciendo? —preguntó una voz hostil en su recuerdo—. Sabes de sobra que no puedes estar aquí. Avisaré a Lady Aliena si no te marchas de inmediato.

Anna giró la cabeza, pero no encontró a ninguna cocinera rechoncha que la mirase con cara de pocos amigos. Muy al contrario, vio a un... niño. Parpadeó, confundida. Sí, era un niño. No debía tener más de doce años. Sentado cerca de ella, removía la tierra con un puñal que estaba claro que había robado de alguna parte.

Tenía el pelo oscuro, pero debajo de esa capa de suciedad, podía ser de cualquier color. Era delgado, muy delgado, de una forma en la que solo pueden estarlo los mendigos y los esclavos. Cubriendo su cuerpo, llevaba una camisa y unos pantalones repletos de remiendos y agujeros.

De pronto, elevó la mirada del cuchillo y clavó sus ojos claros en los de Anna.

—Val, se ha despertado. —Su voz era demasiado infantil para un cuerpo tan afilado.

Anna giró de nuevo la cabeza y volvió a encontrarse al chico, el mismo al que había conocido en las cocinas, ahora vuelto hacia ella. Se anudaba unos pantalones que le quedaban grandes.

De pronto, se dio cuenta de que algo iba mal. Muy muy mal.

Observó a su alrededor y sintió cómo su corazón ganaba ritmo a cada instante que transcurría.

No estaba en la cocina en donde se habían visto por primera vez, ni siquiera en el castillo de los Doyle. Anna estaba en mitad de un bosque que no conocía, entre ellos dos, que la observaban con una mezcla de curiosidad y diversión.

Intentó incorporarse, pero acabó con la boca hundida en la hierba. No solo porque estaba atada de pies y manos. En el momento en que había intentado levantarse, un súbito cansancio, infinito, la había sacudido de tal manera que la había dejado sin aliento.

Anna se mordió los labios con fuerza, procurando que el dolor le devolviera un poco la conciencia.

—¿Quiénes sois? —consiguió gruñir, aunque su voz sonó débil y quebradiza—. ¿Por qué me habéis maniatado?

—Precaución —contestó el niño, encogiéndose de hombros—. No nos gustaría convertirnos en fogatas humanas.

—¿De qué estás hablando? —musitó Anna.

—Vimos cómo prendías fuego a esos mercenarios que te perseguían.

Anna negó con la cabeza, porque eso que decía no tenía ningún sentido. Sin embargo, a sus ojos llegaron unas imágenes extrañas. Las noticias de la muerte del rey. Una ceremonia en el templo del castillo de Grisea. Lord Emmanuel, derramando su sangre por todo el suelo. Bastien, manejando un arma. Lady Aliena. Mirándola. Protegiéndola. Revelándole quién era ella en realidad.

—*No* —boqueó Anna, con la voz quebrada—. No, no, no, no.

El niño la observó con la barbilla apoyada en sus manos e intercambió una mirada con el otro joven, pero no separó los labios.

—¿Dónde están esos hombres? —preguntó Anna, antes de mirar con avidez a su alrededor. Sin embargo, en el pequeño claro en donde se encontraban solo estaban los dos esclavos y ella—. ¡¿Dónde están?!

Anna observó al chico que había visto en las cocinas. Él le guiñó un ojo y le arrebató el puñal a su compañero para ponerse a jugar con él.

—Muertos, al menos la mayoría. Lady Aliena, Lord Emmanuel... vi cómo se llevaban a Bastien Doyle, pero no sé qué ocurrió con su prometida. Quizá se la hayan cargado también. Quién sabe.

—La vimos huir —añadió el pequeño.

Anna luchó contra sus párpados, que querían cerrarse. Se mordió los labios con fuerza, y el pinchazo de dolor la alejó durante un instante de esa nube densa y pegajosa de cansancio que quería envolverla.

—Todavía no me habéis dicho quiénes sois —siseó.

—¿No nos reconoces? —preguntó el joven, fingiendo sorpresa. De pronto, su voz se enfrió—. Pensaba que solo éramos invisibles para los nobles, pero supongo que me equivoqué. Ni siquiera una criada se molesta en mirar a su alrededor.

—Sé que sois esclavos —contestó Anna, fulminándolo con la mirada—. Te vi en las cocinas, mientras orinabas en uno de los calderos.

—Ah, sí, lo recuerdo. —El joven sonrió—. ¿Probaste el guiso? ¿Tenía buen sabor? Quizá le faltaba un poco de sal.

—Pregunto por vuestros nombres —insistió Anna, interrumpiéndolo.

La sonrisa del esclavo se extendió un poco y dejó de juguetear con el puñal, que quedó vuelto en la dirección de Anna, señalándola. Ella le mantuvo la mirada, sin parpadear.

—Yo soy Val y él, Zev —dijo al cabo de unos segundos que parecieron interminables—. Pertenecíamos a la familia Altair, la familia de Lady Lya, pero nos entregaron cuando la prometieron al Inválido de Bastien Doyle. Supongo que fuimos parte del *regalo* de bodas.

—¿Cómo sabes que Bastien Doyle es...? —murmuró Anna, sorprendida.

—Val es capaz de colarse en cualquier rincón. Es un gran espía —contestó Zev por él, con una risita.

Anna balanceó la mirada entre los dos. No eran hermanos, porque no compartían ni un solo rasgo; aun así, parecía que un hilo invisible los envolvía y tiraba de uno hacia al otro.

—¿Y qué hago yo aquí? —susurró ella.

—No podíamos permitir que murieras —contestó Val, antes de dejarse caer frente a Anna—. Eres demasiado valiosa. No para nosotros, por supuesto. Pero no hay que ser muy listo para saber que habrá nobles que pagarán sacos de oro por tu cabeza. Puede que incluso la Reina Sinove esté interesada en ti.

—¿Dejaríais que me mataran por dinero?

—Si el que paga, paga más que el que quiere mantenerte viva... sí, por supuesto. —Zev corroboró la afirmación de Val con un enérgico asentimiento.

Un escalofrío recorrió la espalda de Anna, pero apretó los dientes y se obligó a no vacilar cuando les devolvió la mirada.

—No importa lo que intentéis. Sois esclavos. Cualquier noble puede atraparos de nuevo y no pagaros ni una sola moneda. No hace falta ver vuestras marcas para descubrir lo que realmente sois.

Zev se apresuró a subirse la manga de su camisa, que se le había resbalado del hombro y mostraba la cicatriz de la quemadura con la que marcaban a todos los esclavos cuando los compraban. El dibujo mostraba dos anillas enlazadas, fiel representante de las cadenas que llevaban desde el día en que eran vendidos.

—Además —continuó Anna, cargando su mirada de veneno—, olvidáis quién soy. Vosotros mismos lo habéis dicho, visteis cómo murieron esos hombres anoche. Los hice arder hasta los huesos. ¿Quién dice que no pueda hacer lo mismo con vosotros?

A Val se le escapó una carcajada.

—*Majestad*, aunque quisieras, aunque utilizaras toda la fuerza de tu voluntad, ahora mismo ni siquiera puedes provocar ni una sola chispa.

—Eso no lo sabes —susurró Anna.

—Claro que lo sé. Estás agotada. Hasta que no pasen unas horas, no podrás incorporarte. Estoy seguro, incluso, de que te fatigas solo por hablar.

Anna no replicó. Tenía toda la maldita razón.

—Cuando por fin te recuperes, no podrás usar el don como la noche anterior. No te recomendaría que lo intentases, de hecho. Podrías morir por una combustión espontánea y nosotros perderíamos mucho dinero. —Val se echó a reír al contemplar su expresión—. Controlar un don es algo que exige mucho tiempo de aprendizaje, muchos años de práctica, y tú llevas demasiado retraso.

—Un esclavo no debería saber esas cosas —musitó Anna, sorprendida.

Esa sonrisa que Val tenía pintada en la boca y que no pertenecía al mundo de los cuerdos se extendió todavía más y se derramó por toda su mandíbula. Sus ojos chispearon, parecían dos fragmentos de estrellas brillantes y ardientes.

Zev se echó a reír y Val se unió a sus carcajadas.

Anna desvió la mirada de uno a otro, furibunda, sin entender qué tenía tanta gracia, hasta que vio a Val flotar a varios palmos del suelo. Seguía sentado en la misma postura, pero en ese momento no estaba apoyado sobre nada. Bajo sus piernas, bien flexionadas, Anna podía ver el bosque, la hierba y los matorrales.

El aire se le atascó en algún lugar de la garganta y su expresión solo les hizo reír más. Si Anna no hubiera tenido las manos atadas, se habría frotado los ojos. Se obligó a parpadear, una, dos, tres veces, tantas que al final perdió la cuenta. Pero nada cambió, el esclavo continuaba flotando sobre el suelo y la observaba como un niño que acababa de realizar una travesura.

—No... no es... —musitó Anna, aunque fue incapaz de terminar la frase.

—¿Posible? —terminó Zev por ella, burlón.

Era incapaz de despegar los ojos de Val. Nadie era capaz de volar. Solo había una familia con poder suficiente para hacer algo así, pero había desaparecido hacía mucho, mucho tiempo. Los dones que habían derivado de esa primera familia no eran capaces de lograrlo. Podían provocar huracanes, levantar grandes ventoleras, pero jamás nadie con el Don del Aire había sido capaz de repetir lo que hacían los miembros de la familia Aer.

Volar.

—Desaparecieron hace cientos de años —murmuró Anna.

—Bueno, mi familia siempre tuvo fama de extender bien su semilla —respondió Val, con las cejas arqueadas.

—Entonces... tu derecho al trono...

Zev dejó de reírse y miró de soslayo a su compañero, al que la sonrisa se le menguó un poco. Colocó por fin los pies en el suelo, como si acabase de bajar de una silla invisible, y se acuclilló para estar a la altura de Anna.

Sus ojos negros eran tan grandes en esa cara tan delgada que parecían devorarla.

—Si quisiera reclamar el trono de Valerya, lo haría como esclavo, no como descendiente de un Aer que se bajó demasiado rápido los pantalones —dijo Val, tirando del cuello de su camisa para que Anna pudiera ver la marca en su pecho, justo encima de donde estaba su corazón.

—Pero si tienes este don, ¿qué hacías sirviendo a los Doyle? —siseó Anna—. ¿Por qué no has escapado hasta ahora?

—Hablas como si eso fuera sencillo —murmuró Zev.

—Mi don no se desarrolló hasta hace un año, más o menos. Los hijos de los nobles descubren los suyos cuando solo son niños. Ellos no pasan frío, ni hambre, ni sueño, ni miedo. Su don se desarrolla a la par que ellos crecen. Los esclavos no tenemos tanta suerte, porque pasamos frío, hambre, sueño y mucho mucho miedo. En casos así, un don tarda mucho en aparecer. Además —añadió—, no conocí a mi padre y mi madre nunca fue noble. Soy un No Deseado, debería tener un tatuaje que me identificara como tal. O bien, debería ser ejecutado por poseer un poder que ofende a los Dioses. Si no hubiese permanecido escondido, si no hubiese esperado a tener una buena oportunidad para escapar, ya me habrían colgado. Porque si hay algo que une a los malditos nobles es la oportunidad de cazar a un pobre desgraciado que atenta contra su puta sangre sagrada.

Su mirada se dirigió intencionadamente a la raya roja que cruzaba la cabeza de Anna, y ella se removió entre las cuerdas, incómoda.

—Te contaré cuál es el plan. —Val movió los dedos y una brisa surgida de ninguna parte agitó el flequillo de Anna y le emborronó la mirada—. Te llevaremos hasta Ispal, la capital de Valerya, donde se encuentra la Reina Sinove. Si te quiere, tendrá que pagar por ti. Si no está dispuesta a entregar el oro que le pidamos por la legítima heredera al trono de Valerya, estoy seguro de que otras familias, con nobles intenciones o no, estarán dispuestas a pagar.

Anna lo miró, con los ojos desorbitados y los dientes apretados por la frustración.

—¡Espera! —masculló, cuando lo vio incorporarse—. ¿Por qué haces esto? Estamos en el mismo bando. Nunca he vivido como una noble, nunca he sido una de ellos.

Zev la miró con los ojos abiertos de par en par, pero Val no cambió su expresión, así que Anna continuó, envalentonada.

—Los dos somos descendientes de familias con Dones Mayores. Los dos nos criamos en lugares muy distintos al que se supone que pertenecíamos. No conocimos a nuestros padres. Somos iguales.

—¿Iguales? —repitió él, ladeando la cabeza.

No añadió nada más. Con lentitud, alzó las manos y comenzó a deshacer las lazadas del enorme blusón grisáceo que lo cubría, remendado y repleto de costras de suciedad. Con un siseo, este cayó al suelo, entre sus escuálidas piernas.

Cuando sus dedos se dirigieron hacia los pantalones, Zev hizo un ruidito con la garganta.

—Val —dijo, con suavidad.

Pero él no pareció escucharlo. No apartaba los ojos de Anna mientras continuaba desnudándose, hasta quedarse frente a ella sin un solo trozo de tela.

Ella lo observó de arriba abajo. No había un solo fragmento de piel limpia. Su cuerpo delgado, mal desarrollado, era un mapa de inmundicia, hambre y sufrimiento. Los callos que Anna tenía en las manos no eran nada comparados con las cicatrices que cubrían su torso, su nuca, su espalda y parte de sus piernas.

Apartó la mirada, muerta de una vergüenza muy diferente a la que podía sentir al ver a un hombre desnudo.

Él ni siquiera se ruborizó. Se quedó quieto, de pie, observándola. De su sonrisa demente no había ni rastro. En su cara no había más que una violencia contenida y una rabia que parecía a punto de desbordarse de un instante a otro.

—Aunque fuésemos hermanos de sangre, tú y yo jamás podríamos ser iguales.

12

TRAVESÍA

Bastien despertó con un alarido largo y estremecedor. Sacudió la cabeza, intentando abrir los ojos mientras una película helada, húmeda, le caía desde el pelo hasta los pies y empapaba su ropa.

A parpadeos, mareado por la luz y el dolor intenso que sentía en el hombro izquierdo, consiguió vislumbrar la figura que se encontraba frente a él. Era una mujer. Llevaba puesto un uniforme robado de los guardias de la familia Doyle, y la larga espada que colgaba de su cinturón estaba tan cerca del rostro de Bastien que podía ver las manchas de sangre seca dibujadas en el metal.

—Esa era tu ración de agua —dijo, después de haber arrojado a un lado el barreño que sostenía—. Es una pena que estuvieses inconsciente. Hasta mañana no habrá más.

Bastien no le respondió. Apartó la mirada y observó a su alrededor. Lo habían sentado de mala manera, con la espalda amarrada al tronco de un grueso árbol. Rodeándolo, había decenas de hombres y mujeres. Habían encendido varias hogueras donde asaban un par de jabalís. Atardecía mientras unos bebían de jarras y cantimploras y otros hablaban mientras cocinaban en el fuego.

A pesar del dolor y el asco que sentía, el estómago de Bastien rugió.

Ahora que la luz de la tarde los iluminaba, no le cabía duda de que los que habían atacado a su familia y sus tierras eran mercenarios. Nadie que no fuera caballero podía tener armas así. Ni tanta cantidad. Aunque los mercenarios solían trabajar en pequeños grupos o en solitario. Jamás había visto a tantos juntos. Debían alcanzar casi un centenar.

Bastien no sabía si le dolía más la herida que tenía en el hombro o la que llevaba por dentro. Por los dioses, era imposible que hubieran salido victoriosos contra tantos. Para ellos, su vida era matar y robar, eran profesionales. La familia Doyle, con su ridícula guardia, su escaso poder y sus pequeños dones, no era rival.

—Oh, mirad al pobre Inválido. Parece que va a llorar.

Bastien levantó la cabeza y escupió en dirección a la mercenaria que había hablado. Ella no logró apartarse a tiempo.

—Quiero hablar con quien esté al mando —dijo, sin parpadear.

La mujer apretó los dientes y se acercó a él para asestarle un puñetazo en el hombro que le hizo soltar un aullido. Algunos de los mercenarios se echaron a reír al escucharlo gritar, pero uno de ellos bajó la jarra de la que bebía y frunció el ceño cuando posó sus ojos sobre él.

—Deberías tener más cuidado. Lo quieren de una pieza —le dijo a su compañera.

—Tiene que conocer cuál es su sitio —contestó ella, lanzando a Bastien una mirada llena de rabia—. Deberías actuar como la situación lo requiere. Y créeme, *requiere* que seas obediente y estés callado.

A pesar del dolor, Bastien arqueó las cejas y la observó con toda la impasividad de la que era capaz.

—Has sido tú la que ha empezado a hablar.

Ella estuvo a punto de golpearlo de nuevo, pero el mercenario que había hablado antes dejó la jarra a un lado y se acercó a ellos, aferrando a la mujer del brazo. Ella resopló y se desprendió con brusquedad de sus dedos. Le lanzó una última mirada colérica a Bastien y se alejó en dirección a sus compañeros.

—Si tienes algún aprecio por tu vida, deberías saber cuándo mantener la boca cerrada —le dijo el hombre—. Creía que a los nobles se os educaba mejor.

Bastien era incapaz de contestar. Ahora que veía al mercenario de cerca, reconoció quién era. No podría olvidar su aspecto en siglos. Su pelo castaño oscuro, su barba corta y descuidada, la cicatriz que tenía en la nariz, atravesándosela, y sus ojos claros, de un verde sucio, pantanoso. Era el rostro del caballero que había anunciado que el rey había muerto. El mismo que había visto Lord Emmanuel antes de morir.

Ya no llevaba la armadura puesta, solo unas ropas que lo hacían parecer un campesino.

Bastien se revolvió contra las cuerdas y lo taladró con la mirada, pero lo único que consiguió fue hacerse más daño y agotarse.

—No te lo tomes como algo personal —dijo el hombre con tranquilidad. Casi parecía observar con lástima cómo se retorcía—. Matar a tus padres solo era parte del trabajo.

A Bastien no se le escapó el plural. Dejó de moverse de golpe y alzó la mirada hacia él. De pronto, solo notaba frío por dentro.

—¿Mi... mi madre...?

—Fue una decisión práctica —contestó el mercenario, encogiéndose de hombros—. Los dos conocían la información. Ella tenía un don, tú eres un Inválido. La elección era sencilla.

—¡¿Y teníais que matarla?! —gritó Bastien. Tuvo el impulso de golpear al hombre, pero solo consiguió sacudir el terreno húmedo con los talones—. ¡¿Teníais que matar a todos?!

Sus gritos divirtieron al resto de los mercenarios, que se echaron a reír. Alguno levantó la jarra en su dirección.

—No, pero eso reducía los problemas para el futuro. Imagina lo que habría ocurrido después de que te raptásemos. Los Doyle hablarían con aquellos que nos contrataron, quizá se comunicarían con la Reina Sinove, habría más familias nobles de por medio... Un auténtico lío. Y que los dioses me protejan, pero odio todas las complicaciones que pueden evitarse. —El mercenario le sonrió mientras hablaba y daba pequeños sorbos a su bebida—. Así que la única manera de ahorrarme futuros dolores de cabeza era masacrar todo lo que tuviera relación con los Doyle y no dejar a nadie con vida en el castillo.

—Os mataré —siseó Bastien—. Os mataré a todos.

—Bueno, no es la primera vez que me amenazan de muerte, así que no te ofendas si no me ves asustado.

Dio otro trago a su jarra y le guiñó un ojo, consiguiendo que Bastien se revolviera contra las cuerdas una vez más.

—Quizá no deberías estar tan contento —murmuró Bastien. El mercenario arqueó las cejas, pero esta vez no pronunció palabra alguna—. Si quien os contrató necesita información, si sigo vivo... significa que *ella* escapó.

La sonrisa del mercenario disminuyó un poco, pero no llegó a desaparecer.

—Chico listo.

—No pienso decir nada —continuó Bastien, con los dientes apretados—. No me sacaréis ni una maldita palabra.

—Oh, a nosotros no nos interesa escucharla —contestó—. Sería un buen chismorreo, claro, pero solo eso. A quien realmente le interesa lo que puedas decir es a alguien que está a cuatro días a caballo de aquí, al oeste de Grisea, junto al mar.

Los ojos de Bastien se abrieron de par en par, y comprendió de pronto. La única familia que se encontraba a esa distancia de sus tierras, la única con el poder suficiente como para contratar a un ejército de mercenarios... eran los Mare. Los enemigos naturales de los Lux durante siglos y siglos.

El mercenario se echó a reír ante su expresión.

—La solución más sencilla es siempre la correcta.

Se irguió y se separó unos pasos de Bastien. Dio un nuevo trago a su jarra y lo observó de arriba abajo. Sus pupilas se detuvieron en la ropa que llevaba desde la noche anterior, manchada de tierra y de sangre.

—Sé un buen prisionero, chico. Es un consejo. No vamos a dejar que mueras, nuestro sueldo depende de llevarte hasta tu destino con vida. Pero no todos son como yo. Podemos dejarte sin comer, sin beber. Podemos dejar que esa herida se infecte, y podemos cortarte el brazo para que esa misma infección no se extienda al resto de tu cuerpo. Entiendes lo que quiero decir, ¿verdad?

Bastien levantó la cabeza y lo miró. Jamás había observado con tanto odio a nadie. Había veneno en sus ojos, ardían con una rabia asfixiante.

—Considéralo una inversión a largo plazo. Tal vez, cuando transcurran los años, puedas cumplir tu amenaza.

El mercenario le dedicó una pequeña reverencia, tan mal ejecutada que tenía que ser a propósito, y le dio la espalda para alejarse en dirección a sus compañeros.

—Para poder matarte necesito conocer tu nombre —contestó Bastien, cuando ya se había adelantado unos pasos.

Él se detuvo y enseguida se volvió, divertido.

—Mi nombre verdadero no te serviría de nada, ya nadie me conoce por él. Si quieres preguntar por mí, pregunta por Viper.

Esta vez no volvió a mirar atrás. Se perdió entre los otros mercenarios que lo rodeaban.

Bastien se prometió a sí mismo no olvidar la expresión de su mirada, los gestos que parecían descuidados y no lo eran, la cadencia entre grave y burlona de su voz. Se prometió a sí mismo buscarlo como fuera, cuando fuera, y hacerle sentir todo lo que le había hecho sentir a él.

Su corazón ya no lo mataría en un futuro. Esos mercenarios se lo habían destrozado tras una noche de muerte y fuego.

13

UNA FLOR DESTROZADA

Cuando Lya era pequeña, se imaginaba caminando entre árboles y flores.

En su ensoñación, solía llevar un precioso vestido blanco, lleno de lazos y encaje. Nunca estaba sola. A su lado, había un joven de su edad. Rubio, de cabello ondulado y flequillo rebelde, que caía sobre unos ojos azules como el agua profunda que llenaba las pozas de la Sierra de Arcias, su tierra. Sonreía a Lya y siempre se dirigía a ella con palabras gentiles, llenas de amor. Su don era muy poderoso y solo lo utilizaba para protegerla.

A veces, su príncipe imaginario se parecía a Etienne Mare, con quien Lya había coincidido un par de veces cuando era más pequeña. Otras, a Prian Lux, que había muerto ahogado en el lago de su propio castillo cuando ella todavía era una niña. Otras, incluso, a Blazh Beltane, el hermano menor de la Reina Sinove, al que Lya había conocido durante el funeral de su otra hermana.

Jamás se hubiese imaginado que, años después, caminaría por un bosque parecido al de sus sueños, con un vestido rasgado, lleno de barro y restos de sangre, despeinada, y que el príncipe que la acompañaría sería uno de esos monstruos que aparecían en los cuentos de miedo que odiaba escuchar de pequeña.

Lya no sabía qué la aterrorizaba más, si su cuerpo, tan enorme como el de ningún otro hombre; sus manos ásperas, llenas de callosidades y uñas partidas; las profundas cicatrices que le deformaban el rostro; o sus ojos, tan negros e insondables como el infierno de los Dioses.

Dimas evitaba mirarla, pero cada vez que lo hacía, un escalofrío recorría a Lya de pies a cabeza y conseguía que su respiración se acelerase. De vez en cuando, se alejaba de Lucrezia y de ella, que montaban juntas. En esos escasos momentos era cuando se atrevía a despegar los labios para hablar.

Lucrezia también estaba armada, y aunque la había visto matar con la misma impasibilidad que Dimas, había algo en ella que la hacía confiar. Al menos, todo lo que podía hacerlo en una cazarrecompensas a la que le debía algo que no estaba segura de poder pagar.

Desde que les había pedido que la acompañaran hasta Itantis, apenas había comido o bebido. Y, sobre todo, no había podido hacer *eso* de lo que se negaba a hablar.

A veces, en el castillo de Lya, durante las escasas veladas en las que Lord Tyr Altair, su padre, permitía que algún juglar cantara una canción al lado del fuego, se aguantaba hasta que se retorcía de dolor. Ese tipo de cosas no estaban relacionadas con los paseos por el bosque, los vestidos de fiesta ni con los jóvenes galantes.

Pero esa ocasión era distinta. Llevaba demasiado tiempo sin visitar una letrina y cada trote del caballo era una agonía.

Sus manos se movieron solas hasta su vientre y lo apretaron para darle algo de consuelo. Giró la cabeza para que Lucrezia no pudiera ver su expresión de dolor, pero sus ojos se encontraron accidentalmente con los de Dimas, que montaba a su lado.

Su mirada negra la escrutó sin piedad antes de que ella pudiera volver la cara.

—Te estás meando, ¿verdad?

Lya abrió la boca de par en par y sintió cómo la sangre se le acumulaba en la cara a una velocidad sobrenatural. Negó con una vehemencia casi extrema y hundió la cabeza entre los hombros, como si pudiera hacerla desaparecer en ellos.

—No me mientas.

—Yo... yo no... —balbuceó, con la boca seca.

—¿Es que esa sangre de los Dioses que corre por tus venas te lo impide? ¿Cagar o mear te hace menos noble?

Lya no tenía ni idea de qué contestar. Solo sabía que tenía la cara ardiendo y la lengua hecha un nudo demasiado enrevesado como para poder desatarlo.

—Dimas —intervino Lucrezia, con un suspiro—. Me estás avergonzando hasta a mí.

—¿Ahora tú también te vas a volver una maldita princesita? —resopló él, frunciendo sus labios partidos—. Si la princesa quiere mear, que mee. Si desea cagar, que cague. Solo tiene que decirlo. Porque reventará por dentro si pretende aguantar todo el camino hasta su bonito castillo.

Por mucho que lo intentase, Lya no pudo hacerse más pequeña. Ya se había replegado sobre sí misma todo lo que le permitía su cuerpo y el vestido de baile que llevaba puesto.

—Lya —dijo Lucrezia, tirando de las riendas—. ¿Necesitas...?

—Sí, por favor.

Con un bufido más que audible, Dimas también detuvo a su enorme caballo y se echó a un lado del camino; mascullaba algo entre dientes que Lya no lograba escuchar.

—Vamos, te acompañaré. —Lucrezia le dio un pequeño empujón para que bajase del animal—. Yo también lo necesito.

Cuando Lya descendió, le entregó las riendas al cazarrecompensas, al que evitó mirar a toda costa, y juntas se alejaron un poco del sendero para adentrarse en la espesura.

—Creo que podemos detenernos aquí. No hace falta que lleguemos a la otra punta del reino —comentó Lucrezia, al cabo de unos momentos, riendo—. Estaré a unos metros, tras esos matorrales, para darte intimidad.

Lya asintió, con las mejillas todavía rojas como amapolas. Una vez que estuvo sola, se levantó como pudo las pesadas telas de la falda de su vestido. Apretó los dientes y los dedos en torno a los volantes, e intentó olvidar las palabras de Dimas, que todavía retumbaban en su cabeza. No lo consiguió. La vergüenza volvió a carcomerla por dentro, aunque al menos el vientre ya no parecía a punto de reventarle cuando dejó caer de nuevo la falda. Lucrezia apareció unos momentos después.

—¿Mejor?

—Sí. Gracias... por darme mi espacio —añadió, tras una vacilación.

A Lucrezia se le escapó una extraña carcajada, como si estuviera recordando una vieja broma pasada que no quería compartir.

—Sé que la intimidad es importante. El respeto por quién eres. Antes, pensaba que si hasta una maldita cazarrecompensas como yo lo comprendía, lo haría también todo el mundo. Pero me equivoqué, por supuesto.

Lya frunció el ceño, confusa.

Lucrezia avanzó un paso hacia ella, como si deseara que la joven pudiera verla mejor. Pudiera verla de verdad.

—Si no tomara mi poción cada año... no tendría este aspecto. *Este cuerpo.*

Lya comprendió lo que la mujer quería decirle con un sobresalto, pero como todavía la sangre no llegaba a otro lugar que no fueran sus mejillas y sus orejas, se limitó a asentir.

—Los Dioses se equivocaron al enviarme a este mundo —añadió mientras se giraba hacia ella—. Soy una mujer, pero ellos decidieron entregarme un cuerpo que no me representa.

Su expresión pícara, algo retorcida, pareció quebrarse un poco cuando dio otro paso hacia Lya; la examinó más de cerca.

—¿Lo entiendes?

Aunque la voz de Lya continuaba sin aparecer, volvió a asentir. Con ese simple gesto, la angustia desapareció de golpe de los ojos de Lucrezia y los hizo brillar de nuevo.

—Mejor así —contestó, uniendo sus manos en una potente palmada—. El último cliente que contrató nuestros servicios no lo entendió y tuve que rebanarle la cabeza.

Lya tragó saliva, esta vez con los ojos clavados en la empuñadura de su espada, a la que Lucrezia daba unos golpes afectuosos con la palma de la mano.

—Volvamos entonces, estamos tardando en regresar —añadió mientras la sobrepasaba caminando—. Dimas es un perro que gruñe mucho, pero muerde todavía más.

Un espasmo recorrió a Lya y se apresuró a seguirla, bien pegada a su espalda, con cuidado de no alejarse demasiado.

No tardaron en encontrar a Dimas. Subido en su caballo, era imposible no verlo. Parecía un gigante, o un demonio enviado por los dioses para castigar al reino. Su mirada fulminante pertenecía a uno de ellos cuando se volvió para encararlas.

—Os ha llevado demasiado tiempo. —Parecía que iba a añadir algo más, pero entonces sus ojos se entrecerraron cuando se encontraron con los de su compañera—. ¿Por qué sonríes de esa maldita forma?

—No voy a rebanarle la cabeza a nuestra nueva clienta —comentó.

Dimas arqueó sus gruesas cejas y contempló a Lya, aunque ella se obligó a no separar su mirada del borde sucio de su vestido. Las pupilas del hombre le quemaban la cara.

—Ya veo —contestó él.

Sin mirar a ninguno de los dos, Lya montó el caballo junto a Lucrezia. Intentaba apagar vanamente el calor de su cara, que volvía a ser insoportable.

—No... no es algo que tenga importancia —consiguió articular, con un hilo de voz.

Como tenía los ojos clavados en sus manos, muy apretadas contra los bordes de la silla de montar, tardó demasiado en darse cuenta de que los dos mercenarios se habían vuelto hacia ella para observarla con atención.

Un vistazo a los ojos de Dimas era lo único que necesitaba para apartar de nuevo la mirada. Había algo en ellos, mucho más profundo que esa continua oscuridad que los acompañaba, que la sobrecogía como nada lo había hecho nunca.

—Qué sabrás tú de lo que tiene importancia o no —respondió él, con su voz grave llena de rabia—. Solo eres una maldita princesita que juega con joyas y vestidos.

El corazón de Lya se retorció un poco en su pecho y tuvo que morderse los labios para concentrarse en el dolor y que las lágrimas no se le escaparan. Le hubiese gustado replicarle, pero no pudo. Le hubiese gustado preguntarle qué sabía él de su vida, qué sabía de todo lo que ella había visto y vivido. Lya no conocía la historia de ese hombre, no sabía qué había detrás de esas cicatrices, pero él tampoco conocía la suya. No sabía que a veces su mundo de cristal, joyas y oro era tan cruel como el de las espadas, las luchas y la sangre. Sin embargo, no dijo nada. Se sentía demasiado amedrentada como para responderle. Solo fue capaz de guardar silencio y tragar saliva, intentando acallar el dolor que sentía por dentro.

Los dedos reconfortantes de Lucrezia treparon por su espalda hasta anclarse en sus hombros, pero Lya siguió sin moverse, ni para apartarse ni para estrechárselos.

—A veces te comportas como un monstruo, Dimas.

Él esbozó una sonrisa rota y, con la mano enguantada, señaló las marcas que le recorrían toda la cara, desde la sien hasta el cuello.

—Eso es lo que soy, ¿no? —siseó, antes de tirar de las riendas del caballo y comenzar a trotar.

Lucrezia no lo siguió inmediatamente. Se quedó quieta, con los puños convulsos apretados contra las riendas y los ojos clavados en el camino por el que su compañero se perdía.

—Maldito idiota —murmuró.

Lya no despegó los labios, temiendo empeorarlo todavía más, pero Lucrezia inclinó su cuerpo hacia ella. Una sonrisa extraña bailaba en su boca.

—Es culpa mía —suspiró—. Cuando decidimos asociarnos, Dimas estableció solo una norma: jamás trabajar para los nobles. Y yo la he roto contigo.

—Tuvo... ¿tuvo algún problema con alguno? —se atrevió a preguntar Lya, en voz baja.

—Me decapitaría si te contara algo —respondió Lucrezia, con una mueca—. Así que permíteme guardar esa historia para mí.

No sabía si estaba hablando en serio o si estaba bromeando, pero, por si acaso, no preguntó nada más.

—No pareces mala chica, Lya Altair —comentó Lucrezia, mientras picaba espuelas para que el caballo se pusiera en movimiento—. Pero hay veces que los monstruos no pueden transformarse en príncipes, aunque tengan a una buena princesa a su lado.

Esa misma noche decidieron dormir en una posada. Una súbita tormenta había estallado sobre sus cabezas hacía un par de horas y no había dejado de llover desde entonces.

Lya jamás había pisado una. Al menos, no una así. Se trataba de un edificio pequeño y maloliente, construido de una madera vieja y húmeda, que parecía mantenerse en pie a duras penas. Era muy distinta a las casas de huéspedes o a las residencias de las pequeñas familias nobles que los invitaban a pasar la noche durante los viajes.

La muchedumbre que encontraron cuando llegaron era tan decrépita como la propia posada. La mayoría eran campesinos, viajeros extraños, borrachos y mujeres que caminaban entre las mesas, ofreciendo algo de calor a los recién llegados.

Cuando una le guiñó el ojo a Lya, ella apartó la mirada, sonrojada.

Lucrezia, sin embargo, se deslizaba entre las mesas, la comida grasienta y las jarras de cerveza como pez en el agua. Rápidamente se hizo con un lugar cerca del fuego y ordenó abundante comida, mientras Dimas bebía en la barra, lo suficientemente alejado de ellas como para que no fuera más que una sombra oculta entre los demás.

Hacía horas que no pronunciaba palabra.

Lya se mantuvo pegada a Lucrezia durante casi toda la velada. Se obligó a comer un poco y a beber del vino que ella había ordenado. Sin embargo, cuando un par de hombres se les acercaron, con los ojos brillantes y apestando a alcohol, Lya se deslizó con disimulo por el banco y se alejó de ellos sin llamar demasiado la atención.

Al ponerse en pie, el vino que había bebido pareció cobrar vida en sus venas, y la hizo balancearse de tal forma que tuvo que sujetarse a la repisa de la chimenea para no tropezar con sus propios pies.

—¿A dónde vas? —le preguntó Lucrezia, entre risas, al ver la torpeza de sus movimientos.

—Fuera. Hace demasiado calor aquí —respondió, con una verdad a medias.

—Ten cuidado, no vayas por sitios oscuros. —Lucrezia soltó una carcajada y sus ojos se encendieron más—. Podrías encontrarte con alguna pareja muy... *entretenida*.

Lya se ruborizó y se apresuró a escabullirse, mientras las carcajadas de Lucrezia y los hombres que la rodeaban resonaban durante su camino al exterior de la posada.

Cuando salió al pequeño patio trasero, se sintió mucho mejor. Respiró hondo para dejar que el aire nocturno inflase sus pulmones.

Frente a ella se extendía un bosque, ahora envuelto en la negrura. Las antorchas del edificio apenas llegaban a iluminar las copas de los árboles. No sabía qué nombre recibía, pero estaba segura de que, si lo atravesaba de vuelta, llegaría de nuevo a Grisea. Lya no pudo evitar preguntarse qué estaría ocurriendo al otro lado, qué sucedería con el castillo, con las tierras de los Doyle, después de la masacre de hacía dos noches.

Quizá, los verdaderos caballeros de la corona habían llegado hasta él; quizá, las familias cuyas tierras colindaban con la de los Doyle habían acudido para buscar supervivientes.

Quizá debería haberse quedado allí, escondida, hasta que ellos aparecieran.

Lya miró un instante hacia atrás, hacia la posada, de la que escapaban gritos y risas por sus puertas de madera podrida. Sus hermanas mayores se reirían de ella si la vieran. ¿A quién quería engañar? No había sido valentía lo que la había hecho sujetar la mano de Lucrezia y subirse a su caballo. Tenía miedo de quedarse sola, como siempre lo había tenido. De no saber defenderse. De no sobrevivir.

Cerró los ojos y avanzó un par de pasos hacia la espesura. Sería muy fácil. Solo tenía que adentrarse entre los troncos gruesos y dejar que la engulleran. Todavía no estaba muy lejos de Grisea. Si se marchaba en ese momento, Lucrezia y Dimas no se enterarían hasta pasadas unas horas.

De pronto, unos pasos a su espalda la alertaron. Se volvió, asustada.

—¿Qué haces aquí sola?

Lya contuvo el aliento y retrocedió. Las antorchas de la posada derramaban luz sobre Dimas, pero también sombras. La mitad de su rostro estaba envuelto en tinieblas.

Era la primera vez que estaban a solas, y no sabía qué la mareaba más, si la oscuridad densa que los rodeaba, el alcohol que todavía corría por sus venas o el olor dulzón del vino, que envolvía al hombre como un abrazo y llegaba hasta ella.

—No estoy haciendo nada —replicó Lya, nerviosa.

—Pero seguro que pensabas cosas interesantes —canturreó él.

—No sé de qué me hablas.

—Los borrachos no saben mentir, y juraría que tú has probado poco vino en tu vida, *princesita*.

Lya no podía quedarse allí con él ni un segundo más. Estaba muy borracho, podía adivinarlo por el hedor y el ligero arrastre de las palabras al hablar. Toda dama de buena posición sabía que nunca debía estar a solas con un hombre ebrio. Sobre todo, con uno mayor que ella.

—Vuelvo adentro —dijo Lya, con una voz que pretendía ser firme—. Buenas noches.

Con la cabeza bien erguida, caminó en dirección a la posada. Pero, al pasar por su lado, tropezó con una raíz que sobresalía del terreno y perdió el equilibrio.

El brazo de Dimas se movió rápido y la sujetó antes de que cayera al suelo. No apartó la mano de su muñeca cuando consiguió erguirla.

Lya levantó la cabeza hacia él y tragó saliva.

—¿Practicando para el baile que celebrarán en tu honor? —siseó.

—¿Baile? —repitió Lya, paralizada.

Él dio un paso atrás para dejarla por fin libre. No pudo verlo con claridad, pero estaba segura de que la estaba observando con una ironía casi hiriente.

—¿Nunca te han contado un maldito cuento de hadas? —Volvió a cernirse sobre ella, como un depredador que acechaba a su presa—. La princesa siempre es recibida con flores y canciones al llegar a palacio.

Lya lo miró fijamente, aunque apenas pudo distinguir los contornos de su silueta.

—Yo no soy ninguna princesa —susurró.

Y en su castillo jamás la recibirían con flores y canciones.

—No, claro que no —dijo Dimas, reclinando la cabeza—. Pero en los cuentos, cuando el héroe la salva, ambos comparten un baile hasta la medianoche.

Lya no supo por qué, pero esas palabras la zarandearon como una súbita ráfaga de viento.

Con brusquedad, Dimas arrancó una flor de un matorral cercano. Dio dos pasos en dirección a Lya y extendió la mano, dejando que la débil luz de la luna cayera sobre los pétalos destrozados y el tallo quebrado en dos.

—No soy...

—Yo tampoco soy ningún héroe —la interrumpió él.

Lya tragó saliva, confundida. ¿Qué hacían realmente él y ella ahí, en medio de la oscuridad? Dimas permanecía quieto, con los dedos aún tendidos hacia Lya, esperando... ¿qué? ¿Qué esperaba?

Dudó, pero Lya terminó alargando la mano, cautelosa, como si le estuviera ofreciendo migas de pan a cuervos salvajes. Sin embargo, en el instante en que rozó los pétalos de la flor, él dejó caer el brazo e impidió que llegase a tomarla.

—¿De verdad estarías dispuesta a concedérmelo? —Estaba tan cerca de ella, que Lya pudo ver cómo sus labios rotos se alargaban hasta conformar una sonrisa cruel—. *Mentirosa*.

Soltando una carcajada entre dientes, Dimas apretó los restos de la flor entre los dedos y la arrojó a sus pies.

—No olvidaré esto, Lady Altair —dijo, tras una pausa casi cruel—. El monstruo de la historia siempre recuerda.

Lya apretó los puños y retrocedió a trompicones. Sin ser capaz de soportar más el peso de sus ojos, apartó la vista y la hundió en la masa de árboles que se extendía frente a ella, como tinta derramada.

—No intentes escapar. Tenemos un trato —le advirtió Dimas con un siseo espeluznante—. Porque si lo haces, lo sabré. Y seré yo quien te persiga y te traiga de vuelta.

Sin detenerse ni mirar hacia atrás, Lya se escabulló con toda la dignidad que le fue posible en dirección a la posada.

El corazón nunca le había latido tan incontrolablemente.

14

ESCAPAR DEL VIENTO

El sol brillaba con fuerza sobre la cabeza de Anna, indicándole que ya había llegado el mediodía. Se colaba entre las hojas del árbol que la cubría y caía sobre su piel, la abrasaba poco a poco.

Estaba sudando y el calor que sentía era insoportable, pero estaba firmemente amarrada al grueso tronco del árbol y no podía hacer más que gruñir y retorcerse, aunque eso solo consiguiera que las cuerdas se clavaran con más fuerza en sus brazos.

De Val no había rastro. Se había marchado hacía horas y todavía no había regresado.

Zev estaba sentado en la sombra, jugueteando con su cuchillo robado. Anna había intentado hablar con él, establecer algún tipo de conversación. Parecía mucho más accesible que Val (era un niño, al fin y al cabo), pero él no le había respondido. Solo de vez en cuando echaba un vistazo a la cara enrojecida de Anna y después desviaba la mirada hacia la única cantimplora de agua fresca que traían consigo. Sin embargo, nunca llegó a ofrecérsela.

Por los dioses, ni siquiera sé dónde estoy, pensó Anna. Sabía que había salido del pequeño territorio de los Doyle, de eso no había duda. Quizá se encontrara cerca de la Bahía de Eulas, la tierra de los Mare, o adentrándose en algunos de los terrenos colindantes a Grisea.

Nunca le decían dónde estaban, por qué se detenían ni por qué continuaban. Apenas le dirigían la palabra. Durante los tres días que llevaba con ellos, prácticamente se mantenía en silencio el tiempo que permanecía despierta. Y eso la hacía pensar.

Mucho.

No solo en su madre, que quizá siguiera viva, sino también en el resto de esa familia que no sabía que existía hasta el momento. En Lady Aliena, en cómo se había sacrificado para darles algo de tiempo en la huida; en Bastien, que tanto había significado para ella cuando era pequeño y que, a pesar del alejamiento posterior, había levantado la espada para defenderla, aunque de esa forma hubiera revelado su mayor secreto. También pensaba en cómo podría haber sido su otra madre, la que murió al dar a luz. No había retratos de ella en el castillo de Grisea, nadie le había hablado nunca de la hermana menor de Lady Aliena.

Por los Dioses, suspiró Anna, sacudiendo la cabeza. Ni siquiera sabía que tenía una.

También recordaba mucho al difunto Rey Nicolae, en lo que debió pensar cuando se enteró de que iba a ser padre de un bastardo. Algo debía sentir por ella, aunque fuese un leve cariño. Si no, no le habría pedido a los Doyle que la escondieran de tal manera que nadie pudiera averiguar quién era realmente. Ni siquiera ella misma.

De él sí había visto retratos, aunque no sabía lo fieles que eran. Tenía el pelo rojo como el de Anna, que se insinuaba en su cabeza aun con todo el tinte negro que lo cubría, y sus ojos también eran grandes y castaños, como tantas veces había visto ilustrados con óleo.

Pero ¿y sus manos? ¿Y su boca? ¿Y su nariz? ¿Serían de él? ¿Serían de su madre?

Anna suspiró como cada vez que su mente volaba hasta ellos y terminó sacudiendo la cabeza. Ya daba igual a quién se pareciera. Los dos estaban muertos.

Los matorrales que los rodeaban se agitaron de pronto y ella se sobresaltó. Zev se puso en pie de un salto, sujetando el cuchillo con sus manos escuálidas.

Anna giró la cabeza todo lo que pudo y, con el aliento atrapado en la garganta, sintió cómo una presencia se inclinaba a su espalda.

—¿Te he asustado, *majestad*? —preguntó Val, con una sonrisa que mostraba todos sus dientes.

Anna no pudo dedicarle el gesto con las manos que le hubiese gustado, así que se limitó a gruñir, con los dientes clavados en la mordaza.

Sintió el calor en sus manos, en todo su cuerpo, pero fue incapaz de generar ni una sola chispa.

Por mucho que le costara reconocerlo, Val tenía razón sobre el uso de su don. Anna apenas había podido caminar durante el primer día por culpa del uso excesivo que había hecho de él sin entrenamiento previo. Todavía estaba cansada, pero al menos era capaz de caminar. Por desgracia, no podía hacer más. El fuego no acudía a ella cuando lo llamaba, era tan silencioso como se mostraban Val y Zev ante sus preguntas.

El único progreso que Anna alcanzó fue la noche anterior, de madrugada, mientras sus secuestradores dormitaban. Había logrado prender en llamas uno de sus dedos. Pensaba utilizar el fuego para quemar las cuerdas que la envolvían, pero lo único que sintió fue un dolor abrasador en la mano. Terminó rodando por el suelo, atrapada en un grito de dolor, apagando las llamas que ella misma había provocado.

Anna creía que Val estaba despierto y que solo fingía dormir, porque le pareció escuchar su risita cuando por fin pudo hacer desaparecer el fuego. Ahora, tenía la mano izquierda roja e hinchada.

Su frustración no venía solo de no poder utilizar un poder que le permitiría escapar. Durante los tres días de camino había visto cómo Val había usado su don. Parecía uno con el viento. De un simple salto, lo había visto subir a las copas de los árboles más altos. Con una ligera exhalación, apagaba las hogueras que Zev encendía para asar las presas que cazaba y proporcionarles algo de calor por la noche. También había visto cómo volvía el aire afilado; tanto que, con un solo gesto de su mano, cortaba en dos ramas y enredaderas que se interponían en el camino, como si esgrimiera una espada invisible que nadie más que él pudiera ver.

Sin embargo, lo que hacía que Anna abriera los ojos de par en par era verlo volar. A veces se limitaba a flotar a poca distancia del suelo, a deslizarse sobre él sin mover ni un solo pie; en otras, se sentaba sobre el aire y el viento, con las piernas cruzadas y los ojos brillantes de diversión.

Las pequeñas manos de Zev, quitándole por fin la mordaza de los labios, devolvió a Anna al presente. Sus ojos se clavaron en Val.

—¿Por qué me miras así? —preguntó él—. Me he tomado la molestia de traerte un regalo.

Agitó algo frente a sus ojos. Era ropa. Un vestido, para ser más exactos. Era grande para ella y parecía viejo, pero al menos se encontraba en mejores condiciones que las prendas que llevaba puestas desde la noche en que atacaron el castillo de Grisea. Su viejo traje negro de ceremonia estaba empapado de sudor, sangre seca y barro.

No era lo único que había traído. A Zev le había entregado un pequeño trajecito infantil de color gris, que hacía juego con sus grandes ojos, y algo de ropa también para él.

—¿De dónde has sacado eso? —preguntó Anna, con el ceño fruncido.

—Estamos cerca del Camino Real. Por él pasan muchos carruajes —respondió Val, antes de encogerse de hombros.

Por la mirada que intercambió con Zev, adivinó que preguntar sobre el cómo estaba de más.

—No puedo cambiarme de ropa si estoy amarrada.

—Qué heredera al trono tan inútil —comentó Val, aunque se arrodilló junto a ella para deshacer los nudos de las ataduras—. Si intentas escapar, juro que te cortaré la lengua y me la comeré asada en la hoguera esta noche.

—Lo hará, créeme —añadió Zev, con una pequeña sonrisa.

Anna se incorporó dejando escapar un suspiro de alivio y dolor. Sentía las extremidades entumecidas y la mano quemada le palpitaba.

Val permaneció a su lado.

—¿Vas a quedarte ahí observándome mientras me quito la ropa?

Un brillo divertido resplandeció en sus ojos negros, pero terminó dándole la espalda.

—Tengo mejores cosas que mirar —respondió.

Anna lo vio marcharse y, hasta que su disparatada cabellera negra no desapareció tras uno de los árboles, no comenzó a desabotonarse el viejo vestido que llevaba puesto.

A su lado, Zev ya se había deshecho de sus harapos. A Anna le costaba mirarlo por su delgadez extrema. Sí, también había colaborado en su captura, pero no podía evitar que se le retorciera el estómago al ver cómo los huesos se marcaban en ese cuerpo infantil. Ni una vida entera comiendo conseguiría rellenar con carne la distancia que existía entre su piel y su esqueleto.

Él sintió el peso de los ojos de Anna y volvió la cabeza con brusquedad. Su ceño se frunció y las mejillas se le enrojecieron.

—¿Qué estás mirando?

Anna apartó la vista de golpe y apretó los labios.

—Lo siento —murmuró, aunque sus palabras parecían contener algo más que una disculpa.

La expresión de Zev siguió siendo ceñuda, aunque el rubor de su cara descendió. Cuando se terminó de vestir alzó las sogas que yacían en el suelo.

—Voy a volver a atarte —dijo, con un dejo de advertencia.

Anna dudó y miró un instante a su alrededor. No veía a Val. Si era rápida, podía... Su mente se quedó en blanco cuando sintió la punta afilada del cuchillo de Zev en la garganta.

—Ni se te ocurra.

Anna soltó un resoplido, pero extendió las manos. Zev envolvió las muñecas con la cuerda, pero tuvo cuidado en no rozar la mano quemada.

—Un niño no debería saber hacer estas cosas —siseó Anna.

—Yo no soy un niño —contestó Zev, en voz baja—. La edad no importa cuando eres un esclavo.

Ella apartó la mirada, incómoda, pero no llegó a responder. Otra voz llenó sus oídos antes de que pudiese hacerlo.

—Vaya.

Anna giró la cabeza. Val acababa de aparecer entre un par de arbustos, vestido con unos pantalones oscuros y una camisa blanca, de mangas anchas. Por encima, llevaba un chaleco bordado de color miel. De alguna forma, los hilos dorados hacían que sus ojos relumbraran todavía más. Eran brasas al rojo vivo.

—Miradnos —comentó, con una sonrisa traviesa—. Casi nos parecemos a esos nobles que tanto odiamos.

Se acercó a Anna y le dedicó una exagerada reverencia.

—Es hora de continuar camino —dijo, después de hacer una floritura con la mano—. Después de vos, *majestad*.

Anna sacudió la cabeza y pasó por su lado con la barbilla levantada.

—Un día te haré estallar en llamas —le siseó.

A Val se le escapó una carcajada.

—Ya veremos.

A pesar de que el Valle de Austris se encontraba casi en el otro extremo del reino, Val y Zev habían decidido que era mejor avanzar a pie. Sería mucho más lento, pero así llamarían menos la atención. De esa forma, podrían hacerse pasar por peregrinos que se dirigían al mausoleo del difunto padre de Anna para rendirle tributo.

Una vez que un rey o una reina moría en Valerya, embalsamaban su cuerpo y lo exponían en un mausoleo que construían especialmente en el interior del templo al que la persona estuviera consagrada. Ispal, la capital del Valle de Austris y del reino, era lo suficientemente grande como para albergar templos dedicados a los cuatro Dioses.

El mausoleo de Nicolae Lux lo construirían en el interior del templo dedicado al Dios Kaal, el Dios del Fuego, el mayor de toda Valerya. Mientras tanto, su cuerpo estaría descansando dentro del palacio de Ispal, donde el pueblo podría rendirle pleitesía una última vez.

Siendo peregrinos no llamarían tanto la atención, ni siquiera de los mercenarios o ladrones que poblaban los caminos. Era bien sabido que no solían llevar nada de valor.

Anna estaba acostumbrada a las tareas interminables de Grisea, así que soportó bien las largas caminatas. Acababa agotada, pero no se quejaba, no pedía que se detuvieran. Era la forma que tenía de demostrarles que era fuerte.

Al principio, Anna iba amordazada, pero tras haberse topado con un par de viajeros, sus captores no tuvieron más remedio que atarle únicamente las manos. Aun así, cada vez que se cruzaban con alguien, Val se acercaba un paso más a su espalda y hacía que su viento acariciase los mechones teñidos de Anna, como si le estuviese susurrando una advertencia sin palabras.

Habían pasado cuatro días desde la noche del ataque a Grisea y, a pesar de la quemadura en su mano, Anna seguía intentando invocar su don. La mayoría de las veces no ocurría nada. En otras, sus manos se iluminaban como dos antorchas y las sacudía, angustiada, antes de que captaran la atención de Val y de Zev; y a veces, se calentaban hasta extremos imposibles.

Ese día, sin embargo, cuando apenas les quedaban un par de kilómetros para detenerse a descansar, Anna consiguió que de las palmas de sus manos brotaran dos llamas pequeñas, perfectas, que no quemaban ni una pulgada de su piel.

Se quedó paralizada, con los ojos muy abiertos, observando las lenguas de fuego que surgían de sus dedos, como si fueran una prolongación más de su cuerpo.

Anna acercó las manos a su rostro, para contemplar las llamas de cerca. Sentía el calor sobre sus mejillas, pero no era un calor abrasador, dañino. Sabía de alguna manera que, si se colocaba las manos sobre los ojos, ese fuego que había creado no le quemaría ni una pestaña. Algo muy dentro de ella se lo decía.

La cuerda que sujetaba sus manos dio un ligero tirón y la súbita exclamación de Zev hizo que Anna levantara la mirada.

Tanto él como Val se habían quedado inmóviles al verla.

Val no parecía asustado, pero su sonrisa salvaje no estaba presente en sus labios y la incipiente oscuridad de la tarde ensombrecía su expresión. Estaba girado hacia ella, con las rodillas flexionadas y los brazos en tensión, esperando. Parecía un gato a punto de saltar sobre su presa.

Zev, sin embargo, sí se asustó. Anna podía verlo en sus ojos, a pesar de que luchaba por esconderlo. Val era como ella, tenía un don, pero Zev no. Era solo un niño y su cuchillo no podía hacer nada contra las llamas de Anna. Él lo sabía.

Y Anna también.

Zev movió con lentitud la mano hacia el pequeño cinto de sus pantalones, de donde colgaba la única arma. Sus ojos claros no se despegaron del fuego que brotaba de las palmas ardientes.

—Anna... —advirtió Val, con suavidad.

Ella no lo escuchó. No deseaba matarlos, no sabía qué hacer y cómo defenderse, pero sí quería escapar. Y en ese instante, con las manos en llamas, era su oportunidad.

Hizo un movimiento brusco y Zev se movió.

El cuchillo voló sobre su cabeza y se clavó en el árbol más cercano. Lo esquivó por centímetros y el susto consiguió que, sin premeditarlo, las llamas de sus manos aumentaran.

No supo cómo lo había hecho. El miedo y la rabia le provocaron un impulso inconsciente. Anna se concentró en el calor intenso que rodeaba su mano izquierda, estiró la extremidad y señaló con ella a Zev. Intentó alejar ese calor, empujarlo sin manos. Su corazón se agitó, y el latido siguiente pareció hacer eco en cada hoja de los árboles que la rodeaban. Las llamas de su mano izquierda crecieron y una larga llamarada escapó de ella y cayó sobre Zev.

El niño soltó un chillido y se cubrió con los brazos, aunque la piel no podía hacer nada contra el fuego. El fuego lo habría alcanzado de no haber sido por Val. Extendió sus manos y, con un movimiento rápido, provocó una fuerte ráfaga de viento que hizo tropezar a Anna y disolvió las llamas.

Ella no esperó a que ni él ni Zev hicieran nada más. Las llamas no habían lastimado su piel, pero sí habían reducido a cenizas las cuerdas que le sujetaban las muñecas y las mangas de su nuevo vestido. Echó a correr.

Se deslizó por el bosque sin saber a dónde iba. Sabía que a la izquierda discurría el Camino Real, la única carretera que cruzaba Valerya de sur a norte, así que se dirigió hacia el lado contrario.

Pedir ayuda no era una opción, no siendo quien era. Si quería salir de allí, tendría que hacerlo sola.

Corrió tan rápido como le permitieron las piernas. Pisoteó arbustos, dejó que las ramas y las enredaderas la arañaran en su desesperada carrera. Mantuvo las manos ligeramente extendidas, incapaz de apagar las llamas que brotaban de ellas. No quería incendiar el bosque ni tampoco su ropa.

Miró un instante por encima del hombro. No vio a nadie persiguiéndola ni escuchó nada que no fueran sus pasos y sus resuellos.

Volvió la mirada al frente y tuvo que detenerse bruscamente para no darse de bruces con Val.

No sabía de dónde había salido, pero ahora se encontraba a solo un par de metros de distancia, con los brazos cruzados y la cabeza ladeada, evaluándola con diversión.

—Atacar a un niño, *majestad*. Qué truco tan feo... pero muy propio de una futura reina —comentó con un siseo divertido—. No sé qué tendrá la sangre infantil... pero cuando conviene, a los reyes les encanta derramarla.

—No quería hacerle daño —se defendió Anna. El sabor de la culpa quebró sus palabras.

Val arqueó una ceja y avanzó un paso en su dirección. Ella retrocedió.

—Estás consiguiendo que se me ensucie la ropa nueva. Y quería disfrutar un poco más de ella. Llevaba casi un mes sin cambiarme, ¿sabes?

Anna alzó los brazos a modo de advertencia y las llamas resplandecieron contra la mitad de su cara, sumergiendo la otra en sombras.

—Déjame en paz —contestó ella, sin pestañear—. Yo no soy vuestra pertenencia. No tenéis derecho a vender mi vida o mi muerte a nadie.

—Tiene gracia que tú me lo digas —replicó Val.

—Yo nunca he comprado o vendido a un escla...

—Pero ¡jamás hiciste nada por nosotros! —gritó de pronto él, con tanta ira, tanto dolor, tanta impotencia, que le erizó la piel—. Tú hiciste exactamente lo mismo que los demás. Nada. Nada. ¡Nada!

Anna dio un paso atrás, con la boca apretada y la respiración contenida. Lo único que hizo eco en el bosque fue el crepitar violento de las llamas que prendían sus manos.

—La primera vez que realmente me viste fue aquella mañana, cuando decidí mearme sobre la suculenta comida de mis *amados dueños* —continuó Val. El fuego que brotaba de la piel de Anna apenas era una simple chispa comparada con el incendio que él llevaba por dentro—. Pero ¿sabes cuántas veces nos cruzamos? ¿Recuerdas acaso mi cara? —Y luego añadió, con voz ronca—: Porque yo sí recordaba la tuya.

Anna siguió sin contestar. Ver a los esclavos nunca dejaba de ser incómodo, así que solía desviar la mirada cuando se cruzaba con alguno. Cualquier cosa era mejor que observarlos, siempre enfermos y desnutridos.

—Desde el día en que llegué a Grisea nos cruzamos muchas veces, muchísimas. La famosa criada de las manos negras, la chica a la que nadie quería acercarse porque temían despertar la ira de Lady Aliena.

Un torbellino de viento lo rodeó, pero Val ni siquiera pareció darse cuenta. Las hojas caídas de los árboles se arremolinaron entre sus piernas, las ramas se agitaron con violencia y su pelo se disparó en todas direcciones. La ropa flotó y ondeó en torno a su escuálido cuerpo.

—Me faltan dedos en las manos para contar las veces en las que nos cruzamos y tú apartaste la vista.

Anna miró fijamente su pecho, que se hinchaba y deshinchaba con velocidad, y tragó saliva con dificultad antes de hablar.

—¿Y por eso me has secuestrado? —habló con lentitud, incapaz de separar la mirada de ese viento oscuro que estaba empezando a sacudir sus llamas—. ¿Quieres vengarte a través de mí? ¿Quieres hacerme sentir todo lo que tú has sufrido?

—Tú eres la perfecta representación de todo lo que odio —dijo Val. Escupía las palabras rebosantes de veneno—. Eres la princesa de Valerya. La futura reina.

Anna negó con la cabeza y dio un paso hacia él.

—Yo... no quiero ser reina —replicó, enseñándole sus dedos envueltos en fuego—. No pedí nada de esto.

Val no parpadeó. Y mientras lo observaba, Anna lo supo. No le creía. No le creería por nada del mundo. Toda su vida había aprendido a no fiarse de los nobles. ¿Por qué tendría que confiar en ella, en la mayor de todos?

—Cambiarás, entonces —susurró, implacable—. Todos lo hacen.

Y entonces, antes de que Anna pudiera añadir algo, alzó los brazos e hizo un movimiento circular. El viento que lo rodeaba se concentró en torno a su cintura y, de pronto, salió disparado hacia ella.

La fuerza con la que la golpeó fue descomunal. Anna cayó hacia atrás y rodó sobre la tierra húmeda. Dio vueltas sobre sí misma hasta que su espalda golpeó contra el tronco de un árbol. Se detuvo en seco.

Jadeó, dolorida, y observó sus manos, que se habían apagado. No quedaba ni una sola chispa rodeando sus dedos.

Anna se dejó caer hacia atrás, frustrada, y se encontró de pronto con la cara de Val a centímetros de la suya. Estaba colgando boca abajo. El viento, que arrastraba hojas secas y guijarros, se aglomeraba en torno a sus pies, como si fueran unas cuerdas invisibles que lo sujetaban a la nada.

Las puntas de su pelo negro estaban a pulgadas de las mejillas de Anna. Sus ojos, hundidos en los de ella.

—No lo vuelvas a intentar —le advirtió.

La rabia, el dolor, se habían escondido de nuevo en esa sonrisa salvaje, que se pronunció cuando volvió a hablar.

—Nadie puede escapar del viento.

15

SIN VENGANZA

Una semana después del ataque a Grisea, el ejército de mercenarios llegó a su destino, aunque a Bastien le habían cubierto los ojos unas horas atrás con una tela negra.

El aire salobre hacía que le picara la nariz y el sol le quemaba la piel. La ropa que llevaba era gruesa y el sudor le corría como ríos por la espalda. Si Bastien ignoraba las conversaciones de los mercenarios y se concentraba, incluso podía oír las olas del océano rompiendo contra la playa.

Era imposible que estuviera en otro lugar que no fuera Caelesti, la capital de la Bahía de Eulas. La residencia de los Mare, la familia más poderosa de Valerya, ahora que el Rey Nicolae había muerto y Anna estaba desaparecida. El origen de toda la conspiración que había destruido el hogar de Bastien, sus sueños y su familia.

—¿Puedes olerlo, Inválido? —dijo una voz a su izquierda—. El olor a muerte.

En los días anteriores había aprendido que era mejor mantener la boca cerrada, a pesar de que algunos intentaran provocarlo a cada minuto que pasaba. Así que Bastien apretó los labios y los dedos en torno a las riendas.

—¿No me oyes? ¿Además de no tener don, te has vuelto sordo?

—Deja al muchacho en paz. No sabes lo que se le viene encima.

Aun con toda la aversión que Bastien sentía por los mercenarios, era a él al que más odiaba. Por desgracia, Viper siempre acudía en su ayuda. No lo protegía, pero Bastien creía que, sin él, quizás hubiese llegado más maltrecho al hogar de los Mare. Desde que habían abandonado Grisea, todas las noches se había encargado de curar la herida de su hombro, de movilizárselo con suavidad. Bastien odiaba más esos momentos que aquellos otros en los que los mercenarios se reían a su costa.

Sentir las manos de ese asesino sobre él, sentir su compasión, era peor que cualquier herida.

Sin embargo, no se resistía cada vez que lo tocaba. Cerraba los ojos y evocaba el rostro de su madre, de su padre, y se obligaba a estar en calma, en silencio, recordándose que necesitaría ese brazo para luchar, para atravesar con una espada a ese maldito bastardo algún día.

Bastien respiró hondo, intentando ignorar las palabras de los mercenarios que lo rodeaban. Por el resto de las voces que escuchaba y el trajín de carros, animales y personas, creía que estaban cerca del centro de la ciudad.

Debía haber puestos de comida en los alrededores, porque un olor a pescado asado inundaba el aire, y se mezclaba con el tufo a algas y a sal que saturaba las fosas nasales de Bastien.

También oía murmullos. Parecían el zumbido de unos insectos, que lo rondaban, taladrándolo. Y, aunque no podía ver porque la tela cubría sus ojos, ni podía tocar nada porque seguía con las muñecas atadas, percibía cómo atraía la atención. El bullicio no disminuía; todo lo contrario. Pronto empezó a oír los gritos de algunos mercenarios, que pedían paso de mala manera.

Bastien había estado en Caelesti una vez, cuando era solo un niño. Se festejaba el cumpleaños de Silvain Mare, el primogénito de la familia, que por aquel entonces era el heredero y no el cabeza de familia. Alcanzaba la mayoría de edad.

Herry Mare, que adoraba a su hijo, había celebrado una fiesta por todo lo alto e invitó a casi todas las familias nobles del reino, incluso a los Lux, a pesar de su eterna enemistad, en una época en la que Prian Lux, el hijo del Rey Nicolae, todavía seguía vivo.

Aunque alojaron a la familia Doyle en el castillo, les proporcionaron unas habitaciones modestas y, cuando llegaba la hora de las comidas, los sentaban en las esquinas del comedor. No obstante, los señores de Grisea estaban encantados, creían que era todo un honor estar allí. Bastien, sin embargo, solo sentía envidia.

El castillo de los Mare era inmenso, el comedor mismo donde habían reunido a todos los invitados durante tres días y tres noches era casi tan grande como todo el patio del castillo de Grisea. Había blasones azules que colgaban del techo, que bailaban con la brisa marina. Casi había llegado el invierno, pero no hacía frío y no era necesario que las chimeneas estuvieran encendidas. En vez de ellas, había unas enormes peceras repartidas por toda la estancia, donde el agua se movía sola, burbujeaba y creaba dibujos extraños.

Mientras Lady Aliena y Lord Emmanuel comían y charlaban con otros nobles, Bastien observaba la mesa principal, ante la que las grandes familias del reino se habían reunido.

Una de ellas era la Altair. En su representación, estaba el cabeza de familia, Tyr Altair, con su mirada feroz y sus manos gruesas como troncos, y su hija mayor, una chica pelirroja de fríos ojos verdes que, a pesar de la distancia, inspiraba algo parecido al terror. No podía ser más diferente a la que sería después su prometida.

La Reina Sinove se sentaba junto a Melea Vivant, la esposa de Herry Mare. Ambas eran hermosas, pero la reina desprendía un fulgor especial. Se había dejado suelta su larga melena negra, y los mechones oscuros se mezclaban con su vestido azabache. Parecía que llevaba encima la piel de una serpiente. Estaba también presente su hermano pequeño: Blazh Beltane. Era muy parecido físicamente a su hermana, pero al contrario que ella, parecía sumamente aburrido. Se encontraba en una de las esquinas de la gran mesa, con los labios torcidos mientras observaba el contenido de su plato.

Bastien había apretado los labios al observarlo. El don de los Beltane les permitía transformarse en animales. Se preguntó qué forma adquiriría alguien tan distante y hastiado como ese niño que no disfrutaba del honor que se le había concedido.

Por supuesto, además de la reina, estaba presente Nicolae Lux. Prian, su único hijo, de unos diez años, hablaba con otro niño que debía tener una edad similar. Era de un rubio casi plateado y tenía unos ojos azules que llamaban la atención incluso desde el otro extremo del comedor.

Cuando Bastien le preguntó a su madre quién era, ella le respondió que se trataba de Etienne, el hijo menor de los Mare.

Etienne, al contrario que su hermano mayor, Silvain, sonreía a los Lux y hablaba con ellos, sin esas miradas recelosas que brillaban en el resto de los ojos de su familia.

Mientras Bastien los veía comer y beber, reírse, sin mirar a los demás siquiera, se prometió a sí mismo que algún día estaría junto a ellos, compartiendo mesa, y que no serían capaces de apartar la mirada de él. Por aquel entonces Bastien tenía nueve años, su cara no había sido marcada todavía por una larga quemadura y sus padres continuaban creyendo que el don de su hijo aparecería algún día. Ahora, tantos años después, se le escapó una carcajada al ver cuánto habían cambiado las cosas.

—¿De qué te ríes, Inválido? ¿Tu propia muerte te hace gracia?

Ni siquiera las palabras de los mercenarios cortaron su risa. Por suerte, se olvidaron pronto de él. Parecían más ocupados con la multitud que los cercaba más y más.

—Esto es infernal.

—Es el camino más rápido para llegar a la Torre Roja.

Bastien escuchó la voz de Viper y, aunque no podía verlo, tuvo la sensación de que sus ojos se posaban sobre él.

Su risa se apagó.

Los Mare ni siquiera lo recibirían en su castillo. Daba igual que perteneciera a una familia noble, para ellos era tan importante como un asesino, o un ladrón.

—¿Estás asustado, chico? —preguntó Viper, al percibir su tirantez—. Podría ser peor.

—¿Cómo? —siseó Bastien.

—Podrías ser tu madre o tu padre.

Bastien apretó los dientes y soltó las riendas un momento para golpearlo. Como consecuencia de ello, perdió el equilibrio y se precipitó de bruces al suelo, sin rozar siquiera a Viper. Escuchó risas y quejas, mientras unas manos rudas lo obligaban a subir de nuevo a su caballo.

Por centésima vez en esos siete días, se prometió matar a Viper. Con lentitud y crueldad.

Apenas unos minutos después, el bullicio que los rodeaba disminuyó y los olores a algas, a pescado y a mar desaparecieron para transformarse en un hedor concentrado de podredumbre, alcohol rancio y orín.

Tuvo que empezar a respirar por la boca para poder controlar el asco.

Hasta los propios mercenarios guardaron silencio. Por mucho que intentaran ocultarlo, sentían un respetuoso temor.

La Torre Roja albergaba demasiadas malas leyendas como para no cortar la respiración, sobre todo a unos hombres y mujeres que algún día podrían acabar allí. Era uno de los primeros edificios que se habían construido en la ciudad y su nombre no se debía precisamente al color de las piedras que lo conformaban. En su interior se había encerrado a numerosas personas, habían dejado que otras tantas perecieran o desaparecieran misteriosamente, y se había llevado a cabo una lista interminable de ejecuciones, desde miembros de familias nobles en tiempos de guerra, hasta hombres y mujeres como los que custodiaban a Bastien.

De pronto, el caballo en el que montaba dejó de andar y la comitiva se detuvo. Los murmullos lo rodearon y un crujido enorme que parecía venir de las profundidades de la tierra hizo eco en sus oídos, inundando todo lo demás.

Parecía que unas puertas enormes se abrían y chirriaban sobre sus bisagras. Los caballos resoplaron y golpearon el suelo con sus cascos, nerviosos.

—Ya estamos aquí —susurró Viper.

La comitiva volvió a ponerse en marcha. Bastien intuyó que avanzaban por un camino estrecho. Nadie se había molestado en quitarle la venda de los ojos, pero sentía las piernas de un jinete cercano rozar las de él a medida que avanzaban.

Le pareció que cruzaban un umbral y entraban en un patio amplio, porque el sol de la mañana todavía lo golpeaba sin piedad. Los caballos se separaron unos de otros, más tranquilos, y Bastien sintió cómo su corazón se aceleraba.

—Ese prisionero no es Lady Aliena —dijo de pronto una voz fría que Bastien jamás había escuchado.

No había habido saludos. Ni siquiera una simple introducción. Nada.

Bastien escuchó cómo alguno de los mercenarios soltaba una maldición.

—Señor, este es su hijo. Su nombre es Bastien Doyle —respondió Viper; la voz tranquila, como siempre—. Elegimos traerlo a él porque es un Inválido. Su madre nos dio ciertos problemas; mató a varios de los nuestros durante el ataque.

—¿Y eso debería importarme? —En esa ocasión, la voz de algún mercenario se alzó, aunque fue rápidamente silenciada por los demás. A Bastien le hubiese gustado ver, porque la tensión que flotaba en el aire lo hacía casi irrespirable—. Tampoco habéis traído a la hija bastarda del difunto rey.

—Se escapó, mi señor. La encontramos, pero fue difícil atraparla. Su don...

—Conozco cuál es su don —lo interrumpió la voz, con hastío—. Precisamente por ello, contratamos a más de cien de los vuestros para que pudierais atrapar a una joven que ni siquiera sabía que poseía esas habilidades.

—Creedme. —Viper hablaba con calma, aunque Bastien pudo distinguir la amenaza palpitando en las palabras—. Si hubierais estado allí y hubierais visto cómo esa chica hizo arder a algunos hombres, no hablaríais así.

Durante un instante no se oyó siquiera la más débil respiración. Bastien contuvo el aliento, sin apenas moverse.

—Entonces, ¿dices que ese joven Inválido nos podría ser de utilidad? —preguntó el desconocido, pensativo.

—Así lo creo, señor.

—Muy bien.

Se produjo un chasquido al unísono y Bastien notó cómo los mercenarios se revolvían un poco y se pegaban más a él.

—Matadlos a todos y traedme al chico.

Bastien apenas tuvo tiempo para respirar hondo antes de que la locura estallara.

Debían haber estado todo este tiempo cercados por soldados, porque una tormenta de espadas lo rodeó, llena de gritos y jadeos. No sentía lástima por los asesinos que se encontraban junto a él, pero no pudo evitar que su piel se erizase cuando escuchó los alaridos de dolor y el sonido de los cuerpos al caer al suelo.

Una mano lo sujetó y lo empujó, pero antes de que consiguieran tirarlo del caballo, el agarre desapareció y algo cálido le salpicó la cara. Bastien se pasó la lengua por los labios y el sabor a sangre inundó su boca.

De un tirón, logró retirarse la venda de los ojos. Cegado por la luz de la mañana, saltó del caballo y se desplomó. No llegó muy lejos, porque resbaló y chocó con algo blando y duro a la vez, quizás el cadáver de algún mercenario. Intentó avanzar, se movía a gatas hacia donde creía que estaba la salida. Sin embargo, unas manos se enredaron con fuerza en sus tobillos y tiraron de él. Lo arrastraron hacia atrás como si fuera un simple saco.

Intentó sujetarse a lo que fuera, revolverse, pero no lo soltaron hasta que dejó de sentir sangre caliente y cuerpos debajo de él. Luchó por incorporarse, pero se lo impidieron, lo tenían bien sujeto por los tobillos.

Bastien miró a un lado y a otro, incapaz de tomar otra bocanada de aire. El calor del sol, que lo acuchillaba desde el cielo, el hedor de la sangre y el rojo que cubría el suelo saturaban sus sentidos.

Una figura, medio escondida entre el cuerpo de dos mujeres, le llamó la atención. Era el cadáver de Viper.

Volvió la cabeza y fijó la mirada en el soldado que lo había arrastrado. Vestía con el azul de los Mare. En su pechera, el rostro de la Diosa Kitara lo observaba con un hambre feroz.

—A ese hombre debía matarlo yo —susurró, sin resuello.

El soldado no se molestó en responder. Desvió la mirada y la clavó en otra figura que se erguía a un par de metros de distancia, como si esperase instrucciones. Era apenas una sombra oscura, completamente vestida de negro. Estaba montada a caballo, en primera línea, de espaldas a Bastien, disfrutando de la matanza que ejecutaban sus soldados.

—¡Ese hombre era mío! —repitió Bastien, esta vez emitiendo un bramido.

El hombre no giró el rostro, ni siquiera le dedicó una mirada cuando habló:

—Llévalo a una celda y enciérralo.

A Bastien no le dio tiempo a preguntar quién era. Volvió a mirar al soldado, pero él lo golpeó con la empuñadura de su espada y lo dejó más ciego e inmóvil de lo que había estado durante los siete días anteriores.

El agua salada lo obligó a despertar.

Se coló por la boca entreabierta de Bastien, se deslizó por su garganta y acabó en sus pulmones, provocándole un ataque tan violento de tos que le costó recuperar la respiración.

Rodó por un suelo duro y húmedo, que olía peor que las letrinas de su castillo, y se colocó a cuatro patas. Asfixiado, escupió agua salobre. Mientras intentaba recuperar la respiración, oteó por debajo de su cabello, húmedo y pegado a los ojos.

Estaba en una celda. Era tan pequeña y estrecha que Bastien dudaba de que pudiese ponerse en pie sin golpearse la cabeza. Sobre una pared se abría una ventana diminuta por la que solo cabría una mano. Por ella, se colaba el rumor del océano. Tras un rápido vistazo, reconoció en una de las esquinas una mezcla de vómitos y desperdicios humanos, que casi le provocó una arcada.

—Pensé que estaba muerto —comentó una voz fría y sedosa.

Bastien arañó las piedras heladas del suelo, al reconocerla. Era la misma voz que había indicado matar a Viper y al resto de los mercenarios, la misma que había ordenado que lo llevaran hasta esa celda hedionda.

—No me extraña. Tus soldados a veces son muy... *apasionados* —contestó otra, también masculina aunque más juvenil, que no reconoció.

Bastien parpadeó y se apartó el cabello de los ojos. De rodillas, se acercó a los barrotes de su celda y observó a través de ellos.

Frente a él, en un pasillo de piedra que se mantenía envuelto en tinieblas, había dos figuras oscuras. La primera, más alta y robusta, era la misma que había visto antes de que lo dejaran inconsciente. La otra tenía menor estatura y parecía más delgada. Se mantenía en un segundo plano y la escasa luz que se colaba por el ventanuco apenas llega a alumbrarla.

—¿Quiénes sois? —Las palabras le arañaron la garganta.

—No eres tú el que debe preguntar, Inválido —replicó la sombra oscura.

—Lazar —intervino la voz desconocida, sin acritud—. Creía que era yo el encargado del interrogatorio.

Ese nombre hizo eco en el interior de Bastien, y no pudo evitar pegarse más a los barrotes, intentando acortar la distancia que lo separaba de esa sombra.

—¿Lazar? —murmuró—. ¿Lazar Belov?

Una risita divertida rebotó en las paredes de la celda.

—Vaya, parece que tienes un admirador.

—Sé quién sois —siseó Bastien, ignorando a esa segunda voz—. Trabajasteis para los Lux, erais el capitán de la guardia personal del Rey Nicolae.

—Conozco muy bien mi pasado —replicó el aludido, sin un aliento de vida en su tono.

Bastien recordaba que esa única vez que había visitado Caelesti, durante la celebración de la mayoría de edad de Silvain Mare, no se hablaba de otra cosa. El gran soldado Lazar Belov, amigo de la infancia del Rey Nicolae, lo había abandonado para ponerse al servicio de los Mare, sus mayores enemigos. Aunque durante los días que duró la celebración ni Bastien ni nadie llegó a verlo, su nombre se repetía en sus oídos a cada hora. Hasta un niño como él comprendía que había cometido un acto de traición.

—Imagino que os alegráis de la muerte de vuestro *amado* rey —siseó Bastien. La sal todavía le ardía en la lengua.

Se produjo un silencio tenso que solo se rompió cuando los pasos de Lazar Belov resonaron por el pasillo. No se acercó al prisionero, tampoco lo miró. Simplemente, se dio la vuelta y se alejó con un andar tranquilo.

—Esperaré fuera a que termine el interrogatorio. Si me quedo aquí, probablemente acabaré matándolo.

A pesar de su tono sepulcral, no consiguió intimidar a Bastien. Al menos, no más de lo que ya estaba. La otra sombra no se movió hasta que los pasos del hombre desaparecieron por completo. Entonces, de un salto, se plantó frente a Bastien, sobresaltándolo. Con agilidad, y sin importarle la suciedad que cubría cada fragmento del lugar, se sentó en el suelo.

La escasa luz le permitió a Bastien ver unas manos pálidas y delgadas, y unas piernas cruzadas entre sí. La ropa que llevaba no era ostentosa. La tela era del azul de los Mare, pero no había ninguna ornamentación, nada que le indicara la posición del joven. Quizá solo fuera un soldado raso. Si su interrogador no poseía ninguna posición destacada, la vida y las palabras de Bastien apenas debían valer.

—Se supone que debes intentar caernos bien —dijo el desconocido, en tono afable—. Nosotros decidimos si vives o mueres.

—No tengo miedo a morir.

—Siento decirte que no te creo.

—Puedes creer lo que quieras —replicó Bastien, gélido—. La gente quiere vivir por lo que tiene, y la familia a la que sirves me lo ha quitado todo.

El desconocido se echó un poco hacia atrás, sorprendido.

—¿Cómo?

—Los mercenarios que habéis aniquilado acabaron con toda mi familia. Destruyeron mi castillo, nuestro templo y quemaron parte de mis tierras. Y vosotros, al matarlos, me habéis arrebatado incluso la esperanza de vengarme.

La sombra vaciló y Bastien vio cómo una de sus manos se tensaba ligeramente hasta convertirse en un puño.

—Siento oírlo —contestó. Y, por mucho que a Bastien le costase admitirlo, parecía realmente contrariado por ello—. Esas no eran las órdenes.

—Supongo que es lo que suele ocurrir cuando contratas a unos salvajes a sueldo.

El desconocido no respondió, aunque exhaló un profundo suspiro. Movía las piernas rítmicamente, como si estuviera nervioso, y se acercó un poco más a la celda, hasta que sus rodillas estuvieron prácticamente en contacto con los barrotes.

—¿Cómo te has herido el hombro?

Bastien parpadeó, algo sorprendido por el brusco cambio de tema.

—Uno de los mercenarios me atacó cuando maté a uno de los suyos.

—¿Cómo?

—Yo también tenía una espada.

—Eres un noble. Los nobles no llevan armas.

—Soy un Inválido, ¿nadie se ha molestado en mencionártelo? No tengo ningún don —respondió Bastien, sarcástico—. Así que tuve que aprender a defenderme sin la sangre de los Dioses.

—Entonces, ¿sabes luchar?

Bastien se movió veloz antes de contestar. Metió la mano entre los barrotes y sujetó el cuello de su chaleco, tirando violentamente hacia él. Su cuerpo impactó de lleno contra las barras de hierro y le arrancó un grito.

Un rayo de luz alumbró su cara por un momento. Piel tostada, repleta de pecas por el sol. Cabello rubio y ondulado, del color de la arena blanca, y unos ojos tan azules como el océano.

—Sí, sé luchar —contestó Bastien, con sus labios rozando la oreja del joven—. Y si quisiera, podría matarte aquí mismo, aunque no tenga ni un maldito don.

—Si lo hicieras, se montaría una buena escena —contestó él, con la voz algo rota de dolor—. Muchos me tienen en alta estima, créeme.

—Pues dame una buena razón para no hacerlo.

Él desconocido calló durante unos segundos, con los labios torcidos en algo que parecía una sonrisa. Bastien soltó un gruñido por lo bajo y, con la mano que no sujetaba el cuello, atravesó el espacio que existía entre los barrotes y tanteó su cintura. No encontró nada más que tela ligera y suave.

Apartó la mano de golpe, como si hubiera tocado unas brasas. Solo había una razón para que un joven no fuera armado. Frunció el ceño y lo soltó.

Su mirada se clavó en el azul profundo que lo encaraba.

—Me gustaría ser un Kaur para poder adivinar en qué estás pensando —dijo el joven, sonriendo ante la expresión desconcertada de Bastien—. Aunque Bhakid me dijo hace años que no le gustaba nada estar dentro de tu cabeza.

—¿De qué estás hablando?

—Era imposible no sentir cómo nos mirabas, siempre desde el otro extremo. Parecías envuelto en sombras. Quise acercarme, preguntarte si querías jugar con nosotros, pero Bhakid me dijo que no era buena idea y mi padre quería que me centrara más en Prian Lux. Y ya sabes lo que dicen, hay que estar loco para no seguir el consejo de un Kaur.

Bastien había oído ese proverbio. Conocía bien lo que eran capaces de hacer los miembros de esa familia. Su don les permitía adentrarse en la mente de los demás. Pero solo había habido una ocasión en la que había compartido el mismo techo con ellos.

La fiesta de cumpleaños de Silvain Mare. Nueve años atrás.

—Deberíais haberle recordado a vuestra amiga que está prohibido introducirse en las mentes de otros sin permiso. —Bastien afiló el tono y añadió—: *Lord Etienne Mare.*

El joven retrocedió. Las sombras del pasillo volvieron a engullirlo, aunque siguió ahí, a solo un par de metros de distancia de los barrotes.

—Bhakid estaba aprendiendo a controlar su don por aquel entonces —dijo Etienne, y aunque Bastien no podía ver su expresión, tuvo la certeza de que seguía sonriendo—. Créeme, ella no quería oír tus pensamientos, decía que eran como gritos. Siempre que estabas en la misma sala acababa con dolor de cabeza.

—Cuánto lo siento.

—Sí, yo también —contestó Etienne. Un extraño suspiro acompañó a sus palabras.

—¿Por eso habéis venido hasta aquí? —preguntó Bastien, con la frente clavada en los barrotes—. ¿Para recordar viejos tiempos?

—¿No has escuchado lo que le he dicho a mi capitán de la guardia? Soy tu interrogador.

—Pero esto no es un interrogatorio —replicó.

—¿Eso crees? Porque yo he conseguido toda la información que necesitaba. —El hermano pequeño de los Mare se incorporó del suelo de un salto y le dedicó una pequeña reverencia—. No sé cuánto tardará Silvain en llamarte a su presencia, pero espero que, cuando llegue el día, tengas una buena historia que contar. Todavía me interesa qué hay dentro de tu cabeza.

Bastien frunció el ceño y fulminó con la mirada el espacio de sombras donde Etienne se resguardaba. Estuvo a punto de gritarle que, aunque lo torturaran, aunque lo mataran, jamás diría una palabra sobre Anna, sobre lo que sabía de ella, pero antes de que tuviera la oportunidad, Etienne Mare le dio la espalda y se alejó por el pasillo de piedra.

Después, a Bastien no le quedó más que el silencio.

16

DÍA DE MERCADO

Lucrezia estaba hablando casi a voz en grito, como solía hacer, cuando Dimas hizo un gesto brusco para que guardara silencio.

La risa que escapaba de los labios de Lya al escuchar las habladurías de la cazarrecompensas se cortó de inmediato cuando los ojos del hombre la avasallaron. Desde aquella noche en la que estuvieron hablando en el linde del bosque, no habían vuelto a estar a solas. Ni siquiera habían intercambiado una palabra. De eso hacía ya cinco días.

—¿Qué ocurre? —preguntó Lucrezia, frunciendo el ceño.

Detuvo su caballo demasiado cerca del de él. Lya giró la cara, evitando mirar su semblante, ya de por sí ensombrecido por las cicatrices que le cruzaban el rostro.

—Escucha —dijo. Se llevó el índice a los labios—. ¿Qué diablos es ese ruido?

Al principio Lya no escuchó nada, pero, al cabo de un instante, un ligero rumor llegó hasta ella. Lucrezia puso los ojos en blanco cuando se volvió hacia su compañero.

—Música, Dimas. Se llama «música». —Giró la cabeza en dirección a donde provenía la melodía—. Debemos estar cerca de alguna aldea.

Él gruñó algo a modo de respuesta y tiró de las riendas de su caballo para ponerlo de nuevo en movimiento. Sin embargo, Lucrezia fue más rápida y lo sujetó de su vieja capa antes de que fuera capaz de avanzar.

—Podríamos dar una vuelta. Quizá sea día de mercado.

Las cejas partidas de Dimas cayeron sobre sus ojos y observó a su compañera con una tormenta estallando en su mirada. Ella, sin embargo, ni siquiera se inmutó ante su expresión.

—¿Crees que podemos perder el tiempo? —Su voz parecía salida de las profundidades de la tierra—. Quiero acabar cuanto antes con esto.

«Esto» era Lya. Ella lo sabía, aunque ni siquiera la mirara.

—Dimas, quedan muchas jornadas hasta la Sierra de Arcias, más todavía si queremos llegar hasta la misma Itantis. Unas horas más no te matarán. —Él pareció a punto de protestar de nuevo, pero Lucrezia se le adelantó—. Además, nuestra querida clienta debería comprarse un vestido nuevo.

—¿Por qué? —preguntó Dimas, el hastío vibraba en cada sílaba—. Ya lleva uno puesto.

Lucrezia puso los ojos en blanco.

—Por los dioses, sé que puede parecerte extraño, pero a algunos nos gusta cambiarnos de ropa de vez en cuando. —Con una sonrisa coqueta, Lucrezia añadió—: Además, puede que encontremos una taberna donde comprar algo de vino caliente para el viaje.

—No soy un maldito borracho —dijo Dimas, con un resoplido.

Sacudió la cabeza y, con un movimiento rápido, hizo cambiar el rumbo de su caballo hacia el camino que traía la melodía hasta ellos. Lucrezia, riendo entre dientes, azuzó a su propia montura y transformó pronto el trote en un galope. Lya se aferró a ella, sintiendo cómo la falda se le levantaba y el pelo trenzado escapaba de las ataduras, y se sacudía libre, flotando en el aire.

En apenas unos segundos adelantaron a Dimas.

Lya volvió la cabeza, con el cabello azotándole la cara, y observó el enorme cuerpo del cazarrecompensas, que cada vez se quedaba más atrás. Estuvo a punto de darle la espalda, pero entonces los ojos de Dimas se encontraron con los de ella.

Lya vio cómo, de pronto, Dimas detenía el caballo. Sus ojos se habían abierto de par en par y sus labios se habían separado, dejando escapar un grito, una palabra que llegó distorsionada a los oídos de Lya por culpa del viento y del parloteo de Lucrezia.

Observó a su alrededor, asustada de golpe, pero no había nadie más que ellas. Volvió a mirarlo, confusa, y le pareció advertir, antes de que varios árboles lo ocultaran de su vista, su expresión consternada, frustrada, completamente rota. Algo que, en su cara marcada, dolía solo de contemplarlo.

Lucrezia volvió la cabeza en su dirección, todavía sonriendo.

—¿Qué estás mirando?

Lya sacudió la cabeza y volvió la atención al camino que se deslizaba a toda velocidad bajo los cascos del caballo.

—Nada... —susurró—. Supongo que nada.

No estaba segura. Pero el grito desgarrador que le había parecido oír, escapado de los labios de Dimas, era un nombre. De mujer.

Saya.

—No... no sé si esto es lo más correcto —murmuró Lya con atropello, mientras Lucrezia la miraba de arriba abajo, con los ojos brillantes.

—¿Por qué no? —preguntó, mientras dejaba caer varias monedas de oro en la mano del comerciante—. No puedes andar eternamente con ese andrajoso vestido de fiesta. En primer lugar, es horrible, y en segundo, te podría identificar como noble. ¿Eso te gustaría?

Lya se mordió los labios, insegura, y se volvió a mirar de soslayo en el pequeño y único espejo de la tienda. Nada más entrar en la aldea habían buscado a un comerciante de telas. Llamaba demasiado la atención con el harapiento vestido en el que se había convertido el magnífico traje que había llevado la última noche en Grisea.

—El verde es tu color.

—El verde es el color de los Altair —suspiró Lya, apartando por fin la mirada del espejo.

—No es ningún regalo —añadió Lucrezia mientras le propinaba un ligero empujón con la cadera—. Me lo tendrás que devolver cuando te llevemos a Itantis.

Lya esbozó una débil sonrisa y asintió antes de salir de la tienda. Junto a la puerta de entrada, recostado contra la pared, estaba Dimas. La observó de medio lado con los labios apretados, pero sus ojos no se deslizaron por el nuevo vestido que la cubría, más ligero que el anterior, y mucho más cómodo para el largo viaje que les esperaba. También llevaba una capa gruesa entre los brazos. Todavía quedaba alguna semana de verano por delante, pero cuanto más se acercasen a las tierras de Lya, perdidas entre las montañas, más frío haría.

—¿No es un vestido hermoso? Además, hace juego con sus preciosos ojos verdes —susurró Lucrezia, saliendo de la tienda tras ella—. Puede que yo me compre uno parecido. Quizá, le añadiría un poco más de escote para...

—¿Podemos movernos ya? —la interrumpió Dimas, refunfuñando.

—Solo se trata de una parada intermedia, así que no gruñas tanto. —Lucrezia hizo tintinear la bolsa de cuero que colgaba del cinturón de su vestido y señaló con la barbilla un pequeño callejón que se encontraba a su derecha—. Necesito flechas nuevas y creo que sé dónde puedo conseguirlas a buen precio. Nos veremos en una hora en la entrada de la aldea.

Lucrezia hizo amago de alejarse de ellos, pero Dimas la atrapó antes de que llegara a dar un solo paso.

—Ella va contigo —dijo, señalando a Lya con la barbilla.

No era ninguna petición.

—Sabes de sobra que adonde me dirijo no es lugar para ella. Los traficantes de armas no se caracterizan precisamente por ser agradables —añadió.

—Entonces iré yo —dijo Dimas.

—No —replicó ella de inmediato—. No tienes ninguna habilidad para los negocios. ¿Tengo que recordarte qué ocurrió la última vez? —El gruñido de Dimas fue respuesta suficiente—. Me encargaré yo y Lya no me acompañará. No pienso ponerla en peligro.

—¿Y crees que conmigo va a estar a salvo?

Lya no pudo evitar dar un paso hacia atrás para acercarse a Lucrezia, con el corazón bombeando con fuerza en su pecho. Todavía recordaba esa noche en la posada, en la que él y ella habían estado solos, a centímetros de distancia, con una flor destrozada a sus pies.

—Por supuesto que sí, a menos que te esfuerces para que ocurra lo contrario. —Lucrezia le lanzó una mirada llena de amenazas veladas y se volvió hacia Lya. Colocó las manos sobre sus hombros—. No te separes de él. No te hará nada, te lo prometo. Si hace o dice algo que no te guste, hazme un favor, utiliza tu don y haz que le salga una maldita flor por el culo.

Lucrezia les lanzó un beso con la mano y se alejó con pasos saltarines. Dimas soltó un juramento. Lya se quedó paralizada, casi sin respirar, sin separar los ojos del suelo, hasta que su voz la sobresaltó.

—Necesito emborracharme.

Comenzó a andar sin pedirle a Lya que lo siguiera, pero ella lo hizo igualmente. No era difícil porque, aunque era día de mercado y todos los habitantes paseaban por las calles, no tardaban en hacerse a un lado cuando veían a Dimas, con su cara monstruosa y su enorme altura.

Callejearon por la aldea, sin dejar de atraer miradas. Lya casi deseaba rogarles que no lo hicieran, porque solo conseguían enervar a Dimas, que cada vez respiraba con más fuerza, como un toro tomando carrerilla para embestir a sus víctimas.

Unos minutos después se internaron en una pequeña taberna, en la que solo había un par de personas demasiado ocupadas charlando entre sí como para prestarles atención. La mesera sí puso los ojos como platos cuando vio la enorme sombra de Dimas cernirse sobre ella, pero se apresuró a preguntarles qué querían tomar cuando ocuparon una de las mesas del fondo, junto a una chimenea apagada.

Dimas pidió una jarra de vino caliente, a pesar de que no hacía frío, y, como Lya imaginaba que no la pensaba compartir, pidió un vaso para ella. No supo por qué. No tenía sed y el alcohol caliente le recordaba demasiado a esa noche en la posada.

Él le lanzó una mirada rápida, pero no llegó a despegar los labios.

La tabernera no se demoró en traerles lo ordenado y, en cuanto dejó la enorme jarra y el pequeño vaso al alcance de sus manos, se apresuró a volver a su barra. De vez en cuando, sus ojos, intrigados, regresaban a ellos.

Cuando era pequeña, una de las criadas le había contado a Lya un cuento sobre una niña que se perdía por el bosque y un lobo gigante intentaba comérsela. Al parecer, era una historia muy popular entre muchos aldeanos; la excusa perfecta para que los padres estuviesen tranquilos de que sus hijos no se acercasen a bosques desconocidos.

Tal y como los miraba la tabernera, Lya estaba segura de que ella y Dimas les recordaban demasiado a los protagonistas de ese viejo cuento infantil.

Con un suspiro atragantado, desvió la mirada de la jarra de Dimas, que casi había vaciado de un solo trago, hasta su propio vaso, en el que veía ondular el vino, tan rojo y denso como la sangre.

Ella misma parecía vivir un cuento. Un cuento feroz en el que no había príncipes, los caballeros eran unos asesinos y los monstruos terminaban siendo los salvadores.

Lya sacudió la cabeza y se llevó el vaso a los labios, dando un largo sorbo a la bebida. El vino era fuerte, pero estaba tibio y especiado, y sintió cómo la reconfortaba a medida que descendía por su garganta.

El tiempo transcurrió. Dimas terminó su vino y pidió un segundo, que terminó casi con la misma celeridad. Cuando ordenó el tercero, Lya apenas llevaba la mitad de su vaso. Al parecer, la idea de emborracharse iba en serio.

El silencio era incómodo e insoportable y, como el alcohol se iba apoderando de Lya, se atrevió a separar los labios y hablar.

—¿Qué fue lo que ocurrió aquella vez?

Dimas parpadeó y se volvió hacia ella, casi sorprendido de que fuera capaz de pronunciar palabra. La observó fijamente, con las pupilas un poco dilatadas, y resopló. Tardó unos segundos interminables en contestar.

—No sé de qué mierda me estás hablando.

—Lucrezia dijo que no quería que se repitiese lo ocurrido aquella vez, cuando intentaste comprar unas armas de contrabando —le recordó Lya.

Él dio un trago largo y elevó los ojos al techo. Estaba claro que lo que menos le apetecía hacer en ese instante era mantener esa conversación con ella.

Cualquier conversación, en realidad.

—Intentó timarme, y yo le hice comprender que había cometido un gran error.

Lya se echó hacia atrás y sus dedos se crisparon alrededor del vaso. Cuando consiguió reunir la valentía suficiente para hablar de nuevo, su voz apenas se escuchó en mitad de la taberna silenciosa.

—¿Lo... lo mataste?

Dimas arqueó las cejas y la observó, en un claro intento por no poner los ojos en blanco.

—¿Tú qué crees? —contestó, esbozando una sonrisilla tétrica cuando la vio removerse sobre el asiento, nerviosa.

—Yo jamás intentaría engañaros —se apresuró a decir Lya, poniendo un poco más de distancia.

Dimas se movió y apoyó con tanta fuerza la jarra sobre la mesa que sobresaltó a los presentes y consiguió que el vino se derramara. Se formó una miríada de diminutos rubíes por toda la madera.

—«Jamás». —Dejó escapar una especie de carcajada rota—. Es una palabra peligrosa. Si realmente piensas así, es que eres una ingenua o una hipócrita.

Lya apretó los labios, tensa, mientras él volvía a llevarse la jarra a la boca. Pero como la encontró vacía, la dejó caer sobre la mesa, casi con enfado.

—Antes de que lleguemos a tu asqueroso hogar, te aseguro que habrás roto muchas veces tus «jamás». Y nos habrás traicionado a nosotros y a ti misma. Al final, todos lo hacemos.

No solo eran sus palabras, había algo más en la mirada de Dimas. Algo muy profundo, que se hallaba demasiado enterrado como para que Lya pudiera atisbarlo siquiera. Lo observó, dejando que él le devolviera esa mirada que parecía carcomida por la oscuridad.

Lya no pudo evitar preguntarse qué habría ocurrido para que terminase así.

A su cabeza regresó de golpe el grito desgarrador de unas horas atrás. Él tenía los ojos perdidos en su jarra vacía y, de pronto, no le pareció más que un hombre grande, borracho y triste. Muy muy triste.

Y ella no pudo evitar que se le escaparan las palabras.

—¿Quién es Saya?

Algo cambió de pronto. No solo en la postura de Dimas, que se tensó repentinamente. La atmósfera se transformó. Lya observó cómo sus dedos encallecidos apretaban con tanta fuerza la jarra vacía que no entendió cómo no estalló en pedazos.

Antes incluso de que él levantara la cabeza, con algunos mechones oscuros cayendo sobre sus ojos y ennegreciendo todavía más su mirada, supo que no debía volver a mencionar ese nombre. Nunca.

Una tempestad estaba a punto de despertar.

—¿Qué acabas de decir? —murmuró Dimas.

Las piernas de Lya se movieron solas antes de que pudiera controlarlas. Se puso en pie y se alejó un paso.

—Esta mañana... te... te oí gritarlo. Cuando vi tu cara, parecías... parecías muy triste, como...

El chirrido del banco que cayó al suelo cuando Dimas se incorporó ahogó el resto de su frase. Ella lo miró con los ojos desmesuradamente abiertos, paralizada.

—¿Qué sabes? —siseó él—. ¿Quién te lo ha contado?

Su aliento le abofeteó el rostro. Estaba tan cerca que pudo ver con total detalle cómo algunas de sus enormes y anchas cicatrices reptaban desde la sien hasta morir en una de las comisuras de sus labios.

Los dos hombres que bebían en otra mesa y la tabernera se miraron, nerviosos, pero nadie hizo amago de dirigirse hacia ellos. El cuerpo gigantesco de Dimas era el elemento perfecto para quedarse donde estaban.

—Yo... yo no...

—¿Ha sido Lucrezia?

Lya negó rápidamente con la cabeza. Hubiese querido retroceder más, pero los omóplatos se le clavaron en el borde de la chimenea.

—Dime la verdad —susurró él, ronco, con la aspereza grabada en cada una de las sílabas.

Dimas se llevó las manos al cinto y extrajo de él, con un movimiento rápido, su larga espada. Lya se vio reflejada en su hoja, pálida, a un paso del desmayo.

La levantó sin esfuerzo y la agitó a centímetros del rostro de ella.

—¿Qué haces? —musitó, aterrorizada.

Él se limitó a torcer aún más su sempiterna mueca.

—Quiero la verdad.

—Yo... —La voz se le entrecortó en un jadeo quebrado.

—¡Dime la verdad!

El don de Lya reaccionó. Ella alzó los brazos y, desde las profundidades de la tierra, surgieron gruesas raíces, que la rodearon y escupieron tierra. A su alrededor, el suelo del lugar quedó destrozado.

En esa ocasión, los presentes sí se movieron. Los hombres saltaron de sus asientos y huyeron despavoridos, mientras la tabernera se acuclillaba tras la barra, abrazada al cuchillo que estaba utilizando.

El don hacía a Lya más poderosa que Dimas, pero lo que la protegía no eran más que ramas podridas, que cayeron hechas pedazos cuando Dimas las cortó de una sola estocada. Ella intentó invocar de nuevo su don, pero él fue más veloz. En dos zancadas, rompió la distancia que las raíces le habían obligado a guardar. Con fluidez, pasó la espada sobre su cabeza y apoyó el filo contra el cuello de Lya.

—Jamás vuelvas a pronunciar ese nombre. —Ahí estaba de nuevo. El dolor. La rabia. La frustración. La expresión más triste del mundo—. Los nobles se creen con derecho a todo. A opinar de lo que no saben, a creer en lo que desconocen. Piensan que la maldita sangre de los Dioses corre por sus venas, pero son la misma mierda que la que se esconde entre las peores calles del reino. Esclavizan. Violan. Roban. Matan. Si realmente sois hijos de los Dioses, yo prefiero ser hijo de los demonios.

Lya no fue capaz de tragar saliva. Solo pudo mirar sus ojos enfurecidos, en los que se reflejaba un fuego que no provenía del exterior. Se tambaleó y Dimas se apartó al fin de ella, retrocediendo unos pasos para poder abarcarla por entero con su mirada implacable.

—No hagas enfadar más al monstruo. Ya conoces cómo terminan algunas historias.

No había raíces que brotaran del suelo, pero a Lya le parecía sentir cómo, bajo sus pies, la tierra retemblaba, acompañando así al hondo escalofrío que recorría su cuerpo.

Las jarras, los platos y los brazos repiquetearon sobre las mesas. Lya oyó a la tabernera gemir, todavía escondida tras la barra. Dimas, sin embargo, ni siquiera parpadeó.

Quería gritarle que ella no era como todos, que también había sufrido, pero no fue capaz de emitir ni una palabra. Estaba aterrorizada. Sin embargo, mirando esos ojos negros como la brea, se dio cuenta de algo. No era la única que se sentía así.

Ninguno de los dos se movió, a pesar de que estaban demasiado cerca. Los labios de él se entreabrieron, pero no llegó a decir nada, porque, de pronto, un grito conocido los hizo volverse en redondo y observar la figura que acababa de aparecer en la puerta abierta de la taberna.

—¿Qué está ocurriendo?

Lucrezia, con los ojos abiertos de par en par por la sorpresa, paseó la vista de uno a otro, deteniéndose sobre todo en Lya y en la espada de Dimas, que todavía aferraba su mano.

Se acercó a él, destilaba llamas por cada poro de su piel.

—¿Qué estás haciendo? ¿Es que pretendes matar a nuestra clienta? —Antes de que Dimas pudiera responder, volvió a hablar, con un siseo escalofriante—. Si no quieres perder nuestro dinero, guarda tu jodida espada.

El ceño espeso de Dimas se frunció y escondió parte de su mirada hosca y ardiente. Pareció cavilar durante un momento y, con un largo resoplido, se dio la vuelta y guardó el arma en su cinto.

Lucrezia se acercó a Lya y se quitó su propia capa para cubrirla con ella.

—Voy a matar a este maldito imbécil. Por los dioses, mírate, Lya. Estás temblando.

Ella separó la mirada de la puerta por la que acababa de desaparecer Dimas y bajó la mirada hasta sus manos. Contempló con intensidad su balanceo arrítmico y convulsivo.

Sí, estaba temblando.

Pero no de miedo.

17

Aguas revueltas

De nuevo, fue el agua fría lo que lo despertó.

Bastien ahogó un jadeo y se incorporó de golpe. Después, retrocedió hasta dar con su espalda en la pared de la celda. Miró a un lado y a otro, tratando de enfocar la vista en la figura que se alzaba frente a él, con la puerta abierta a sus espaldas.

Era el mismo soldado que el día anterior lo había golpeado y lo había dejado inconsciente, después de que asesinaran a Viper y a los demás mercenarios. Arrojó al suelo la jarra que había utilizado.

—Me han pedido que no te amordazase, a menos que sea necesario —le dijo mientras lo observaba con atención—. ¿Será necesario?

Durante un instante Bastien dudó y contempló la puerta abierta que se encontraba a solo un par de metros de él. El soldado siguió su mirada y se tensó un poco.

—No —contestó mientras se incorporaba.

El hombre apartó la mano de su empuñadura y dio un paso atrás para que Bastien pudiera pasar y salir al pasillo oscuro. Cuando cerró la puerta de la celda, se colocó frente a él.

—Sígueme entonces.

Bastien lo hizo, intentó orientarse entre esas paredes de piedra, pero estas pronto se convirtieron en un laberinto imposible de recordar.

De camino se cruzaron con varios soldados, pero ninguno lo siguió con la mirada, a pesar de su rostro marcado. En la Torre Roja debía haber cosas que daban más miedo que una quemadura. Los que sí lo observaban eran los prisioneros. Los que estaban conscientes, al menos, tenían sus caras sucias pegadas a los barrotes de las celdas y la envidia palpitaba en sus pupilas. Bastien suponía que les daba igual saber si lo iban a liberar o a matar. Por las magulladuras, por las ropas que los cubrían, por la expresión de sus rostros, Bastien podía adivinar que la muerte no era un lugar peor que la Torre Roja.

Tras bajar una larga escalera de caracol, desembocaron en una zona lateral del patio de la cárcel. Una estructura con forma de medio círculo, que comunicaba con unas grandes escaleras por un extremo y, por otro, con unas enormes puertas de hierro, entreabiertas, por las que se podía ver la silueta blanca de la ciudad.

Aunque no quedaban cadáveres, la sangre que se había derramado el día anterior seguía allí, coagulada entre las junturas de las piedras que cubrían el suelo.

—¿Cómo me van a ejecutar? —preguntó Bastien, de pronto.

El soldado se detuvo de golpe y se volvió para observarlo.

—¿Cómo dices?

—Quiero saber cómo me van a ejecutar —repitió, con una calma que no sentía.

—Nadie te va a ejecutar. Tengo orden de llevarte al castillo. *Con vida*.

Bastien lo observó. Así que Silvain Mare había pedido verlo. Solo había pasado un día desde su interrogatorio con Etienne Mare y no sabía cómo tomarse esa extraña rapidez, si como una buena señal o como una premonición horrible.

El soldado volvió a darle la espalda y echó a andar en dirección a la gigantesca puerta.

En el puente de piedra que unía la Torre Roja con el resto de la ciudad los esperaban dos mozos junto a un par de caballos. Bastien se subió al corcel gris que habían preparado para él y siguió al soldado de los Mare, que no tardó en picar espuelas y poner en movimiento a su montura.

Mientras atravesaban el puente, Bastien no pudo evitar mirar a su espalda, hacia la gigantesca cárcel que dejaba atrás, rodeada de murallas de piedra caliza. Sobre ella emergía la maldita torre. Era tan alta que podía verse desde cualquier lugar de la ciudad.

Esperaba no volver nunca allí.

En silencio, recorrieron las bulliciosas calles de Caelesti. Al contrario que en Grisea, la gente vestía con ropas claras y ligeras, y su piel era morena y estaba cubierta de lunares y pecas. La luz del sol era tan potente que lo obligó a entornar los ojos durante casi todo el camino. Bastien no estaba acostumbrado a tanta luz ni a tanto calor. Grisea era un lugar frío y gris, incluso durante gran parte del verano. Sentía cómo su piel se quemaba y cómo, bajo su ropa, la misma que llevaba usando desde el día del ataque, corría el sudor.

Rodeando la ciudad había una larga y gran muralla, que terminaba hundida en el suelo, conformando un largo paseo marítimo que comunicaba con la playa y el océano.

Más tarde, después de atravesar calles estrechas y blancas, repletas de ruidos y voces que se alzaban a gritos, se adentraron en un camino ancho, vigilado por decenas de pinos y soldados. Sus atuendos eran idénticos a los de los soldados que había visto en la Torre Roja. Prendas azules y el rostro feroz de la Diosa Kitara bordado en el pecho. A pesar del calor, llevaban unas capas de color azul tinta y en sus manos sujetaban con firmeza lanzas plateadas, cuyo pico señalaba el celeste profundo del cielo.

Medio mareado por la falta de comida, de agua y por el maldito calor, Bastien levantó un poco la cabeza y observó con la respiración contenida el gigantesco castillo de Caelesti.

Era tan enorme como lo recordaba. El color de las piedras que lo conformaban era similar al de la arena sobre la que se asentaba, a apenas unos metros de la orilla del mar. Todas sus torres, incontables, pendían sobre el agua, y proporcionaban una visión completa de la bahía. Banderas azules y celestes se agitaban en sus puntas, azotadas por el aire caliente y salobre.

En su fachada principal, había relieves de las olas del mar y figuras que representaban a la Diosa Kitara, la Diosa del Agua, con su largo pelo verde, semejante a las algas, decorado con estrellas marinas y caracolas, y su interminable vestido de espuma blanca. Su piel, de un celeste pálido, resplandecía ahora que el sol del mediodía se reflejaba en ella. Los ojos, que brillaban como dos turquesas, parecían atravesar a Bastien a medida que se acercaba.

—No entraremos por la puerta principal —le informó el soldado, desviando el rumbo de su caballo—. Mi señor tiene invitados y no quiere que levantemos expectación.

Bastien asintió, con los labios apretados. No, no creía que diera una buena publicidad a los Mare la noticia de la masacre que habían ocasionado en su hogar.

En silencio, tiró de las riendas para alejarse de la mirada añil de la Diosa, que era tan vasta y salvaje como el océano.

Rodearon la fachada principal y se internaron en un pequeño túnel de piedra que viraba hacia el interior de la fortaleza. Parecía una calzada construida solo para los soldados y los caballeros, un camino alternativo para salir de la fortaleza y no levantar esa expectación que los Mare no deseaban.

Desembocaron en un patio donde un mozo los esperaba junto a unas pequeñas caballerizas. No había nadie más. El soldado bajó del caballo y Bastien lo imitó, entregando las riendas al chico.

—Vamos —dijo el soldado, mirando a Bastien por encima del hombro—. Te están esperando.

Él lo siguió por una puerta lateral. Si la senda que habían atravesado antes pertenecía a los soldados, las galerías que recorrían en ese momento solo eran transitadas por los criados. Por el camino, se cruzaron con un par de cocineros y varias mujeres que se movían con prisa. Algunos de ellos observaron a Bastien de soslayo, clavándole una mirada que iba y venía en la enorme quemadura que ocupaba la parte derecha de su cara.

Tras un recorrido eterno que parecía llevarlos hasta el mismo centro del castillo, desembocaron en una galería mucho más ancha, repleta de antorchas, vidrieras y tapices. Al final de esta, había una gran puerta de madera oscura, cerrada. A cada lado, un par de guardias la vigilaban.

El soldado se acercó y les murmuró algo al oído que Bastien no alcanzó a captar. Uno de ellos asintió y colocó la mano en el picaporte, como si estuviera esperando algún tipo de señal.

—Acércate —dijo el soldado, haciendo un gesto con la mano—. Te llamarán enseguida.

Parecía a punto de marcharse, pero dudó y se dio la vuelta, enfrentándolo de nuevo.

—Da gracias a la Diosa Kitara por que te hayan perdonado la vida.

—No es la Diosa quien ha decidido no matarme, sino Silvain Mare.

Los labios del soldado se curvaron en una sonrisilla que hizo que Bastien frunciera el ceño. Esta vez sí le dio la espalda, aunque volvió a hablar antes de alejarse de él.

—Si por él fuera, ya estarías muerto.

No añadió nada más ni Bastien tuvo tiempo de preguntar. Escuchó un crujido a su espalda y se giró justo a tiempo para ver cómo los guardias empujaban la puerta y la abrían de par en par, dejándolo solo frente a una inmensa sala de color blanco, celeste y gris, saturada de luz y de calor húmedo.

—¡Lord Bastien Doyle, señor de Grisea! —gritó uno de ellos.

El título sorprendió a Bastien. Pertenecía a su padre, no a él. Esa súbita certeza lo retorció por dentro e hizo que las palabras que había preparado para la ocasión le arañaran la garganta.

—Acercaos, Lord Bastien —dijo una voz grave y desconocida, que procedía del interior de la sala.

Bastien obedeció y se adentró en la estancia a pasos lentos y calculados, mirando a un lado y a otro, tenso. Sin embargo, no encontró a ninguna hueste de soldados, como sí lo habían recibido en la Torre Roja. En esa sala inmensa de gigantescos ventanales y sin chimeneas, solo había tres figuras que aguardaban por él.

La primera estaba sentada sobre un gran trono de madera que emulaba las olas de un mar embravecido. Lo reconoció de inmediato, aunque hacía nueve años desde la última vez que lo había visto. Silvain Mare, el ahora cabeza de familia y señor de la Bahía de Eulas. Apenas había cambiado, aunque su pelo rubio estaba más largo y llevaba una barba recortada que no tenía el día que cumplió la mayoría de edad. Su vestimenta era gris azulada. Y sus ojos, de un añil tormentoso, se clavaban en él, intentando hacerlo sentir pequeño, inútil y débil.

La segunda figura era Etienne Mare. Se encontraba apoyado en la pared, con los brazos cruzados sobre el pecho, a unos metros del trono de su hermano mayor. A pesar de que tenía un pequeño hematoma en la mejilla por culpa del golpe que le había propinado

Bastien contra los barrotes de la celda, lo observaba de medio lado, con una pequeña sonrisa pendiendo de sus labios.

La última figura correspondía a un anciano grueso, que estaba vestido con una túnica de color turquesa que le cubría desde el cuello hasta los pies. Sobre su cabeza llevaba un turbante dorado, elaborado con telas preciosas. De su cuello colgaba un pesado medallón. Reposaba sobre su pecho y sus dedos gruesos jugueteaban con él. Aunque por la distancia no podía afirmarlo, Bastien estaba seguro de que en el oro estaban labrados los rostros de los cuatro Dioses. Era el Exarca, el guardián de las Antiguas Escrituras, el Sirviente de los dioses, el máximo responsable religioso. Bajo su mando, se encontraban todos los sacerdotes y sacerdotisas del reino de Valerya. Su lugar estaba en la capital, en Ispal, acompañando a la familia reinante.

Bastien frunció el ceño. Qué consecuente que estuviese aquí, sin embargo.

—Estoy esperando a que hagas una reverencia —dijo entonces la voz grave y susurrante. El trato deferente que había utilizado la primera vez desapareció por completo.

Bastien se volvió hacia Silvain Mare, que seguía sentado en su trono. Colocó las manos contra los costados y se obligó a relajarlas. Si la sangre de los Lux corriera por sus venas, lo habría hecho arder en ese mismo instante hasta los huesos.

Sin embargo, tragó saliva y le dedicó una seca inclinación, antes de alzar la cabeza y enfrentarlo.

El hombre ladeó el rostro y sus ojos claros se pasearon por todo el cuerpo de Bastien, desde sus botas sucias de sangre, de barro y sus propios desperdicios, hasta la ropa negra destrozada en la batalla. Arrugó la nariz, como si desde la distancia pudiese oler el hedor que escapaba de su piel.

—Así que tú eres el Inválido —comentó.

—Mi nombre es Bastien Doyle, señor. —La lengua le escoció cuando pronunció esa última palabra—. Soy familiar de la heredera al trono de Valerya, Annabel Lux.

Silvain Mare se echó hacia delante, con las manos clavadas en el reposabrazos, formado por cientos de caracolas blancas.

Bastien casi pudo sentir su don rodeándolo, ahogándolo, aunque no hubiese ni una sola gota de agua a su alrededor.

—No te atrevas a pronunciar el nombre de esa No Deseada aquí —siseó.

—No es ninguna No Deseada. Mi prima nació fuera del matrimonio real, sí, pero su madre pertenecía a la familia Vasil, una familia noble —dijo Bastien. Sus ojos se desviaron hacia el Exarca, que escuchaba con atención—. Era la hermana pequeña de mi madre.

—¿Cómo estás tan seguro de ello?

Bastien respiraba superficialmente, las palabras que había preparado en la celda habían sido difíciles de ordenar en su cabeza, pero ahora le resultaban casi imposibles de pronunciar.

—Sé muchas cosas sobre ella.

Etienne sonrió y se separó con un impulso de la pared. Se acercó a los dos hombres y colocó una mano en el hombro de su hermano mayor.

—¿Ves? Te dije que era buena idea dejarlo con vida.

Lord Silvain ni siquiera parpadeó.

—Mi hermano pequeño tiene la mala costumbre de ser demasiado indulgente —comentó. Sus ojos eran tan afilados como dos esquirlas de hielo—. Continúa.

Bastien permaneció en silencio, como si estuviera pensando qué decir. Eso hizo que Lord Silvain se removiera en su asiento, irritado, e intercambiara una mirada con el Exarca, que se encontraba junto a él.

—Si me matáis, ella siempre huirá de esta familia —dijo Bastien, al cabo de unos tensos segundos. Su voz flotó sin altibajos en la estancia, a pesar de que tenía las uñas hundidas en la palma de las manos—. Sabe quién envió a los mercenarios. Vio cómo mataban a mi madre y me llevaban con ellos.

Era mentira, por supuesto. Bastien había perdido la pista de Anna al inicio de la invasión de Grisea. No sabía dónde estaba, pero de lo que sí estaba seguro era de que había escapado. Si no, él no seguiría con vida.

—Debería haberles pagado más a los mercenarios para que mantuvieran la boca cerrada —remató.

—Mientes —susurró Lord Silvain. Su hermano menor descruzó los brazos y le dedicó una mirada preocupada.

Bastien apretó los labios y no contestó. La familia Mare no tenía forma de comprobar si decía la verdad o no, ya que había asesinado a todos los mercenarios que había contratado para esconder el hecho de que ellos los habían enviado para asesinar a la hija perdida del rey, y tampoco podía mandar a sus propios hombres a Grisea. Después de la muerte de Nicolae Lux, del asedio que había sufrido el castillo de los Doyle, levantaría sospechas, cuanto menos.

—Es algo que no podéis comprobar —dijo Bastien, manteniendo un tono neutro—. Pero hay algo que sí, y de lo que creo que no os han informado. En el momento del ataque, había una Altair en Grisea. Lya Altair, la tercera de las cuatro hijas de Lord Tyr Altair.

—¿Y por qué estaba esa joven allí?

—Era mi prometida.

Silvain Mare y el Exarca intercambiaron una mirada rápida. Los labios del primero se doblaron en una mueca irónica.

—No he recibido ninguna invitación a ninguna boda en las últimas semanas. Conozco a Tyr Altair, nunca casaría a una de sus hijas con un Inválido.

—Solo tenéis que preguntárselo a él.

Los párpados de Bastien ardieron, pero se obligó a no parpadear. Mantuvo la vista clavada en los ojos de hielo de Silvain Mare hasta que sintió cómo los suyos se humedecían por el esfuerzo.

—Lord Bastien —intervino entonces el Exarca, con una pequeña sonrisa que no se reflejaba en sus ojos—. Hay algo más que queréis decir. —No era una pregunta.

Él tragó saliva y dejó que la mentira fluyera por su lengua.

—Todo esto podría haber sido más fácil. Vos deseabais una sola cosa. No había necesidad de arrasar con mi familia, con mis tierras.

—Nosotros jamás... —comenzó a decir Etienne, pero su hermano lo desestimó con un gesto de la mano.

—¿Qué habrías hecho tú en mi lugar? —preguntó Lord Silvain, con un atisbo de burla.

Las uñas de Bastien se hundieron más en su piel y, durante un instante, se obligó a recordar el dolor que sintió aquel día en las caballerizas, cuando Anna provocó un incendio sin querer. No solo se forzó a rememorar el dolor físico que le arrasó la piel, también se obligó a sentir de nuevo la certeza que lo había sacudido y lo había quemado más que el propio fuego. Su mejor amiga, su única confidente, había recibido un don de los Dioses, uno poderoso, y él, que descendía de nobles, jamás recibiría alguno. Porque mientras se retorcía en el suelo, quebrado por el dolor, supo que si su don no había surgido cuando su vida había corrido peligro, no aparecería nunca.

Se había sentido traicionado por Anna, por los Dioses y por sí mismo, y esa traición lacerante volvió a aflorar en su voz cuando contestó:

—Yo la habría entregado. —Apartó sus dedos de las palmas de las manos y se los llevó a la frente, donde se encontraba la cicatriz.

Aunque tenía la mirada gacha, Bastien pudo sentir los tres pares de ojos sobre él—. Todavía puedo hacerlo.

Silvain Mare se irguió en su trono.

—¿Y por qué harías algo así? —No se molestó en ocultar su recelo.

La voz de Bastien escapó balbuceante de sus labios, y él tuvo la esperanza de que pareciera rabia lo que entrecortaba sus palabras.

—El Rey Nicolae colocó a mis padres en un compromiso muy peligroso cuando los obligó a esconder a su amante embarazada, a pesar de que ella fuera parte de nuestra familia. Sabía lo que podría ocurrir. Sobre todo, después de lo que le sucedió a su propio hijo, Prian. —Bastien se detuvo y echó un vistazo a las tres personas que estaban frente a él. Etienne parecía incómodo, pero el Exarca y Lord Silvain lo escuchaban impertérritos—. Cuando mi tía Mirabella murió durante el parto, el rey no se hizo cargo de su propia hija. Fue un cobarde y condenó a mi familia por ello. Aunque lo desearan, mis padres no podían deshacerse de ella, sabían lo que podría pasar si desobedecían la orden directa del monarca.

Bastien imaginó a sus padres muertos, retorciéndose donde estuvieran. Sabía muy bien que ellos jamás quisieron deshacerse de Anna. Sabía que su madre la quería a pesar de todo lo que había ocurrido y de las veces que le había prohibido acercarse a ella. Él sabía que le guardaba un cariño especial; lo había sentido en sus últimas palabras, en la forma en que sus ojos habían brillado la última vez que había mirado a Anna.

Otra familia quizás habría fingido su muerte, o la habría abandonado, pero no sus padres. Aunque una frialdad eterna parecía rodearlos, tenían corazón.

Tu corazón te matará, susurró una voz dentro de la cabeza de Bastien. *Igual que mató a tus padres.*

Pero Bastien sabía que esa voz sibilina lo engañaba. Los únicos culpables de la muerte de sus padres se hallaban frente a él, en esa estancia de mármol y luz.

—Todavía puedo entregarla —añadió, ronco.

—¿Cómo? —Las finas cejas rubias de Silvain Mare se arquearon.

Bastien cerró los ojos y, durante un instante, vio a la Anna de su infancia esperándolo en un rincón del patio de armas, con una sonrisa en los labios.

—Soy importante para ella. —Una verdad para reforzar toda aquella mentira—. Si sabe que estoy aquí, a salvo, vendrá hasta nosotros. Confiará en mí, en todo lo que le diga.

El Exarca apretó un poco los labios y entornó la mirada, como si quisiera entrar en la cabeza de Bastien.

—¿Entregarías a esa joven a la familia Mare así, sin más? ¿Después de todo lo que ha ocurrido?

Esa última pregunta escondía muchas otras. ¿Después de que hayan asesinado a tus padres? ¿Después de que unos mercenarios arrasaran tu territorio y tu castillo? ¿Después de que unos salvajes te arrastraran durante días y te arrojaran a un calabozo hediondo?

—Todo esto es por culpa del Rey Nicolae. Deseo condenar a su familia tal como él condenó a la mía. Después... —Bastien alzó bruscamente la cabeza y clavó su mirada gris en el rostro atento de Silvain Mare—. Después regresaré a Grisea en paz.

Silvain se reclinó sobre el trono mientras sus dedos jugueteaban pensativamente con la barba rubia.

Bastien mantuvo los labios sellados y los ojos bien abiertos, a pesar de que le escocieron por no parpadear. El agua rugía varios metros por debajo de ellos y el sonido de las olas atravesaba los enormes ventanales sin cristales, pero él se sentía como si estuviera en el fondo del océano, sin respiración, a punto de ahogarse.

—Supongo que entonces tenemos un trato —dijo Silvain Mare, esbozando una sonrisa que contradecía su mirada glacial.

El Exarca asintió con placidez y Etienne sacudió los brazos, como si se le hubieran entumecido de pronto.

Bastien, por el contrario, se obligó a no relajarse cuando el señor de la Bahía de Eulas se puso por fin en pie y caminó hacia él. Se detuvo a un escaso metro de distancia. La capa azul que ondeaba tras él parecía una ola a punto de aplastarlo.

—No sé si eres un joven inteligente o un maldito estúpido, pero espero por tu bien que cumplas tu palabra y nos ayudes a encontrar a esa bastarda —siseó—. Si vuelvo a escuchar cualquier palabra que hayamos pronunciado aquí en boca de cualquiera que no sean los presentes en esta sala, te mostraré que el agua provoca más daño que el fuego.

Silvain Mare torció los labios en una mueca cuando sus ojos se detuvieron un momento más en la larga quemadura que cruzaba el rostro de Bastien. Él se mantuvo erguido, en silencio, durante más tiempo del necesario.

El océano rugió con más fuerza que nunca bajo sus pies.

—Sí, mi señor.

Y cuando Bastien bajó la cabeza, sintió un dolor mucho más atroz que el que le había causado Anna con su llamas.

Con cuidado, Bastien se sumergió por completo y dejó que el agua jabonosa entrara en la herida de su hombro. Apretó los dientes y ahogó un quejido de dolor. Sus dedos se crisparon en el borde de la bañera a la que lo habían conducido después de que los Mare y el Exarca abandonaran la sala. Le ordenaron bañarse, cambiarse de ropa y arreglarse.

Bastien respiró hondo y apoyó la cabeza en el respaldo de madera. El agua ya había perdido su color transparente y la espuma estaba empezando a tintarse de gris, pero aun así no se movió y se sumergió hasta la barbilla, disfrutando de un instante de calma.

La habitación en la que se iba a hospedar durante un tiempo indeterminado era pequeña, más propia de un sirviente que de un noble, pero no le importaba. Se encontraba situada en la zona este del castillo, pegada a los propios cuartos de los criados y de los guardias, y eso significaba estar lejos de los Mare. Bastien hubiese dormido en un establo, rodeado de animales malolientes, si eso implicaba alejarse de esas cabezas rubias y esos ojos azules.

Parpadeó un poco y hundió perezosamente la vista en la puerta del baño. Estaba tan cansado y el agua estaba tan caliente que se le escapó un bostezo y sus ojos se entrecerraron. Era una sensación que no había experimentado desde que Viper, disfrazado de caballero de los Lux, había entrado en el comedor del castillo para anunciar que el rey había muerto.

Pero, de pronto, esa burbuja de paz se rompió cuando el picaporte de la puerta se movió y esta se abrió con brusquedad.

Bastien chapoteó cuando la figura de Etienne Mare entró con atropello en el baño.

Se echó abruptamente hacia atrás cuando se acercó a él y se arrodilló, con los brazos apoyados en el borde de la bañera. Con disimulo, Bastien acercó toda la espuma que pudo a su cuerpo desnudo.

Los ojos celestes de Etienne brillaron cuando observaron su expresión descompuesta.

—Así que sabes luchar.

—¿Qué? —Fue lo único que Bastien pudo articular.

—Mataste a un mercenario. Para hacer algo así, debes saber manejar una espada.

Etienne lo observó risueño, como si fuera completamente normal estar a solo unos pasos de distancia de un joven que el día anterior había amenazado con matarlo.

—Sé manejar una espada —consiguió responder Bastien, al cabo de demasiado tiempo en silencio—. No tuve más remedio que aprender cuando comprendí que mi don nunca aparecería.

Etienne asintió con la cabeza, entusiasmado.

—¿Me enseñarás?

—¿Enseñaros? —repitió Bastien, con la boca seca.

—Oh, tutéame. Sé que en público no podrás hacerlo, pero ahora estamos en privado.

Su sonrisa lo aturdía un poco, así que Bastien giró la cabeza y hundió la mirada en la espuma que iba desapareciendo.

—No creo que necesitéis... que necesites tocar un arma. Tu don es más que suficiente.

—Lo sé. —Etienne rozó el agua con sus dedos y al instante, como si fueran pompas de jabón, dos esferas transparentes surgieron de ella y flotaron entre sus manos. Para Bastien hacer algo así era imposible; para Etienne, tan sencillo como respirar—. Pero me gustaría aprender. Sería algo con lo que sorprender a mis enemigos y que podría aprovechar en mi ventaja. Es una sandez que esté mal visto que un noble no pueda tocar un arma. Sé que es lo que dicen las Antiguas Escrituras... pero no tiene sentido. ¿Qué más da que utilicemos una espada para defendernos? ¿Qué más da que un No Deseado tenga un don para hacer lo mismo? Es estúpido. Deberíamos utilizar todo lo que nos proporcionan los Dioses.

Bastien abrió la boca, pero no encontró palabras. Por lo que acaba de decir, podrían condenar a Etienne. Los No Deseados eran un tema tabú en Valerya, generaban muchos quebraderos de cabeza a las familias nobles y a todos los hombres y mujeres de fe, desde los sacerdotes y las sacerdotisas, hasta el Exarca. La mayoría de las ocasiones acababan en muertes y tortura.

—No deberías decir cosas así a desconocidos —fue lo único que Bastien pudo murmurar.

Los ojos de Etienne se apagaron un poco, pero su sonrisa no disminuyó.

—Creía que a partir de ahora íbamos a ser aliados. Sé que te caigo mal, pero tú me caes bien. Me pareces... *interesante* —añadió. Le recorrió la quemadura con los ojos—. Así que por mucho que te resistas, terminarás siendo mi amigo. Créeme, todos quieren serlo.

—Eso es pura arrogancia.

—Puede ser... —Etienne se encogió de hombros y, con un chasquido de sus dedos, dejó que las esferas de agua que flotaban sobre su cabeza volvieran a caer en la bañera. Salpicaron a Bastien en la cara—. ¿Me enseñarás a usar una espada?

—¿Tengo opción? —gruñó.

—Todos la tenemos.

Etienne se levantó de un salto juguetón, pero no separó sus dedos del borde de madera. Bastien suspiró, era un fastidio soportar el peso de sus ojos.

Parecía que iba a dejarlo en paz por fin, pero en el último momento volvió a inclinarse en su dirección, obligándolo a pegarse todavía más al otro extremo de la bañera.

Apenas quedaba espuma.

—Creo que no has cambiado nada.

—Tú y yo no nos conocemos —replicó Bastien con frialdad—. Que una Kaur haya hurgado dentro de mi cabeza hace años no te hace saber quién soy.

—Nunca me equivoco cuando veo a alguien. Puedo ver su corazón.

A Bastien se le escapó una carcajada helada.

—Bueno, parece que esa percepción tuya erró un poco cuando les disteis unas órdenes a unos mercenarios que decidieron ignorarlas por completo.

La sonrisa de Etienne desapareció. Sus dientes blancos se ocultaron tras los labios rosados y, con un suspiro, se incorporó por fin. No parecía importarle tener las mangas de la camisa y el pantalón empapados.

Apoyó la mano en el picaporte, pero antes de girarlo, se volvió de nuevo hacia él. De su expresión alegre no quedaba ni la más mínima traza. Al contrario, en sus ojos azules Bastien pudo ver la tormenta que había estallado en un instante.

—Yo no contraté a esos mercenarios.

Los dedos de Etienne se cerraron en un puño, y el agua de la bañera se agitó y salpicó a Bastien, a pesar de que estaba tan inmóvil como una piedra.

—Sé lo que es pertenecer al bando equivocado, en el momento erróneo, así que no hables como si fueras el único. Yo también perdí mucho por un enfrentamiento absurdo que solo consiguió cobrarse vidas inocentes.

Bastien observó su espalda tensa, sin parpadear.

Sabía a quién se refería, sabía de qué conflicto hablaba, y sabía en qué había desembocado: en el asesinato de su padre, Herry Mare. Ese hombre rechoncho y sonriente que había conocido años atrás en ese mismo castillo. Nunca se encontró al culpable de su muerte, pero había rumores de que había sido alguien que actuaba bajo las órdenes de la familia Lux. Después, como respuesta quizá, llegó la extraña muerte de Prian Lux, el primogénito del Rey Nicolae y la Reina Sinove. Lo encontraron flotando en el único lago del palacio real. Algunos decían, aun con los años que habían transcurrido desde entonces, que se había producido una extraña justicia poética. Las malas lenguas insistían en que aquello no era una simple casualidad. Prian siempre había temido el agua. Jamás se habría metido en un lago tan profundo a menos que alguien lo hubiera obligado a ello, alguien... quizá... cuyo don estuviera relacionado con el agua.

Bastien lo miró, con los labios apretados, sin contestar, y Etienne no añadió nada. Cerró la puerta del baño y desapareció de su vista.

Hasta que sus pasos no se perdieron por el corredor, el agua de la bañera no entró en calma.

UNA HISTORIA PROHIBIDA

Conforme transcurrían los días, los bosques comenzaron a disgregarse y el terreno se hizo más empinado, más abrupto.

Todavía estaban lejos de la Columna de Vergel, pero el sendero se volvía demasiado complicado para seguir montados a caballo. Aunque a Dimas no le hizo ninguna gracia, a Lucrezia y a él no les quedó más remedio que vender sus caballos para poder seguir adelante.

Mientras el comprador observaba sus nuevas adquisiciones con los ojos brillantes, Dimas recogía el dinero y fulminaba a Lya con la mirada. Lucrezia, como podía, quitaba hierro al asunto y le comentaba a Dimas que andar le vendría bien para fortalecer la musculatura de sus piernas. El enorme cuerpo de Dimas solo estaba construido a base de músculos, tendones y huesos, pero eso no evitó que no le dirigiera la palabra a Lucrezia y a Lya durante el resto del día. Lo que, por otra parte, no era ninguna novedad. La taciturnidad y él eran como la uña y la carne. Inseparables.

Durante el atardecer, unos días más tarde, mientras subían una larga y empinada cuesta, Lya se detuvo y miró a su alrededor.

Sabía dónde estaba. Reconocía las flores silvestres, la curiosa forma de dos rocas gigantescas que parecían dos osos abrazándose. La primera vez que las había visto le habían llamado mucho la atención.

Una vez, hacía muchos años, había ascendido a esa misma ladera con su familia. Aunque en aquella ocasión cada miembro de la familia Altair iba subido en pesadas literas y quienes los cargaban eran sus esclavos.

Lya recordaba que a mitad de camino tuvieron que detenerse, porque los que portaban la litera de su hermana Nerta se derrumbaron, agotados, incapaces de continuar. Lord Tyr Altair, enfurecido, los amenazó, pero ni siquiera las palabras terribles que soltó consiguieron que los esclavos se levantaran.

Lya era todavía demasiado pequeña como para ver las atrocidades que cometía su familia. Para ellos, su debilidad todavía era justificada, así que recordaba que su madre se la había llevado aparte y la había distraído en el bosque con las flores silvestres. Mientras observaba los pétalos de colores, un par de jinetes, viajeros que cabalgaban a toda velocidad, estuvieron a punto de arrollarla. Después de aquello, Lady Eda Altair, su madre, decidió volver a la comitiva y no decir nada a su esposo, que seguía estando furioso. Dos esclavos, diferentes a los de antes, sostenían ahora la litera de su hermana Nerta. En ese momento, Lya buscó a los hombres con la mirada, pero con el tiempo llegó a comprender qué había pasado con esos esclavos que se habían negado a levantarse.

—Estamos cerca de las tierras de los Beltane —murmuró Lya, con la voz ronca por el súbito recuerdo.

La meseta de Arcana colindaba con la Sierra de Arcias. Una vez dentro de los territorios que pertenecían a la familia de la Reina

Sinove, no había más que una semana de camino hasta llegar a las puertas de Itantis.

De pequeña visitó en varias ocasiones Egir, la capital de la Meseta de Arcana, y su castillo. Aquella vez en la que los esclavos se derrumbaron de puro agotamiento no fue más que una de tantas.

El suspiro profundo de Lucrezia llamó su atención. Lya la miró, pero ella tenía centrada su atención en Dimas, que había extraído un gran mapa raído y arrugado del petate que llevaba a la espalda. Lo examinaba con una ansiedad casi enfermiza.

—¿Qué ocurre? —preguntó Lya, confusa.

—¿Cómo es posible? ¿Cómo he podido desviarme del camino? —murmuró él. Sus ojos recorrían los surcos de tinta que cubrían el pergamino—. No puede ser.

—No nos hemos desviado del camino —respondió Lucrezia, consiguiendo que su atención trepara hasta ella—. Solo tenemos que atravesar la Meseta de Arcana para llegar a Itantis. Tardaremos una semana a lo sumo.

—No pienso poner un solo pie en esas tierras.

—¿Por qué?

La mano de Lucrezia se posó demasiado tarde sobre el hombro de Lya.

—Porque es mi decisión y, dado que soy tu jodido guía, debes acatarla.

Los dedos de la mujer se enredaron en la capa nueva de Lya y tiraron imperceptiblemente de ella. Sin embargo, la advertencia no llegó a detenerla. Algo había cambiado el día en que Dimas y ella se enfrentaron en la taberna. Algo que le había hecho perder el miedo.

O al menos, parte de él.

—Pero es absurdo. Sé que quieres librarte de mí, así que esta es la forma más rápida —replicó—. Si rodeamos toda la Meseta, tardaremos más del doble de tiempo en llegar.

Lya vio la tempestad relampagueando en los ojos de Dimas. Entendió por qué los Dioses no le habían regalado un don. Él no necesitaba ninguno para destruir el mundo.

—No vamos a atravesar la tierra de esa maldita familia. —Ladeó la cabeza, de forma que la luz del atardecer formó claroscuros en su rostro—. Jamás.

Le lanzó a Lya una última mirada y, con un gesto exasperado, hizo una bola con el mapa y lo guardó sin cuidado. Sin añadir palabra, echó a andar y pasó por su lado, con cuidado de no rozarla siquiera.

—Lucrezia, ¿qué...?

Ella negó con la cabeza. No la miró; tenía los ojos cargados de tristeza hundidos en la espalda de su compañero, que se alejaba de ellas.

—Me temo que, en esta ocasión, no puedo ayudarte —dijo al cabo de unos segundos. Le dedicó una débil sonrisa—. Aunque el viaje se alargue, no pisaremos la tierra de los Beltane.

Lya observó durante un instante la larga cuesta, de la que no podía ver su final. Al otro lado de ella, a muchos kilómetros de distancia, estaba su castillo, su hogar, del que la habían obligado a salir hacía unos meses y al que ahora intentaba regresar.

—Todo el mundo tiene sus fantasmas —comentó Lucrezia, y echó a andar—. Y Dimas, por desgracia, tiene muchos.

—¿Como Saya?

Ella se detuvo de golpe y se volvió hacia Lya, con los ojos abiertos como platos. Antes de hablar de nuevo, echó un vistazo a su alrededor, buscando a su compañero con la mirada.

—¿Dónde has escuchado ese nombre? —preguntó en voz baja.

—Fue él mismo quien lo dijo —replicó Lya, un poco a la defensiva—. Me miró y lo gritó sin más. Y luego se volvió loco cuando le pregunté de quién se trataba.

—¿Se lo preguntaste? —Lucrezia abrió la boca de par en par, entre sorprendida, aterrada y divertida.

—¿Por qué no iba a hacerlo? ¿Quién es Saya?

Lucrezia volvió a echar una mirada por encima de su hombro antes de acercarse abruptamente a Lya y hacer un gesto de silencio con el índice.

—Te contaré algo sobre ella, solo si olvidas ese nombre y prometes no pronunciarlo en los días que quedan de viaje. —Lya intentó hablar, pero Lucrezia la interrumpió con una expresión llena de intenciones—. Eres una noble de una gran familia, representas lo que más odiamos, pero me caes bien, Lya Altair. Creo que eres una buena chica y no quiero que el monstruo del cuento te devore por pronunciar las palabras equivocadas.

Lucrezia exhaló un profundo suspiro y comenzó a andar de nuevo, esta vez con mayor lentitud, dejando que la distancia que las separaba de Dimas se acrecentara. Lya alzó la barbilla y lo vio descender por el camino, demasiado lejos como para que las palabras pudieran llegar hasta él.

—Saya fue una joven de la que se enamoró hace años, cuando tenía más o menos tu edad. Ella también lo quería, pero la historia no acabó bien. Saya murió y Dimas terminó con esas cicatrices que ves en su cara.

Las pupilas de Lya se dilataron y separó los labios, pero Lucrezia alzó una mano, a modo de advertencia.

—Suficiente. No volveré a hablar sobre este tema. Es todo lo que necesitas saber.

Lya asintió, aunque la curiosidad la arañaba por dentro. Deseaba saber por qué había fallecido, qué había tenido que ver su muerte con todas esas marcas que ahora excavaban la piel de Dimas como ríos sin caudal. Sin embargo, se mordió los labios y se guardó las dudas solo para ella.

Continuaron el camino, pero cuando el sol comenzó a caer, Dimas decidió montar un pequeño campamento en el bosque y pasar la noche allí.

La velada fue más silenciosa que de costumbre. Lucrezia, al contrario de lo que solía hacer, apenas habló, y rápidamente se quedó dormida, envuelta en su capa de viaje.

Dimas, con cuidado, la acercó a la hoguera para mantenerla en calor y la cubrió con su propia capa. Ella se removió un poco, pero no se despertó.

Lya lo siguió con la mirada y él le respondió con ojos fieros, retándola a que dijera algo. Ella se mantuvo en silencio y observó cómo se tumbaba de espaldas, lejos de Lucrezia y de ella; lejos del calor de la hoguera, sin abrigo. Debía tener frío, pero no temblaba, y pronto, el sonido de su respiración lenta indicó a Lya que se había quedado dormido.

Poco a poco, con los ojos clavados en las sombras que creaba la hoguera sobre la ancha espalda del hombre, el sueño y el cansancio vencieron a Lya.

Se despertó al cabo de un tiempo, horas o minutos, no lo sabía. Durante un momento, creyó que se había espabilado por la postura incómoda, pero se dio cuenta de que lo que realmente la había arrancado del sueño eran sollozos.

Se arrastró hacia Lucrezia, asustada, pero ella dormía profundamente. Tenía las mejillas enrojecidas y su respiración era regular, tranquila. Parecía estar sumida en un buen sueño.

Lya se dio la vuelta en el momento en que oyó un nuevo lamento roto, y observó el cuerpo de Dimas, acurrucado sobre sí mismo. Era él quien estaba llorando. Era él quien estaba atrapado en una pesadilla.

Dudó durante un instante, pero algo en su interior la obligó a acercarse a él, con la misma cautela con la que se acercaría a un león dormido. Lo rodeó, observó la forma en la que sus hombros se sacudían, la forma en la que se retorcía sobre sí mismo. No se atrevió a poner en él más que un dedo, pero fue suficiente. Estaba helado.

—¿Dimas? —murmuró—. ¿Estás despierto?

Él no le contestó, aunque otro sollozo lo volvió a sacudir.

Lya tragó saliva y, con la mano temblando en el aire, dejó que se posara sobre su espalda fría, abriendo sus dedos como un abanico. La dejó quieta ahí, sin moverla. El contraste de temperaturas le arrancó un fuerte escalofrío.

—Tranquilo —volvió a susurrar—. Solo es una pesadilla. Solo es un mal sueño. No es real.

Él no le respondió y los músculos de su espalda se estremecieron bajo su mano.

Lya lo contempló durante un instante más, con las dudas carcomiéndola por dentro. Con los músculos rígidos por la tensión, se inclinó un poco y se tumbó a su lado, espalda contra espalda.

Seguía helado, pero al menos, el cuerpo de Lya envuelto en su capa de viaje le regalaba algo de tibieza.

No sabía si era por el calor, o por el hecho de que su pesadilla había terminado, pero poco a poco sus sollozos disminuyeron y su respiración se acompasó. Escuchándola, el cansancio volvió a caer sobre Lya y la aplastó con una mano de plomo hacia la oscuridad en donde vivían los monstruos.

19

LÁTIGOS Y FUEGO

A nna meneó la cabeza cuando vio a Val aparecer tras un par de matorrales, cargado con una bolsa de piel casi tan alta como ella. Zev, a su lado, se puso en pie con un movimiento rápido.

—¿A quién has robado esta vez? —preguntó Anna.

—¿Qué más da? ¿Acaso importa?

Ni siquiera se molestó en responder. Algunas cosas habían cambiado. Ya no se molestaban en atarla a ningún árbol, porque tarde o temprano ella conseguía quemar las cuerdas. A veces, lograba calentar sus manos poco a poco; otras, una llama violenta, descontrolada, escapaba de sus dedos y reducía la cuerda a cenizas. Así que, aunque no la amarraban, uno de ellos siempre se quedaba a su lado.

Cuando Val soltó el enorme saco, Zev se acercó a él y se apresuró a abrirlo.

—¿Has robado a un mercader? —preguntó, con la cabeza dentro.

—Creo que era granjero —contestó él, dándole un empujón.

Anna observó cómo Zev extraía del saco una enorme empanada de carne que se llevó a la boca y devoró casi de un mordisco.

Val lo imitó. Se llenó tanto los carrillos que apenas era capaz de respirar.

Cuando Anna los veía masticar, pensaba que no había comida suficiente en todo el reino para saciar esos estómagos tan hambrientos. Aunque devoraban como lobos y habían aumentado algo de peso desde que habían salido de Grisea, hacía ya diez días, seguían extremadamente delgados.

—Un granjero —repitió Anna; intentó ignorar los rugidos de su estómago.

Val levantó una mirada en su dirección. Sabía que quería pelea y él estaba encantado de proporcionársela. Siempre lo estaba.

—Eso he dicho.

—Los granjeros no son nobles —dijo Anna, con el ceño fruncido—. Muchas veces, con los impuestos y los tributos que les tienen que entregar en cada estación a sus señores, apenas tienen para sí mismos. Creía que alguien como tú no robaría a un pobre.

Zev dejó de comer y paseó la mirada entre ambos.

—¿Alguien como yo? Llama a las cosas por su nombre, *majestad*. Soy un esclavo, sí. Lo *era*, mejor dicho —replicó Val, metiendo la mano en el saco para extraer otra empanada—. No robaría a ningún hombre o mujer más pobre que yo, pero todavía no he hallado ninguno, y creo que pasarán muchos días hasta que lo encuentre. Ese hombre al que he robado no parecía pasar mucha hambre. Los esclavos que trabajan para él y aran sus campos y ordeñan y matan a sus animales, sí.

Anna notó cómo el calor le azotaba las mejillas mientras Val le dedicaba una sonrisa triunfante.

—Pero si tanto te preocupa quedarte con la comida robada a un *humilde* granjero, no te aflijas. Zev y yo nos encargaremos de tu parte.

El aludido chascó la lengua y volvió a pasear la mirada entre ellos dos. Tomó aire antes de hablar:

—Val, espera. No deberíamos... —Apretó los labios y calló. Él no lo escuchaba, ni siquiera lo miraba. En realidad, no miraba a nadie. Había vuelto los ojos hacia el horizonte, como si estuviera buscando algo, o como si acabara de encontrarlo—. ¿Val?

La brisa sacudió el cabello de Anna e hizo susurrar a las hojas de los árboles que los rodeaban. No era un viento natural. Era él quien lo producía inconscientemente.

—¿Qué ocurre? —insistió Zev.

Val separó los labios para responder, pero entonces un borrón de algo alargado restalló en su cara, y de pronto, se llevó las manos al cuello.

Anna abrió los ojos de par en par y, dejando escapar un jadeo, miró a su alrededor. Desde todos los ángulos, diez figuras saltaron sobre ellos. Algunas eran mujeres, otros eran hombres, pero de lo que no cabía duda era de que se trataba de un grupo de esclavistas.

Todos vestían de negro y llevaban látigos, cadenas y esposas colgando de sus cinturones. Anna había visto alguno desde las habitaciones del castillo de Grisea. De vez en cuando, visitaban los terrenos para vender esclavos a Lord Emmanuel y a Lady Aliena.

Zev soltó un grito de espanto cuando vio la cuerda que envolvía el cuello de Val y tiraba de él hacia atrás, con dureza, clavándose en su piel. Se abalanzó hacia las mujeres antes de que Anna pudiera detenerlo. Ellas mismas no se esperaron el ataque de un niño, porque consiguió herirlas superficialmente con su cuchillo antes de que le sujetaran los brazos y las piernas.

Él se retorció, con lágrimas en los ojos. Una de las esclavistas, a la que había herido, se incorporó y se llevó el brazo derecho al pecho. Del hombro a la muñeca, le recorría la piel un largo tajo que sangraba sin parar. Con rabia, se volvió hacia Zev y le propinó una fuerte bofetada. El cuerpo de Anna se sacudió, como si fuera ella la que había recibido el golpe.

—¡Dej... déjalo en paz! —gruñó Val. Su rostro se había vuelto violeta.

Zev fulminó a la esclavista con la mirada, a pesar de las lágrimas que escapaban de sus ojos.

La mujer pareció a punto de golpearlo de nuevo, pero, en vez de eso, dio un fuerte tirón a su camisa, rasgándole la manga, y dejó a la vista la marca de las cadenas que condenaba a Zev.

—Sabía que eras un esclavo. Lo descubrí al verte entrar en mi granja —dijo el hombre cuyo látigo envolvía el cuello de Val—. Y sabía también que tendrías compañía —añadió. Echó un vistazo a Zev y él le enseñó los dientes—. Tomadlo como un regalo de los Dioses. Si vuestro antiguo dueño os hubiera encontrado, os habría matado a latigazos. Yo solo pienso revenderos. Eso es casi un milagro.

Anna desvió la mirada del hombre y encontró un hueco entre dos esclavistas. Era la única que seguía libre. Si era rápida, podría escapar de ellos.

Flexionó las rodillas. Estaba a punto de correr hacia ese espacio, pero cuando volvió la mirada, sus ojos se quedaron atascados en las cadenas marcadas en la piel de Zev. Su cuerpo, de pronto, se negó a moverse.

Uno de los esclavistas se giró en su dirección. Ella dio un paso atrás y alzó las manos. En su pecho se agitaba una sensación extraña.

—Aunque me desnudes entera, no encontrarás ni una sola marca —siseó.

—Eso no es problema —contestó la esclavista a la que había herido Zev—. Podemos hacerte una.

Anna apretó los dientes y sintió cómo la furia alimentaba la sensación palpitante que la agitaba por dentro.

—No... no podéis hacer eso. Os condenarán si os descubren.

—¿Y quién lo descubriría? —preguntó otro, con aspecto aburrido—. Una vez marcada, ¿qué diferencia hay entre ellos y tú?

Algo dentro de Anna se rompió. O ya estaba roto y se había vuelto a ensamblar, no estaba segura. Paseó los ojos de Val a Zev. Val podría estar sentado en un sillón de terciopelo, rodeado de sirvientes y nobles zalameros, y tener el mismo derecho al trono que ella. Y Zev era solo un niño, debía estar jugando con sus amigos, esperando a que sus padres lo avisaran para cenar.

Y, sin embargo, había una diferencia entre ellos y Anna que lo cambiaba todo, una única y maldita diferencia. Una simple marca. Nada más. Una marca era lo que los separaba del resto del mundo y los condenaba de por vida. Una marca, como un lunar, como una pequeña cicatriz. Si algo tan estúpido y pequeño como eso no hubiera estado, ellos jamás se habrían convertido en lo que eran ahora.

Los esclavistas se acercaron a Anna.

Ella retrocedió hasta que su espalda tocó el tronco de un árbol. Hundió sus dedos en la corteza y sintió cómo la rabia crecía dentro de ella y su cuerpo subía de temperatura.

Cerró los ojos y se concentró en la sensación que agitaba su pecho. No había tiempo para pensar. Apretó los dientes y empujó ese calor que sentía hacia el exterior.

Los esclavistas se sobresaltaron cuando vieron las manos de la joven envueltas en llamas.

—Es una maldita No Deseada —masculló uno de ellos. Agitó el látigo que sujetaba—. Tened cuidado con el fuego.

—Hay cosas más peligrosas que las llamas —murmuró Val. Su voz sonó estrangulada por culpa del látigo que envolvía su garganta.

Aprovechó la distracción de los esclavistas y se revolvió. Una súbita corriente de aire que parecía brotar de todos los poros de su piel los golpeó. No fue tan violenta como para herirlos, pero sí para desestabilizarlos. Y eso era lo único que necesitaban.

Zev dejó escapar un grito de guerra y se retorció entre los brazos de sus captores lo suficiente como para morder la mano de uno de los que lo sujetaban.

El hombre aulló y lo soltó. Él rodó por el suelo y se acercó a otro de los esclavistas. Antes de que fuera capaz de reaccionar, le arrebató el látigo de su cinto.

Ahora era Zev el que lo sostenía entre sus manos.

Anna avanzó un paso, intentando doblegar su don. Sentía cómo se agitaba con violencia en su interior, como si fuera un insecto escurridizo que quería escapar de su control.

Si el fuego de Anna había conseguido que los esclavistas dieran un paso atrás, el hecho de que Val estuviera flotando sobre sus cabezas, con algo parecido a un huracán rodeando su cuerpo, los hizo temblar.

—Qué gran error habéis cometido —comentó mientras una sonrisa demente, horrible, se derramaba con lentitud por sus labios.

Anna lo observó y, por primera vez, estuvo de acuerdo con él.

Val solo tuvo que alzar un brazo y señalar a uno de los esclavistas para que este saliera de pronto propulsado hacia arriba, hacia muy arriba, hasta el punto de confundirse con los pájaros, que apenas eran unas pequeñas manchas oscuras que cruzaban el atardecer.

Nadie ni nada se movió, y transcurrieron unos segundos interminables hasta que el cuerpo volvió a caer al suelo. El crujido que hicieron los huesos al romperse reverberó hasta en el último rincón del bosque.

Val bajó de nuevo la mirada en dirección al resto de los atacantes.

—¿Quién es el siguiente?

Se dividieron en dos grupos. La mayoría se dieron vuelta y echaron a correr, despavoridos. Dos de ellos, sin embargo, se giraron hacia Zev, y extrajeron los látigos y las cadenas de sus cinturones.

Val solo les dedicó una breve mirada antes de salir tras los esclavistas que habían huido.

Anna, con las manos todavía en llamas, se acercó a Zev, que mantenía sus rodillas flexionadas y los brazos algo separados del tronco, en tensión. Deslizaba la mirada de un esclavista a otro, ya sin lágrimas en los ojos, con una expresión que no debería esbozar ningún niño.

Anna tenía los puños en llamas, pero no pudo evitar que un estremecimiento la recorriera entera. Podía tener el don de los Lux, pero no sabía cómo dominarlo. Lo único que había sido capaz de hacer después de varios días era encender sus manos y apagarlas, sin que su piel se quemara, pero nada más.

El hombre se arrojó contra Zev. A la vez, la otra esclavista hizo restallar el látigo. Anna apenas vio un borrón oscuro antes de que el cuero aprisionara su brazo izquierdo y un dolor lacerante estallara en su carne. Ese súbito dolor hizo flaquear su don. Lo sintió en su pecho y observó, aterrorizada, cómo la mano del brazo herido parpadeaba, como si fuera una vela a punto de apagarse.

La mujer tiró con fuerza, el cuero se hundió más en su piel, arrancándole un alarido, y el fuego terminó por extinguirse de su mano izquierda.

No, susurró una voz en la cabeza de Anna. *Vuelve, vuelve.*

Pero no lo hizo. Sus dedos se enfriaron, completamente inofensivos.

Una sonrisa segura estiró los labios de la esclavista y, de un tirón, la acercó a ella. Sin tocar a Anna, con cuidado de no rozar su otra mano en llamas, la rodeó y su largo látigo la envolvió por completo.

Anna se retorció contra la atadura. La aprisionaba con tanta fuerza que su pecho apenas podía expandirse. Tenía las manos pegadas a los costados, demasiado lejos de la mujer como para poder tocarla y quemarla.

Zev no se encontraba en mejores condiciones. Había retrocedido hasta quedar atrapado entre el grueso tronco de un árbol y uno de los esclavistas. Todavía sujetaba el látigo en su mano, pero no sabía cómo utilizarlo.

El niño alzó la vista y miró a Anna. Podía huir, y, sin embargo, no se había movido.

Ella cerró los ojos a pesar del dolor, a pesar de lo que le costaba respirar, e intentó concentrarse. El calor no volvió a su mano golpeada por el látigo, pero todavía podía sentir su don concentrado en la otra.

¿Cómo podía hacerlo? ¿Cómo lo haría su padre? Había cientos de retratos al óleo que mostraban al Rey Nicolae Lux rodeado por sus llamas. Anna se obligó a pensar. Rápido. Más rápido. No sabía dónde podía estar Val y sabía que Zev no podría aguantar mucho más. Ella tampoco lograría soportar mucho tiempo más así atrapada.

Escuchó cómo la esclavista extraía las largas cadenas de su cinturón y las hacía ondear sobre su cabeza. Si la golpeaba, si la dejaba inconsciente, la marcaría y la convertiría en esclava.

Anna pensó mientras los segundos parecían transcurrir cada vez más rápido.

Cuando Val utilizaba el Don del Aire se movía con fluidez. Sus brazos y sus manos se agitaban con una ligereza que solo podía compararse con el aire. No eran pesados, no hacían movimientos complicados. Eran simples, a veces rápidos, a veces lentos, ligeros, como la propia brisa.

La tierra era dura. Para moverla, harían falta impulsos bruscos, poderosos. El agua era escurridiza; quizá para controlarla, haría falta envolverla constantemente con el don, danzar en torno a ella para que no se escapara entre los dedos.

¿Cómo era el fuego? El fuego podía ser una simple llama, pequeña y ondulante. También podía ser un incendio descontrolado, que devorara todo a su alrededor como una ola empapaba la orilla de la playa. Era impredecible. Peligroso. Una chispa podía extenderse rápidamente y convertirse en una llamarada incontrolable.

Anna tragó saliva y sacudió la cabeza. Intentó concentrarse, buscar algo útil en la tormenta de pensamientos.

Había algo que podía hacer el fuego que no lograba hacer ningún otro don.

Extenderse por casi cualquier medio. Por la hierba. Por la madera. Por el aire.

Por el cuero de un látigo.

Anna alzó un dedo, uno solo, y, con la yema, rozó la piel rugosa del látigo que la envolvía. De reojo, vio cómo la esclavista bajaba las cadenas para golpearla y, desesperada, intentó empujar la sensación ardiente de su pecho hacia ese pequeño punto que palpitaba con ansia en su mano derecha.

Se imaginó soplando sobre él, intentando avivar unas brasas.

El don respondió de inmediato.

Como una centella, las llamas recorrieron el látigo. Lo carbonizaron a su paso, liberándola. Antes de que la esclavista fuera capaz de separar la mano del mango, las llamas treparon hacia ella y la envolvieron.

No fue como en Grisea. No sucedió como cuando Anna hizo arder a aquellos mercenarios sin saber realmente lo que hacía. Esta vez, fue fulminante. El fuego devoró a la esclavista en apenas un momento. Ni siquiera le dio tiempo a gritar. La mujer cayó al suelo, calcinada. Convertida en una figura paralizada y negra. Sin expresión. Sin rasgos. A su lado, las cadenas yacían medio fundidas.

Anna se volvió hacia Zev y el otro esclavista, que se había quedado de pronto paralizado. Zev no lo dudó. Se abalanzó sobre el hombre y lo empujó hacia Anna. Él intentó apartarse, pero cuando finalmente lo logró, las yemas ardientes de Anna ya lo habían rozado.

Ocurrió lo mismo. No se oyó ni un solo grito. La piel se convirtió en cenizas, el pelo se disolvió, la ropa pareció evaporarse. Cuando impactó contra el suelo, no era más que negrura y muerte.

Y todo había ocurrido en un instante.

Zev observó a Anna. Ella le devolvió la mirada, sin saber qué decir, con el brazo izquierdo encogido por el dolor. Las llamas habían desaparecido del derecho, pero su piel todavía humeaba.

Todo había sucedido con tanta rapidez que ni siquiera era capaz de reaccionar. No podía creer que una simple caricia pudiese acabar con una vida en un solo instante. Convertirla en... nada. Absolutamente nada.

Zev tragó saliva y se alejó un paso de ella, arrojó el látigo al suelo y recogió su cuchillo.

—¿Cómo has hecho... *eso*? —preguntó. De pronto parecía incapaz de mirar a Anna ni a las dos estatuas de carbón.

Ella estuvo a punto de responder, pero un cansancio devastador le dobló las rodillas.

Alzó los brazos, intentó recuperar el equilibrio sin éxito, pero un peso cálido se interpuso en su camino. Anna abrió los ojos de golpe y echó hacia atrás la cabeza, y sus ojos se encontraron con los negros de Val. La forma en la que su corazón se sacudió la hizo reaccionar. Le dio un empujón brusco y se apoyó contra el tronco de un árbol cercano. Luchaba para que sus piernas dejaran de temblar de agotamiento.

Val giró la cabeza hacia las estatuas ennegrecidas que estaban paralizadas en la última postura que habían adoptado antes de que el fuego las devorase. Una de ellas tenía la boca abierta, en un grito que no había llegado a articular.

—Los otros esclavistas también están muertos —dijo Val, con la mirada aún fija en los cadáveres.

Anna no necesitó preguntar cómo lo había hecho. A pocos metros de distancia estaba el cadáver del hombre que había hecho caer desde el cielo con solo un movimiento de su brazo.

—Deberíamos irnos. Podrían venir más —susurró Zev, antes de mirar de soslayo a Anna—. Gracias por haberme salvado —añadió, con un hilo de voz.

Val se inclinó ligeramente hacia ella, sorprendido, mientras a Anna se le doblaban un poco los labios, sin que pudiera evitarlo.

—Parece que al final no soy esa reina malvada que os empeñáis en que sea, ¿verdad? —comentó, haciendo enrojecer a Zev.

—Sí, quizá deberíamos construirte un palacio por haber impedido que hicieran daño a un niño —dijo Val—. Qué gran corazón, *majestad*.

Anna frunció el ceño y se colocó delante de él. Sus miradas estaban a la misma altura. Y, aunque había habido sarcasmo en su voz cuando había hablado, ella sentía en su expresión algo... diferente. La mirada de Val seguía conteniendo brasas encendidas, pero por primera vez, no tenían intención de quemarla, sino de proporcionarle algo de... calor.

—Podría haber huido cuando aparecieron los esclavistas —farfulló Anna.

—Yo lo habría hecho —contestó Val, con una sonrisa.

—Bueno, tú mismo lo dijiste. —Anna ladeó la cabeza y avanzó un paso más. Estaban tan cerca que ella solo tenía que alzar un poco el brazo para acariciarle la mejilla. O para propinarle un puñetazo—. Somos diferentes.

Val dejó escapar una risa oscura y echó la cabeza hacia atrás, dejando que la luz del sol acariciase su rostro.

—Sé que intentarás escaparte de nuevo, y sabes que te volveré a atrapar.

—No pienso quedarme con alguien que pretende vender mi vida al mejor postor —replicó ella.

—Lo sé, pero teniendo en cuenta el pésimo control de tu don, un día podrías incendiar un bosque o una aldea, atraer una atención que no nos interesa. Y eso sería algo desastroso para ambos. —Anna no separó los labios. Mantuvo su mirada durante unos momentos. Él parecía sopesar algo—. ¿Y si te enseñara a controlarlo?

—¿Qué? —jadeó, sorprendida.

Zev paseó la mirada entre los dos, con los ojos abiertos de par en par.

—Tú tienes un Don Mayor. Yo tengo un Don Mayor. Así, la próxima vez que intentases escaparte, al menos sería más interesante. —Val se encogió de hombros con una inocencia que no casaba con esa sonrisa tan taimada.

Anna entornó la mirada ante su expresión.

—¿Esto te parece un juego?

—¿A ti no? —Su sonrisa se retorció un poco.

—¿Por qué harías algo así por mí? —Anna negó con la cabeza. Buscó en los ojos que tenía frente a ella algo que le indicara que esa extraña propuesta no era más que una mentira.

—Por el mismo motivo por el que hoy tú decidiste quedarte en vez de huir.

La mirada negra de Val le resultó de pronto asfixiante, pero Anna levantó la barbilla y se obligó a soportar su peso sin pestañear. Había algo retador en esas pupilas.

—¿Y dónde pretendes enseñarme a controlar mi don? —preguntó ella, recelosa—. ¿En mitad del bosque? ¿En la plaza de una aldea?

La sonrisa de Val se estiró.

—Hay un lugar —susurró—. Solo tendremos que desviarnos una jornada o dos de viaje.

Miró a Zev, buscando su aprobación. El niño pareció dudar durante un instante, antes de soltar un largo suspiro.

—Está bien —asintió por fin—. No quiero morir calcinado por un descuido.

Anna se estremeció, pero Val dio una potente palmada y un giro en el aire, a demasiada altura como para ser natural. Cayó de golpe en el suelo y extendió una mano, como si se encontrasen en la sala de baile de un gran palacio, a punto de comenzar una danza.

Anna siseó y lo golpeó con el hombro cuando pasó por su lado.

Zev se apresuró a seguirla, aunque, por primera vez, caminó a su lado en vez de hacerlo a su espalda.

Val tardó un poco más en moverse, aunque Anna escuchó su voz a la perfección, enroscándose en torno a sus oídos como la atadura de una serpiente.

—Primera lección superada. Nunca te fíes de una persona que tiene el poder de matarte.

20

LECCIONES DE ESGRIMA

Tras la locura que había vivido después de que los mercenarios atacaran sus tierras, esa semana en el castillo de Caelesti, siendo huésped de los Mare, parecía la calma que quedaba después de la tormenta. O que la precedía. Bastien no estaba seguro todavía.

Aunque se despertaba intranquilo y le costaba reconocer su nuevo dormitorio, los días solían transcurrir con relativa tranquilidad. La brisa marina, el océano, el sol, invitaban a ello.

Caelesti estaba a varios días a caballo de Grisea, pero era como un mundo completamente diferente. El lado opuesto de una moneda.

En las paredes del castillo resonaban más risas, más música, más canciones. La gente vestía con ropa ligera de colores claros. Los hombres no solían llevar más que unos pantalones, acompañados de camisas blancas y chalecos bordados. Nada de gorgueras, armaduras pesadas, ni de jubones. Muchos tenían la piel negra como el tizón, y los que no, poseían constelaciones de pecas por la cara, los brazos y las piernas.

Después de una semana allí, Bastien no tenía pecas, pero su piel se había enrojecido por culpa del sol, que no dejaba de brillar en el cielo con demasiada fuerza, incluso cuando estaba a punto de zambullirse en el océano para dar paso a la noche. Solo entonces proporcionaba cierto respiro.

En Grisea apenas soplaba una ligera brisa de vez en cuando. La mayoría del tiempo era la niebla la que gobernaba los bosques y las praderas, pero no en Caelesti, donde el aire corría con fuerza. Durante las noches, Bastien se despertaba a menudo al oír el viento rugir contra las torres del castillo.

A pesar de que era un huésped poco usual, nadie le prestaba mucha atención. Los criados y los guardias solo lo atendían para lo indispensable. Nunca le faltaba nada, pero jamás recibía de más. En general, para los que habitaban el castillo, Bastien era algo así como un fantasma que aparecía en contadas ocasiones. Al principio sus ojos se clavaban en la quemadura que le envolvía media cara, pero hasta eso dejó de ser interesante para ellos.

Para la familia Mare, sin embargo, era distinto. Él era distinto.

Bastien regresó a la realidad cuando vio cómo la hoja de una espada se acercaba con torpeza a su cuello. Dio un paso atrás y la apartó de una sola estocada.

—Lo haces fatal —dijo, observando cómo Etienne caía al suelo por décima vez.

—Repitámoslo —contestó él, por undécima.

Tal y como le había pedido Etienne el día que había llegado al castillo de Caelesti, Bastien comenzó a entrenarle. No fue algo que agradara a Silvain Mare, su hermano mayor. Bastien solo lo veía durante las cenas y, aunque no le dirigía la palabra, siempre le dedicaba al menos una mirada desde su mesa alta. Daba igual que estuviera riendo, que estuviera hablando con alguien, sus ojos se desviaban un segundo hacia él y le recordaban sin palabras que seguía vivo solo porque él tenía una promesa que cumplir.

Su esposa, Luna, de la familia Ravenhead, no era muy distinta. Su don era menor, pero era lo suficientemente peligroso como para saber que estar lejos de ella era una buena idea. El día que Bastien la conoció, vio cómo congelaba el agua de la fuente que se encontraba en mitad del gran comedor con solo un parpadeo. Aunque en sus ojos no notaba advertencia cuando por casualidad se cruzaba con ella, sí recibía mucho desprecio. Estaba seguro de que no había alma en todo el castillo que no supiera que era un Inválido.

Bastien observó cómo Etienne se incorporaba y apretó los dientes con frustración. Era un buen alumno, aunque le costase horrores reconocerlo. Hacía caso de todas sus indicaciones y no se quejaba cuando se ensañaba con él, algo que llevaba haciendo desde que había comenzado a entrenarlo. Repetía los movimientos una y otra vez hasta que prácticamente caía rendido en el suelo, atenazado por los calambres.

Por orden de Etienne, habían desalojado uno de los salones privados de la familia para que pudieran ejercitarse allí. No dejaron ni un solo mueble. Habría sido mejor practicar en el patio, junto al resto de los soldados y caballeros, pero Silvain lo había prohibido. Para él ya era suficiente humillación que el segundo en la línea de sucesión de los Mare caminase al lado de un Inválido. Dejarse instruir por él era mil veces peor. Y hacerlo a la vista de todos ya era denigrante.

—¿Cómo pudiste aprender todo esto tú solo? —preguntó Etienne, entre jadeos, apoyado en la empuñadura de la espada.

—No lo aprendí solo. Al menos, no al principio —contestó Bastien con frialdad, siempre con frialdad—. Cuando mis padres descubrieron que nunca tendría un don que desarrollar, contrataron a un maestro de esgrima, con la condición de que guardara silencio sobre mi... particularidad. Nadie en el castillo ni en mis tierras debía saber que su futuro heredero era un Inválido.

—Pero terminó hablando —adivinó Etienne, con una media sonrisa.

—Sí, y mis padres ordenaron matarlo por ello, a él y a los pocos a los que se lo había contado. Desde entonces, tuve que aprender a practicar solo. Fin de la historia.

Con un movimiento rápido, dio un puntapié a la hoja de la espada de Etienne, que tembló bajo su barbilla y lo desestabilizó. Cayó otra vez, de bruces.

—Nueva lección: nunca te apoyes sobre tu propia espada. Es estúpido y peligroso.

Etienne estalló en risas y se retorció sobre el suelo. Bastien permaneció con los labios sellados, y lo observó con severidad.

—No tienes corazón, Bastien —comentó Etienne, con los ojos puestos en la ventana más próxima—. Aunque sé que podría ser peor. He visto cómo corrige Lazar a los guardias.

Lazar Belov no formaba parte de la familia Mare, pero era su sombra, sobre todo, la del primogénito. Ocupaba el puesto de capitán de la guardia y, aunque no le había vuelto a dirigir la palabra desde el primer encuentro en la Torre Roja, Bastien intentaba evitarlo cuando podía. No era el único que lo hacía. Bastien había visto cómo criados, doncellas e incluso algunos soldados se escabullían cuando su alta figura aparecía en alguna galería. Había algo en él, frío y muerto, que provocaba rechazo. Su propio aspecto, con su pelo largo y oscuro, su piel pálida, sus ojos grandes y negros y su expresión congelada, parecía una representación de la mismísima muerte. Bastien no sabía cómo había podido llegar a ser el mejor amigo del Rey Nicolae. Según decían, el difunto rey era un hombre alegre, lleno de luz y entusiasmo. Lazar, sin embargo, solo parecía hecho de humo, hueso y oscuridad.

—Esto no es más que una estúpida pérdida de tiempo —replicó Bastien—. Si yo te atacase en este preciso instante, podrías utilizar el agua del océano. La harías subir hasta aquí y me ahogarías con ella antes de que consiguiera tocarte.

—Estamos en la parte más alta del castillo. Tienes demasiada fe en mis habilidades.

—Cuéntaselo a quien se lo crea.

Etienne elevó los ojos al techo con cansancio y se dejó caer sobre el suelo, con los brazos y las piernas abiertas. Tenía las pupilas clavadas en los dibujos dorados del techo cuando volvió a hablar:

—A veces tengo la sensación de que no me soportas. Pensaba que seríamos aliados.

—Somos aliados —mintió Bastien, sus dedos tan apretados en torno a la empuñadura de la espada que sentía cómo el cuero crujía bajo ellos—. Hice un trato, pero nada más. Tu familia destruyó a la mía. No lo olvides, porque yo nunca lo haré.

La respiración de Etienne se aceleró.

—Ya te lo dije. Ni mi hermano ni yo dimos *esa* orden. Y mi madre... creo que ella ni siquiera sabe lo que ha ocurrido.

Bastien se acercó un paso a él. Su madre. A Melea Vivant, la esposa del difunto Herry Mare, no la había visto todavía, a pesar de que llevaba toda una semana en el castillo. Según había oído de los criados, apenas salía de sus habitaciones. Llevaba encerrada en ellas prácticamente desde la muerte de su esposo, hacía siete años. Y las malas lenguas añadían, además, que su don, que consistía en hablar con los muertos, junto a esa tristeza profunda, la había ayudado a perder la cabeza.

Esperó a que Etienne añadiera algo más sobre ella, pero el joven se limitó a respirar hondo.

—Solo queríamos a la hija de Nicolae Lux —murmuró—. Los mercenarios murieron por incumplir nuestras órdenes.

—Los mercenarios murieron para que no contaran a toda Valerya lo que habían hecho, lo que pretendían hacer —corrigió Bastien, entre dientes—. Si la hubiesen atrapado, ¿qué habríais hecho con ella? ¿Le habrías pedido que te enseñase a controlar el fuego?

La mirada de Etienne se oscureció y, cuando volvió a hablar, su tono se enfrió casi tanto como el de Bastien.

—Todo lo referente a Annabel Lux fue idea de mi hermano. Yo no tengo nada que ver con ello. —Giró la cabeza hacia él, con los mechones de cabello rubio nublándole la mirada. Casi parecía suplicar—. ¿Piensas que tengo interés en comenzar una guerra?

Bastien apartó la mirada con un bufido.

—¿Qué crees que puede ocurrir si descubren que Nicolae Lux tiene una heredera corriendo libre por Valerya? Habrá muchas familias que la apoyen y deseen aliarse con ella, y muchas otras querrán matarla.

Observó con atención a Etienne y, durante un instante, solo le pareció un chico cansado y vulnerable que no tenía nada que ver con ese otro que era capaz de hacer rugir al océano. Pero el momento pasó y sus manos volvieron a convertirse en puños.

—Quiero saber cómo descubristeis que mis padres escondían a la hija de Nicolae Lux —murmuró Bastien con lentitud.

Un azote de frustración sacudió la cara de Etienne.

—Sabes que no puedo decírtelo.

—Creía que yo era un aliado —siseó Bastien.

—Lo sé. Pero si lo hiciera, estaría traicionando a mi familia.

—No pareces muy de acuerdo con sus planes de todas formas.

—*Cuidado.* —Etienne rodó hacia Bastien y alzó un dedo en señal de advertencia—. Haga lo que haga, tome la decisión que tome,

Silvain siempre será mi hermano, mi señor, y yo siempre estaré a su servicio.

A pesar de que Bastien sintió un lento espasmo recorriendo su columna vertebral, se encogió de hombros con ligereza y repiqueteó con los dedos en la empuñadura de la espada.

—No lo dudo, *Lord Etienne*.

Etienne suspiró con un dejo de frustración y volvió a caer de espaldas. Permaneció tumbado, con los miembros extendidos y los ojos clavados en el techo.

Bastien tragó saliva, nervioso, y observó lo lejos que estaban las manos de Etienne de su espada. Las suyas todavía aferraban el arma con fuerza.

Si quisiera, si fuera lo suficientemente rápido, podría acercarse de dos zancadas a él y rajarle el cuello. Todavía tenía el brazo que le habían herido los mercenarios a medio curar, pero podía levantar con una sola mano la espada, podía soportar el dolor momentáneo. Él podía tener un Don Mayor, pero el océano se encontraba a decenas de metros por debajo de ellos. En un par de segundos, Etienne podía mover las manos y controlar el agua, pero antes de que pudiera hacer nada más, él ya se las habría rebanado.

El corazón latía de forma errática en sus oídos y se le escapó un jadeo que se apresuró a ahogar.

Sabía que era una maniobra impulsiva y estúpida que no le devolvería a sus padres, ni a Anna, ni sus tierras, pero al menos conseguiría algo de venganza. Castigaría a uno de los que le habían arrebatado incluso su deseo de acabar con los asesinos.

Bastien dio un paso en su dirección en el preciso instante en que escuchó el crujido de la puerta. Su corazón se detuvo y la piel se le erizó cuando se volvió con brusquedad para observar a las dos figuras que acababan de entrar en la estancia.

Una era el Exarca, al que había conocido el día que había llegado al castillo. Su aparatoso turbante celeste ocultaba una calvicie incipiente, y su sonrisa edulcorada trataba de esconder una ansiedad incómoda en los ojos. Para ser el Sirviente de los Dioses, cada vez vestía de forma más ostentosa. Paseó la mirada por Bastien, sin prestarle cuidado, y se inclinó con exageración cuando se giró hacia Etienne, que se incorporó y correspondió el gesto con una sonrisa.

La atención de la otra figura sí se centró en Bastien.

Lazar Belov, vestido de negro de pies a cabeza, detuvo su mirada en las manos de Bastien, que aferraban con fuerza la espada, y la desvió hacia sus brazos en tensión y sus piernas flexionadas, listas para saltar de un momento a otro.

El aliento se escapó de los labios de Bastien sin que pudiera controlarlo y su espada cayó al suelo, produciendo un repiqueteo estridente que hizo eco por las paredes de todo el salón.

Etienne desvió la vista del Exarca y descubrió al capitán de la guardia. Él apenas le dedicó una pequeña inclinación.

—Oh, Lazar. No sabía que estabas aquí —comentó—. ¿Ocurre algo?

El hielo sustituyó la sangre en las venas de Bastien, pero el hombre se limitó a sacudir la cabeza y apartó su atención de él.

—Su hermano mayor requiere vuestra presencia —anunció.

Etienne soltó un pequeño gruñido, pero se incorporó de un salto tras sujetar de nuevo la espada que había abandonado en el suelo.

—Entonces no tengo más remedio que ir.

Echó a andar, pero se detuvo cuando llegó junto a Bastien. Extendió la mano y le entregó la espada que había utilizado durante el entrenamiento. Sus manos se rozaron y Bastien se apartó con rapidez, como si hubiese tocado brasas encendidas.

Etienne tan solo le devolvió una sonrisa.

—En unos días se celebrará un baile al que acudirán algunas de las familias más importantes de Valerya. Después de la muerte del Rey Nicolae, muchos tienen que decidir cuál va a ser el futuro del reino y quién será el próximo soberano. —Sus ojos azules eran tan luminosos que hasta molestaba observarlos—. Me gustaría que asistieras.

—Odio los bailes —gruñó Bastien. Dio otro paso atrás.

—Qué sorpresa, pero esa no es una contestación. ¿Vas a venir?

—¿Es una orden?

—Es una invitación —le corrigió Etienne, con suavidad—. Para que conozcas la amabilidad que los Mare pueden mostrar al mundo, aunque a veces cometan equivocaciones. ¿Estarás allí?

Esta vez Bastien mantuvo su mirada, a pesar de que los párpados le ardían por no pestañear.

—¿Tengo opción?

Etienne dejó escapar una carcajada suave y le propinó un par de palmadas entre los hombros. Bastien se quedó rígido ante el súbito contacto. Tenía los dedos tan apretados en un puño que los huesos le dolían.

—Te recomiendo que sonrías de vez en cuando. No quiero que asustes a los invitados.

Gracias a los Dioses, no volvió a girarse hacia Bastien ni a añadir nada. Caminó con lentitud hacia la puerta y desapareció tras ella. El Exarca lo siguió con pasos nerviosos.

Lazar Belov, sin embargo, se mantuvo quieto en el umbral de la estancia, con las manos cerca de su cinto. Soportar su mirada sin parpadear era más fácil que aguantar la de Etienne. La de él era tan oscura como la de Bastien, igual de gélida y desconfiada.

Lenta, muy lentamente, llevó sus dedos blancos a la empuñadura de su espada, y con un movimiento apenas perceptible, negó con la cabeza. Bastien sintió una oleada de frío, aun con el calor sofocante que reinaba en la sala.

Lazar se mantuvo así durante un instante más, sin apartar la mirada, hasta que con un movimiento hosco le dio la espalda y desapareció por el mismo pasillo en el que se habían internado Etienne y el Exarca momentos antes. Su capa negra ondeó tras él.

Tras unos segundos inmóvil, Bastien se derrumbó y cayó al suelo. Su espada yacía junto a la de Etienne. Sus filos se rozaban.

Observó el techo, cuajado de líneas doradas que simulaban mil olas gigantescas, grandes como bocas abiertas, que parecían a punto de engullirlo.

21

PRIMERAS VECES

Dos días después de que Lya escuchara a Dimas llorar en mitad de sus pesadillas, decidieron detenerse, aunque la noche todavía no había caído. A medida que se habían acercado a la Columna de Vergel, el tiempo se había enfriado notablemente. Todavía no se habían hecho con mantas o con ropa más gruesa, y después de las últimas noches de dormir a la intemperie, Lucrezia había enfermado.

Lo que el día anterior solo habían sido ataques de tos aislados, esa tarde fue fiebre, y con ella, la falta de apetito y la deshidratación. A pesar de que se negó a descansar, Dimas y Lya tuvieron que llevarla a rastras hasta una de las posadas del camino, todavía cerca del borde territorial de los Beltane que Dimas se había negado a atravesar.

—No deberíamos detenernos —dijo Lucrezia mientras se dejaba caer, exhausta, en la cama de la habitación que habían alquilado para esa noche. A su lado, la chimenea ardía con fuerza—. ¿Y si... y si te descubren, Dimas?

—Nadie me verá. Y si alguien lo hace, se fijará más en esto —contestó, con un dedo apoyado en sus cicatrices—. Cerrará los ojos y se apartará de mi camino. Ahora soy un cazarrecompensas. —Levantó su espada y la señaló con ella—. Así que duerme, descansa.

Lucrezia intentó resistirse, pero la fiebre y el cansancio del día pudieron con ella. Dos horas después, cuando la noche por fin había caído, seguía profundamente dormida.

Al lado de la cama había un barreño lleno de agua fresca que Dimas había traído después de que ella cayera rendida al sueño. Cada cierto tiempo, Lya cambiaba el trapo húmedo y caliente que le había puesto sobre la frente, y le colocaba otro frío y mojado.

—Se pondrá bien —dijo de pronto Dimas, sobresaltándola.

Ella se volvió. Dimas se mantenía de pie en una de las esquinas de la pequeña habitación, sumido en las sombras. Aunque se dirigía a ella, tenía los ojos clavados en la chimenea.

Lya asintió y clavó la mirada en el rostro alargado de la mujer. Sus largas pestañas tendían sombras sobre sus mejillas y hacían que su cara se viera más delgada.

—¿Deberíamos despertarla para cenar?

—No. Será mejor dejarla descansar. —Dimas se separó bruscamente de la pared y dio unos pasos hacia donde Lucrezia y Lya se encontraban. De nuevo, habló sin mirarla—: Pero podemos traerle algo cuando subamos.

Un escalofrío trepó por la columna de Lya, aunque hizo todo lo posible por disimularlo. Era cierto, llevaban horas sin comer y ella sentía el estómago vacío. Sin embargo, cenar implicaba estar a solas con él. Y Lya todavía no estaba segura de qué significaba eso para ella.

—Prefiero quedarme aquí —contestó, al cabo de unos segundos que pesaron como el plomo.

Tenía la vista clavada en la cara de Lucrezia, pero de soslayo pudo ver las manos de Dimas, que se convirtieron en dos puños.

En medio del silencio, el crepitar del fuego sonaba como latigazos.

—Maldita sea —susurró Dimas, erizándole la piel con su voz—. Nunca te haría daño, Lya.

Era la primera vez que pronunciaba su nombre.

—Entonces no deberías haberme amenazado con tu espada —se oyó contestar ella.

Dimas no respondió. Abrió la puerta con rudeza para cerrarla después de un sonoro golpe que estremeció las paredes de la habitación. Lucrezia murmuró algo entre sueños que Lya no llegó a entender, y se dio la vuelta sobre el delgado colchón. El trapo que tenía sobre la frente resbaló y Lya se apresuró a cambiárselo.

Era estúpido, o quizá no, no lo sabía, pero Lya se llevó las manos a la boca al darse cuenta de que estaba sonriendo. Acababa de percatarse de que era la primera vez que se había negado a hacer algo.

La primera vez que rechazaba algo abiertamente.

Nunca, ni siquiera en su hogar, había tenido el valor suficiente para decir que no. Por muy injustas que le parecieran las órdenes de su padre, por muy crueles que pudieran parecerle las peticiones de sus hermanas mayores, ella siempre había obedecido, tal y como una buena dama noble debía hacer. Con Bastien fue igual. Decenas de veces le pidió que lo dejara en paz, que no lo acompañara durante sus largas jornadas de biblioteca, que no lo molestara con sus charlas de cuentos estúpidos. Lya no había tenido la valentía de contestarle ni una sola vez.

Y, sin embargo, acababa de hacerlo. Y a nada menos que a un hombre mayor que ella, que medía dos metros y tenía unos ojos capaces de aterrorizar a los mismísimos Dioses.

Apoyó la cabeza en el colchón, muy cerca de Lucrezia, y cerró los ojos, disfrutando de la sensación.

El calor del cuerpo de la mujer, aumentado por la fiebre y la propia chimenea, la intoxicó poco a poco y la sumergió en un sueño ligero y pegajoso, al que no pudo resistirse.

No supo cuánto tiempo transcurrió. La única certeza que tuvo fue que, de pronto, la puerta del dormitorio se abrió de golpe y el inmenso cuerpo de Dimas la atravesó. Al contemplar su expresión preocupada, Lya supo que había ocurrido algo.

—Tenemos que marcharnos de aquí. —Fue lo único que dijo él mientras recogía el petate de su cama.

Se lo arrojó a Lya y ella lo atrapó al vuelo. Era tan pesado que estuvo a punto de tumbarla.

—¿Qué sucede?

Solo había visto una expresión así en su rostro hacía ya varios días, cuando había gritado el nombre de Saya.

—Si tienes tiempo para hacer preguntas, también lo tienes para recoger —replicó Dimas, mientras se acercaba a Lucrezia, que seguía durmiendo, ajena a lo que estaba pasando. Se inclinó hacia ella. Su voz disminuyó hasta convertirse en un dulce murmullo que no parecía proceder de él—. Lucrezia, Lucrezia. Despierta. Tenemos que marcharnos.

La mujer parpadeó y lo observó desorientada.

—¿Son...? —Dimas cabeceó afirmativamente y ella se mordió los labios enrojecidos con inquietud. Lya los observaba de reojo mientras se colocaba los petates como podía sobre su espalda estrecha—. Te dije que detenernos traería problemas. Ha sido por mi culpa.

—No seas tonta —contestó su compañero, con una ternura imposible en esos labios cuajados de cicatrices—. Todo va a salir bien.

Con cuidado, tiró de los brazos de Lucrezia y la cargó sobre la espalda. Ella era muy alta, pero ahora que estaba sobre él, parecía minúscula en comparación con el tamaño de su compañero.

—Vamos —dijo. Se volvió hacia Lya; ya no había rastro de dulzura en su voz—. Sé por dónde podremos salir sin que nos vean.

¿Sin que nos vean quiénes?, pensó Lya. Tragó saliva y lo siguió, atravesando la puerta de la pequeña habitación. Su don palpitaba, tenso, en la punta de los dedos.

Rezó a Vergel para no tener que utilizarlo.

Bajaron por la angosta escalera de madera, que crujía bajo sus pasos. Por suerte, nadie se cruzó en el camino. Desde el piso de abajo se escuchaban canciones y música, aliñadas con muchas carcajadas. Todos los huéspedes de la posada parecían demasiado ocupados en el comedor como para hacer caso a un pequeño grupo de fugitivos.

Cuando llegaron a la planta baja, Dimas dobló hacia la izquierda y se introdujo en una pequeña cocina, atestada de humo y vajilla sucia. Dos chicos jóvenes comían las sobras de los platos, pero ninguno se atrevió a decir nada cuando Dimas se llevó el índice a los labios y después acarició la empuñadura de su espada.

Lya lo seguía muy de cerca, con la respiración contenida. No volvió a tomar aire hasta que no salieron de la claustrofóbica sala por una puerta trasera que comunicaba con el patio de entrada. Allí, el fresco de la noche la despejó un poco.

Dimas no se dirigió hacia las caballerizas, donde descansaban varios caballos. Muy al contrario, enfiló con paso firme al linde del bosque, sin seguir ningún tipo de camino. No llevaban ninguna antorcha con ellos, pero la luna llena brillaba con fuerza sobre sus cabezas e iluminaba los árboles que los rodeaban.

A pesar de que no debía ser fácil cargar con Lucrezia en la espalda, Dimas avanzaba a paso rápido. Lya lo seguía, con el corazón latiendo con desenfreno. Ríos de sudor resbalaban bajo la tela de su vestido, mientras intentaba sujetar los pesados macutos de los cazarrecompensas.

—¿Por qué corremos? —preguntó entre jadeos.

Dimas no contestó, siguió avanzando. Una oscura sombra gigante, imparable.

Lya apretó los dientes y se obligó a acelerar el paso, acortando la distancia que los separaba en varias zancadas. Antes de que su razón la detuviera, lo aferró del brazo y tiró con fuerza para obligarlo a detenerse.

—¿De quién estamos huyendo?

Él soltó un gruñido por lo bajo y se apartó de Lya con rapidez, como si su contacto lo quemara.

—Caballeros —repuso con hosquedad, antes de volver a andar—. Soy un cazarrecompensas al margen de la ley, ¿recuerdas? Van tras tipos como yo.

—Los caballeros no son una amenaza —replicó Lya; volvió a tirar de su brazo—. Si saben quién soy, nos dejarán en paz. Solo tengo que...

—¡No pienso dejar que me encuentre ninguno de los hombres de los Beltane! —gritó Dimas, apartándose violentamente de ella.

Lya lo observó con los ojos muy abiertos, mientras él le devolvía la mirada, casi desesperado, con su pecho subiendo y bajando muy rápido por culpa de los jadeos.

—¿Beltane? —repitió Lya con un hilo de voz.

No podía ser una casualidad. Primero, se había negado a atravesar los terrenos de la familia, a sabiendas de que el viaje se haría mucho más corto. Ahora, esto.

—¿Qué relación tienes con la familia de la reina?

En la negrura de sus ojos, Lya veía un muro demasiado alto para escalar.

—Sigue caminando —dijo Dimas, en un murmullo ronco.

Separó su mano de la empuñadura de su espada y la tendió hacia ella. Durante un instante, Lya recordó esa escena de una de las primeras noches, en la que él se encontraba igual que ahora, frente a ella, con la mano abierta, con una flor sobre ella. La única diferencia era que, en esta ocasión, no parecía tener la intención de destrozarla y arrojarla al suelo.

Casi fue una ilusión. Porque, de pronto, la oscuridad y la cólera volvieron a la mirada y a la boca de Dimas. Miró alrededor y la empujó abruptamente hacia atrás. Lya vio cómo algo pasaba a toda velocidad frente a sus ojos y retrocedió, clavando la espalda en uno de los árboles que la rodeaban.

Escuchó un gemido ahogado. Bajó la mirada, aterrorizada, y se topó con Dimas de rodillas. El golpe contra el suelo espabiló a Lucrezia, que parpadeó, con los ojos nublados por la fiebre. De pronto, su mirada se tiñó de terror.

Dimas se encogió sobre sí mismo, tembloroso, y Lya pudo ver las plumas de una flecha asomar tras su hombro izquierdo. Fue como si una puñalada se hundiese en sus entrañas y, durante un instante, se quedó en blanco.

Los matorrales se agitaron a su alrededor y su cuerpo reaccionó. Retrocedió para colocarse junto a Dimas, que se había puesto en pie con evidente esfuerzo, con la flecha todavía hundida en su hombro. Lucrezia también se había incorporado, pero apenas parecía ser capaz de sujetar su espada.

Lya se apartó el pelo de la cara cuando varias figuras aparecieron tras los matorrales y los rodearon. Eran caballeros, sin duda. El monstruoso dibujo sobre sus armaduras y escudos no daba lugar a duda.

Eran un total de diez y todos estaban armados. En el pecho, envuelta en un violeta intenso, una inmensa mantícora de tres cabezas los contemplaba con sus seis ojos endemoniados. Dimas no había mentido. Eran caballeros de los Beltane. Ese era su escudo, que hacía clara referencia al don de la familia: la transformación en animales.

Lya observó a Dimas y a Lucrezia, confusa. ¿Por qué no decían nada? ¿Por qué los miraban de esa forma? Aunque fueran caballeros, no estaban dentro de sus terrenos, con lo cual, las leyes no les permitían atacar ni arrestar a nadie. Esto no debía de estar ocurriendo. No había ninguna razón para ello.

O eso pensaba Lya.

—Dichosos sean mis ojos —dijo uno de los caballeros—. Me debéis una cerveza. Os dije que era él.

—Cuánto tiempo, Dimas —comentó otro, avanzando hacia ellos—. Eres más horrible todavía de lo que recordaba. Es una pena que Reiner esté en la capital, junto a la reina. También se alegraría mucho de verte. ¿Sabes que lo han nombrado capitán de la guardia?

Lya miró a Dimas, boquiabierta. Los caballeros no recordaban el nombre de cualquiera.

—¿Por qué no nos dejáis en paz? —preguntó Lucrezia. Avanzó unos pasos tambaleantes—. Si quisiéramos haberos hecho una visita, habríamos pasado por Egir.

Para sorpresa de Lya, algunos de los caballeros se echaron a reír.

—Que los Dioses me guarden, ¿no me engañan mis ojos? —exclamó otro, antes de acercarse sinuosamente a Lucrezia. Dio una vuelta en torno a ella, muy pegado a su cuerpo, para después alejarse, con una expresión de asco torciendo sus labios—. Tienes las tetas más grandes que la última vez que te vi. ¿Eres Luci...?

—Mi nombre es Lucrezia —lo interrumpió ella, sin vacilar ni un instante, a pesar de que la fiebre enturbiaba su mirada.

—Así que Lucrezia, ¿eh? ¿Qué encontraríamos si mirásemos debajo de tu falda? ¿Nos dejas mirar?

Los pies de Lya se movieron antes de que pudiera controlarlos. Se adelantó hasta colocarse frente a Dimas y a Lucrezia. Los ojos de los caballeros se clavaron en los de ella. Intentó controlar los temblores, pero fue inútil. Estaba muerta de miedo.

—Basta. Os estáis propasando —dijo con una voz tan débil y quebradiza, que apenas se escuchó en mitad del silencio—. La reina estaría avergonzada si supiera que los caballeros que sirven a su familia están amenazando a una mujer enferma y a un hombre inocente.

Ni siquiera transcurrió un instante antes de que todos estallaran en carcajadas.

—La Reina Sinove me la chuparía como agradecimiento si le llevase la cabeza de ese desgraciado en una bandeja —contestó uno. La punta de su espada señalaba a Dimas.

Lya tuvo que usar toda su fuerza de voluntad para no dar un paso atrás.

—No gastes saliva —murmuró Dimas—. No te servirá de nada. Vete de aquí y llévate a Lucrezia contigo.

—Pero...

No podía dejarlo solo. La flecha todavía estaba clavada en su hombro y podía ver cómo su rostro se retorcía de dolor cuando levantaba los brazos para esgrimir su espada. No hubo tiempo para más dudas. Uno de los caballeros arremetió contra ellos y Dimas tuvo que tirar con fuerza de la capa de Lya para apartarla de la trayectoria del arma.

—Detrás de mí —murmuró.

Ni siquiera tuvo oportunidad de reaccionar. Como respuesta a una orden silenciosa, los diez caballeros cayeron contra ellos, con sus aceros en alto. Dimas tiró de nuevo de Lya, esta vez con más brusquedad, y la obligó a colocarse a su espalda.

Lya vio cómo las hojas de las espadas se deslizaban unas sobre otras. Creaban un canto mortal que hacía eco en cada hoja que cubría los árboles. Lucrezia soltó un largo alarido y se arrojó contra ellos.

Una tormenta de espadas rodeó a Lya. Ella, intentando olvidar el terror, buscó muy dentro de su interior.

Para Anna, la última de los Lux, su don debía ser una pequeña llama. Para los Mare, una gota de agua. Para Lya, su don era una semilla. Una semilla que, cuando la llamaba, se abría y de ella surgía una larga planta, a veces de tallos fuertes, a veces de tallos débiles, que se expandía por todo su cuerpo como si fuera un nuevo esqueleto y tomaba control de sus extremidades, su cabeza y su corazón.

Como en ese momento.

Lya se concentró. Alzó las manos, preparada, lista para dejar que su don corriera libre. Y, de pronto, algo duro la golpeó en la nuca y su mundo se volvió sordo y ciego.

Cayó al suelo, desorientada, con los ojos cegados por luces blancas. Se palpó la cabeza y notó algo viscoso y caliente que empapaba su cabello. Alguien la había golpeado. No había sido una cuchillada. Ni siquiera un impacto a propósito, sino más bien accidental. Los caballeros apenas habían reparado en su presencia. Para ellos, Lya no era más que una joven desarmada, bloqueada por el miedo. Estaban centrados en Dimas y en Lucrezia, que luchaban con uñas y dientes, completamente rodeados.

El hombre que había hablado en primer lugar se acercó a Lya, la tomó del cuello y tiró con fuerza para incorporarla.

El tiempo transcurría de forma distinta para ella. Veía a los cuerpos moverse con demasiada lentitud. Los gritos eran más que alaridos. No era una lucha justa. Dimas y Lucrezia no podían ganar, era algo que ella sabía, aunque estuviera a un paso de perder la conciencia.

Entre los destellos que le blanqueaban la mirada, vio cómo conseguían atrapar a Lucrezia. La sujetaban contra un árbol y uno de los caballeros, riendo a mandíbula batiente, se divertía haciendo trizas su falda.

Dimas gritó, enloquecido, pero pagó cara su distracción cuando el arma de su oponente se clavó en su hombro derecho. Herido en ambos brazos, dejó caer la espada al suelo, a sus pies. Estaba manchada por la sangre de los tres caballeros que había matado. Pero todavía quedaban siete, y él solo era uno.

Con los ojos desorbitados, Lya observó cómo uno de los atacantes tiraba del cabello de Dimas hacia arriba, dejando al descubierto su ancho cuello. Otro, frente a él, movió la hoja de su espada horizontalmente, un movimiento que ella solo había presenciado antes de una ejecución.

Los alaridos de Lucrezia eran el coro agónico que acompañaba la escena. Se debatía, pero no podía hacer nada contra los tres caballeros que la sujetaban. Solo tenía ojos para Dimas y voz para su nombre, que no dejaba de repetir entre gritos.

Él, sin embargo, no contestaba. Tenía la cara contraída en un rictus de dolor, pero su mirada no vaciló cuando vio oscilar la hoja de la espada a escasa distancia de su cuello. Iba a morir. Por Vergel, lo iban a matar. Y Lya lo sabía. Sabía que estaría muerto si ella se limitaba a esperar, como siempre había hecho.

Hasta ese momento.

Algo muy dentro de ella despertó. Lo sintió en sus huesos. Esa pequeña semilla que era su don se abrió de golpe. No avanzó lentamente como solía hacerlo, arrasó con todo. Su cuerpo dejó de ser algo construido a base de músculos, huesos y sangre para convertirse en algo diferente, sustentado con savia, resina y corteza. Un esqueleto natural que la conectaba con la naturaleza.

Cuando respiró hondo, todo el bosque pareció hacerlo con ella.

El suelo crujió bajo sus pies y tembló. Todos, menos ella, se tambalearon. Las raíces de los árboles que se encontraban enterradas bajo ellos crecieron y treparon hasta la superficie, las ramas se alargaron hasta Lya y la envolvieron como si fueran un vestido más. La separaron sin esfuerzo del caballero que la sujetaba del cuello.

Él desenvainó su espada y la atacó, pero en menos de un parpadeo, las raíces lo rodearon y lo desarmaron, y le envolvieron los brazos y las piernas, impidiendo que pudiera moverse.

Los caballeros que amenazaban a Dimas y a Lucrezia se detuvieron, y se volvieron hacia Lya, con las armas en alto y los ojos abiertos por la sorpresa.

—¿Eres una No Deseada? —preguntó uno de ellos, con cautela.

—Me llamo Lya Altair —respondió ella, con una voz que no tenía nada que ver con ese triste murmullo que había emitido hacía unos momentos—. Y os ordeno que os retiréis inmediatamente.

Se produjo una pausa larga en la que muchas miradas se cruzaron.

—No estamos a vuestras órdenes —replicó uno de los caballeros; volvió a dirigir la punta de su espada hacia la garganta de Dimas—. Estos hombres tienen orden de captura desde hace casi diez años.

—¡Soy una mujer, pedazo de imbécil! —gritó Lucrezia, con la voz alterada—. ¿Tan difícil es de entender?

—Soltadlos —insistió Lya. Dio un paso adelante.

Pero ellos no pensaban obedecer. Lya lo supo en el instante en que vio cómo la espada que amenazaba a Dimas se alzaba y describía un movimiento horizontal, lista para desgarrar piel, tendón y columna.

Su don estalló en su interior y un terremoto la sacudió por dentro.

Ramas, plantas que antes no habían estado ahí y que de pronto surgieron como brazos de la tierra; raíces, árboles, *el mundo* se agitó a la orden de sus manos.

Una rama de un árbol cercano se movió como un látigo y golpeó con fuerza las manos del caballero, alejando la espada del cuello de Dimas. Los hombres se separaron de él y de Lucrezia, y se volvieron hacia Lya. Ya no había burla o condescendencia brillando en sus ojos, solo una cólera fría.

—Deteneos —murmuró ella—. Deteneos, por favor. No me obliguéis a hacer esto.

Pero ellos hicieron caso omiso a su ruego. Avanzaron con lentitud, pero con firmeza, mientras Dimas se retorcía en el suelo de dolor y Lucrezia se colocaba delante de él para protegerlo.

—Deteneos —insistió Lya. La garganta le dolió, como si esa palabra fuera un trozo de cristal que se deslizara por ella.

Pero ellos no lo hicieron y, cuando el que caminaba más adelantado alzó su espada y la hundió en la estructura de ramas que la protegía, el don volvió a estallar en sus venas.

La mente se le nubló. Dejó de ser Lya Altair. Ahora formaba parte de la naturaleza. No, *era* la naturaleza. Que no entendía del bien o del mal, sino de vida y muerte.

Y en ese instante, eligió la muerte.

Las ramas de los árboles la rodearon como serpientes y atacaron como tales. Algunas se movieron con la velocidad de un parpadeo y, con su punta afilada, hirieron una y otra vez, hundiéndose en los huecos que dejaban las armaduras de los caballeros. Otras, se movieron sinuosamente y ascendieron por las extremidades de los agresores hasta anclarse en sus cuellos; los envolvieron con firmeza y rapidez, y les arrebataron el aire.

No podían ganar. Lo supieron cuando algunos de los caballeros vieron caer a sus compañeros, muertos. Así que cambiaron de estrategia. Cuando le dieron la espalda a Lya, la dejaron atónita durante un instante. Ella creyó que tenían la intención de huir, pero ese pensamiento se desvaneció cuando vio cómo la hoja de una de las espadas estuvo a punto de hundirse en Lucrezia.

Ni siquiera llegó a rozarla. A una orden de las manos de Lya, una rama afilada se coló por uno de los huecos que dejaba entrever la armadura del caballero y lo atravesó de lado a lado. Casi pudo sentir en sus manos la piel del hombre, abriéndose y sangrando, como si hubiesen sido sus dedos los que lo hubiesen traspasado. Antes de que los caballeros que quedaban pudieran reaccionar, su don se volvió contra ellos y perdió el ligero atisbo de piedad que le quedaba. Con un ruido sordo, las figuras que todavía seguían de pie cayeron mientras las ramas de los árboles cercanos les atravesaban el pecho o se enredaban en sus cuellos.

Todas, menos una. Un hombre con el rostro ensangrentado se arrastró por el suelo cuando Lya bajó sus ojos verdes hasta él. El hombre se aferró el brazo herido y se arrastró un poco más hacia atrás. Dejó un sendero sanguinolento a su paso.

Ella levantó el brazo, pero no llegó a bajarlo. El caballero emitió un gemido y se incorporó a medias. Sin mirar hacia atrás, echó a correr y se perdió entre la vegetación.

Cuando sus pasos se perdieron, Lya observó el infierno en el que se había convertido ese pequeño fragmento de bosque. Se llevó las manos a la boca, horripilada, y retrocedió hasta que su espalda impactó contra el tronco más cercano. Con una arcada atenazando la base de su garganta, pensó en su padre y en sus hermanas mayores. Se sentirían orgullosos de lo que acababa de hacer.

Ella solo tenía ganas de vomitar.

Sacudió los brazos y el mismísimo bosque se agitó. Las ramas cayeron al suelo, las raíces se retorcieron sobre sí mismas, los matorrales volvieron a su lugar.

Algo rozó la mano de Lya y le arrancó un grito. Dejó de mirar los cadáveres y desvió los ojos hacia Lucrezia, que había entrelazado sus dedos con los de ella. Dimas también se acercó. Con extrema dificultad, se irguió sirviéndose del tronco en el que Lya estaba apoyada. Él deslizó la vista desde su cara demacrada hasta sus manos, que no cesaban de corcovear.

El peso de todas las vidas que había arrebatado era demasiado.

De pronto, Dimas la sujetó de la barbilla y la obligó a levantar los ojos. Su mirada era tan profunda y estaba tan llena de oscuridad que consiguió detener las lágrimas de Lya tras sus pupilas.

—Ahora es un buen momento para decidir. —Su gesto se endureció y cerró los ojos durante un instante, como si estuviese intentando calmarse—. Es el momento en el que la princesa aprovecha su ventaja y huye de los monstruos, a los que deja malheridos, para encontrar su final feliz.

Lya miró de soslayo los cuerpos caídos en el suelo, ferozmente estremecida, para después desviar la vista hacia Lucrezia, que seguía ardiendo de fiebre, y hacia Dimas, que apenas podía mantenerse en pie. Tenía el chaleco y la capa de viaje empapados en sangre.

Durante un par de segundos, lo único que se escuchó fueron sus bocanadas aceleradas, confundiéndose la una con la otra.

—Yo no soy ninguna princesa —replicó Lya, con la voz más clara y serena que nunca.

Se arrodilló junto a Lucrezia y pasó los brazos por sus hombros. Tomó impulso y la ayudó a levantarse. Dimas, todavía apoyado en el árbol, las observó con una expresión inescrutable en sus ojos.

—Y vosotros no sois los monstruos.

22

ORDEA

Con el paso de los días, Anna, Val y Zev habían dejado atrás los bosques y las praderas. El calor del sur fue desapareciendo y pronto tuvieron que robar algo más que capas para poder soportar el frío de las noches.

El terreno, generalmente llano, comenzó a escarparse a medida que se acercaban a la Columna de Vergel, una gigantesca cadena montañosa que dividía Valerya de norte a sur, y que cruzaba de este a oeste. Recibió ese nombre miles de años atrás. Las Antiguas Escrituras contaban que Valerya estaba construida sobre los huesos del Dios. Se decía que Vergel no tenía un solo cuerpo, que este cambiaba como lo hacían las estaciones. Aunque el templo que había en Grisea representaba a un Dios maduro, en otros a lo largo del reino se podía encontrar a un niño rodeado de flores, a un joven robusto y a un anciano cuyas extremidades parecían las ramas secas y frías de los árboles en invierno.

La enorme cadena montañosa que dividía al reino en dos era su columna vertebral. El Dios la había abandonado allí después del otoño, como si fueran las hojas caídas de los árboles, o la piel de un reptil.

Aunque Anna nunca había estado tan lejos de Grisea, sabía que era una zona peligrosa. Los caminos se desdibujaban entre las piedras y, aunque los terrenos de los nobles se extendían también por tierras tan salvajes, la mayoría de las aldeas y los castillos se alzaban en los valles profundos. Las montañas eran mejores que cualquier muralla.

La Columna de Vergel no albergaba grandes familias, excepto a los Altair, la familia de Lady Lya. Ellos fueron los únicos que se atrevieron a construir su castillo y la más importante de sus ciudades cerca de las cimas.

Desde el ataque de los esclavistas, Val le había estado enseñando a Anna a usar su don. O al menos, eso decía él, porque ella no creía que existiera un profesor peor. Su paciencia era nula y siempre terminaba maldiciendo al Dios Kaal cuando ella no conseguía seguir sus indicaciones. Apenas habían avanzado, en realidad. Como mucho, Anna era capaz de encender y apagar llamas en sus manos. Ni siquiera había conseguido controlarlas. La última vez que intentó avivarlas casi hizo arder medio bosque.

Zev fingía no observarlos, pero a veces se le escapaban las carcajadas cuando Val y Anna empezaban a discutir.

En el amanecer de una de las jornadas, Anna despertó y se encontró el cuerpo del niño acuclillado junto al de ella. Había dado tantas vueltas durante la noche que había acabado a su lado. Ella no se apartó. Dejó escapar un pequeño suspiro y tiró de su capa para cubrirlo más.

Val, apoyado en el tronco de un árbol cercano, fingía dormir.

Cuando Zev despertó, soltó una exclamación ahogada por la vergüenza y se apresuró a apartarse, aunque Anna simuló no haberse enterado de nada.

Ese mismo día, mientras ascendían una colina escarpada y Zev se adelantaba, saltando de piedra en piedra, Val se acercó con sigilo al oído de Anna.

—Es demasiado inocente para este mundo. Y temo que un día, el mundo lo devore —le susurró.

Anna no giró la cabeza. Sabía que, si se movía solo un poco, su mejilla rozaría la de Val. La voz le brotó extrañamente ronca cuando contestó:

—¿Y qué ocurriría si eso llegase a pasar?

Él se inclinó sobre ella. Su aliento le acarició la línea de la barbilla.

—Que seré yo el que devore al mundo.

Tres días después, mientras recorrían un sendero de montaña, Val se detuvo de pronto.

Observó con atención a su alrededor.

—Creo que es por aquí —murmuró.

Anna intercambió una mirada con Zev, pero el niño parecía tan desconcertado como ella. La emoción en los ojos de Val fue sustituida por una alegría salvaje.

—Seguidme.

Sin añadir nada más, comenzó a desabotonarse el chaleco y parte de la camisa, hasta dejar la mitad del pecho descubierto. Por encima de las cicatrices, Anna vio la marca de las cadenas. Desvió la vista con rapidez, incómoda. Las mejillas se le habían ruborizado sin permiso. Zev, como si comprendiera algo de pronto, también se desanudó el chaleco y tiró de él hasta dejar al aire su hombro derecho, también marcado.

—¿Queréis que me desnude yo también? —preguntó Anna, cada vez más confusa.

—Con nuestros cuerpos será suficiente —respondió Val, aunque le dedicó un guiño divertido por encima del hombro—. Aunque si quieres quitarte la ropa, no seré yo quien te diga que no.

Zev giró la cabeza hacia él con la brusquedad de un latigazo. Se había quedado pasmado. El propio Val se había quedado paralizado, como si acabase de darse cuenta de lo que acababa de decir.

Anna sintió un calor opresivo en el pecho y pensó en algo, desesperada, para que aquella atmósfera opresiva desapareciera, pero Val se limitó a sacudir la cabeza y le dio la espalda para alejarse con rapidez de ella.

Avanzó hasta alcanzar un cúmulo de rocas, precariamente apoyadas unas sobre otras. El viento que corría montaña abajo parecía que, en cualquier momento, las desprendería de su lugar y provocaría una avalancha.

Zev lo siguió. Llegó hasta el hueco creado por las inmensas piedras, se inclinó y, de pronto, desapareció dentro de él. Anna abrió los ojos de par en par, pero, cuando se acercó, se dio cuenta de que la distancia creaba una especie de efecto óptico. Había un hueco en el interior de las rocas lo suficientemente ancho como para que cupiera una persona y que se alargaba hacia la parte de adentro.

Anna no pudo evitar recordar el pasadizo secreto del castillo de la familia Doyle, y un escalofrío la estremeció.

Miró de reojo a Val, dubitativa.

—Vos primero, *majestad*.

Anna le gruñó por respuesta, pero de algún modo, su burla la alejó de los recuerdos. Inclinó la cabeza y se adentró en el túnel. Alzó las manos y palpó los salientes fríos y duros. La humedad de la mañana hacía todavía más resbaladizo el musgo que cubría la superficie de las rocas.

Parecía que se estaban internando en una garganta rocosa. Las piedras blancas y grises se cernían sobre ellos, mucho más grandes que sus cuerpos. Si una sola se deslizara, habría un derrumbamiento que los dejaría sepultados para siempre.

Solo a un loco se le ocurriría pasar por allí.

Poco a poco, la escasa luz de la mañana dejó de llegar hasta ellos. Avanzaron completamente a oscuras. Sus manos, sus pies, eran los únicos guías. Definitivamente, cualquier persona cuerda, habiendo llegado a ese extremo, regresaría por donde había venido.

Anna estaba a punto de encender sus manos para proporcionar algo de luz, cuando los dedos de Val se apoyaron en su hombro y la sobresaltaron. Giró la cabeza, aunque no pudiese verlo. Debía estar muy cerca, porque sentía su respiración haciendo cosquillas en su nuca.

—No actives tu don —le susurró. No supo si fue la oscuridad o su voz, que sonó demasiado próxima, pero Anna sintió un súbito estremecimiento—. Si resbalas, mi viento te sostendrá.

Ella asintió como respuesta y se obligó a seguir adelante.

No supo cuánto duró esa tortura, pero cuando parecía que llevaban horas bajando por ese túnel rocoso y negro, vio una débil luz brillando al final. La salida.

—Procura que se vea bien la marca, Zev —dijo Val—. No me gustaría que nos matasen por error.

—Sí, lo sé —contestó el aludido, soltando el aire de golpe.

Anna habría mirado a los dos si hubiese sido capaz de vislumbrar sus rostros. ¿Y si tras ese rectángulo de luz había una familia noble que quería pagar una gran suma por su muerte? ¿Y si, después de todo, Val la había engañado? Vaciló. Se detuvo con los dedos clavados en las rocas que la rodeaban y que parecían empujarla desde todas las direcciones.

La mano de Val volvió a apoyarse. Esta vez, en mitad de su espalda.

—Si esto es una trampa, te juro que te mataré —siseó Anna. Se giró para encararlo, aunque todavía era incapaz de distinguir sus rasgos en la oscuridad.

Estaba segura de que sus ojos se reían, y de que su boca también, con esa mueca salvaje, incontrolable.

—Si no sigues avanzando, nunca descubrirás la verdad —contestó, juguetón.

—¿Y quién quiere descubrirla? —chistó Anna, aunque echó a andar de nuevo.

Poco a poco, la luz se coló en el interior del túnel de roca, y Anna comenzó a distinguir el exterior. Zev salió primero y ella lo siguió, observando su alrededor con ansiedad.

No había ninguna familia noble esperándolos. Realmente, no había nadie, aunque Anna tenía la seguridad de que alguien los vigilaba. Lo sentía, aunque no hubiera ningún lugar en el que esconderse y no contemplase nada que no fueran rocas y musgo.

Se encontraban en una garganta profunda. Las paredes que cercaban el camino eran muy altas y casi se unían cuando llegaban a su fin, como las copas de los árboles en un camino junto al río.

Solo los iluminaban los huecos que había entre las rocas.

—Vamos. Queda poco.

Esta vez, Val se colocó a la cabeza y aceleró el paso. Zev caminó detrás de él, sus mejillas estaban encendidas y sus ojos brillantes. Anna era la única que continuaba temerosa y los seguía a una distancia prudencial. No cesaba de mirar a su alrededor.

Escuchaba demasiados pasos. Ellos tres no podían producir tanto eco. Cuando volvió la cabeza, uno de los mechones de su pelo flotó en el aire, como si alguien hubiese soplado sobre él. Su corazón latió a contratiempo. Anna miró por encima del hombro y descubrió, horrorizada, la enorme cantidad de pisadas que había marcadas tras ellos en la gravilla húmeda y en el barro.

Era como si un ejército invisible los persiguiera.

Sin poder contenerse más, echó a correr y alcanzó a Val y a Zev, que parecían completamente ajenos a su pánico.

—Val, aquí ocurre algo extraño —boqueó Anna; apoyó la mano en su hombro para llamar su atención—. Hay...

Las palabras se le atascaron cuando los dedos callosos y delgados de Val se apoyaron en los de ella.

—Mira hacia delante.

Anna obedeció y, de pronto, sus ojos se abrieron de par en par.

Habían llegado al final de la garganta. Más o menos. El estrecho pasillo de piedras se ensanchaba hasta formar una sala gigantesca, un atrio mayor que el que podría tener cualquier castillo, mucho mayor que el patio de armas del castillo de Grisea.

Era como si se encontraran en el fondo de una montaña hueca. Los cercaban unas paredes enormes de piedra, que ascendían hasta que la vista se perdía en ellas. De los lados, surgían pequeñas puertas que parecían comunicar con el interior de la montaña.

En esa gigantesca sala natural que se extendía frente a los ojos de Anna, había cientos de personas. Niños, hombres, mujeres, ancianos. Estaban subdivididos en grupos. Unos encendían fuegos, otros despellejaban animales, otros simplemente reían y jugaban, otros practicaban con armas, luchando entre sí, y otros...

Los labios de Anna se separaron, aunque su garganta fue incapaz de articular ni una sola palabra.

Otros utilizaban dones. Veía a personas que se transformaban en animales con solo un parpadeo, y a otras que se movían a una velocidad imposible junto a hombres y mujeres que cargaban con pilas de leña demasiado pesadas para cualquier ser humano.

—¿Dónde... dónde estamos? —susurró, con un hilo de voz.

—Mi madre me habló de este lugar. Fue uno de los primeros templos construidos en honor de la Diosa Balar. Pero cuando los

Aer se extinguieron, fue olvidado. Y, con el paso de los años, casi por casualidad, lo encontró alguien —contestó Val mientras se volvía hacia Anna. Ella fue incapaz de devolverle la mirada, solo podía observar a su alrededor—. Mi padre fue un Aer, él fue quien me regaló el Don del Aire, pero mi madre fue la que realmente me crio, la que me dio todo lo que necesitaba. Sabía que no viviría mucho para cuidar de mí. Me dijo que en este lugar la gente como yo estaría a salvo.

—¿Todos esos son No Deseados? —preguntó Zev, pálido por la impresión.

—Sí... y no —contestó una voz desconocida tras ellos.

Los tres se volvieron de golpe y Anna dio un paso atrás. A sus espaldas, había una decena de hombres y mujeres, todos armados y marcados con la cicatriz que identificaba a los esclavos. Era imposible que hubieran estado allí, junto a ellos, todo ese tiempo. Los habrían escuchado. Los habrían visto.

A Anna se le atragantó la respiración y observó los cientos de pisadas que se perdían tras ellos, por el camino que habían estado recorriendo.

—El Don de la Invisibilidad —murmuró ella.

Los habrían visto si hubiesen podido.

La mujer que había hablado sonrió, pero no le contestó. Tenía el pelo rubio oscuro recogido en una trenza prieta, y unos ojos pequeños e inteligentes. Ella, al igual que los que la rodeaban, iban vestidos con ropa de combate: botas gruesas, cotas de malla y petos.

—Todos los recién llegados deben hablar con Jakul. Incluso tú, mujer libre —añadió, señalando a Anna con el índice.

—¿Quién es Jakul? —preguntó Zev, con el ceño fruncido.

—El que ha hecho posible todo esto —contestó otro hombre.

La mujer que había hablado en primer lugar les hizo una seña y se colocó frente a ellos. La marca de las cadenas, la misma que llevaban todos los esclavos, sobresalía por el cuello de su grueso chaleco.

—Mi nombre es Elia. Soy una de las guardianas de este lugar. Seguidme. Yo os llevaré hasta él.

—¿No nos vas a desarmar? —preguntó Zev, desconfiado. Su puñal relucía en su cinturón.

—¿Para qué? —contestó Elia mientras se volvía hacia sus compañeros—. Si os hubiésemos considerado una amenaza, ya os habríamos matado.

En un parpadeo, todos desaparecieron, como si nunca hubiesen estado ahí. Zev dio una vuelta sobre sí mismo, con las pupilas dilatadas. Anna sintió cómo su don se agitaba en las venas, pero logró controlarlo a duras penas. Val era el único que parecía relajado. Observaba todo lo que ocurría con una alegría feroz.

Aunque Anna no podía verlos, sintió cómo los hombres y las mujeres se alejaban de ellos. Nuevas huellas comenzaron a marcarse en el terreno y alguna que otra piedrecilla se movió cuando avanzaron.

Se dirigían de nuevo hacia el final de la garganta de piedra.

Los tres caminaron tras Elia, que avanzaba con paso firme y rápido hacia uno de los múltiples túneles que surgían en la roca. A su paso levantaban muchas miradas.

Anna entendió entonces por qué Zev y Val habían mostrado las marcas de sus cadenas. Allí adentro todo el mundo las llevaba. En los brazos, en las piernas, en el cuello, incluso en la cara.

La mayoría tenían los ojos clavados en ella. De los tres, era la única que no mostraba una marca de esclavitud. Y, aunque la comida que proporcionaban a los criados nunca era del todo suficiente, Zev y Val seguían estando mucho más delgados que ella. Aun teniendo en cuenta que desde que salieron de Grisea se habían alimentado regularmente, la diferencia seguía siendo notable.

Bajó la mirada y la hundió en el suelo, y no la separó de él hasta que se internaron en uno de los túneles. La oscuridad era intensa, pero las antorchas clavadas en las paredes de piedra les permitían avanzar sin tropezarse.

El aire era frío y, con cada respiración, una bocanada de vaho escapaba de los labios. Anna podía calentar un poco con su don el aire que los rodeaba, pero desechó rápidamente la idea. Si realmente todos los que estaban allí eran esclavos, estaba en peligro. Ella era la representación de todo lo que odiaban. Era una noble, la princesa de Valerya.

Su futura reina.

Su mayor enemigo.

Anna sacudió la cabeza y convirtió las manos en puños, como si eso pudiera impedir que no estallasen en llamas.

El pasillo se subdividió en otros dos, y así una y otra vez, una y otra vez, hasta el punto en que se perdieron por completo en el laberinto que se extendía bajo la montaña.

—¿Todos los pasillos conducen a algún lugar? —preguntó Zev, que debía estar tan perdido como Anna.

—Todos —contestó Elia y dejó escapar una risa entre dientes—. Aunque hay lugares que es mejor no encontrar.

Varios minutos después, la galería desembocó en una pequeña sala. En vez de antorchas, un gran candelabro colgaba del techo, como si estuvieran en la entrada de un castillo. Había una única puerta de madera en un extremo, sólida, que no dejaba ni un resquicio para atisbar el interior.

—Esperad aquí —dijo Elia, antes de abrirla y entrar.

En el momento en que la puerta se cerró, Anna se volvió hacia Val, que parecía aguardar su reacción. Tenía los labios torcidos en una mueca socarrona.

—¿Al final has decidido venderme a los esclavos?

—Yo que tú no utilizaría esa palabra aquí —respondió él.

—¿Qué es este lugar, Val? —insistió Anna. Recortó la distancia que los separaba.

—Un sitio seguro.

—¿Para quién? —siseó ella. Dio otro paso más en su dirección.

Zev desvió la mirada de uno a otro. Separó los labios para hablar, pero entonces, la puerta se abrió y Elia asomó medio cuerpo. Sus ojos recorrieron la ínfima distancia que separaba a Val y a Anna, pero su expresión no se inmutó. Con voz neutra, se limitó a decir:

—Entrad. Jakul quiere que veáis algo.

Anna dudó, pero Val y Zev ya se habían adelantado, así que ella no tuvo otro remedio que seguirlos.

No sabía qué esperaba encontrarse tras aquel muro, pero su ceño se frunció cuando se adentró en lo que parecía el despacho de un noble de poca importancia. Estaba amueblado solo con lo necesario. No había chimenea, ni tapices, solo unas pocas alfombras de piel de animal que recubrían casi todo el suelo. En un extremo habían dispuesto un escritorio repleto de pergaminos y un sillón de cuero.

Además de Elia, había dos hombres en la habitación.

Uno de ellos era un esclavo. Lo sabía por la marca que asomaba en su cabeza, desprovista de pelo, y por su cuerpo delgado y lleno de cicatrices. Lo cubría una túnica gruesa, que lo hacía parecer todavía más pequeño y débil.

Estaba de rodillas frente al otro hombre y aferraba sus manos con algo que parecía desesperación. Por la forma suplicante con la que lo miraba, Anna adivinó que el hombre que se erigía frente a él debía ser Jakul.

Su aspecto la sorprendió, quizá porque se esperaba algo parecido a un rey. Sin embargo, lo que vio no fue más que un hombre de mediana edad, de pelo negro y corto, ligeramente ondulado, y un gran bigote descuidado. Era apenas un par de palmos más alto que ella, y la ropa sencilla que lo envolvía no conseguía esconder del todo su barriga incipiente. Parecía un mercader de una pequeña aldea. Nada más.

Con un gesto, Elia les pidió que guardaran silencio. Ana apretó los labios y volvió a clavar su mirada en Jakul, aunque él ni siquiera parecía haberse dado cuenta de la intromisión.

De pronto, en las manos unidas de los dos hombres surgió un pequeño resplandor. Era una luz tenue, envolvente, que rodeaba sus dedos entrelazados y parecía introducirse en la piel, iluminándola durante un corto instante.

Cuando el resplandor desapareció, Jakul apartó las manos y ayudó a incorporarse al otro hombre, que había empezado a temblar.

—Ya es tuyo.

La voz de Jakul era envolvente. Grave y suave, casi seductora. En sus labios había una sonrisa bondadosa. Sus ojos castaños eran tan dulces como los de un niño.

—Y será tuyo hasta mañana.

El esclavo se inclinó una, dos, tres veces. No llegó a la cuarta porque el otro hombre se lo impidió cuando lo sujetó con gentileza por los hombros.

—Muchas gracias, Jakul —musitó el esclavo—. Haré un buen uso de este don.

¿Don?

La palabra resonó durante demasiado tiempo en los oídos de Anna. Había oído mal. Había tenido que oír mal. Pero cuando Elia abrió la puerta para que el hombre saliera, este echó a correr a tantísima velocidad que, en menos de un parpadeo, desapareció de la vista de todos.

Nadie podía ser tan rápido. Nadie por cuyas venas no corriera la sangre de los Dioses.

Boquiabierta, Anna se giró hacia Jakul, que se había apoyado en su escritorio para enfrentarlos. Su sonrisa bondadosa no había desaparecido y sus ojos pardos se deslizaban entre todos los presentes con una inocente curiosidad.

—Bienvenidos —dijo, con lentitud—. Sé que ya conocéis mi nombre, pero permitidme que me presente. Soy Jakul, el que halló este rincón escondido entre las montañas y decidió hacerlo un lugar seguro para la gente como nosotros.

Con un movimiento diestro, tiró de la manga de su túnica y descubrió su antebrazo. En él, estaban las cadenas marcadas.

Anna apretó un poco más las manos y las escondió tras la espalda, como si así pudiera ocultar su verdadera procedencia.

—Muchas gracias por aceptarnos en tu hogar —dijo Val, tomando la palabra por los tres—. Hacía mucho que quería conocer Ordea.

Los ojos de Jakul se estrecharon un poco, solo un poco. Se apoyó sobre el escritorio y se cruzó de brazos. Los observó con más atención.

—Así que conoces el nombre.

—Sé que le pusiste así por tu esposa, a la que los Lux asesinaron con crueldad —dijo Val, con calma.

Anna lo miró en alerta y se encogió todavía más. En los ojos de Jakul se encendió una chispa de tristeza que enseguida desapareció.

—Mi madre me contó tu historia antes de morir. Habló de un hombre que huyó de Ispal, moribundo, y que construyó en un antiguo templo dedicado a la Diosa Balar un lugar seguro para los esclavos que, como él, habían conseguido huir de sus señores. Me dijo que ese mismo hombre, cuyo nombre era Jakul, era un esclavo y un No Deseado, como yo, y que tenía un don muy particular: regalar dones a los demás. Dones efímeros, que no duraban más de un día, pero que podían hacer poderoso al ser humano más débil. Con el tiempo, ese mismo hombre consiguió que muchos otros se le unieran, creó una comunidad: los Liberados.

Jakul dejó escapar un suspiro.

—Vaya. Podría haberme ahorrado la presentación.

Se separó del escritorio y se adelantó un par de pasos. Aunque su vista se paseó por los tres recién llegados, se centró en Val, en el pelo desgreñado, en la piel bronceada y en sus ojos salvajes.

—Así que eres un No Deseado.

Val cabeceó y, con un sutil movimiento de sus dedos, sus pies se separaron del suelo. Se mantuvo así, flotando, un par de cabezas por encima de Jakul.

Anna escuchó cómo Elia soltaba un juramento.

Jakul, sin embargo, no se movió. Ni siquiera pestañeó. Siguió observando a Val con una serena atención, hasta que él decidió volver a apoyar los pies en el suelo.

—Ella también es una No Deseada —añadió Val tras señalar a Anna con el índice—. Aunque todavía no es capaz de controlar bien su don.

Jakul clavó sus ojos en ella y Anna se obligó a no apartar la mirada.

—¿Dónde está tu marca, muchacha? —le preguntó, con la suavidad del terciopelo—. No la veo.

Durante un instante ella pensó en mentir, pero casi de inmediato rechazó la idea. Algo le susurró que él sabría que mentía.

—No la llevo —contestó con voz firme.

Las cejas de Jakul se arquearon un poco, nada más, pero ese simple gesto volvió el aire mucho más pesado. Anna lo sintió y Val también, a juzgar por la rapidez con la que se apresuró a añadir:

—Encontramos a Anna antes de que unos esclavistas la marcaran. Ella no nació como esclava. Trabajaba como criada.

Al menos, había parte de verdad en su mentira, así que no le costó asentir, mientras los ojos insondables de Jakul no dejaban de vigilarla. Casi pareció transcurrir un siglo hasta que el hombre decidió separar su atención de ella y volverse hacia Val y Zev.

—¿Por qué habéis venido hasta aquí?

—Necesitamos un refugio y descansar para el viaje que todavía nos queda —contestó él, sin vacilar.

Jakul asintió y volvió a retroceder hasta su escritorio. Esta vez, se sentó en el sillón.

—Podéis permanecer aquí el tiempo que deseéis. Los Liberados acogemos a todo el que encuentra el camino hasta aquí, esté marcado o no. —Durante un instante, sus pupilas volvieron a posarse en Anna—. Pero para alimentaros de nuestra comida y bebida deberéis llevar a cabo una serie de tareas. Nuestra comunidad se autoabastece, como estoy seguro de que sabrás. No podemos permitirnos bocas de más que no colaboren.

Val soltó una risita y asintió con la cabeza.

—Realizaremos las tareas que nos ordenes, Jakul.

—Bien. —La agradable sonrisa del hombre se derramó por sus labios y Anna logró relajarse un poco. Llevaba tanto tiempo con los puños apretados que se había dejado las uñas grabadas en su piel—. Elia, conduce a mis nuevos huéspedes a una habitación, y proporciónales algo de beber y comer. .

—Por supuesto, Jakul.

La mujer hizo un gesto con la cabeza y los tres se volvieron para seguirla.

Anna fue la última en abandonar la estancia y, sin poder evitarlo, giró la cabeza en el último instante, justo antes de internarse en la oscuridad de la galería de piedra.

Ya no había sonrisa en los labios de Jakul. Su boca estaba apretada. Su cara, inclinada. Sus manos, tensas sobre la lisa superficie del escritorio. De pronto ya no parecía ese hombre bonachón, de ojos dulces e inofensivo. Ahora, con la mirada fija, las manos extendidas sobre la madera, respirando con lentitud y profundidad, parecía un león que observaba desde la cima de un risco, esperando.

Imaginar el qué le provocó un profundo escalofrío.

23

VALOR

L ya creía que sus hermanas habrían apostado contra las vidas de
Dimas y Lucrezia. Sobre todo, siendo ella su única protectora.
Sin embargo, días después del ataque, seguían vivos y mejoraban.

No encontró un buen lugar en el que poder esconderse, pero en
un desnivel del terreno, donde aumentaba la densidad del bosque,
construyó una pequeña cabaña con su don. Utilizó piedras y ramas,
y creó un pequeño techo que pudiera salvaguardarlos de la lluvia,
en caso de que esta se produjera.

La fiebre de Lucrezia estaba empezando a remitir y su mirada
se aclaraba a cada día que transcurría. Las heridas de Dimas, gracias
a los Dioses, no afectaban a nada vital, aunque eso no significaba
que no se retorciera de dolor cada vez que trataba de alzar su espada o cuando intentaba curarse a sí mismo. Al final, siempre se
rendía ante lo evidente y dejaba que fuera Lya la encargada de
limpiarle las incisiones y cambiarle los vendajes. A ella las heridas y
la sangre nunca le habían gustado, pero su cuerpo enorme y ancho
la distraía lo suficiente como para que apenas prestara atención a la

sangre seca o a la forma en la que su piel se abría como los pétalos de una flor.

En aquella ocasión, cuatro días después del ataque, trató de que las manos no le vacilaran y se obligó a concentrarse en la herida. Dimas, incómodo, tenía el rostro girado hacia el lado contrario. Contemplaba a Lucrezia, que dormía apaciblemente, ya prácticamente recuperada. Lya estaba tan próxima a él que podía sentir su barbilla flotar a escasos centímetros de su cabeza. Sentía cuando Dimas la miraba, porque su aliento batía contra su nuca y le producía algún que otro temblor que era difícil de reprimir.

—Deberías haberme permitido que te cosiera las heridas —comentó Lya, por el simple hecho de llenar ese silencio tan embarazoso—. Van a quedar grandes cicatrices.

Su voz despertó a Lucrezia, que les dedicó una media sonrisa, todavía adormilada.

—Qué más da. No serán las primeras y tampoco las últimas.

Dimas no mentía. Además de las marcas que corrían por toda su cara, en el pecho tenía varias cicatrices largas y profundas, y en la espalda, otras tantas, más pequeñas, pero mucho más numerosas.

—Un día te convertirás en un colador, Dimas —comentó Lucrezia mientras estiraba los brazos por encima de su cabeza—. Beberás vino y te saldrá por las decenas de agujeros que tienes en el cuerpo.

—Será un buen final, sin duda.

—Sí. Mejor morir ahogado en alcohol que por una espada de los Beltane. —Lya pudo notar cómo, bajo sus manos, los músculos del hombre se tensaban y la boca se le endurecía. Ella no levantó los ojos de la herida que seguía limpiando—. Si no fuera por nuestra querida clienta, ahora estarías con la cabeza clavada en la lanza de alguno de esos bastardos.

—Ella no solo me salvó la vida —contestó Dimas, con un susurro ronco. Se incorporó de golpe para apartarse de Lya—. Se salvó a sí misma.

Le dedicó una mirada torva y, durante un momento, Lya dejó las manos quietas, pensando en lo que acababa de decir. Hasta aquella noche se había limitado a acurrucarse y a esperar a que la protegieran. Y, si no podían, huía, se escondía, como había hecho durante el ataque de Grisea. Todavía recordaba cómo había apretado las manos contra los oídos para impedir que el clamor de las espadas y los estertores espeluznantes llegasen hasta ella.

Mientras arrastraba los cuerpos de Dimas y Lucrezia como podía, se había prometido que no volvería a depender de nadie más. Ni de su padre, que la había tratado como una decepción gran parte de su vida, ni de sus hermanas mayores, para las que había sido un estorbo, ni de ningún maldito príncipe azul.

Había acabado con vidas humanas y, desde entonces, tenía pesadillas de las que despertaba sin respiración porque soñaba que se ahogaba en sangre. Pero si no hubiera matado a esos hombres, ¿qué les habría ocurrido a Dimas y a Lucrezia? Si cerraba los ojos, todavía podía ver la expresión serena de Dimas, a punto de ser decapitado, y escuchar los bramidos de Lucrezia, mientras un grupo de hombres se divertían y se burlaban de ella mientras le hacían trizas la ropa.

No sabía si esos asesinatos la convertían en salvadora o en villana. En una asesina, sin duda. Una asesina como sus padres, que habían ejecutado a muchos, o como los propios Dimas y Lucrezia, que habían despedazado a los perseguidores de Lya el día que había huido del castillo de Grisea, y a muchos otros más antes de conocerla.

—Eh.

La suave voz de Lucrezia y su mano, que se había deslizado hasta la de Lya, la sobresaltaron. Alzó la mirada y sus ojos claros la sondearon durante unos instantes.

—Sé lo que estás pensado y no quiero que te equivoques —dijo, con una seriedad que no había visto jamás en ella—. No eres como esos nobles, que matan y dejan morir a su pueblo sin parpadear siquiera. Cualquiera nos habría abandonado, se habría dado la vuelta y habría dejado que nos mataran. Somos cazarrecompensas, ¿recuerdas? Una de las peores carroñas del reino. Sin embargo, tú no lo hiciste. No te diste la vuelta, a pesar de que podrías haberlo hecho. Te enfrentaste a los caballeros de una de las familias más poderosas del reino, no nos abandonaste cuando estábamos heridos. Nos llevaste a rastras, construiste esto con tu don, nos cuidaste, despellejaste a esos animales para que pudiéramos comer...

—Es algo que espero no volver a hacer en mi vida —la interrumpió Lya. No sabía por qué, pero tenía los ojos llenos de lágrimas.

Lucrezia sonrió y le limpió la humedad de su cara con la manga de su viejo vestido, con suavidad, como lo haría una verdadera hermana mayor.

—Eres muy valiente, Lya Altair.

Ella no respondió. Se mordió los labios y bajó la mirada, clavándola en sus manos, que se apretaban con fuerza.

Dimas no replicó, ni siquiera resopló o gruñó. En la esquina de la pequeña cabaña guardaba silencio. Por una vez, parecía estar de acuerdo con Lucrezia.

ATRACCIÓN

—¡Eh! Anna desvió la atención de Val y giró la cabeza, solo para que una bofetada de agua le golpeara la cara y la empapase por completo. Se echó a toser, con el líquido cayendo a raudales por la nariz y por la boca. A su alrededor, muchos de los Liberados se echaron a reír, pero ninguna de las carcajadas fue como la de Zev.

Anna se apartó el flequillo empapado de los ojos y lo fulminó con la mirada, aunque una media sonrisa le retorció los labios. Zev le respondió con un guiño burlón. Sujeta en sus manos, llevaba una cantimplora sin cerrar. Y, sobre sus dedos, flotaban pequeñas esferas de agua.

—Has escogido ese don solo para fastidiarme, ¿verdad? —preguntó Anna, mientras se limpiaba las gotas que caían por su cara.

Zev estaba a punto de contestar cuando un par de niñas de su edad pasaron por su lado y lo llamaron por su nombre. Con un gesto de las manos, las esferas de agua volvieron a la cantimplora.

Sin decir nada, les dio la espalda a Anna y a Val y se alejó de ellos al trote, para desaparecer en una de las galerías que conducían bajo la montaña.

Cuando Anna se giró de nuevo hacia Val, vio cómo sus labios estaban a punto de partirse de tanto contener la risa. Su sonrisa, en cambio, se enrareció.

—No debería hacerte tanta gracia —masculló ella.

—Solo se está divirtiendo —contestó él.

—A mí me parece algo más que diversión. Desde que llegamos y vio lo que Jakul podía hacer, le ha pedido un don distinto cada mañana. Y él, a cambio, no cesa de reclamar algo en pago.

—Así funciona todo. Los únicos que nunca reciben nada por su trabajo son los esclavos, y los únicos que consiguen todo lo que desean sin entregar nada son los nobles. —Val seguía sonriendo, pero un timbre oscuro enronqueció su voz—. Cazar, traer leña, montar guardia, ¿es terrible? ¿Tan mal te parece que Zev ayude al autoabastecimiento de los Liberados?

Anna negó, pero, por mucho que quisiera, era incapaz de borrar aquellos ojos castaños de su mente, llenos de maquinaciones.

—Zev es solo un niño. Es fácilmente... influenciable.

—Sí, sin duda es mejor que sus referentes sean nobles que compran y venden seres humanos —resopló Val.

—Jakul vende su producto a cambio de pequeños favores. Les da lo que quieren y ellos hacen lo que les pide. Sin pensar. Sin negarse. Eso también es una forma de esclavitud. —Anna bajó la voz para que nadie más que él la escuchara.

—En el momento en que se puede elegir, la esclavitud desaparece —respondió Val, aunque su mirada se profundizó con interés.

—Pero para ellos no parece una opción. He visto cómo lo miran las personas de aquí. No hay respeto en sus ojos, o admiración. Hay devoción. Lo observan... como si fuera un Dios.

Anna miró a su alrededor. Jakul estaba en el otro extremo de la gigantesca sala de piedra donde ella y Val entrenaban, completamente ajeno a sus palabras. Parecía discutir algo con Elia y con el resto de los guardianes de Ordea, pero no dejaba de devolver los saludos que los Liberados le dedicaban cada vez que pasaban frente a él.

Los dones que otorgaba no eran como los dones heredados. Eran mucho más fáciles de controlar, pero su poder era limitado. Aunque le proporcionase a alguien el Don del Aire, esa persona no podría invocar un tornado, como sí era capaz de crear Val con un simple movimiento de sus brazos. Sin embargo, para ellos era suficiente. Ese don hacía a los Liberados sentirse poderosos, invencibles. Cuando al día siguiente esa sensación desaparecía, regresaban a por más. Así, jornada tras jornada, hasta que ese don que jamás tendrían pasaba a ser tan necesario como la sangre, como la respiración.

Anna apretó los labios sin separar los ojos del líder de los Liberados.

—Si lo pidiera, morirían por él.

La sombra oscura de la cabellera de Val la alertó. Se había acercado tan silenciosamente a ella que no lo había escuchado. En ese momento, a solo dos palmos de distancia, la intensidad de su mirada la abrumaba. Una de sus taimadas sonrisas le retorcía los labios.

—¿Y no es eso lo que hacen los reyes? ¿Pedir a otros que mueran por ellos? —susurró.

No sabía si era su cercanía, su voz o la verdad de sus palabras lo que le provocó un profundo temblor a Anna. Sin embargo, en esa ocasión, no dio un paso atrás. No sabía si era el reto que sentía latir tras las palabras de Val, algo más que no conseguía discernir, o el propio viento que producía él, pero casi podía sentir cómo unas manos la empujaban por la espalda, instándola a acercarse más.

—Jamás le pediría a nadie que muriera por mí —murmuró, con un hilo de voz—. Yo libraría mis propias batallas.

Esa sensación de avanzar le aguijoneó los talones, pero ella mantuvo las piernas quietas y las uñas clavadas en sus brazos cruzados.

—Esas son promesas peligrosas, Anna. Quizás, algún día tengas oportunidad de cumplirlas.

—Lo haré —respondió, recuperando el tono de su voz—. Las cumpliré.

Val ladeó el rostro y se acercó un poco más, y el aire escapó de los pulmones de Anna sin que ella pudiera hacer nada por evitarlo. Sin embargo, cuando estaban solo a unos centímetros de distancia, golpeó su hombro con el de ella y la hizo trastabillar un poco.

—Eso si sobrevives a mi entrenamiento.

Se alejó y recuperó su posición, antes de que Zev los interrumpiera. Anna se colocó frente a él, preparada.

Desde que habían llegado a Ordea, habían practicado después de realizar tareas rutinarias que iban desde cortar leña a lavar la ropa, a picar montaña adentro para expandir aún más ese reino subterráneo. Solo habían pasado unos días, pero Anna había comenzado a mejorar poco a poco. Ahora, Val se burlaba menos de ella y tenía que morderse la lengua para estar atento a los ataques.

Practicaban siempre a la vista de todos. Según Val, porque no había nada que esconder. No sabían quién era Anna realmente. Y, aunque levantaba miradas de curiosidad, nadie le preguntaba de quién había heredado el Don del Fuego. Tal y como no le cuestionaban a él. Era una No Deseada más.

Pero, aunque Anna comenzaba a estar acostumbrada a cruzarse de vez en cuando con miradas interesadas, solo la de Jakul conseguía distraerla lo suficiente. Era un hombre muy ocupado, saltaba a la vista, pero siempre parecía rondar cerca cada vez que ella y Val estaban entrenando.

Como en ese momento. No dejaba de observarlos.

Una fuerte ráfaga de viento la golpeó en el costado y la hizo rodar por el suelo un par de veces antes de que pudiera incorporarse.

—¿Qué estás mirando? —le preguntó Val, mientras Anna volvía a la realidad de golpe.

Ella gruñó entre dientes y extendió sus manos hacia él. Sintió el don latir en su interior y lo dejó salir de golpe, en dos largas llamaradas que estuvieron a punto de envolverlo.

Val soltó una fuerte carcajada que hizo eco en cada uno de los rincones del atrio y, con un brusco movimiento de su cuerpo, extinguió las llamas de Anna antes de que llegaran a rozarle.

Unos días atrás, lo único que hacían era intentar controlar el don de Anna quietos, uno frente al otro, sin movimiento alguno, pero Val había llegado a la conclusión de que ella era capaz de controlarlo mejor cuando se sentía amenazada, cuando se veía obligada a defenderse. Como todas las veces pasadas.

Como en ese momento.

Anna se levantó del suelo y ejecutó un movimiento de barrido con sus brazos. Intentó imaginarse una ola de fuego entre ellos y empujó las llamas hacia el exterior, pero su don se escurría y esquivaba su control. De sus manos no escapó nada parecido a una ola. Más bien, pareció una pequeña onda que se extendía por el agua, con demasiada lentitud, en dirección a Val.

Él puso los ojos en blanco y, con expresión aburrida, se limitó a soplar con fuerza las llamas y las apagó al instante.

Enfadada consigo misma, Anna caminó hacia él. Movió las manos rítmicamente, abriendo y cerrando los dedos. De sus palmas no brotaron grandes esferas de fuego como le habría gustado, pero al menos, las llamas se movieron rápido, como centellas, y se dirigieron hacia Val. Pero él era veloz y su viento lo levantaba y lo hacía descender, sin que el fuego llegase a rozarlo.

En los ojos de Val apareció una expresión traviesa y, con un chasquido de sus dedos, Anna sintió el viento arremolinándose en torno a ella, envolviendo su cabeza.

El lazo que sujetaba su pelo voló y escapó de su alcance. El cabello, parte rojo, parte negro, voló en todas las direcciones, enturbiándole la mirada.

Le pareció que, durante un solo instante, demasiado corto como para ser cierto, la expresión de Val cambiaba. Su sonrisa se congeló y sus párpados se entrecerraron, mientras observaba con intensidad cómo el cabello de ella flotaba, todavía agitado por esa tempestad que él mismo había creado. Apenas duró un momento. Cuando Anna fue consciente de su expresión, la mueca salvaje había vuelto a los labios de Val.

Sacudió la cabeza y se obligó a luchar contra la tempestad. Extendió los brazos y las manos, señalándolo con cada una de las puntas de sus dedos.

Apretó los dientes y empujó contra él. Con todas sus fuerzas.

Esa vez, el fuego la obedeció y salió a borbotones de su piel. Una gigantesca columna de llamas horizontal, chocó con la inmensa masa de aire que Val había creado. La mezcla de ambos elementos los hizo retroceder a ambos. Fuego y aire se empujaron, bebiéndose entre sí, alimentándose del otro.

Anna notaba la piel caliente; los latidos del corazón, erráticos; y su respiración, acelerada.

Con la mirada desorbitada, contempló cómo el fuego se retorcía contra el viento, como si fueran dos cuerpos humanos flotando, apretándose uno contra el otro, deslizándose, convirtiéndose en uno. Ella misma lo sentía. Algo recorriendo sus brazos, envolviéndola, saturándola. No era solo aire. Parecían las manos de Val.

Con un resuello, dejó caer los brazos y las llamas se extinguieron al instante; el ambiente olía a quemado. Todavía entre jadeos, alzó la mirada hacia Val. Jamás había visto una expresión tan bárbara en sus ojos, ni ella había sentido las mejillas tan rojas.

Transcurrieron unos segundos en silencio, en los que solo hicieron eco sus respiraciones rápidas. Hasta los Liberados habían dejado sus trabajos a un lado para mirarlos con atención. Hasta Jakul, cuyos ojos no podían estar más alertas. Hasta Zev, que, desde un rincón, los contemplaba boquiabierto.

—Sin aire, un incendio no se puede propagar —susurró entonces Val. Su voz estaba una octava por debajo de su tono.

Tragar saliva jamás había sido tan difícil.

—¿Me estás proponiendo algo? —preguntó Anna. Rogó a los Dioses que borrasen el estúpido temblor que había sacudido la última palabra.

Él guardó silencio durante un momento. Se limitó a observarla con fijeza, con esos ojos negros que parecían llevar guerra y tempestades en su interior.

—Quién sabe. —Sus labios se retorcieron en una sonrisa arisca y dio un paso atrás. Se preparó para un nuevo ataque—. ¿Continuamos?

25

PREPARATIVOS

Bastien odiaba los bailes.

Los odiaba cuando sus padres celebraban uno, pero allí en Caelesti los odiaba todavía más.

El castillo parecía haber perdido el control. Todo se llenó de escudos de familias invitadas, de blasones y cintas de colores, de trajes pomposos y elegantes, de miradas maquilladas que se escondían tras abanicos. Todo el mundo parecía disfrutar de ese descontrol, incluso los criados y los guardias, a pesar de que tendrían que trabajar más.

Una noche de baile equivalía a más de un mes de rumores y chismorreos. Y eso valía más que los turnos extras de guardia.

Al parecer, las fiestas de los Mare eran épicas y duraban hasta el amanecer. Sobre todo, aquellas en las que el encargado de organizarlas era Etienne. En realidad, el anfitrión era Silvain, pero fue su hermano menor al que Bastien vio ocuparse de todos los preparativos. Eligió la comida, las bebidas, la decoración de todo el castillo y de los alrededores. Para Bastien sería una pesadilla organizar algo así, pero él parecía disfrutarlo. Escuchaba las propuestas, aunque procedieran de los criados, y contestaba siempre con una sonrisa. Más que órdenes, parecía dar indicaciones. Bastien no sabía cómo lo conseguía, pero tenía razón cuando le había dicho que todos lo adoraban. Estaba claro, morirían por él.

En los ojos de sus súbditos veía devoción cuando los oía hablar de él. Cuando mencionaban a Silvain, sin embargo, solo percibía miedo. Etienne generaba más lealtad con sus sonrisas y sus palabras que su hermano mayor con sus órdenes y sus castigos.

Y Bastien no era el único que se había dado cuenta de ello.

Un día antes del baile, Silvain ordenó a un par de criados quitar las esculturas que Etienne había indicado colocar en el patio de armas. Las figuras mostraban a los cuatro Dioses en actitud distendida, sin poderes, sonriendo y charlando. Con esas estatuas, quedaba más que clara la intención de conciliación de Etienne entre las familias nobles. Para Silvain no eran más que basura, así que ordenó que, después de que las retiraran del patio, fuesen destruidas. Un par de criados parecieron reticentes a obedecer la orden y, cuando el nombre de Etienne brotó de sus labios, la cara de Silvain se sacudió de pura rabia. Con un movimiento de sus manos, el agua salió despedida de una de las fuentes cercanas y rodeó las cabezas de los criados, ahogándolos, impidiéndoles respirar. Silvain no devolvió el agua a la fuente hasta que los dos criados cayeron al suelo, inconscientes o muertos, Bastien no estaba seguro.

La ira todavía retorcía sus rasgos incluso después de que sus propios guardias redujeran las cuatro estatuas a esquirlas de mármol.

Bastien observó todo medio oculto entre los árboles del patio, y no pudo evitar preguntarse si Etienne sabría que esa fe y confianza ciega que sentía por su hermano no era en absoluto correspondida.

26

DISCUSIÓN

—Llevamos demasiados días aquí —masculló de pronto Zev.

Val y Anna levantaron la mirada del plato para clavarla en él. Por primera vez, el niño no había probado bocado. Había apartado el cuenco y no parecía tener intención de acercarlo de nuevo.

—Creí que eras feliz —comentó Val que, como siempre, comía como si no lo hubiera hecho en semanas.

—No se trata de mi felicidad —respondió Zev, de mala gana. Sus ojos se clavaron en Anna.

—¿Qué ocurre? —le preguntó ella, con suavidad, mientras se inclinaba en su dirección.

Zev se apartó, incómodo, y echó un vistazo a su alrededor. Hacía calor, pero Anna solo sintió frío.

Se encontraban en el enorme comedor con el que contaba Ordea, en una de las salas de piedra que se hallaban bajo la montaña. Había decenas de mesas repartidas por la inmensa estancia. Los Liberados más rezagados se acercaban con sus cuencos vacíos al enorme caldero donde un hombre repartía el guiso que se había preparado aquella mañana; las antorchas iluminaban aquel lugar. Aunque no había ventanas que comunicasen con el exterior, allá adentro siempre parecía de noche. Había mucho eco, por lo que las conversaciones y las risas siempre resultaban ensordecedoras. Pero, de pronto, un silencio helado e incómodo envolvió el rincón en el que estaban ellos.

Las carcajadas de los Liberados sonaron muy lejanas.

—Teníamos... *tenemos* planes —continuó Zev, aun en voz baja, con las pupilas fijas en Val—. Debemos llevarla hasta Ispal, entregarla a Sinove, ganar una fortuna y... y marcharnos para siempre de Valerya.

Val se tensó, Anna pudo verlo en su mandíbula, en la fuerza con la que sujetaba el cubierto, pero continuó en silencio.

—¿Qué es lo que ha cambiado? —insistió él. Sus manos se habían convertido en dos puños temblorosos.

Anna clavó durante un instante los ojos en Val y un escalofrío recorrió su espalda cuando le devolvió una mirada silenciosa. En sus pupilas parecía flotar esa misma pregunta.

—Yo... —comenzó a decir Anna.

—No. No digas nada —la interrumpió Zev. Tenía la barbilla hundida en el pecho; y las manos, por encima de la mesa, se retorcían una contra otra—. Si fueses otra persona, todo sería diferente —añadió, mientras una sombra oscurecía sus iris pálidos—. Tú eres la representación de todo lo que más odio, de todo lo que me ha hecho daño. Y no puedo olvidarlo. No *quiero* olvidarlo.

—Zev —fue lo único que dijo Val. Daba la impresión de que quería decir mucho más, pero no podía. Por primera vez, parecía haberse quedado sin palabras.

—Sé lo que está pasando, Val. Te he visto. *Os he visto* —murmuró, con las mejillas algo enrojecidas—. Puede que sea un niño, pero no soy idiota.

No quedaba nada del pequeño al que Anna había visto jugar con otros Liberados. De pronto, Zev le pareció mucho mayor y más cansado que ella. Un adulto embutido en un cuerpo que no aparentaba la edad que verdaderamente tenía.

—¿Crees que estás en un cuento de hadas? ¿Crees que esto va a tener un final feliz? —Zev alzó la mano y señaló a Anna, a las raíces rojas de su pelo—. Tú no eres como ella. Recuérdalo. Su historia no es la tuya. La gente como ella es la que no me dejó conocer a mis padres. La gente como ella es la que te arrebató a tu madre y te convirtió en un esclavo. La gente como ella te ahorcaría si supiera que un No Deseado como tú camina libre por Valerya.

Zev negó con la cabeza. Esas palabras parecían arder en su boca. Con los ojos húmedos, hizo todo lo posible para no mirar a Anna.

—Yo no lo he olvidado. Pero creo que tú sí.

No añadió nada más. Torció los labios en una mueca de dolor, antes de incorporarse y alejarse a zancadas de la mesa.

Anna fue incapaz de apartar la mirada de su pequeño cuerpo hasta que la oscuridad de uno de los túneles lo engulló. Después, contempló a Val, con el corazón latiendo pesado y lento contra sus oídos. Él parecía perdido en una guerra en el interior de su cabeza. Anna pudo verlo en su mirada enfebrecida, en su respiración acelerada, en sus nudillos blancos. Sin pensarlo dos veces, se inclinó sobre la mesa, hacia él.

Sus dedos estuvieron a punto de rozar su mano. Pero, de súbito, la voz de Jakul hizo eco por toda la sala, sobresaltándola. Cuando volvió a mirar a Val, él se había alejado, colocando sus manos demasiado apartadas de las de ella.

Derrotada, levantó la cabeza para escuchar al líder de los Liberados. Se había puesto en pie en el banco para ser visible desde todos los puntos de la sala.

—Amigos, amigas, ahora que el almuerzo ha llegado a su final, tengo una gran noticia que comunicaros. Nuestras queridas Lysa y Brim han decidido unir sus corazones y sus vidas, y celebrarlo con todos nosotros.

La multitud volvió la cabeza hacia dos Liberadas que se pusieron en pie, algo sonrojadas. Sus manos estaban unidas con decisión. Jakul aplaudió con fuerza y, al instante, todos se unieron a él. Pronto, los vítores, los silbidos y las felicitaciones llenaron la enorme sala de piedra de ecos ensordecedores.

—Como regalo, me gustaría celebrar por la noche una gran fiesta en su honor —continuó Jakul, antes de dedicarle una mirada cariñosa a la pareja—. Habrá música, comida y baile. Por supuesto, ¡todos estáis invitados! Así que, por deferencia a Lysa y a Brim, daros un baño, ¡por los dioses!, que aquí huele a animal.

Los aplausos se fundieron con las carcajadas.

Anna intentó estirar los labios en vano. Miró de reojo a Val, pero solo encontró su espalda deslizándose entre los bancos de las mesas, de camino al mismo pasillo por el que había desaparecido Zev minutos atrás.

27

EL ÚLTIMO BAILE

Definitivamente, Bastien odiaba las fiestas.

Al pie de la escalera, vestido de gala, no sabía a dónde mirar. Los colores lo mareaban, la música saturaba sus oídos y las risas, en su mayoría provocadas por el alcohol, lo estaban poniendo nervioso.

Bajo sus ojos veía un mar multicolor que se movía con suavidad, como empujado por la brisa. La gran mayoría de los invitados se habían vestido en tonos azules y grises en honor a la familia anfitriona. Por suerte, el atuendo que habían dejado en su alcoba era de un gris oscuro, casi negro, y le recordaba a los tonos del escudo de su familia.

Habría vomitado si lo hubiesen obligado a ponerse un maldito traje de color celeste.

Era ridículo que él estuviese allí mientras Anna estaba escondida, o huía por los caminos serpenteantes de Valerya. O yacía muerta, en una zanja del Camino Real. Se ordenó apartar esa imagen de su cabeza y hundió los dientes en su lengua para que el dolor lo hiciera reaccionar. No, ella seguía viva. Era fuerte y era lista, tenía que confiar en ella. Quizá se estaba dirigiendo hacia Ispal en ese preciso instante, al encuentro de la Reina Sinove. Quizás estaba escondida en algún lugar del reino, esperando algo o esperándolo a él.

Uno de los guardias que estaba a su lado, al pie de la escalera, reparó de pronto en su presencia. Se cuadró y abrió la boca para anunciar el nombre de Bastien, pero él fue más rápido y negó con la cabeza.

—No será necesario —dijo, mientras se apresuraba a bajar los escalones.

Por suerte, pocas personas repararon en él. Lady Luna, señora de la Bahía de Eulas, bebía en una de las esquinas del salón, rodeada de hombres y mujeres que reían alegremente o que al menos lo fingían. Lazar estaba en el otro extremo, con las manos cruzadas tras la espalda y los ojos inquietos, que se deslizaban de una esquina a otra. Nadie se acercaba a él, ni él parecía tener intención de acercarse a nadie. Por si acaso, Bastien apartó la mirada. Cada vez que sus pupilas se cruzaban con las de Lazar, tenía la sensación de que lo estaba amenazando.

Por desgracia, sus ojos se encontraron sin querer con otros muy brillantes. Etienne, rodeado por un quinteto de jóvenes de su edad, soltó un grito y alzó la copa en su dirección. Bastien ahogó una maldición entre dientes y se escabulló, mientras sus risas se metían en su piel como puñales. Cerca de él, con los labios apoyados en el borde de una copa, pero sin beber, había otro joven. Vestía de un azul marino casi negro, y sus ojos verde oscuro estaban clavados en Etienne, aunque parecía perdido en sus propios pensamientos. Una de las jóvenes estaba sujeta a su brazo, pero se la veía dolida por su indiferencia.

Bastien frunció el ceño y se acercó un paso. Le sonaba ese rostro. Debía ser un noble, sin duda, porque podía ver el borde de un emblema cosido en su pecho, pero los vestidos opulentos se interponían en su visión. El joven se percató del escrutinio, porque alzó la cabeza de golpe y clavó la mirada en los ojos celestes de Bastien. Él, de inmediato, le dio la espalda y se alejó del desconocido a toda prisa. La extraña sensación de familiaridad le cosquilleaba en la boca del estómago.

En el otro extremo de la estancia, se detuvo y tomó una copa de cristal de una de las bandejas que varios criados paseaban por todo el salón de baile. Se parapetó tras una de las largas telas blancas que caían del techo a modo de adorno, y se ocultó tras ella.

A regañadientes, tuvo que admitir que Etienne había hecho un gran trabajo.

Habían instalado una inmensa fuente de mármol en el centro del salón y los invitados bailaban a su alrededor. En ella, la Diosa Kitara los observaba sonriente y elevaba hacia el techo sus largos brazos celestes. Por su cuerpo se deslizaba un vestido de espuma y de sus manos abiertas caían cascadas de agua. La rodeaban toda clase de plantas y animales marinos labrados en piedras de colores.

Aparte de la fuente, en cada esquina del salón, cuatro esferas gigantes de agua flotaban en el aire. La luz de las velas se reflejaba en ellas y transformaba en doradas las escamas de los peces que nadaban en su interior.

Bastien no sabía si era Silvain o Etienne quien las mantenía intactas, flotando, pero sin duda, era un alarde de poder que tenía segundas intenciones.

De las ventanas colgaban largas telas blancas, translúcidas y ligeras, que se agitaban por la brisa nocturna. Su movimiento lento recordaba a la espuma del mar al deslizarse sobre la arena.

Con un gruñido, Bastien cerró la boca. No se había dado cuenta de que la tenía abierta de par en par desde hacía un buen rato. Se llevó la copa a los labios y el olor del alcohol le irritó las fosas nasales. Estaba a punto de dar un trago, cuando de pronto una cara se cruzó en su visión.

El Exarca le dedicó una pequeña sonrisa, aunque sus ojos giraron por toda la sala antes de centrarse en él. La fiesta había empezado hacía poco, pero él ya olía a alcohol.

—Los Dioses son fuertes, pero el hombre es débil —comentó, antes de que Bastien llegase a separar los labios—. Deberíais rezar mucho para no serlo, Lord Bastien.

—Lo hago todas las noches. —Su tono sonó más sarcástico de lo que pretendía.

Lejos de ofenderse, el Exarca se echó a reír. Le dio un par de palmadas en el hombro, tal vez con más fuerza de la necesaria, y las manos de Bastien se crisparon sobre la copa de cristal que sostenía.

—Todos tendremos que hacerlo dentro de poco.

Los ojos del Sirviente de los Dioses se deslizaron por toda la estancia y se quedaron centrados en dos figuras que conversaban cerca de los amplios ventanales. Bastien siguió su mirada y su ceño se frunció.

La primera correspondía sin duda a Silvain Mare, aunque se encontrase de espaldas a él. Su cabello rubio estaba coronado por una pequeña tiara blanca cuajada de zafiros; el atuendo azul, decorado con miles de hilos plateados que simulaban escamas, era característico.

La segunda persona lo encaraba con los labios apoyados en una copa de licor, pero sin hablar. Sus ojos eran castaños, del color de las cortezas de los árboles. A pesar de que llevaba una capa celeste, seguramente en honor a sus anfitriones, vestía casi por completo de un pardo oscuro que hacía juego con el tono de su barba y su piel curtida por el sol.

Él mismo parecía un árbol sin hojas, poderoso y retorcido.

Era el padre de Lya, Lord Tyr Altair, al que había conocido de vista hacía años durante la celebración de la mayoría de edad de Silvain Mare. Después, no lo había visto más. Cuando le había ofrecido la mano de su hija, lo había hecho mediante una carta escueta. Sus padres se habían sorprendido de que una familia tan poderosa como los Altair quisiera enlazarse con los Doyle, así que no pudieron negarse a su ofrecimiento, aunque Bastien no estuviese precisamente entusiasmado. Creyeron que, con la llegada de Lya, su familia vendría con ella a pasar unos días a Grisea. Lya, sin embargo, apareció sola. Su comitiva se reducía a los esclavos que servían como parte de regalo de bodas y una sola dama de compañía que había muerto el día del ataque.

—¿No deberíais ir a saludarlo? —preguntó el Exarca—. Iba a ser vuestro suegro.

—Dudo que me reconozca —replicó Bastien.

El hombre asintió y su mirada volvió a vagar, pensativa.

—Lord Tyr confirmó vuestra historia. Su hija Lya estaba en el castillo de Grisea cuando se produjo ese ataque tan... desafortunado. —Bastien tuvo que hacer uso de todo su autocontrol para no contraerse todavía más con la pronunciación de esa última palabra—. No tiene noticias de ella. Está seguro de que ha muerto.

Esta vez, Bastien sí se sobresaltó. Miró hacia su bebida intacta y la culpabilidad se derramó por él como una miel pegajosa y densa, difícil de limpiar.

—¿No cree que su hija haya sobrevivido? —Sintió como si unas uñas le arañasen las cuerdas vocales.

—¿Qué pensáis vos? Era vuestra prometida.

—No me interesé en conocerla demasiado —respondió Bastien.

Aunque ella no se lo merecía. Siempre lo había mirado con una sonrisa, con paciencia. Sus ojos verdes derrochaban ternura mirase a quien mirase. La imaginó rodeada de mercenarios, asustada, y sacudió la cabeza para apartar esa imagen.

Se llevó la copa a los labios y la vació de un trago.

—¿Y ahora? —preguntó Bastien, al cabo de unos segundos. Su mirada había regresado a los dos hombres que hablaban.

—¿Ahora? —El Exarca alzó una ceja.

—Tyr Altair no debía tenerle mucho aprecio a su hija para casarla con el heredero de una familia sin importancia como era la mía. Pero es su hija. Sangre de su sangre. Es la excusa perfecta para iniciar algo.

El Exarca levantó una de las comisuras de sus labios y sus ojos se desviaron del joven a los dos hombres que hablaban entre susurros.

—¿Queréis que comience una guerra, Lord Bastien? —preguntó, en un murmullo que le erizó la piel—. Porque, creedme, la habrá si la hija de Nicolae Lux no aparece, o aparece en el momento y en el lugar menos indicados.

Bastien apretó los labios y se obligó a no mirar a los ojos del Sirviente de los Dioses. El Exarca suspiró al cabo de unos segundos y continuó:

—Pero hoy no es el día. Tyr Altair no comenzará un conflicto. Le pedirá un favor a los Mare que estos no podrán rechazar. Así la cuenta estará saldada.

—¿Qué clase de favor?

El Exarca soltó una risa tan dulzona como desagradable, y se encogió de hombros.

—¿Qué va a saber un simple servidor como yo? Solo soy un hombre que se encuentra bajo las órdenes de los Dioses.

—¿Y esos mismos Dioses le dicen que permanezca en el lado de los Mare? —siseó Bastien, sin poder contenerse—. ¿Que apoye el asesinato de una joven con un Don Mayor?

Se había excedido, lo sabía. Pero la expresión del Exarca no cambió cuando contestó:

—Si eso impide que el reino de Valerya sangre, sí. —Le dedicó una pequeña reverencia a Bastien antes de darle la espalda—. Disfrutad del resto de la fiesta, mi querido joven. Y sonreíd un poco. Somos aliados en una causa común y casi parece que estéis rodeado de enemigos.

Él se obligó a estirar los labios, pero fue más una mueca torcida que una sonrisa de verdad. Por suerte, el Exarca no la vio y, cuando se alejó unos pasos, Bastien regresó a su expresión rígida. Su mirada volvió hacia Lord Silvain y Lord Tyr, que caminaban ahora hacia uno de los balcones.

Echó un vistazo a un lado y a otro, pero nadie parecía prestarle atención. Los invitados estaban entretenidos con la música y el baile; Etienne continuaba rodeado de jóvenes vestidas con trajes vaporosos.

Sin soltar la copa vacía, Bastien se deslizó por el salón con la vista clavada en sus pies. Cuando pasó junto al balcón al que habían salido Silvain Mare y Tyr Altair, se detuvo y se apoyó en una de las cortinas espesas que colgaban a ambos lados de la puerta, como si estuviera recuperándose de un mareo provocado por el alcohol.

El corazón de Bastien latía con fuerza cuando escuchó.

—Supongo que después de conocer las noticias sobre la muerte de Nicolae Lux y sobre la falta de algún heredero vivo que pueda ocuparlo, sabréis que el reino está en jaque.

La voz de Silvain Mare era sinuosa, ondulante, como el agua del océano que se agitaba junto al castillo. Tyr Altair se acercó un paso más a él.

—Os escucho.

Bastien se pegó a la cortina. Giró la cabeza todo lo que pudo, intentando no perderse ni una sola palabra.

—¿Qué estáis haciendo?

El siseo inquietó a Bastien. Se giró y encaró como pudo los ojos negros como pozos sin fin de Lazar Belov. Él lo observaba con el ceño fruncido; las manos siempre cerca de la empuñadura de su espada. En su cara pálida estaba pintada a fuego la desconfianza. Se dirigía a él con una deferencia que no había tenido nunca, aunque Bastien se imaginaba que era por guardar las apariencias delante de los invitados.

—Estoy mareado —mintió Bastien, con toda la calma que fue capaz—. He bebido demasiado.

—Solo os he visto beber de una copa. *Esa* copa —puntualizó el hombre, con la mirada entornada.

—¿Me estáis vigilando? —preguntó, copiando el tono respetuoso, aunque su voz estuviera llena de todo lo contrario.

—Siempre os vigilo —respondió Lazar Belov. Se acercó a Bastien. Él se obligó a permanecer en su posición, a pesar de que su cercanía lo asfixiaba—. Tengo la sensación de que vais a traer muchos problemas.

—Ahora soy un aliado de la familia Mare —replicó Bastien, sin pestañear ante la mentira.

—No estoy hablando de la familia Mare.

Bastien estiró la mano y rozó el borde de su copa con la de Lazar. Hubiera preferido alargar la conversación con el Exarca que seguir un instante más cerca del capitán de la guardia.

—Me iré entonces a algún lugar en donde no pueda causar esos problemas que tanto teméis. Si me disculpáis...

Se dirigió hacia el rincón más opuesto al balcón en el que todavía estaban reunidos los dos señores y permaneció allí el resto de la noche. Aunque no pretendía beber, lo cierto fue que dejó su copa vacía a un lado y consiguió otra llena hasta arriba de vino fresco y especiado. Cuando la terminó, se bebió otra, y después, otra más.

Así era más fácil olvidar la farsa que había creado en torno a él y a sus intenciones. Así podía olvidar a sus padres, cuyos cadáveres deseaba que alguien hubiese enterrado, o a Lya, muerta o aterrorizada, en algún rincón oscuro. Pero, sobre todo, así podía olvidar a Anna. Su mirada decidida, la forma triste y arrepentida en la que lo había contemplado tantas veces a escondidas, y en todas las ocasiones que él la había ignorado desde que había ocurrido el accidente en las caballerizas.

No tenía apetito, así que el alcohol se le metió muy dentro en las venas y consiguió que sus ojos se convirtieran en dos esferas inútiles que ni siquiera eran capaces de enfocar.

No llegó a saber si se había quedado dormido, o si simplemente había perdido la conciencia del paso de las horas. Pero, al cabo de un tiempo, Luna Ravenhead se retiró a sus aposentos. Muchos de los invitados mayores, que pertenecían a familias nobles importantes a las que no había prestado la menor atención, abandonaron también el salón del baile, seguidos más tarde por los miembros jóvenes. Bastien vio también cómo Silvain Mare se dirigía a sus aposentos tras despedirse de los invitados que quedaban y observó cómo el padre de Lya lo seguía, trazando exactamente su mismo camino. Lazar Belov comenzó a dar órdenes a los criados para limpiar el salón, mientras estos hacían esfuerzos para no bostezar.

Bastien los observó, amodorrado. Le recordaban a Anna. Hacía apenas unas semanas, ella también se habría quedado después de las pocas cenas oficiales que la familia Doyle había celebrado. Siempre había trabajado sola; las otras criadas, incluso las mayores, no querían acercarse a ella. No les gustaba que sus manos estuviesen siempre negras por el tinte que Lady Aliena la obligaba a aplicarse cada luna. La había visto bostezar muchas veces, pero nunca abría la boca para quejarse. Trabajaba, trabajaba y trabajaba. Y cuando sus ojos se cruzaban con los de Bastien, le transmitía recuerdos de sus juegos de niños, de su risa contagiosa, de cómo se escondían cuando sus padres los buscaban.

¿Dónde estás?, pensó Bastien, cerrando los ojos durante un instante. *¿Y qué hago yo realmente en este maldito lugar?*

No supo si siguió pensando en ella, o si simplemente se quedó dormido y soñó con Anna, porque de repente, unas manos se colocaron en sus hombros y le hicieron soltar un grito.

Durante un instante, Bastien creyó ver la cara de ella a pulgadas de la suya. Reaccionó sin pensar y alzó los brazos para estrecharla contra sí. Sin embargo, antes de que llegase a rozarla, un muro semitransparente, grueso y que oscilaba frente a sus parpadeos, se levantó entre Anna y Bastien. Confuso, extendió una mano y el agua que le empapó los dedos logró despertarlo.

No se encontraba frente a Anna. Anna estaba perdida en algún lugar del reino de Valerya.

—Lo siento, pero no sabía si querías atacarme o darme un abrazo. Y, aunque te conozco poco, creo que no eres muy afín a las muestras de cariño.

Los ojos de Etienne estaban nublados por el alcohol, así que Bastien no pudo distinguir si esa expresión que tenía cincelada en la cara era verdadera preocupación, o simple burla.

Le contestó con un gruñido.

Con un movimiento fluido de sus manos, Etienne hizo que el agua se arremolinase en torno a su cuerpo, lo envolviera durante un instante, y cayera de nuevo a la fuente, sin derramar ni una sola gota. Aunque quiso apartar la mirada, Bastien no pudo dejar de observarlo.

—Es una pena que los Kaur no hayan podido venir. Le habría pedido a Bhakid que leyera tu mente. Creo que es la primera vez que alguien se queda dormido en una de mis fiestas —dijo Etienne, antes de volverse hacia él—. Dime que por lo menos has bailado, aunque solo sea una vez, porque si no habré fallado estrepitosamente.

—Odio los bailes —contestó Bastien, con otro gruñido.

—Eso es porque nunca has bailado con la persona adecuada.

Etienne le dedicó un guiño y se dirigió trotando hacia el único músico que todavía quedaba en la estancia. Se inclinó en su dirección y le murmuró unas pocas palabras al oído. El hombre, enderezándose, le dedicó una sonrisa y una inclinación profunda. Con un movimiento preciso, colocó el instrumento de cuerda bajo su barbilla y tensó el arco. Antes de que Etienne llegara de nuevo hasta Bastien, una melodía flotó en la estancia.

Con los ojos como platos, todavía medio mareado por el alcohol, Bastien contempló cómo el joven hacía una floritura con la mano y la extendía en su dirección, esperando que entrelazara los dedos con los suyos.

Como si estuviera invitándolo a bailar.

—¿Qué mierda estás haciendo? —preguntó Bastien, en un susurro que sonó casi asustado.

—¿Voy a tener que arrodillarme?

—Esto es ridículo —murmuró, sin ser capaz de apartar la mirada de su mano abierta.

—Pero divertido. —Etienne ladeó la cabeza y se acercó un poco más a él. Bastien volvió a poner distancia—. Vamos, te estoy esperando. Me está empezando a doler la espalda y la canción va a terminar.

—Yo... —En la lengua se le había formado un nudo enrevesado, que lo hacía parecer estúpido y vulnerable—. Yo no...

Quería tomar su mano. Por los dioses, claro que quería.

Esa certeza le apuñaló las entrañas y lo hizo alejarse a trompicones. Los rostros de sus padres, de Anna, lo rodearon durante un instante y lo observaron con los ojos llenos de dolor, de decepción.

¿En qué estoy pensando?

Etienne Mare, a pesar de su simpatía, de su mirada limpia, de su sonrisa eterna, era su enemigo. Parecía sentir de verdad todo lo que había ocurrido, pero formaba parte de una familia que había arrasado con todo lo que le había importado alguna vez, que estaba detrás de la única persona que le quedaba. Él no quería estar en ese castillo, él no quería acercarse a ninguno de sus habitantes. Era una farsa, una mentira para ganar tiempo.

Pero durante el instante en el que había visto la mano de Etienne balanceándose delante de sus ojos había dudado. Durante ese momento todo había desaparecido y solo habían quedado unos ojos azules como el mar y una sonrisa sincera.

Se enderezó mientras los labios de Etienne dejaban de sonreír. Su mano continuaba extendida.

—Ya te lo he dicho —dijo mientras le daba la espalda—. Odio los bailes.

Sentía el cuello rígido, pero no miró atrás. Se obligó a pensar en la expresión vacía de su padre, en su garganta abierta; en su madre sepultando la entrada de un pasadizo; en cómo había visto luchar a Anna antes de que un mercenario lo dejara inconsciente. Repitió esas imágenes en su cabeza una y otra vez, una y otra vez, hasta que llegó a su pequeño dormitorio y cerró de un portazo.

Sin embargo, no dio ni un paso más. Se quedó quieto, con la espalda apoyada en la puerta, y abrió y cerró sus manos varias veces.

El corazón le latía con violencia. Pero no por odio. O por miedo.

Era por un motivo mucho peor.

—Parece agitado, Lord Bastien.

Sus ojos se encontraron con una sombra alta, esbelta, que lo observaba por encima del hombro. Las llamas contrastaban con su atuendo oscuro.

Lo reconoció al instante.

Era el joven que le había resultado familiar en la fiesta de los Mare.

28

DANZA DE AIRE Y FUEGO

Cuando el sol comenzó a caer, los preparativos de la fiesta que se celebraría en honor a las dos Liberadas estaban llegando a su final.

Habían montado una tienda en uno de los extremos del enorme atrio de piedra. En el otro, habían colocado las mesas del comedor, repletas de vasos, jarras y bandejas, vacías en ese momento, pero que más tarde se rellenarían. En el mismo centro estaban encendiendo una hoguera, cuyas llamas crecían cada vez más. Al lado de esta se situaban los músicos. Sobre el suelo habían arrojado piedras de colores, que ellos mismos habían pintado, creando los límites de una pista de baile completamente diferente a la que Anna había visto en el castillo de Grisea. El techo no era más que el cielo, que estaba empezando a cuajarse de estrellas.

Algunas mujeres y hombres se habían vestido ya para la ocasión. No había trajes inmensos o seda cara, pero las ropas que los cubrían eran de colores brillantes y refulgían cuando la luz de las llamas caía sobre ellas.

—Pareces triste —dijo de pronto una voz a su espalda.

Anna volvió la cabeza.

—Zev —pronunció, sorprendida.

Ella estuvo a punto de añadir algo más, pero el niño se le adelantó:

—No voy a decirte que lo siento —dijo, sin mirarla—. Sé que lo que he dicho hoy es lo correcto. Y lo justo. No quiero que todo esto... que tú le hagas daño a Val.

Anna asintió, comprendiendo de pronto.

—Sé que estáis muy unidos —comentó con cautela—. Casi parecéis hermanos.

—Para mí lo es. Cuando mis padres murieron... fue el único que se apiadó de mí. Que permaneció a mi lado. Un esclavo es útil, pero un niño esclavo no lo es tanto. No podemos trabajar tanto, enfermamos más... pero Val se ocupó de que yo sobreviviera. Otros como yo no tuvieron a alguien como él a su lado, y no lo consiguieron.

Una sombra oscura ensombreció la mirada del niño. Anna bajó los ojos, horrorizada, sin saber qué decir. Él soltó el aire con lentitud, y empezó a juguetear con un par de pañuelos brillantes que colgaban de su cinturón y que alguien le debía haber prestado.

—¿Te vas a unir a la fiesta? —preguntó Anna. Deseaba arrancarle de sus recuerdos como fuera.

—¿Tú no? Quizá pase mucho tiempo hasta que puedas disfrutar de algo así. Mañana nos marcharemos —dijo, titubeando—. Val también cree que llevamos aquí demasiado tiempo.

Anna suspiró.

—Zev, escúchame...

Pero él no lo hizo. Sin añadir palabra, rebuscó algo en los bolsillos escondidos en los pantalones que le venían grandes. De uno de ellos, extrajo un pequeño recipiente que despedía un olor fuerte y se lo ofreció.

Anna lo abrió. El hedor le recordó demasiado al tinte que le había obligado a aplicarse Lady Aliena durante tantos años. La sustancia, sin embargo, no era negra.

Era roja.

—¿Qué es esto? —masculló.

—Una ofrenda de paz —contestó él, antes de añadir, vacilante—: Creo.

Anna tomó el pequeño recipiente de sus manos, y de pronto frunció el ceño.

—¿Cómo lo has conseguido? —preguntó. Una idea la asaltó de pronto—. ¿Quién te lo ha dado?

—Eso no importa.

—¿Ha sido Jakul? —insistió.

Un par de mujeres que pasaban a su lado, enlazadas del brazo, riendo, con las faldas decoradas con pañuelos de colores, redujeron su andar y observaron a Anna de reojo. Zev se removió, incómodo, y apartó la vista.

—Haz lo que quieras con él —dijo, antes de darle la espalda y marcharse.

Anna no pudo contestar. Se quedó allí, con las manos aferradas a aquel recipiente, observando por segunda vez en el día cómo Zev desaparecía.

Tras un instante, inmóvil, sujetó un mechón de su pelo y lo acercó a sus ojos. El cabello estaba seco, quebradizo, y era tan negro como el carbón. Siempre lo había odiado a pesar de que era una forma más de protegerla. De niña se preguntaba qué aspecto tendría sin ese horrible tinte. Se lo había imaginado muchas veces, mientras

Lady Aliena le entregaba esa poción pestilente, que se pegaba a sus manos y a sus dedos, mientras la aplicaba hasta no dejar ni un solo cabello rojo sin cubrir.

Quizás había llegado la hora de averiguarlo.

Se había tenido que enjuagar la melena con agua del pozo, así que ahora las gotas resbalaban por su vestido, el único sin adornar de todos los que la rodeaban.

Había dejado aquella sustancia en su pelo durante tanto tiempo que, cuando terminó ya era noche cerrada y las estrellas brillaban con fuerza en el cielo. Anna no sabía cuánto se había demorado, pero la fiesta en honor a Lysa y a Brim parecía haber comenzado hacía bastante. Todavía quedaba comida en las bandejas que habían dispuesto sobre las mesas, aunque la mayor parte de la gente se arremolinaba en torno a la hoguera, donde los músicos cantaban y tocaban. Varias parejas bailaban a su alrededor, con el fuego reflejado en ellas.

Se acercó a una de las mesas a servirse algo de comer, pero sus ojos se quedaron estáticos en el reflejo que le devolvió una bandeja dorada y medio vacía.

No quedaba ni una sola traza negra en toda su melena, ahora tan roja como la sangre, tan brillante como las llamas del fuego. Con el cambio de color, su rostro era más cálido, más vivo, y sus ojos castaños, más brillantes. Parecían madera prendiéndose por culpa de un incendio.

Una sonrisa involuntaria curvó sus labios. Se incorporó y observó la inmensa hoguera en el preciso instante en que una pareja pasaba a su lado, girando a toda velocidad.

Eran Zev y Val. Y su baile fue todo lo que necesitó Anna para volver a la fiesta.

Se movían dando saltos alrededor uno del otro, entre risas. Jugaban, más que bailaban. Las demás parejas danzaban de forma muy distinta. Apenas existía un ínfimo espacio entre los cuerpos. Los cabellos sueltos flotaban en el aire. Las piernas se entrelazaban con otras, las manos rozaban las caderas y la parte más baja de la espalda. Jamás había visto a nadie bailar así en las fiestas que los Doyle celebraban en Grisea. En ellas, la pareja no se tocaba. Apenas había un par de balanceos y vueltas, y siempre se guardaba una distancia prudencial que no escandalizara a nadie.

Si la música que había escuchado en el antiguo hogar de los Doyle era lenta y melodiosa, la música de los Liberados era brusca y enérgica. En su mayor parte, brotaba de la piel de tambores de muchos tipos, más graves, más agudos, que marcaban el ritmo frenético. Un par de instrumentos de cuerda cantaban la melodía, pero apenas eran un susurro entre tanto ruido.

Con un estallido final, la canción terminó y las parejas se separaron. Hubo aplausos y gritos que se escucharon muy lejanos en los oídos de Anna.

Con la mirada brillante, observó cómo Zev se apoyaba en el hombro de Val y le decía algo. Él agitó la cabeza en forma de asentimiento y entonces el niño se alejó, dando pequeños saltos en dirección a una de las mesas en donde se amontonaban las jarras con la bebida.

Anna todavía estaba quieta, observando, cuando Val giró la cabeza y la descubrió. Durante un instante lo sacudió la confusión, con las pupilas clavadas en su pelo, ahora del color de la sangre.

Pero entonces, con lentitud, una expresión juguetona estiró sus labios.

—Veo que aceptaste el regalo de Zev —dijo y, antes de que ella pudiera contestar, añadió—: Ahora sí eres tú misma.

Anna ladeó la cabeza y se obligó a sonreír con confianza, a pesar de que los labios le temblaban un poco.

—Viniendo de ti, no tengo ni idea de qué significa eso —contestó.

Sus palabras consiguieron que la expresión de Val se pronunciara. Con calma, se acercó a ella y se colocó a su lado. Contemplaron juntos a los Liberados, que bailaban al ritmo de una nueva canción.

—Los esclavos bailamos como si fuera el último día de nuestra vida —murmuró Val, con la vista clavada en la fogata. En sus ojos negros se reflejaban las llamas—. Nosotros no podemos arriesgarnos a esperar un mañana.

Anna estaba a punto de responder cuando algo áspero le rozó los dedos. Bajó la mirada, sorprendida, para después levantarla y clavarla en él. Val no dijo nada y, aunque tenía los ojos fijos en el fuego de forma que solo podía ver su perfil, tenía la mano extendida hacia ella.

—No todos los días se puede bailar con la futura reina de Valerya —susurró con lentitud, antes de mirarla.

En ese momento, Anna no sabía si era hielo o fuego lo que corría a toda velocidad por sus venas.

—Yo... —Cerró la boca con fuerza. Por los dioses, estaba tan nerviosa que no podía pronunciar una maldita palabra sin balbucear.

—Solo tienes que tomar mi mano —masculló Val, con voz ronca, dando un paso en su dirección.

Anna comenzaba a tener la sensación de que cada vez que lo miraba a los ojos, el mundo tenía menos sentido para ella. Cuando fue consciente de lo que hacía, sus dedos ya se habían entrelazado con los suyos, con mucha fuerza.

Se dejó guiar hasta el círculo de bailarines, que danzaban alrededor de la fogata y de los músicos.

Sin soltarlo, Anna dio una vuelta en torno a él, lenta, muy lentamente, al ritmo de la sinuosa música, sin perder el contacto visual. A su alrededor, los bailarines realizaron una pequeña inclinación que ellos imitaron y, de pronto, comenzaron a sonar los tambores.

De un tirón Val la atrajo hacia su cuerpo y sujetó la mano que Anna tenía libre. La hizo girar a toda velocidad, la sobrefalda de su traje se abrió como una flor en plena primavera.

Ella casi podía sentir su don emanando de la piel, de su cuerpo entero. Era como el latido de un corazón, que se extendía hacia ella hasta tocarla.

Volvieron a enfrentarse, apartando las manos, pero aún lo suficientemente cerca como para que Anna pudiera contar las infinitas pecas y lunares que coloreaban la piel de Val. Se rodearon mutuamente, girando sin descanso, sin tan siquiera parpadear. Anna se inclinó hacia atrás, imitando a algunos de los Liberados que la rodeaban. Su pelo largo parecía crepitar cuando el fuego se reflejaba en él.

Val enredó la mano en su nuca y la incorporó con suavidad. La acercó a él. Anna jamás lo había visto tan serio, tan concentrado. Sus ojos se habían oscurecido tanto que parecían piedras de azabache. No obstante, era una negrura distinta. No tenía nada que ver con el odio, ni con el dolor. Podía sentirlo en el brillo de sus pupilas. Esa negrura estaba relacionada con el corazón, con la sangre y con la escasa distancia que existía entre sus cuerpos.

Se separaron bruscamente, casi con violencia, para acto seguido volver a acercarse, esta vez anclados entre ellos, con una mano apoyada en sus cinturas, con las piernas enredadas.

Giraron el uno en torno al otro a tanta velocidad que se deslizaron por el círculo y se desviaron del resto de los bailarines.

Anna notó cómo los dedos de Val se clavaban en el cinturón de su sobrefalda, y cómo sus pulmones estaban a punto de explotar por la falta de oxígeno. No sabía cuánto tiempo llevaba ya sin respirar. No veía nada más que sus ojos, era incapaz de fijarse en otra cosa. Y, durante un momento, supo que él tampoco podía ver nada que no fuera ella.

De pronto, la música llegó a su final con la misma brusquedad con la que había comenzado, y la delirante danza se cortó de una cuchillada. Se quedaron inmóviles, con la respiración agitada. No se habían dado cuenta de que, en algún momento en el que giraban sin control, habían terminado por acortar la ínfima distancia que los separaba.

Anna inhaló y su pecho, fundido con el de él, se movió al mismo compás. No había huecos entre sus brazos y sus piernas. Apenas existía entre sus rostros.

El aire parecía pesado alrededor y las llamas de la fogata se retorcían y crepitaban con una ferocidad poco natural que obligó a alejarse a algunos de los Liberados. Se escuchó alguna exclamación de sorpresa.

Anna no podía moverse. No podía decir nada. De lo único que era consciente era del cuerpo de Val, apoyado en el suyo, del ardor insoportable de sus mejillas, y del aliento, que se le escapaba a oleadas por los labios entreabiertos.

Él recorrió con su mirada oscura todo su rostro, como si quisiera grabarse a fuego los mechones rojizos de su flequillo, sus ojos castaños, sus labios. Se detuvo ahí, y aunque una parte de Anna quiso separarse, sus pies no la obedecieron. Trató de desviar la mirada al fuego, a la comida, a los Liberados que habían empezado a bailar una nueva canción, pero le fue imposible. Sus pupilas cayeron también y se quedaron prendadas en esos labios entreabiertos. Nunca se había fijado, pero en la comisura izquierda de los labios de Val había una fina cicatriz, una línea blanquecina que siempre dotaba de un ligero toque burlón a todas sus expresiones.

Alzó la mano, sentía unos deseos irrefrenables de tocarla con la yema de sus dedos. Val inclinó un poco más el rostro, su aliento cálido acarició sus labios, que ya ardían.

—Como bailemos así, escandalizaremos a todos en el palacio real —murmuró Anna, porque aquel silencio caliente la estaba asfixiando.

Fue como si Val despertara de pronto. Parpadeó y se alejó un par de pasos. El hueco que dejó su cuerpo la desestabilizó. Ya no quedaba ni un ápice de alegría salvaje en la mirada de Val. Solo incomodidad y algo parecido al arrepentimiento.

Por primera vez, no era capaz de sostenerle la mirada.

—Deberíamos descansar —dijo, con la cabeza girada hacia uno de los túneles que se internaban en la montaña—. Mañana...

Anna recordó lo cerca que había estado aquella mañana de impedir que se fuera, y esta vez no pensaba permitirlo. Recortó la distancia que él había creado y, sin dudar, lo aferró de la mano.

—Espera —susurró.

29

UNA PRENDA

Bastien miró a su alrededor, agitado, pero no encontró nada lo suficientemente contundente o afilado para poder defenderse.

El joven que se encontraba junto a la chimenea se dio la vuelta con lentitud. Las llamas parecían un manto que danzaba y chascaba a su espalda. Debía tener su edad, pero era mucho más alto que él y, aunque también tenía el pelo negro, lo llevaba más largo y liso.

Ahora que se encontraba frente a él, Bastien podía ver el emblema que tenía cosido en el pecho con total claridad. Una mantícora de tres cabezas. Cada una representaba a un animal diferente: un león, un dragón y un águila monstruosa. Seis ojos diferentes, pero todos con una mirada letal.

El recuerdo llegó a él de pronto. Sí, claro que conocía a ese joven, aunque solo lo había visto una vez en ese mismo castillo, hacía nueve años, en la misma fiesta en la que se habían reunido los representantes de casi todas las familias nobles de Valerya.

Era el hermano menor de la Reina Sinove. Blazh Beltane.

—Sabes quién soy —dijo. Su voz era grave, pausada, monótona. Ni un ápice de emoción se impregnaba en las sílabas. Bastien dio un paso adelante, aunque sus ojos volaron hacia el atizador que reposaba junto a la chimenea—. No te molestes. *Te devoraría* antes de que llegases a tocarlo.

Bastien no se paró a pensar si aquella amenaza era literal.

—¿Qué haces aquí? —preguntó, fulminándolo con la mirada—. Si querías hablar conmigo, has tenido toda la fiesta para ello.

—¿Y ser observado por los Mare? No, gracias. Esta será una visita breve.

Blazh Beltane paseó su mirada por todo el cuerpo de Bastien y la dejó clavada en la quemadura de su cara.

—Sé lo que ocurrió con tu familia, con tus tierras.

Las manos de Bastien se crisparon, pero no separó los labios.

—Y conozco el motivo. —El joven se paseó de un lado a otro de la estrecha habitación, sin separar ni por un instante la vista. Bastien se obligó a no pestañear—. No sé de qué lado estás. Por ahora, sé que los Mare te consideran una especie de aliado. Sobre todo, el hermano menor... Etienne.

Blazh Beltane detuvo su discurso a propósito y observó su reacción. Bastien intentó ignorar el súbito recuerdo de esa última sonrisa que había visto, de la mano extendida hacia él, en un baile que se había negado a aceptar. Se estremeció por dentro, pero permaneció inmóvil. Ni siquiera se permitió soltar el aire que estaba conteniendo.

—¿Qué es lo que quieres? —preguntó, tras unos segundos que parecieron durar días.

—Mañana me iré, pero dejaré a uno de mis hombres aquí. Su nombre es Kayden. No es nadie importante. Solo un soldado más al servicio de los Mare.

—¿La reina suele esconder espías entre las familias nobles? —siseó Bastien.

Blazh Beltane lo ignoró. Con las manos unidas tras la espalda, caminó hacia él y se detuvo a tan solo medio metro. Bastien no tuvo más remedio que alzar la cabeza para no romper el contacto visual.

—Annabel Lux es la hija bastarda del difunto rey. Y forma parte de tu familia. No sé si realmente pretendes entregársela a los Mare, o si simplemente estás tratando de ganar tiempo. —El joven entornó la mirada y sus ojos verdes relumbraron—. Si, por casualidad, llegas a encontrarla, o ella te encuentra a ti, busca a Kayden y entrégale una prenda que provenga de ella.

—¿Una prenda? —Bastien frunció el ceño.

—Algo que contenga su olor.

Blazh Beltane hizo amago de irse, pero Bastien fue más rápido y se interpuso en su camino. Se colocó frente a la puerta del dormitorio y aferró el picaporte con ambas manos.

—¿Qué quieres de ella?

—¿Yo? Yo no deseo nada —contestó, y hubo algo en su voz grave que convenció a Bastien de que decía la verdad—. Es mi hermana la que desea su llegada a Ispal. Si existe una heredera, y realmente contiene en su interior el don de los Lux, las posibilidades de que las familias nobles entren en guerra por la corona disminuirán.

Sus ojos verdes se detuvieron un instante más en la ancha quemadura de Bastien y él, tras un segundo de vacilación, se hizo a un lado y dejó libre la salida.

—¿Por qué crees que voy a ayudarte? —preguntó—. ¿Quién dice que no iré directo a Silvain Mare a contarle todo esto?

Blazh Beltane apoyó la mano en el picaporte y se volvió hacia él una última vez. Sus labios seguían relajados, no había llegado a expresar ni una sola mueca.

—Yo no creo nada. Recuerda. Una prenda con su olor. Si quieres salvarla, es lo único que necesito.

El joven abrió la puerta solo un poco, pero Bastien no pudo contenerse.

—¿Es que vas a arrojar a cientos de perros por toda Valerya hasta dar con ella?

Hubo un brillo acerado en los ojos de Blazh Beltane cuando habló por última vez. Y una sonrisa contenida.

—Nosotros no los necesitamos.

Sus dedos rozaron el emblema de su familia y, sin añadir nada más, cerró la puerta en silencio tras él.

30

EL DIOS DE LOS LIBERADOS

—Dime la verdad —susurró Anna, antes de que Val pudiera separar los labios—. ¿De verdad quieres abandonar a los Liberados?

Él no apartó la mano de la suya, pero habló con brusquedad y con las pupilas fijas en las puntas de su calzado.

—Vinimos con el objetivo de que controlaras tu don y ya lo hemos cumplido. Alargar la estancia aquí solo sería un error.

Sacudió la extremidad y volvió a retroceder un par de pasos. La hoguera en torno a la que bailaban los Liberados estaba cerca, pero Anna ya no sentía más que frío, y los tambores sonaban muy lejanos.

—Siempre he creído que estabas un poco loco —murmuró ella, con la mirada entornada—. Pero no sabía que fueras un mentiroso.

Val negó con la cabeza, pero continuó sin mirarla mientras le respondía:

—Si sigues así, llegarás a hacer cosas que no podría conseguir un noble o un No Deseado con un Don Menor. Puede que algunos Liberados comiencen a hacer preguntas. Y eso no te gustaría, ¿verdad?

Una sonrisa sarcástica partió los labios de Anna en dos. Volvió la cabeza.

—Entonces, ¿estás tratando de protegerme?

Esta vez fue a él a quien se le escapó una media sonrisa.

—Tú no necesitas protección. —Los ojos negros de Val se alzaron por fin y encontraron los de Anna. No se quedaron ahí quietos, ella sintió cómo la atravesaban, cómo la sacudían, con la misma intensidad que una fuerte corriente de aire—. Soy yo el que se siente desprotegido cuando estás demasiado cerca.

Algo afilado se clavó en el estómago de Anna. Soltó el aire de golpe y vio de nuevo el rostro de Val a medio palmo del suyo, observando unos labios que habían estado a centímetros de distancia. La garganta le ardió de pronto y no fue capaz de contestar. Se quedó quieta, mirándolo sin parpadear mientras él volvía a ser incapaz de sostener su mirada.

Anna intentó deshacer el nudo de su lengua, pero tardó demasiado. Val, con las mejillas abrasadas, sacudió la cabeza y le dio la espalda. Se alejó a pasos rápidos de ella. Anna lo escuchó soltar una maldición entre dientes antes de que la muchedumbre lo engullera de un mordisco.

Sacudió la cabeza, y al hacerlo, sus ojos se cruzaron con los de Zev. Algo más alejado, camuflado entre la muchedumbre, parecía haber sido testigo de todo. A Anna le pareció que suspiraba antes de que se diera la vuelta y siguiera el camino que había recorrido Val.

Una parte de ella, la más visceral, la más desgarrada, quería ir tras ellos. Sin embargo, se quedó donde estaba, cerca de la hoguera, dejando que su calor templara un poco el frío que la había empapado por dentro.

Los bailarines pasaron a su lado y la observaron con cierta curiosidad, pero a ella ya no le interesaban sus movimientos salvajes. Estaba demasiado confusa, demasiado perdida.

Por mucho que le doliera, Zev tenía razón. Pero Val y ella habían estado demasiado ciegos como para ver qué era lo que les estaba ocurriendo. O quizá, simplemente no habían querido admitirlo.

¿En qué cuento retorcido un esclavo le dice algo así a la princesa del reino? Ella conocía la respuesta: en uno que acababa espantosamente mal.

Anna había oído historias así. En Grisea, de vez en cuando acudían juglares y trovadores, y entonaban largas canciones junto a las chimeneas del comedor principal. Bastien los detestaba, pero a Lady Lya se le humedecían los ojos cada vez que escuchaba sus voces. Ella creía en esos cuentos. Creía que una campesina podía casarse con el heredero al trono, que ser una dama noble te reservaba un futuro lleno de romance, historias y alegría, y creía que el amor era suficiente, que podía superarlo todo.

Anna odiaba esas canciones casi tanto como Bastien. Le parecían estúpidas, pero, sobre todo, le parecían imposibles.

Una campesina jamás sería correspondida por un príncipe.

Un esclavo jamás podría estar al lado de la reina.

No supo cuánto tiempo transcurrió, pero poco a poco, la fiesta fue llegando a su fin y parte de los Liberados se marcharon por los túneles que comunicaban con el interior de la montaña. Anna no tenía sueño. Ni siquiera creía que pudiera conciliarlo en toda la noche. Se quedó quieta, sentada junto a la hoguera, observando a las pocas parejas que seguían bailando y a quienes estaban demasiado borrachos como para mantenerse en pie.

Al hacerlo podía olvidarse un poco de Val, de sus palabras, y de esos ojos salvajes que parecían llenos de tormentas y deseos.

Lysa y Brin, las recién comprometidas, bailaban a unos pocos metros de ella. Las dos estaban vestidas de blanco y, aunque cansadas, no dejaban de balancearse en los brazos de la otra, sonriendo de una forma que provocó en Anna una punzada de envidia. No separó los ojos de ellas, ni siquiera cuando sintió cómo una figura se dejaba caer a su lado.

—El amor correspondido es un regalo de los dioses, ¿no creéis?

Esa voz masculina la hizo retornar a la realidad. Se volvió con brusquedad y Jakul le sonrió, aunque en sus ojos castaños no había más que sombras.

—Sí, sí lo creo —acertó a contestar Anna, mientras su corazón se disparaba.

Antes de que él pudiera añadir algo, se incorporó e hizo amago de alejarse. De pronto, la idea de dormir le resultaba muy atractiva. Prefería estar en esa pequeña habitación de piedra con Zev y con Val antes que pasar un minuto con Jakul a su lado, a solas.

—Me gustaría quedarme un poco más, pero estoy cansada y debo...

Las palabras se atragantaron en la garganta de Anna cuando los dedos del hombre, rasposos y rollizos, se enredaron en su muñeca y tiraron de ella. Se quedó helada, inclinada hacia él, sin ser capaz de respirar.

Las llamas de la hoguera frente a la que se encontraban se avivaron de pronto, a pesar de que la madera estaba prácticamente consumida.

—Por favor, no os marchéis todavía. Permitidme pasar un rato más a vuestro lado.

Anna no pudo ignorar la forma en la que se dirigió a ella. Siempre lo había escuchado tutear a los Liberados.

La sonrisa de Jakul se ensanchó con lentitud y un brillo de locura controlada en sus ojos hizo que un escalofrío la recorriera de pies a cabeza. Había algo que no encajaba. Él se había dado cuenta de que ella lo sabía. Y disfrutaba con ello.

—Por favor, sentaos. —Sus ojos castaños, insondables, la traspasaron—. *Lady Annabel.*

De un violento tirón, Anna se deshizo de su agarre y dio un paso atrás. Inconscientemente, adoptó la misma postura con la que iniciaba sus prácticas con Val. Las piernas flexionadas, el tronco en tensión, las manos a punto de estallar en llamas. El fuego de la hoguera creció todavía más, sus lenguas rojas estuvieron a punto de acariciar el calzado de Jakul, pero él no parecía en absoluto preocupado.

—Vamos, mi señora, no pongáis esa cara de sorpresa. Y calmaos. Estáis a salvo. Nadie más conoce vuestro secreto.

Dio unas palmadas suaves en el suelo. Dubitativa, Anna se volvió a sentar, aunque esta vez a una distancia considerable de él.

—¿Creéis que no conozco las historias de cada persona que pisa Ordea? A este lugar lo creé yo. Es mi hogar. Así que debo saber quién entra en él, ¿no es razonable?

Hablaba como un padre tolerante. Su tono distendido, su expresión relajada, su media sonrisa.

Ella no contestó. Mantuvo los labios apretados y se obligó a no bajar la cabeza.

—Sé que no os gusto. Vuestro rostro lo dice todo cuando me miráis —continuó. Su vista se desvió por fin hacia la hoguera—. Aunque no entiendo por qué. En vuestro mundo hay hombres y mujeres mucho peores que yo.

—No es *mi mundo*. No he sufrido tanto como los antiguos esclavos que están aquí, pero sé lo que son capaces de hacer los nobles —replicó Anna; intentó que su voz sonara firme.

—¿Y entonces por qué no me soportáis?

La pregunta parecía casi juguetona, pero ella estaba segura de que no lo era. Sabía que estaba esperando que se equivocara o que le mintiera.

—Porque os ven como a un Dios, pero no sois más que un traficante que especula con dones, que crea adicciones y adictos —siseó Anna—. Sois un chantajista.

Los ojos de Jakul se encendieron durante un instante, aunque la chispa apenas duró. Él giró de nuevo la cabeza hacia ella, con los labios torcidos en una mueca divertida.

—Creo que estáis siendo hipócrita, majestad. Vos sois la primera mentirosa.

—Tengo que hacerlo para sobrevivir —replicó Anna—. ¿Qué me harían los Liberados si se enterasen de que la hija de Nicolae Lux duerme entre ellos?

—Posiblemente os matarían —contestó él. Se pasó la mano por la barbilla con gesto pensativo—. Y creedme, aunque yo no les proporcionase ningún don, lo conseguirían. Hay mucha rabia y mucho dolor en su interior.

Eso era cierto. Anna lo veía en las pupilas de Zev y de Val.

—Yo no chantajeo, hago negocios —continuó Jakul—. Les ofrezco algo y ellos me pagan con lo que tienen. Creo que soy bastante más benevolente que muchos de los nobles que pueblan esta tierra, ¿no creéis? —El silencio de Anna le hizo soltar un par de carcajadas—. Vos también tenéis un objetivo, ¿cierto? Llegar al Valle de Austris y presentaros ante la Reina Sinove para que os reconozca como heredera.

—Son Val y Zev los que quieren venderme a ella. O al mejor postor —replicó Anna.

Jakul inclinó la cabeza y volvió a reír, con más fuerza que antes.

—Pensaba que esta iba a ser una conversación sincera, *majestad*. —Arqueó las cejas mientras ella se removía, incómoda—. No sé qué pretendían hacer con vos al principio, pero salta a la vista que vuestra vida les importa más de lo que debería. Especialmente, a Val. —Jakul se inclinó hacia Anna, y su voz se hizo susurrante junto al oído—. Os he visto bailar.

Ella sintió cómo las mejillas le estallaban en llamas y apartó la vista con rapidez.

—Yo nunca he dicho que desease la corona —masculló.

—Da igual que la queráis o no ... —Jakul suspiró y se echó ligeramente hacia atrás, apoyando todo su peso sobre los codos—. Nunca reinaréis.

Anna frunció el ceño, mientras el hombre giraba la cabeza y la observaba con placidez, casi tumbado sobre el suelo. Los labios de Jakul se estiraron todavía más y una expresión burlona se talló en cada uno de sus rasgos.

—¿Qué creéis que va a pasar? ¿Pensáis que los nobles de Valerya os recibirán como a una más? ¿Creéis que se arrodillarán y os aceptarán sin más como su nueva soberana? —Dejó escapar una risa entre dientes y meneó la cabeza—. Podéis tener el pelo rojo de los Lux y su don, pero he visto que vuestras manos son ásperas, tenéis las uñas rotas y están pobladas de cicatrices. ¿Sabéis leer? ¿Escribir?

Anna apretó los dientes, sin contestarle, porque no encontró forma de replicar. Ispal, la capital del Valle de Austris y del reino, parecía algo tan lejano que jamás se había planteado realmente lo que podría ocurrir una vez que llegase allí.

—Puede que tengáis el don adecuado, pero no estáis preparada para reinar.

—Eso no lo podéis saber —replicó Anna, a pesar de que sabía que esa era una mentira descarada.

La expresión de lástima en los ojos de Jakul era tan hiriente como podían serlo los gritos.

—El fuego no puede salvar a nadie —dijo, con lentitud—. El fuego es destrucción, es muerte.

—Puede que sí. Pero es el único capaz de proporcionar luz y calor.

—Esa es una buena respuesta.

Jakul rio y se incorporó. Seguía relajado, con las manos sobre las rodillas y las piernas flexionadas, cruzadas entre sí. Anna, sin embargo, no podía abandonar su postura tensa.

—Os daré un consejo, aunque no queráis oírlo. —Con la misma facilidad con la que siempre aparecía, su sonrisa se desvaneció, dejando solo unos ojos grandes y congelados que convirtieron su rostro en una máscara aterradora—. Huid. Escondeos. Que nadie más descubra que hay un descendiente de Nicolae Lux vivo.

—¿Por qué? —murmuró Anna, con la boca seca.

—Porque se aproxima una guerra. Una gran guerra —recalcó; Jakul saboreó la palabra como si fuera un trozo de carne tierna—. De esas que destrozan reinos, que rompen familias y dinastías, arruinan ciudades enteras y dejan montañas de cadáveres. Será un conflicto que comenzarán los nobles, pero nosotros le pondremos final.

Anna creía en sus palabras. Lo hacía porque veía esa misma guerra, esa muerte y ese horror cincelados en sus pupilas. Val a veces parecía un loco, con su sonrisa salvaje y su mirada astuta, pero ese hombre era un verdadero demente, un verdadero monstruo.

—Destruiremos cada piedra que forme parte de un castillo. Asesinaremos a las familias que lo pueblen, a quienes los apoyen. No quedará nadie con vida. Ni hombres, ni mujeres, ni ancianos, ni niños. Los reduciremos a polvo. Sus huesos se convertirán en astillas, y os juro que nos beberemos su sangre para que no quede nada de sus asquerosos cuerpos. Los convertiré en aquello a lo que nos han condenado durante cientos de años. Va a llover sangre, carne y huesos sobre el reino de Valerya.

Ahí estaba. La rabia desatada, el dolor desenfrenado, demasiado grande como para controlarlo. La locura. Lo que Anna había visto en Val el día que ella había intentado escapar por primera vez era apenas un atisbo de todo lo que sentía Jakul. Y lo peor no era eso. Lo peor era que decía la verdad. Había algo en su mirada enfebrecida que la convenció de ello, por descabellado que pareciera.

Anna se incorporó bruscamente porque no podía estar ni un momento más a su lado. No se despidió; se limitó a alejarse con rapidez. Sin embargo, la voz de Jakul la persiguió.

—El color de vuestro pelo... *Annabel*. —Ella se quedó clavada en el suelo, lívida—. Os sienta muy bien.

Lenta, muy lentamente, lo miró por encima del hombro.

—No me llaméis Annabel —susurró, con una mezcla de miedo y rabia temblando en su voz—. Mi nombre es Anna.

31

EL CUENTO
DEL MONSTRUO

Habían pasado varios días desde que la fiebre de Lucrezia había cedido y, aunque Dimas no había dejado que Lya le cosiera las heridas, al menos ya era capaz de blandir su enorme espada. Nuevas cicatrices se unirían a las antiguas, pero a él no parecía importarle demasiado.

Lya nunca había vuelto a preguntar nada sobre la familia de la reina y los caballeros, y por qué habían decidido atacarlos. Ellos no habían vuelto a nombrar a los Beltane, ni ella se había atrevido a preguntar.

Los caballeros habían dicho que llevaban años en su busca, que la Reina Sinove deseaba ver sus cabezas en picas. Algo dentro de ella le decía que debería tener miedo, que debería desconfiar, pero cada vez que volvía la mirada hacia los cazarrecompensas, recordaba la forma en la que habían estado a punto de morir, y algo afilado se le clavaba por dentro.

Sus ojos se balancearon del hermoso pelo rizado de Lucrezia, que corría libre y salvaje por su espalda, a Dimas, que encabezaba la marcha a zancadas. Ahora que se había recuperado, ya no le permitía tocar sus heridas. Lya se mantenía al margen cuando lo veía pelearse con las vendas, pero sus ojos volvían una y otra vez al cuerpo del hombre y lo observaba de soslayo, con intensidad, mientras una punzada de anhelo y curiosidad le atravesaba el estómago.

No se percataba de ello, pero había veces en que sus ojos se mantenían minutos quietos en él. Y a veces, deseaba que Dimas se diera cuenta y le devolviera la mirada.

—¿En qué piensa esa bonita cabeza? —preguntó de pronto Lucrezia, sobresaltando a Lya.

—En nada —replicó. Esa vez, se obligó a clavar sus ojos en el sendero que recorrían.

—Eres demasiado transparente. Y mientes fatal.

—Bueno —contestó ella, elevando un poco el tono de voz—. Todos tenemos secretos que no queremos revelar.

Sus labios se habían movido antes de que fuera capaz de controlarlos. Esa vez, Dimas, que caminaba delante de ella, volvió la cabeza y la observó. Sus ojos no decían nada, pero Lya se obligó a encararlo, mientras notaba cómo la sangre trepaba por su cuello y le rugía en los oídos. Sintió su don vibrar en las puntas de los dedos.

Lucrezia parpadeó y se detuvo de pronto, con el ceño fruncido.

—¿Qué ocurre aquí?

—Nada. Solo he dicho que...

—No, no. En ese pueblo —la interrumpió ella. Alzó el índice y señaló al horizonte—. Sucede algo.

Lya siguió la dirección de su mano y observó, no muy lejos, sobre una suave ladera, una pequeña aldea de casas de piedra y tejados de pizarra. Apenas eran un puñado de viviendas, pero las calles y los alrededores estaban a rebosar.

—Quizá sea día de mercado —comentó Lucrezia.

—Oh, por los dioses —bufó Dimas, elevando los ojos al cielo—. Otra vez no.

—Necesitamos capas nuevas. A medida que nos adentremos en la Columna de Vergel, hará más frío y más viento. La ropa que llevamos no nos protegerá lo suficiente.

Él apretó los dientes y, aunque no dijo nada, les dio la espalda y se dirigió a zancadas hacia el pequeño camino de tierra que comunicaba con el pueblo.

Lucrezia profirió un grito de alegría y sujetó a Lya del brazo. Echó a correr y la arrastró con ella mientras Dimas gruñía y no le quedaba otra cosa por hacer que acelerar el paso para no quedar atrás.

El pueblo, cuyo nombre era Imir, tal y como indicaba el tablón de madera que se encontraba situado a su entrada, estaba completamente repleto de gente. Los tres apenas pudieron avanzar por sus estrechas calles, a pesar de que no se veían los puestos típicos de cualquier mercado.

—Quizá sea un día de fiesta —dijo Lucrezia, algo confundida.

Lya frunció el ceño y miró hacia arriba. No había flores colgando de las ventanas, ni faroles, ni tan siquiera banderas. No había nada que indicara que ese fuera un día diferente a los demás, excepto por la enorme cantidad de personas que caminaban por sus calles.

Al cabo de unos pocos minutos de empujones e intentos de avanzar, llegaron a la única plaza del pueblo. Y fue allí, de pronto, cuando Lya comprendió, espeluznada, por qué había tanta gente reunida.

En mitad del lugar habían formado una enorme pira, repleta de troncos y hojarasca seca, por la que sobresalía un largo mástil de madera, tan alto y ancho como el tronco de un árbol. Solo había una explicación para que alguien hubiera montado algo así.

Una ejecución.

Ella intercambió una mirada horrorizada con Lucrezia, que se dirigió a uno de los lugareños que los rodeaban.

—¿Qué ocurre? ¿Han condenado a alguien a muerte?

—¿No os habéis enterado? —preguntó un hombre. Paseó la mirada entre los tres—. Sois forasteros, ¿verdad?

Asintieron a la vez y él esbozó una sonrisa, mientras hacía un gesto con la mano que abarcaba todo su alrededor.

—Bueno, la gran mayoría también lo es. Una ejecución siempre atrae mucho interés.

Esta vez ninguno de los tres se movió y Lya sintió cómo una náusea le subía por la garganta.

—¿A quién van a ejecutar? —preguntó Lucrezia, con voz tensa.

—A Laila Mars. No creo que os suene. Es solo una campesina del pueblo.

—¿Y qué puede haber hecho una campesina para que su castigo sea la muerte?

—Algo horrible. —El hombre esbozó una sonrisilla intrigante y se acercó a ellos, como si tuviese intención de contarles un secreto—. Descubrieron que mantenía una relación con Lord Dicun, de la familia Thormenta. Un *noble*. —Enfatizó la última palabra, para asegurarse de que le prestaran atención—. El castigo que exigen las Antiguas Escrituras es la muerte.

La mirada de Lya se dirigió con espanto a la hoguera preparada. Conocía esa ley desde que era pequeña. La ley que condenaba a los mortales sin don por relacionarse con los nobles siempre le había parecido una de las peores del reino. Era cruel e injusta, pero llevaba ejecutándose durante siglos, ya que ningún rey de Valerya la había abolido jamás.

—Dimas.

La voz de Lucrezia, de pronto quebrada, la devolvió a la realidad. Lya giró la cabeza y contempló la expresión del mercenario.

Con la respiración atragantada, Dimas observaba lo que se convertiría pronto en una pira funeraria. Tenía los labios separados, aunque ninguna voz escapaba de su garganta. Su rostro se había tornado lívido, y esa palidez que se extendía por su piel hacía que su cabello pareciera más negro y sus cicatrices resaltasen todavía más. Su mirada se oscurecía tras un velo de agua, parecía contener demasiados sentimientos encontrados. Era tan desgarradoramente triste que le robó la respiración.

—Dimas, escúchame. Oye mi voz —insistió Lucrezia. Lo sujetó del codo con dulzura—. Larguémonos de aquí. No tenemos por qué ver esto.

—No. —La voz del cazarrecompensas era apenas un murmullo—. Quiero quedarme.

Lucrezia se mordió los labios con fuerza y lo miró, impotente. Pero entonces, se volvió con brusquedad hacia Lya y la agarró con firmeza de los brazos. Ella le devolvió la mirada, confusa.

—Quédate con él hasta que regrese —le dijo, con una expresión que no aceptaba negativas—. Prométemelo, Lya. Júrame que no te moverás de su lado hasta que yo vuelva.

—¿A dónde vas? —preguntó ella, sin entender qué ocurría.

—A hacer lo único que puedo.

Lanzó una última mirada a Dimas, que solo tenía ojos para la pira apagada, y se perdió en la muchedumbre, alejándose de ellos.

Lya observó al cazarrecompensas, perdida, insegura sobre lo que tenía que hacer. No sabía en qué lo habían convertido esas palabras del lugareño, pero era en algo que desgarraba con solo observarlo. Contempló sus hombros vendados, encogidos como nunca los había visto, temblando imperceptiblemente. Durante un momento, alzó la mano, dubitativa. Estaba a punto de tocarlo cuando, de súbito, el sonido de unas trompetas la alertó.

Los dos se volvieron a la vez. En una de las entradas de la plaza acababa de aparecer una comitiva de soldados y algún que otro caballero. Sin miramientos, utilizando las lanzas, apartaron a la gente que se acercaba demasiado.

Tras ellos, montados a caballo, avanzó un matrimonio vestido de gala, con una ropa que no podía llevar nadie, excepto los nobles. Ni siquiera miraron a la multitud que se agolpaba a su alrededor. Mantenían la cabeza alta, mientras su escudo, azul y verde, ondeaba tras ellos, mecido por la fuerza del viento. Los seguía un joven mayor que Lya. Aunque miraba al frente, sus ojos se desviaban de vez en cuando entre los lugareños y la pira que tenían preparada. Su palidez era cadavérica. Debía tratarse de la familia Thormenta.

Pegado a ellos había un sacerdote vestido de rojo y naranja, los colores del Dios Kaal. Casi parecía aburrido, como si esa ejecución no fuera más que un trámite tedioso que quería terminar cuanto antes.

En último lugar, arrastrada por unas cadenas que envolvían sus muñecas y sus tobillos, había una mujer: Laila Mars, ese había sido el nombre que les había dado el lugareño. Lya no sabía qué le habían hecho, pero trastabillaba sin cesar, con las piernas separadas, incapaz de levantar la vista. La larga melena rubia le cubría toda la cara.

Lya conocía cuáles eran las leyes y los castigos de las Antiguas Escrituras. Ejecuciones así se llevaban a cabo desde que el primer Exarca, el mayor responsable religioso de Valerya, las redactó. Pero, cuanto más acercaban a la mujer a su pira funeraria, más pensaba ella que todo aquello era un gran error.

—Tienen que detener esta locura —murmuró, sin poder contenerse—. Esto... esto es inhumano.

—No lo harán —murmuró Dimas, con los ojos clavados en la pobre mujer—. Nadie va a hacer nada.

La mente de Lya voló de pronto hacia Anna, y una parte de ella se preguntó si seguiría viva, si habría logrado escapar, si reclamaría lo que le pertenecía por nacimiento. Cuando se había enterado de que era la hija del rey, le pareció una auténtica locura. Una criada, por Vergel, ¿cómo podía convertirse en una reina? Pero quizás era lo que necesitaban. Personas como ella, que se diesen cuenta de todos los horrores que los nobles habían creado y de los que Lya misma no se había percatado durante tantos años.

Los soldados soltaron las cadenas de Laila solo para atarla al mástil. Tiraron de sus brazos y piernas, la obligaron a que se estirara y levantase la cabeza.

Cuando su mirada se clavó en la multitud, Lya estuvo a punto de dar un paso atrás.

Esperaba encontrarse con unos ojos llorosos, con un rostro demacrado de tanto sollozar. Sin embargo, aunque su cara estaba sembrada de flores rojas y moradas, no vio ni un solo atisbo de tristeza en sus ojos celestes.

Solo furia. Rabia. Y muchísima fuerza.

Dicun Thormenta era incapaz de separar los ojos de la crin de su caballo, pero ella contemplaba a la familia noble sin miedo. Lya no sabía cuál era el don de los Thormenta, pero la mirada de esa mujer le parecía mucho más poderosa que cualquier regalo otorgado por los Dioses.

—Laila Mars —dijo quien debía ser Lord Thormenta, el padre de Dicun—. Has sido condenada a muerte por romper una de las leyes sagradas de las Antiguas Escrituras. ¿Quieres pronunciar tus últimas palabras?

La voz de la mujer sonó fría y afilada, como la hoja de una espada al rasgar el viento.

—Sí, quiero. —Inspiró como si fuera su última bocanada, y entonces, habló—: Con la muerte del rey, vuestro mundo, ese asqueroso mundo cargado de tradiciones hipócritas y leyes desalmadas, está llegando a su fin. La hora de los que se creen hijos de los Dioses ha pasado. La hora de los reyes ha pasado. Ahora es el momento del pueblo, es el momento de que dé un paso adelante y asuma su poder, que es mucho mayor que el de todos vuestros malditos dones juntos.

Nadie se esperaba algo así. Los lugareños se miraban unos a otros mientras la familia Thormenta, sin desmontar desde su caballo, intentaba que la herida que le habían infligido esas palabras no se les notara demasiado en sus rostros. Dicun, destrozándose los labios con los dientes, parecía hacer lo posible por no llorar. Hasta el sacerdote, que esperaba junto a la pira con una antorcha entre sus manos, parecía sorprendido.

Pero Laila no había terminado de hablar.

—Habrá una guerra, estoy segura. Habrá una guerra porque los nobles son como los buitres carroñeros, y necesitan más, más, muchísimo más. Da igual que tengan el estómago lleno, que vomiten porque no pueden más... seguís picoteando, deseando, anhelando más poder, hasta que definitivamente os destroza por dentro. Y eso es lo que va a ocurrir. Siento pena, pero no porque vaya a morir, siento pena porque no voy a poder ver cuántos de vosotros caeréis, cuántas familias quedarán destrozadas, partidas en dos, cuántos os traicionaréis, cuántos herederos serán aniquilados, cuánta de esa sangre, que dicen, proviene de los mismos Dioses, manchará la tierra de Valerya.

La voz de Laila se quebró, y en el silencio que se sucedió a continuación, Lya pudo escuchar su respiración acelerada. Miró a Lord Thormenta, al que una pátina de sudor le había cubierto el rostro. Cuando levantó una mano, no miró a la mujer. No por desprecio, sino por miedo.

El sacerdote dio un paso adelante y se aclaró la garganta.

—Con la bendición del Dios Kaal, arderás hasta que no queden más que tus cenizas.

El hombre arrojó la antorcha a la pira sobre la que se encontraba la prisionera. Al instante, las llamas cobraron vida, serpentearon por los matojos y las hojas secas, y lamieron los pies de la mujer. Laila era valiente, pero no insensible, y pronto comenzó a gritar.

Lya no pudo aguantar mucho tiempo. Cuando el fuego empezó a trepar por su falda, apartó la mirada. Se sentía estúpida al tener lágrimas en los ojos. Sabía que no servía de nada llorar si no hacía nada más. Observó a Dimas. Él, al contrario que ella, no separaba la mirada de la pira ardiente. Y, aunque su expresión estaba congelada, Lya estaba segura de que algo no marchaba bien.

De golpe, los gritos de Laila cesaron, y una exclamación de toda la multitud hizo que Lya volviera a mirar. Tardó en entender qué había ocurrido. Paseó la mirada, frenética, por el cuerpo a medio arder de la mujer, hasta tropezarse con la flecha que tenía clavada en el pecho, sobre el corazón. Le era imposible saberlo desde la distancia que las separaba, pero le pareció ver que, en sus ojos claros, brillaba una mirada triunfante antes de que las llamas la engulleran.

—¡Buscad al arquero! —aulló Lord Thormenta, colérico—. ¡Encontradlo y traedlo ante mí!

De pronto, el infierno estalló. Los soldados cargaron contra los lugareños. La multitud retrocedió a trompicones, entre gritos, pisoteándose unos a otros. Luchaban por alejarse de las lanzas que los amenazaban con sus aceros afilados.

Dimas, mucho más alto que los hombres que lo rodeaban, parecía ajeno a todo el caos. Lya vio cómo se daba la vuelta y se abría paso sin apenas dificultad, a pesar de que la gente corría y chillaba a su alrededor.

—¡Eh! —Lya lo sujetó del brazo, tiró de él para que se detuviera—. Tenemos que esperar a Lucrezia.

—Ha sido ella quien ha disparado esa flecha —contestó Dimas. Lya se quedó paralizada de la impresión—. Mareará un poco a los soldados antes de buscarnos.

Volvió a caminar, sin darle más explicaciones. Daba igual que tratase de retenerlo, Dimas la arrastraba sin esfuerzo. Lya miró hacia atrás, hacia los lugareños que se apartaban a golpes y retrocedían, chocando unos contra otros. Tras el muro que formaban las lanzas y los soldados, Lord y Lady Thormenta observaban el espectáculo con indiferencia, mientras el sacerdote no separaba los ojos de la pira. Dicun era el único que parecía espeluznado.

Un latigazo de rabia sacudió a Lya. Sin dejar de andar, pegada a Dimas, se volvió a medias y movió el brazo que tenía libre, con la mano convertida en un puño.

Su don despertó y por una vez no dudó cuando le ordenó a la tierra temblar y abrirse. Decenas de raíces, gruesas como piernas, surgieron de las grietas que ella misma había ocasionado y se enredaron en las extremidades de los soldados. Estos, con gritos de sorpresa, perdieron el equilibrio y cayeron.

Los lugareños detuvieron su huida, y contemplaron confusos y boquiabiertos las raíces que se alzaban, los forcejeos de los hombres de los Thormenta que intentaban liberarse sin éxito. Hubo una mirada larga entre ellos que no necesitó palabras. Lya lo adivinó cuando vio la decisión en sus ojos.

Giró la cabeza, sin abandonar a Dimas, en el momento en que los hombres y las mujeres daban la vuelta y cargaban contra los soldados y la familia Thormenta.

Los gritos se multiplicaron a su espalda.

—Dimas, ¿a dónde vamos?

Él ni siquiera la miró. Siguió caminando, bajando la ladera que habían subido hacía apenas un rato. Lya ya no lo sujetaba del brazo y tuvo que acelerar el paso para poder seguir su ritmo.

—¿Dimas?

Él no se detuvo. Continuó descendiendo y, cuando llegó por fin al camino, lo atravesó, sin dirigirse a ninguna parte. Al menos, eso creyó Lya hasta que lo vio pararse de golpe junto a dos grandes árboles, inclinarse y vomitar.

Corrió hacia él y le colocó en la espalda unas manos que pretendían ser reconfortantes. Sin embargo, él se apartó. Boqueaba, escupía, con la respiración acelerada. No caminó, más bien se tambaleó hasta dejarse caer en el suelo. Como si la ropa lo asfixiara, se quitó de un tirón la capa de viaje, el chaleco y el pañuelo que le cubría el cuello. Lo arrojó a un lado y bajó la cabeza, sin dejar de jadear.

A pesar de lo alto y robusto que era, la camisa le quedaba grande y dejaba parte de su hombro izquierdo al aire. Bajó la cabeza, con el cabello cubriéndole la cara, y unió las manos en un apretón convulso; temblaban tanto como una hoja a punto de ser arrancada por un vendaval.

—Dimas...

—Déjame en paz. Lárgate.

—No —replicó Lya. Dio un paso en su dirección—. Lucrezia me hizo prometerle que no te dejaría solo.

—Lucrezia no tiene ni puta idea de nada. Márchate inmediatamente de aquí. —Su voz estaba cargada de ira, pero seguía con la cabeza inclinada, su cuerpo cada vez más tembloroso—. Déjame solo.

Lya lo observó sin moverse, preguntándose cómo el monstruo de la historia le podía parecer tan frágil.

—No me voy a marchar, Dimas —replicó, con calma, mientras se acercaba un paso más—. No voy a dejarte solo.

Él no alzó la cabeza, pero sus manos se desunieron para asir con fuerza la empuñadura de su espada, todavía guardada en el cinto.

—Te he dicho que...

—Sé lo que ocurrió.

El cuerpo de Dimas se tensó, pero sus dedos perdieron fuerza alrededor del arma. Alzó un poco la barbilla, solo lo justo para poder observar a Lya a través de sus mechones oscuros.

—¿De qué mierda estás hablando?

Ella se inclinó para estar a su altura y se preguntó cómo no había podido recordarlo antes.

—El nombre que pronunciaste. *Saya*. Su apellido era Beltane, ¿verdad? Era la hermana pequeña de la Reina Sinove —murmuró, con lentitud. Él no contestó, ni siquiera tomó aire—. Creo que sé lo que ocurrió: estabais enamorados, pero alguien lo descubrió y os denunció a Lord Beltane.

Lya era muy pequeña. Ocurrió aquella tarde, cuando su padre azotó hasta dejar inconscientes a esos dos esclavos que habían sido incapaces de seguir cargando con la litera de su hermana Nerta. Había sido casi en el límite de las tierras de los Beltane, en el mismo lugar donde Dimas y Lucrezia habían decidido cambiar el rumbo del viaje.

Por aquel entonces, la familia Altair se dirigía a Egir, la capital de las tierras de los Beltane, por un motivo que no recordaba Lya. Y, cuando Lord Tyr Altair mató a esos dos esclavos, su madre la llevó aparte, al bosque, para que no estuviera presente durante la ejecución.

Recordaba haber estado mirando las flores. Y, cómo, de pronto, el suelo había empezado a temblar.

Apenas le había dado tiempo a levantar la cabeza antes de que su madre la apartase de un violento empujón del camino de dos jinetes, que cruzaban el bosque a toda velocidad sin seguir ninguna senda. Lady Altair les gritó algo, pero solo uno de ellos, el que iba detrás, un joven muy alto y robusto, cubierto con una capa negra, giró la cabeza.

Y miró a Lya.

Ella recordaba esa cara. Era una cara horrible, cubierta de heridas sangrantes que chorreaban sobre unos ojos negros. Esa visión le provocó sueños extraños durante días.

—Te vi escapar —continuó Lya. Observó cómo, poco a poco, Dimas levantaba el rostro en su dirección—. Yo estaba en el bosque, en mitad de un viaje. Estuviste a punto de arrollarme con tu caballo, pero miraste atrás. Miraste atrás para comprobar si estaba bien.

Se acercó un poco más a él y se vio reflejada en sus ojos inmensos, trastornados, infinitamente tristes y cansados. Sabía que era imposible que lo recordara, pero...

—Tú eras esa niña. —La voz de él interrumpió sus pensamientos.

Dimas negó con lentitud y volvió a hundir la cabeza entre sus hombros. Durante un instante, Lya creyó que le pediría que se marchase de nuevo, que esa rabia sempiterna que le corroía volvería a estallar. Pero, en lugar de eso, sus dedos se aflojaron sobre la empuñadura y cayeron lánguidos, entre sus piernas flexionadas.

Parecía tan quebradizo que Lya temió tocarlo. Daba la sensación de que, si lo rozaba siquiera, se desharía en miles de fragmentos.

—No sé cómo pudo fijarse en mí —musitó Dimas de pronto, con voz ronca—. Yo era solo un caballero más al servicio de su familia y era algo más joven que tú, creo, cuando Saya se dirigió a mí por primera vez. No quería ordenarme nada, solo hablar. Yo no lo entendía, ¿quién querría entablar conversación con alguien como yo? La mayoría de las muchachas de mi edad me rehuían. Nunca fui precisamente... apuesto. —Sus labios se torcieron en una sonrisa amarga—. Después de tanto tiempo, todavía sigo sin entenderlo.

Con los ojos muy abiertos y la piel erizada por la historia, Lya se acercó y se sentó junto a él. Dimas ni siquiera la miraba. Tenía los ojos bajos y contemplaba algo que ella no podía ver.

—No sé cómo ocurrió. Quizá yo la buscaba a ella, quizás era ella la que me buscaba a mí. Hasta que una noche llamé a la puerta de su dormitorio y cometí un gran error. Yo sabía que Saya estaba prohibida para mí. Era noble, pertenecía a una de las familias más importantes del reino. Su hermana mayor estaba casada con Nicolae Lux, era la reina de Valerya. Lucrezia me decía que estaba cometiendo un gran error, que conseguiría que me matasen. Pero eso no me detuvo. Seguimos viéndonos a escondidas y, poco a poco, perdimos el cuidado.

—Os descubrieron —musitó Lya, con la voz quebrada.

—Reiner Dalca, uno de mis compañeros. —Dimas pronunció ese nombre como si fuera una maldición—. Era uno de esos maravillosos caballeros que aparecen en los cuentos de hadas. —Cada sílaba de cada palabra estaba repleta de aversión y asco—. Él también estaba enamorado de Saya porque, por los dioses, ¿quién no iba a estarlo?

Lya no podía apartar la mirada de Dimas. Su voz era tan dulce, estaba tan cargada de recuerdos, que la destrozaba por dentro.

—Nos vio y nos denunció ante su padre. No hubo tiempo para despedidas. A mí me llevaron a una celda, donde Reiner y algunos de mis antiguos compañeros se dedicaron a torturarme, y a Saya la encerraron en su habitación. —La voz se le quebró e inspiró abruptamente antes de continuar—. La mañana que me iban a ejecutar escuché un gran tumulto mientras esperaba en la celda. No supe qué había ocurrido, hasta que vino Lucrezia y me lo contó, mientras me ayudaba a huir de las mazmorras.

Dimas volvió por fin la cabeza y clavó sus grandes ojos en los de Lya. No lloraba, pero el sufrimiento estaba marcado en cada una de sus profundas cicatrices.

—El don de los Beltane les permite transformarse en animales. Saya se podía convertir en cualquier ave. Ella lo hacía para mí, una y otra vez. La veía transformarse en gorriones, en palomas, en cisnes. —Apretó los dientes y volvió a replegarse sobre sí mismo, demasiado lejos de Lya como para que ella pudiera alcanzarlo—. Cuando se enteró de que me ejecutarían, escapó de su dormitorio, se transformó en águila y voló, voló y voló. Y, cuando alcanzó una gran altura, volvió a transformarse en humana.

Él no dijo nada más, pero Lya no necesitó preguntar. Se imaginó el cuerpo de Saya Beltane, desnudo y joven, cayendo desde cientos y cientos de metros de altura, dándose muerte con el mismo don que había condenado su relación.

Aquella vez, cuando su familia había llegado a Egir, les habían comunicado, sin embargo, que la joven había muerto tras una larga enfermedad. Si Lya hacía memoria, recordaba la cara de Sinove Beltane, blanca pero firme, mintiéndoles sin vacilar.

Observó la espalda de Dimas, enorme pero encogida. Ahora entendía todas sus renuencias, el rechazo a trabajar para ella, a llevarla de vuelta a Itantis, su negativa a poner un pie en el territorio de los Beltane, las palabras de esos caballeros que estuvieron a punto de asesinarlo. Deseaba decirle que lo sentía, pero creía que, en esa ocasión, las palabras no serían suficientes. Así que, con lentitud, su mano se alzó trémula y se apoyó con cuidado en el hombro de Dimas.

Al instante, sintió cómo su cuerpo se volvía rígido y lo escuchó tragar saliva con dificultad. Lya se movió, alejando el brazo de él. Sin embargo, Dimas gruñó algo entre dientes y atrapó su mano, colocándola de nuevo en su hombro.

—No estoy acostumbrado. Solo necesito un momento. —Ladeó la cabeza lo suficiente como para que ella pudiera ver sus cicatrices, hondamente marcadas en su piel—. Hacía mucho tiempo... *Muchísimo.*

Los dedos delicados de Lya se entrelazaron con los de Dimas, enormes, encallecidos. Sin embargo, esas manos ásperas acariciaron la suya con suavidad.

Fue así como los encontró Lucrezia, no sabían cuánto tiempo después. Dimas, todavía inclinado sobre sí mismo, con parte del cabello cubriendo su cara, y Lya, casi sobre él, con su mano apretando la suya.

Como si él estuviera pendiendo de un abismo y ella fuera la única que lo sujetara.

32

INCINERACIÓN

Desde que habían abandonado Ordea, días atrás, el silencio se había adueñado de ellos.

Val apenas se dirigía a Anna para nada que no fuera necesario. Ni siquiera se molestaba en entrenarla, así que era ella la que buscaba algún espacio solitario cada vez que descansaban. Zev la acompañaba siempre y la observaba desde lejos, mientras Val se quedaba en el lugar donde habían decidido acampar.

Después, cuando Anna regresaba, él la miraba. Realmente, no dejaba de hacerlo. Y cada vez que sus ojos se cruzaban, una tormenta parecía estallar entre ellos. Zev torcía la boca con una mueca y se ponía a juguetear con su cuchillo. Sin embargo, apenas le prestaba atención mientras la hoja se deslizaba por sus manos.

Y aquella tarde, pagó cara una de sus distracciones.

—¡Ah! —exclamó, cuando la hoja afilada le resbaló por el dorso de la mano y le abrió un arañazo sangrante.

—¿Estás bien? —Val se acercó a él, preocupado.

Anna también se aproximó. Sostuvo las manos de Zev entre las suyas, examinando la herida.

—Es un buen corte... —murmuró.

Zev chascó la lengua y apartó la mano. La sangre le resbalaba por los dedos y caía en grandes gotas.

—Solo necesito limpiarla —respondió, entre dientes. Retrocedió unos pasos y se alejó de ellos—. Buscaré algún riachuelo y...

—Pero tenemos agua —la interrumpió Anna, acercándose al macuto que habían dejado en el suelo, lleno de provisiones que les habían proporcionado en Ordea.

—No quiero malgastar nuestra agua —replicó, mientras les daba la espalda.

—No la vas a malgastar —bufó Val.

—¡Estoy intentando alejarme de vosotros! —exclamó de pronto Zev, girándose de nuevo hacia ellos, que se quedaron boquiabiertos ante el súbito grito—. *Esto* ha sucedido por vuestra culpa. —Agitó la mano sangrante y los señaló con ella—. Así que, mientras os doy algo de tiempo, *aprovechadlo*. Hablad lo que tengáis que hablar. Por los dioses, tengo doce años pero parezco vuestra madre.

No esperó a que ninguno le contestara. Se dio la vuelta otra vez y abandonó el pequeño claro en el que habían acampado para pasar la noche.

—No te alejes demasiado —le advirtió Val.

Él se limitó a levantar un brazo para indicar que lo había oído y desapareció tras la espesura que conformaban los árboles. Ahora que estaban cerca del final de la Sierra de Arcias y habían dejado atrás la Columna de Vergel, el terreno no era tan abrupto y la vegetación había vuelto a poblar los caminos.

El sol todavía no se había ocultado, pero en aquel bosque, del que Anna desconocía por completo el nombre, parecía que había caído la noche. Las copas espesas impedían que la luz llegara hasta el suelo.

El aleteo de un ave a lo lejos rompió de pronto el silencio que había nacido entre Val y Anna.

—Maldita sea. Pensé que iba a ser fácil —masculló de pronto él.

Dio una patada a la tierra y se alzó varios metros por encima de Anna. Lenta, muy lentamente, comenzó a descender mientras seguía hablando, casi para sí.

—Cuando descubrí quién eras, creí que nuestro plan sería sencillo. Una futura reina, nada menos, bajo nuestro control. Una forma de escapar de todo lo que había conocido.

Ella lo miró, con los brazos tensos, pegados a ambos lados de su cuerpo. Su corazón aleteaba en su pecho con la fragilidad de unas alas de mariposa.

—Una forma de hacer justicia —terminó susurrando.

Con suavidad, se posó frente a Anna. Tan cerca que ella solo tendría que estirar la mano para acariciar su mejilla. Podía hacerlo. Ella tenía la intuición de que Val no se apartaría. Pero no lo hizo. No se movió.

—No quiero sentir *esto*. Sea lo que fuere. —Sus dientes crujieron con frustración—. Pero tú no dejas de mirarme.

Anna arqueó una ceja y enterró el dedo índice en su pecho, menos escuálido que aquel otro que había visto cuando habían comenzado juntos su viaje.

—Tú también lo haces —replicó, furiosa—. Tú también me miras.

Val enredó sus dedos largos en torno a la mano de Anna, todavía apoyada en su pecho.

—Lo sé —susurró.

Anna contuvo la respiración. Sus pulmones, su corazón, todo su cuerpo parecía envuelto en llamas invisibles. Él tardaba demasiado en apartar la mano y ella era incapaz de dar un paso atrás.

No había burla en su expresión, ni locura. Solo un sentimiento profundo que la fascinaba y la aterrorizaba a partes iguales.

—¿Qué voy a hacer, Anna? —susurró Val. Su rostro se inclinó hacia ella.

De pronto, un aire fresco los envolvió. Al principio, Anna pensó que brotaba del cuerpo de Val, de su don, pero él se estremeció cuando el viento agitó los mechones de su cabello.

Era solo la brisa nocturna, que avisaba que el anochecer estaba cerca.

Y de algo más.

Un resplandor extraño estalló en los ojos de Val. Su mano, todavía envolviendo la de Anna, se crispó.

—¿Lo has oído? —preguntó él.

Anna frunció el ceño, confusa. Estuvo a punto de preguntar el qué, pero entonces una nueva brisa sacudió sus mechones rojizos y se enroscó en sus oídos, llevándole el eco de una voz.

De un grito.

Val y Anna se separaron de golpe. Con rapidez, él recogió el macuto y le hizo una señal a Anna para que lo siguiera. Enfiló el sendero que había tomado Zev al marcharse y desapareció entre los árboles frondosos y los matorrales.

Anna fue tras él, aunque no era fácil seguir su paso. Val se movía como el propio aire. Era veloz, ligero e imparable.

El sol estaba a punto de ocultarse, por lo que el camino estaba plagado de sombras. Cuando Val escuchó los jadeos de Anna, giró la cabeza y la observó, roja y sudorosa por la carrera.

—Creo que ha ocurrido algo. Tenemos que ser más rápidos.

Antes de que pudiera responderle, Val recortó de un solo paso la distancia que los separaba. Sin decir nada, deslizó los brazos por su cintura y la aferró con fuerza. El gesto la tomó tan desprevenida que fue incapaz de esconder el estremecimiento que la recorrió entera. Sin embargo, todo desapareció en el instante en que se elevaron bruscamente del suelo.

Anna deslizó automáticamente los brazos alrededor del cuello de Val y se pegó todo lo posible a él, demasiado sorprendida incluso para gritar.

Por los dioses, estaba volando.

El viento helado los azotaba sin piedad. Los oídos le ardían y sus ojos lagrimeaban sin que ella pudiera hacer nada para evitarlo. Aun así, Anna bajó la cabeza e intentó escudriñar el camino que recorrían a toda velocidad.

No volaban a mucha altura, las copas de los árboles le arañaban de vez en cuando las botas de viaje. Val la sostenía con fuerza, a pesar de que el esfuerzo le hacía brillar las sienes, a pesar del aire helado que los sacudía durante el vuelo.

Sus ojos negros, frenéticos, investigaban todo lo que se encontraba bajo sus pies.

De pronto, un resplandor de color, que contrastaba fuertemente con el gris y el verde de alrededor, lo hizo detenerse en seco.

—¡Ahí! —exclamó antes de señalar el lugar exacto.

Bajaron a toda velocidad. Val ni siquiera parpadeó cuando aterrizaron, pero Anna se tambaleó, intentando controlar las súbitas náuseas que le había producido el descenso.

Pero, de pronto, todo el malestar desapareció. El mareo, su estómago revuelto, nada importó.

Habían encontrado a Zev.

Yacía boca abajo, con la cabeza girada a un lado y las cuatro extremidades extendidas. Su ropa estaba desgarrada. La capa de viaje hecha trizas. Entre los jirones de colores, era posible ver unas marcas en su piel que se confundían con otras más antiguas. Unas marcas que no podían ser más que latigazos.

Bajo su cabeza había una piedra empapada de rojo. Mientras huía de quien fuera, algo o alguien le hizo perder el equilibrio y caer. Había sido ese golpe lo que le había arrebatado la vida.

Ahogando un sollozo, Anna apartó la mirada de los ojos abiertos de Zev, que la observaban con la misma dulzura que habían tenido en vida, aunque él hubiese hecho todo lo posible por esconderla.

Val retrocedió, dando traspiés, y terminó sentado en el suelo. Se sujetó la cabeza con las manos, ya que su cuello parecía incapaz de sostenerla.

—Esclavistas. Tiene que haber un campo por aquí cerca. Nadie más utiliza látigos —jadeó, como si no pudiera creérselo—. Soy un idiota. La familia Altair es la que tiene el mayor número de esclavos de toda Valerya. Y estamos en sus malditas tierras. ¿Cómo he podido dejar que se marchara solo?

—Se enfrentó a ellos —contestó Anna con un susurro.

Notaba las mejillas calientes por las lágrimas que habían comenzado a caer. Tenía los ojos clavados en las uñas de Zev, llenas de sangre y restos de algo que parecía piel.

—Estoy segura de que les hizo todo el daño que pudo.

Val tardó tanto en contestar, que Anna creyó que ni siquiera la había oído.

—Pero no fue suficiente —dijo, con un murmullo roto que no parecía provenir de su garganta—. Nunca lo es.

Con un suave gesto de sus manos, el viento envolvió el cuerpo de Zev y lo colocó boca arriba, con los brazos cruzados sobre el pecho. No le cerró los ojos, así que el niño miraba sin ver hacia el cielo, como si estuviera desafiando a los propios Dioses.

—Deberíamos rezar —murmuró Anna, todavía aturdida por la pérdida.

Val se giró con los ojos ardiendo. Él llevaba el viento en su interior, pero lo que lo consumía en ese momento no era más que un incendio incontrolable.

—¿A los Dioses? ¿Para qué? ¿Qué han hecho ellos por Zev? No le dieron oportunidad de conocer una vida que no fuera la de esclavo.

Les dio igual que luchara por su libertad. Míralo, Anna. Míralo bien, mira lo que le han hecho. ¡¿Crees que si los Dioses existieran habrían permitido que esto ocurriera?!

El viento comenzó a cobrar fuerza a su alrededor. Anna sintió cómo empujaba contra la falda de su vestido, cómo arrastraba los guijarros y las hojas caídas. Hizo volar el pelo negro de Val. Sus mechones eran las alas de un cuervo que se agitaban con energía y le azotaban la frente y las mejillas.

—No voy a recitar ninguna maldita oración a los Dioses —siseó Val—. Pero sí te voy a hacer una promesa, Zev.

Se arrodilló junto a él y se aferró con fuerza a sus manos laxas.

—Prometo vengarte. Prometo alcanzar tu sueño e ir más allá. Prometo destrozar todo lo que nos ha hecho daño una y otra vez, y devolvérselo multiplicado por cien. —Anna se estremeció, pero no se atrevió a interrumpirlo—. Prometo abolir la esclavitud y arrancar a esos asquerosos nobles de sus tronos de oro y plata. Te dedicaré cada muerte que me cobre. Esos que un día hicieron daño y arrebataron todo cuanto tenían a gente como nosotros escucharán tu nombre antes de morir. Para que así sepan que este vendaval que han desatado fue por aquello que creen insignificante y débil. Por un esclavo.

Temblando, Anna lo observó incorporarse con lentitud y volverse hacia ella. Estuvo a punto de dar un paso atrás. En sus ojos flotaba una oscuridad fría y tranquila. Su rabia parecía haberse apagado de golpe, pero no por eso daba menos miedo.

—Debemos incinerarlo.

—¿Qué? —murmuró ella, segura de que había escuchado mal.

—A los esclavos nos entierran siempre. Nos sepultan bajo kilos y kilos de una tierra que hemos trabajado y de la que no hemos recibido más que maltrato y dolor —respondió, con la voz desafinada por el sufrimiento—. Prometimos un día, hace años, que, si uno de los dos moría, lo incineraríamos. De esa forma volaríamos hasta donde nos quisiera llevar el viento. Así podríamos ser libres para siempre.

—Pe... pero yo...

—Zev me dijo que te vio hacerlo una vez. Me contó que, con un solo roce de tus dedos, convertiste a un hombre en cenizas.

—No es algo que quiera hacer nunca más —susurró Anna.

—Es lo que él querría.

Anna se mordió los labios y volvió a mirar el cuerpo. Ya no era Zev, esos ojos ya no la observaban de reojo y esos labios, siempre doblados en pequeñas sonrisas, estaban relajados y blancos.

—¿Lo harás?

Ella dudó un instante más, y se preguntó si sería capaz de negarle el único deseo que podía cumplir. Y no, no podía. Quizás así, estuviera donde estuviere, la podría perdonar por lo que era y la aceptaría finalmente como una buena amiga.

—Lo intentaré —musitó Anna, antes de acercarse al cadáver.

Con un movimiento suave y cariñoso, Val le cerró por fin los ojos a Zev y se dejó caer a su lado de rodillas.

Anna tragó saliva y sacudió un poco los dedos para que dejaran de temblar de una maldita vez. No era momento de sentirse insegura. Tenía que hacerlo por ella y por Val, por lo que sentía por él, por esas palabras que le habían recordado demasiado a las de Jakul. Sería un pequeño favor que, quizá, con el tiempo, podría ayudarlo a recobrar un poco la fe en Valerya y en su gente.

Cerró los ojos y despertó a su don. Sintió cómo una llama se encendía y titilaba. Pero sabía que no era suficiente, así que dejó que el calor creciera y creciera en su interior, hasta el punto de sentir ardiendo la saliva y las lágrimas que pendían todavía de sus ojos. Entonces, envió el don a sus manos. El calor que las golpeó fue intenso, tanto, que tuvo que apretar los dientes para no gritar. Sentía la piel al rojo vivo.

Luchando contra el fuego de su interior que quería desatarse, bajó los dedos y los apoyó en el pecho de Zev. Y entonces, liberó su don.

Apenas duró un instante. Las llamas se deslizaron a toda velocidad por la piel, el pelo y la ropa, y ella lo hizo brillar como si estuviera hecho de miles de estrellas.

Fue una imagen hermosa, pero efímera.

Con la misma velocidad con la que habían aparecido, las llamas se extinguieron cuando no encontraron más carne que devorar, dejando atrás una estatua de cenizas, en la que todavía eran visibles los rasgos de Zev.

Anna cayó al suelo. Resolló por el esfuerzo al intentar controlar el calor que había cubierto su cuerpo de llamas invisibles.

Val, con dulzura, acarició la mejilla de su amigo y, al instante, el montón de restos, antes compacto, se derrumbó. Con un chasquido de sus dedos, las cenizas, todavía calientes, flotaron en el aire y formaron una espiral negra y confusa. Rodearon a Val, como si estuvieran jugando con él, y se alzaron por detrás de su cabeza, creando una aureola oscura.

—Nunca te olvidaré —susurró.

Alzó el brazo y las cenizas ascendieron y se disgregaron en mil direcciones hasta perderse en el horizonte.

Val se quedó un momento inmóvil, con la barbilla alzada, como Anna, mirando al cielo. Y entonces, bajó la cabeza y clavó la mirada en el lugar donde habían encontrado el cadáver de Zev. No solo ahí, también más allá, en donde se podían ver unas huellas marcadas en el suelo embarrado.

—¿Val? —Anna se acercó con cautela.

Él se giró en su dirección y, sin añadir palabra, la sujetó de la cintura y la apretó contra su cuerpo. No había nada íntimo en su abrazo, solo urgencia.

—Voy a llevarte hasta el Valle de Austris —dijo, con la boca pegada a su oído—. Pero antes debe correr sangre.

Anna no consiguió que su lengua se moviera para responder, porque el viento le arrebató la respiración. Esa vez no volaron, pero de alguna forma, se deslizaron a una velocidad suicida por el pequeño sendero.

Avanzaron sin detenerse, siguiendo un rumbo claramente marcado por las pisadas y la vegetación rota. Era casi como si los esclavistas que habían asesinado a Zev hubiesen dejado un rastro de migas de pan. No podían imaginar que un Aer y una Lux los perseguirían.

De pronto, el camino se cortó y Val frenó en seco, hundiendo los talones en el suelo. Anna ahogó un jadeo y se aferró a él mientras se detenían al borde de un precipicio.

El camino desaparecía, pero no importaba. Val había encontrado lo que buscaba.

Bajo sus pies, a casi cien metros, había un enorme campamento. Con la caída de la noche, habían empezado a encender antorchas y hogueras. No era un simple campamento, las jaulas gigantescas que estaban repartidas por todas partes lo indicaban.

Anna vio a soldados vestidos con armaduras. Sobre las tiendas ondeaban las banderas verdes que mostraban el escudo de los Altair. Un roble enorme, con raíces tan poderosas y gruesas como las propias ramas frondosas.

Aun en la distancia, podían contemplar la cantidad de esclavos que allí se amontonaban. Algunos estaban encerrados; otros transportaban materiales pesados de un lado a otro. También había parejas repartidas que se peleaban, mientras los soldados, entre risas, las animaban. Vieron a esclavos, algunos incluso niños menores que Zev, que eran castigados en la zona central del gigantesco campamento, para que todos pudieran verlos. Y no solo eso. Más alejados, vigilados con celo por algunos soldados, arrastraban cuerpos que no eran más que sacos de huesos, arrojándolos a algo que parecía ser una fosa común.

Anna había visto y conocido a muchos esclavos, pero jamás había presenciado un horror así. En silencio, se preguntó si la dulce Lya Altair habría contemplado alguna vez algo como eso, si sabría que en sus tierras existía tal horror.

—Espérame —oyó que decía Val. Estaba a su lado, pero su voz parecía llegarle desde muy lejos—. Voy a bajar solo.

Se volvió hacia él con los ojos como platos. No podía hablar en serio. Era muy poderoso, Anna lo sabía, pero allí abajo había... ¿cuántos? ¿Decenas de soldados? Quizás hasta podían encontrarse algunos nobles con Dones Menores, cumpliendo órdenes de los Altair.

—Déjame acompañarte.

No hubo vacilación en sus ojos cuando Val le contestó.

—No quiero que tengas miedo de volver a mirarme a la cara.

Ella dio un paso hacia él y elevó la mano para tocarlo, pero Val retrocedió, con los talones pendiendo del abismo.

—Espérame y, pase lo que pase, no vengas a buscarme. —El viento le agitó el pelo y le nubló la mirada—. Confía en mí.

Anna recordó el baile, su viento envolviendo a su fuego, sus palabras haciendo eco en sus oídos: «¿Qué voy a hacer, Anna?», y contestó:

—Confío en ti.

Val esbozó algo que parecía ser la sombra de una sonrisa y se dejó caer hacia atrás, hacia el vacío. Anna se precipitó hacia adelante, con la intención de sujetarlo, pero no lo logró.

Él no desapareció sin más. Alzó los brazos y, al instante, la caída libre se transformó en un leve planeo que lo depositó suavemente en el suelo, a los pies del acantilado.

Anna respiró hondo para calmar su respiración jadeante y se desplomó de espaldas sobre el suelo pedregoso. Elevó los ojos hacia el cielo, cuyo color iba oscureciéndose a cada instante que transcurría y, entonces, Anna escuchó el primer grito.

Tuvo el impulso de asomarse de nuevo, pero lo que hizo fue alzar las manos y cubrirse los oídos. Sin embargo, eso no acabó con los chillidos y maldiciones, que crecieron poco a poco y se vieron acompañados del enorme crujido de las tiendas al hacerse pedazos.

Sabía que a apenas unos pocos metros de ella se estaba produciendo una masacre, sabía que estaba muriendo gente horrible, gente que esclavizaba, que maltrataba y asesinaba. Pero ¿qué debería hacer ella? Si realmente era la futura reina de Valerya, si era la heredera al trono, tenía que hacer algo. *Actuar*. De lo que estaba segura era de que no debería estar tumbada, con los ojos cerrados y las manos apretando sus oídos.

—Por favor, Val —murmuró. El tembloroso sonido de su voz la ayudó a ahogar algunos de los gritos—. Basta ya. Basta, por favor.

Pero no se detuvo. Lo supo porque los enormes crujidos y los chillidos de dolor y angustia no desaparecieron, aunque sí se mezclaron con otras voces y otros gritos que parecían ser de alegría.

Los esclavos.

—Basta. Detente ya, Val. Basta. Basta. ¡Basta...!

El tiempo pasó. El cielo se volvió de un negro aterciopelado y la única iluminación que acabó quedando fue la de la luna, apenas visible por los nubarrones que cubrían el cielo. Hacía frío, y como la capa de viaje no era suficiente como para calentarse, Anna apartó por fin las manos de sus oídos e hizo flotar llamas sobre ellas.

Observó el fuego que oscilaba mecida por la brisa nocturna, y de pronto se dio cuenta de que los gritos habían cesado.

—¿Val? —susurró a la oscuridad, sin obtener una respuesta.

Con cautela, se arrastró hacia el borde del acantilado y se inclinó solo lo suficiente para asomar los ojos.

No necesitó más. La imagen de aquello en lo que se había convertido el campamento de esclavos la golpeó con brutalidad. Sus ojos barrieron el lugar, angustiados, observando las tiendas en llamas, destrozadas, los cadáveres, las armaduras hechas pedazos, los esclavos bailando sobre sus antiguos amos, muertos.

Sí, los esclavistas eran horribles, pero la escena la dejó muda de la impresión.

De pronto, el campamento de esclavos desapareció cuando fue sustituido por el cuerpo de Val, o más bien, por lo que quedaba de él. Flotaba a menos de un metro de distancia, sobre el inmenso precipicio. Tenía la ropa destrozada, sangre que era suya y de otros lo empapaba casi por completo, como si hubiera llovido sobre él.

—Anna —musitó.

Ella se abalanzó sobre él en el preciso instante en que Val perdía el conocimiento y su cuerpo volvía a ser atraído por la gravedad.

Anna lo sujetó en el último momento. Ahogando un grito debido al esfuerzo, clavó los talones en el suelo y tiró hacia atrás. Sintió cómo sus músculos chillaban de dolor, pero no se detuvo, a pesar de que sentía que los brazos se le desencajaban del cuerpo. Tomó impulso y dio un último tirón, colocando el cuerpo de Val sobre el suyo, con sus piernas todavía pendiendo sobre el abismo.

Cayó hacia atrás, agotada. La sangre que empapaba a Val manchó su piel. Olía a metal y a humo.

Había tanto y tan poco que decir que Anna lo estrechó contra su cuerpo tembloroso, preguntándose, preguntándoles a los Dioses, cómo habían llegado a esto.

UNA CLASE
DE DANZA

Desde el baile, algo había cambiado. Y ese cambio, Bastien lo sentía tan dentro de él que no podía olvidarlo por mucho que lo intentara. Era algo desconocido, incontrolable, verdaderamente molesto. Y que, desde hacía seis largos días, le provocaba un dolor de cabeza terrible. Le habría gustado que la culpa la hubiera tenido Blazh Beltane, con su extraña petición y su inquietante mirada. Pero, por desgracia, la revolución que llevaba por dentro era responsabilidad de los ojos azules de Etienne Mare cuando se cruzaban con los suyos o cuando pasaba demasiado tiempo sin verlos. No tenía sentido, pero ahí estaba, royéndole el cerebro cada vez más. La imagen de su enemigo lo perseguía constantemente, como un insecto zumbón que no dejaba de rodearlo hasta picarle e inocular el veneno en su sangre.

Aunque Etienne no faltaba a esas estúpidas prácticas de esgrima que le había pedido, Bastien sentía cómo su nerviosismo crecía cuando llegaba la hora y Etienne no acudía y, cuando por fin lo hacía, el enfado era lo único que encontraba para ocultar el alivio que realmente lo llenaba por dentro.

Cada sonrisa que él le dirigía, cada guiño en el comedor, aunque se encontraran a mesas de distancia, hacían que volvieran a su cabeza las palabras de la anciana.

Tu corazón te matará.

Su voz retorcida se mezclaba con la figura de Anna, que huía del castillo de Grisea, con la última mirada que le había dirigido su madre y con el cadáver de su padre. Y, en todas esas expresiones, no había más que un reproche feroz. Pero tras ellas, clavada muy adentro, veía una sonrisa esperanzada y una mano que se agitaba frente a él, aguardando a ser aceptada para comenzar un baile.

La única forma que tenía para olvidarse de todo era entrenar. Entrenar, entrenar y entrenar, aunque en la gran mayoría de las ocasiones, lo hacía solo. Aunque fuera oficialmente un aliado de los Mare, el resto de los soldados y caballeros no se acercaban demasiado a él y se limitaban a observarlo cuando lo veían golpear las figuras de madera y paja para el entrenamiento de los aprendices. Una y otra, y otra vez, hasta convertirlas en astillas.

Esa mañana no había sido diferente. No sabía el tiempo que llevaba sacudiendo la espada contra los falsos cuerpos de paja, pero los maestros de esgrima y sus estudiantes se habían retirado hacía rato para la hora del almuerzo. En una de las esquinas del inmenso patio de armas, donde solían practicar, solo quedaban los guardias que vigilaban desde las murallas. Algunos lo observaban de soslayo, y otros murmuraban entre sí.

—Como sigas así, te abrirás la herida del hombro —dijo de pronto una voz a su espalda.

Bastien dejó caer los párpados durante un segundo y respiró hondo antes de volver la cabeza. Etienne se encontraba a varios pasos de distancia y sus ojos estaban clavados en una de las figuras destrozadas.

—Ya está curado —replicó Bastien.

Le dio la espalda de nuevo y alzó su arma, pero esa maldita voz que se le introducía hasta las entrañas llegó una vez más a sus oídos.

—Quizá deberías buscar un oponente en lugar de destrozar todo el material. Los pobres aprendices no van a poder practicar.

Bastien resopló y esa vez se giró con brusquedad. En dos pasos rápidos, acortó la distancia con el otro joven.

—Ya hemos entrenado esta mañana. ¿No deberías estar almorzando con el resto de tu familia?

Etienne sonrió y su expresión dolió tanto como una puñalada.

—Puede que no haya tenido suficiente.

Bastien tragó saliva y se percató de pronto de lo cerca que estaba de Etienne. Demasiado. Desde donde estaba podía ver a la perfección las pecas que se repartían por su nariz pequeña y sus mejillas bronceadas. Con un pensamiento impulsivo, Bastien se dio cuenta de que, si se inclinara solo un poco, sus labios podrían rozar esa frente plagada de rizos rubios.

No apartó los ojos de él hasta que vio un borrón plateado agitarse a su izquierda.

Dio un paso atrás y, con su propia arma, bloqueó el súbito ataque de Etienne. Se había perdido tanto en él que ni siquiera había reaccionado cuando el más joven de los Mare había extraído a escondidas una de las espadas de los aprendices.

—¿Estás distraído? —le preguntó Etienne, guiñándole un ojo.

Un estremecimiento sacudió a Bastien. Apretó los dientes y, de una sola estocada, bajó su arma hacia Etienne. Él dejó escapar una risa cristalina y se alejó de un salto, demasiado lejos como para atacar o para que pudiera alcanzarle.

Bastien dudó, pero finalmente dio un paso adelante y volvió a levantar el arma. Etienne se giró y soportó a duras penas la embestida. Con el siseo de los filos cantando en sus oídos, dio un giro sobre sus talones y rodeó a Bastien. Él movió la espada en horizontal, Etienne se desplazó lateralmente y se colocó de nuevo a su espalda, obligándole a dar otra vuelta completa.

Bastien frunció el ceño y bajó la espada.

—¿Estás jugando conmigo?

—Estoy *bailando* contigo. O al menos, trato de hacerlo. —Lo decía como si fuera algo sencillo, como si cada palabra no fuera una aguja tras otra que se hundiera en la garganta de Bastien—. ¿Sabes que eres la primera persona que me rechaza?

Él notaba todos y cada uno de los músculos de su cara tirantes, pero su voz sonó neutra cuando contestó:

—Supongo que habrá sido un golpe duro contra tu ego.

Etienne sonrió y deslizó el borde de su espada por la de Bastien.

—Podré superarlo.

En esa ocasión, Bastien no se contuvo. Cargó contra él con todo el peso de su cuerpo. El segundo heredero de los Mare soltó una exclamación ahogada de sorpresa y retrocedió, soportando el embate a duras penas. El siguiente ataque, sin embargo, fue demasiado para él. La espada escapó de sus manos y acabó junto a la pila de astillas a las que Bastien había reducido una de las figuras de entrenamiento. Cuando Etienne alzó la mirada, la punta de la otra espada estaba a centímetros de distancia de su piel.

Bastien soltó el aliento entre sus dientes, sin bajar el arma. Solo tenía que realizar un ligero giro de muñeca para separar esa cabeza llena de rizos del cuerpo al que estaba unida, pero demasiados sentimientos lo sujetaban, como una mano invisible. Y ninguno era lo que debía sentir por alguien como él.

Respiró hondo y arrojó el arma al suelo, como si la empuñadura estuviera en llamas.

Etienne lo contemplaba con una expresión difícil de descifrar. Susurró:

—El día que te venza, me concederás ese baile.

Bastien sacudió la cabeza y estuvo a punto de darle la espalda y alejarse de él, pero el sonido de unos pasos hizo que volviera la cabeza hacia otra dirección. Por una de las puertas laterales del edificio principal del castillo acababan de salir Silvain Mare y su fiel perro guardián, Lazar Belov. Bastien no sabía si habían visto la escena de hacía solo unos instantes, porque ninguno parecía encontrarse particularmente de buen humor.

—¿Qué estás haciendo aquí? —preguntó Silvain, con la vista clavada en Etienne—. Te esperábamos para almorzar.

—Practico.

Su hermano mayor apretó los labios y Bastien casi pudo ver las frases que cruzaban su mente. Sin embargo, pareció dejarlas a un lado, porque dio un paso adelante y dijo:

—Necesito hablar contigo.

—Me retiraré entonces —anunció Bastien.

Sin embargo, Lazar Belov se movió veloz y se interpuso en su camino. Su expresión era fría y severa, y aunque mantenía una de las manos tras la espalda, la otra se apoyaba sobre la empuñadura de su espada.

Bastien entornó la mirada, pero al contrario que su capitán de guardia, Silvain Mare apenas le dedicó un vistazo rápido.

—No, quiero que tú también me escuches.

Anna, pensó Bastien con terror. El sudor que corría por su espalda se volvió helado de pronto.

—Durante la fiesta que se celebró hace unos días en el castillo, estuve hablando con Lord Altair —dijo Silvain Mare—. Ha transcurrido más de un mes desde el ataque a Grisea y todavía no ha recibido noticias del paradero de su hija. La ha dado por muerta.

Gracias a los dioses, aquello no tenía que ver nada con Anna. Bastien dejó salir con dificultad el aire que había estado conteniendo, pero una cuchillada de culpabilidad lo aguijoneó. Frente a sus ojos, durante un instante, vio la educada y bonita sonrisa de Lya, ahora ensangrentada y descompuesta.

Etienne lo miró de soslayo durante un largo segundo y dio un paso a la izquierda. Sus brazos se rozaron, pero ninguno de los dos se apartó.

Silvain Mare continuó hablando.

—La familia Altair no posee un Don Mayor, pero es muy poderosa, y también tiene espías repartidos por todo el reino. Sabe por qué contratamos a los mercenarios y por qué atacamos Grisea.

Bastien vio cómo Etienne contenía la respiración.

—¿Y eso en qué posición nos deja? —preguntó.

—Él dice no estar interesado en el trono. Sabe que hay una bastarda de Nicolae Lux viva en algún lugar, pero no es algo que le preocupe. Al menos, por ahora. Sin embargo, afirma que nuestros intereses han causado un gran daño colateral a él y a los suyos, que no será debidamente correspondido con un ataúd vacío y lágrimas derramadas. Quiere una compensación. Algo a cambio que haga valer la muerte de su hija. Y esta mañana he recibido una carta con su petición.

Bastien se guardó los deseos de resoplar. *¿Lágrimas?*

—¿Y qué es lo que exige? —preguntó Etienne.

—Los Altair pueden parecer unos ermitaños perdidos en las altas montañas de la Sierra de Arcias, pero es la familia que posee el mayor número de esclavos. Al parecer, han tenido problemas en uno de sus campos principales. Alguien lo ha atacado, ha matado a la mayoría de los esclavistas y ha liberado a todos los esclavos.

—*¿Alguien?* —repitió Etienne, extrañado—. Te referirás a un grupo. Mercenarios contratados, quizá, o...

—Los supervivientes afirman que solo vieron a una persona. A un... joven.

—Eso es imposible. Nadie podría destruir un campo de esclavos solo.

—A menos que tenga un don —intervino entonces Bastien. Silvain Mare le dedicó una mirada rápida antes de asentir.

—Muchos afirman que ese misterioso chico podía volar.

—Los Aer eran los únicos que podían hacer algo así —replicó Etienne, negando con la cabeza—. Y todos se extinguieron hace más de dos siglos.

—No sé si toda esta historia no es más que un cuento de unos esclavistas inútiles que han sido incapaces de sofocar una rebelión, o si realmente hay un No Deseado que desea molestar a los nobles. No me importa —dijo Lord Silvain, con hastío—. Lord Tyr me ha pedido que se encuentre al responsable.

Los ojos de Etienne se abrieron por la sorpresa y una sonrisa lenta se derramó por sus labios.

—Oh, ya entiendo. —Bastien balanceó la mirada entre los dos hermanos—. ¿Cuándo me iré?

—Mañana al alba. Irán contigo algunos de mis hombres. Si solo es un No Deseado, no creo que necesites más. Y tú lo acompañarás. —Ahora, los ojos celestes de Silvain Mare apuñalaron los de Bastien—. Los Altair no son los únicos que tienen espías en otras familias. Me ha llegado un rumor de algo que sucedió hace varias semanas, al norte, cerca de la Columna de Vergel. Unos comerciantes han encontrado a varios esclavistas muertos. *Calcinados.*

Bastien frunció el ceño mientras sus pulmones se negaban a respirar de nuevo.

—Que unos hombres aparezcan quemados no significa nada. Los incendios no solo son provocados por la sangre de los Dioses.

Lazar Belov tensó los labios y echó una ojeada a su señor, que se adelantó un par de pasos para recortar distancias con Bastien. Sus iris eran fragmentos de hielo.

—Estaban carbonizados. Eran estatuas de cenizas. Hay No Deseados capaces de controlar el fuego, pero ¿te haces una idea de la temperatura que tuvieron que alcanzar esos cuerpos para convertirse en algo así? —Su ceño se frunció mientras su voz se envolvía con un tono tan susurrante como amenazador—. Tenía entendido que esa bastarda no era consciente de su don, que tus padres se encargaron de mantenerla alejada del fuego hasta la misma noche del ataque.

—Y así fue —respondió Bastien. Al menos aquello no era ninguna mentira. Solo había visto a Anna usando su don una vez, en las caballerizas.

Se obligó a centrarse en esa única verdad atrapada en la red de mentiras que había tejido desde que había pisado Caelesti. Silvain Mare esperó a que Bastien dijera algo más, pero él mantuvo los labios sellados. Solo un par de gotas de sudor frío brillaron en sus sienes.

Pasaron unos segundos interminables hasta que Silvain retomó la palabra.

—Si acompañas a Etienne, la voz se correrá y quizá, con suerte, llegue hasta esa bastarda escurridiza. ¿Sigues creyendo que si escucha que estás con nosotros se acercará a ti?

Bastien apretó los dientes mientras asentía con un movimiento seco. Una parte de él sí creía que Anna haría todo lo posible para encontrarse con él si se enteraba de que estaba sano y salvo, pero, por otra... ella era una Lux y, aunque no hubiera recibido la instrucción académica de una joven noble, sabía que los Mare eran ahora sus enemigos naturales.

—Eso espero —siseó Silvain—. Porque las alianzas tienen sentido cuando los dos extremos dan algo a cambio. Y yo todavía me siento con las manos vacías.

Bastien sintió el cuello rígido cuando inclinó la cabeza. Todas las miradas estaban sobre él, pero, aunque era la de Silvain la que debía preocuparle, la de su hermano menor era la que más le pesaba.

—Sí, señor —murmuró.

El hombre se separó con brusquedad de él y se volvió hacia Etienne que, por primera vez en mucho tiempo, no sonreía.

—Te entregaré las instrucciones durante la cena, así que asegúrate de no saltártela esta vez. —Estaba a punto de darles la espalda y alejarse junto a Lazar Belov, que no se había movido de su lugar desde que la conversación había comenzado. Sin embargo, se giró una última vez en dirección a Bastien—. Mi hermano me ha dicho que eres magnífico con la espada. Así que te aconsejo que, si tienes la oportunidad de utilizarla en nuestro favor, lo hagas. Mis hombres te vigilarán.

—Silvain —dijo de pronto Etienne. Dio un paso al frente y su brazo dejó de rozar el de Bastien—. Es nuestro aliado.

—Todos somos aliados de alguien hasta que dejamos de serlo. —Su hermano mayor dejó escapar una carcajada helada antes de volverse hacia su capitán de guardia—. Algún día, hermanito, tu corazón te matará.

Bastien sintió cómo el mundo se tambaleaba un poco bajo sus pies y, sin pensarlo, su mano se enredó en el brazo de Etienne. Ni Silvain ni Lazar Belov se percataron del gesto; los dos le habían dado la espalda y avanzaban a zancadas hacia el castillo.

Etienne, pálido, con los ojos brillantes, miró los dedos blancos de Bastien firmemente aferrados a la manga de su camisa. Bastien soltó el aire de golpe y se apartó de un salto.

—Estoy bien —dijo Etienne, con suavidad—. Pero odio cuando me dice eso. No me gusta lo que me hace sentir.

—Te entiendo —murmuró Bastien, con la garganta cerrada.

Contempló cómo los dos hombres desaparecían tras la misma puerta por la que habían salido. Bastien sabía que debía moverse, alejarse, lo que fuera, pero su cuerpo no realizó ni un solo movimiento.

—¿De veras crees que Lord Altair solo quiere que tu familia lo ayude a atrapar a un No Deseado? —preguntó de pronto.

Etienne arqueó las cejas y su sonrisa habitual regresó a sus labios.

—No será la primera vez que salga de mi territorio para ayudar a otras familias —dijo—. El nombre de Lya es solo una excusa. Si mi hermano los ayuda con esto, sé que los Altair lo apoyarán cuando Silvain reclame la corona de Valerya. Es una simple transacción. Un pequeño sacrificio por algo necesario.

Bastien se mordió el labio inferior y se cruzó de brazos. Sus ojos se deslizaron sin darse cuenta de nuevo hacia el castillo. Etienne dejó escapar una pequeña sonrisa juguetona y se acercó un poco más a él.

—Deberían acompañarnos más hombres —comentó Bastien, perdido en sus pensamientos—. Al menos un batallón.

—Por muy poderoso que sea un No Deseado, no es rival para mí.

—Tienes un verdadero problema con tu ego —replicó Bastien, y no pudo evitar que su boca lo traicionara y una pequeña sonrisa se le escapara—. ¿Y si es un Aer? ¿Y si es cierto que lo vieron volar?

Etienne sacudió la cabeza y se aproximó a él para darle una palmada en la espalda. En vez de apartar la mano, la dejó ahí. Y, a pesar de la capa de ropa que separaba sus pieles, Bastien notó un aguijonazo de calor.

—Los Aer se extinguieron.

—Ya, y el Rey Nicolae murió sin dejar descendencia —contestó Bastien, con los ojos en blanco.

Etienne solo alargó su sonrisa. La arrogancia de sus rasgos se multiplicó.

—Ten cuidado, Bastien Doyle, porque casi me da la sensación de que estás preocupado por mí.

La expresión de Bastien se congeló y, de pronto, los dedos de Etienne en su espalda se hicieron insoportables. Se lo sacudió y, sin mirarlo, recogió las espadas que estaban en el suelo y se dirigió a paso rápido hacia un pequeño almacén donde los aprendices y los maestros de esgrima guardaban el material.

Etienne lo alcanzó. Su ceño se había fruncido un poco.

—¿Qué ocurre?

—Nos esperan días largos de viaje. No quiero practicar más.

—Oh, de acuerdo. —Etienne parpadeó, algo desconcertado, y lo siguió a toda prisa cuando Bastien abandonó el almacén—. Podríamos entonces...

—Voy a descansar.

Sus palabras sonaron como piedras y detuvieron a Etienne en el acto. Bastien convirtió las manos en puños y se obligó a no mirar atrás. No quería hablarle así, no quería dejarlo así, pero era todavía más devastador que no deseara hacerlo.

Aún podía notar sus dedos marcados a fuego en su espalda.

Con los ojos clavados en el suelo, se adentró en el castillo de Caelesti, recorrió sus innumerables pasillos y subió las escaleras hasta su dormitorio. Sin embargo, tuvo que detenerse a un par de metros de la puerta porque una figura estaba bloqueando la entrada.

Era Lazar Belov. Sus manos estaban lejos de la empuñadura de su arma, pero todo en él, desde su postura hasta la forma en que sus cejas se inclinaban hacia abajo, era amenazador.

Bastien ni siquiera tuvo tiempo de abrir la boca.

—El Exarca me ha informado que te reuniste en secreto con Blazh Beltane.

Nada de títulos. Nada de falso respeto, como en la fiesta.

Bastien sintió que su sangre de pronto se convertía en hielo, pero sacudió la cabeza y elevó la barbilla. Se obligó a contemplarlo con fijeza.

—Creía que el Exarca se limitaba a servir a los Dioses —replicó—. Lo encontré en mi dormitorio. Yo no lo invité a entrar.

Lazar Belov ladeó la cabeza y paseó a su alrededor, como un depredador rodeando a su presa.

—El Exarca hace mucho más que dedicarse a los Dioses. Solo tienes que prestar una atención que no posees, por cierto. —Suspiró y sus ojos escupieron desprecio—. Seré breve. No sé qué fue lo que te dijo el hermano pequeño de la reina, pero cuida tus acciones en el viaje, y no intentes comunicarte con él, ni con nadie de su familia. Si me entero de que eres un traidor y le estás proporcionando información, yo mismo te cortaré la cabeza.

—Es curioso que seas tú quien me hable sobre la traición. —Ya que se iban a tratar sin títulos de por medio, Bastien pensó que era una estupidez mantener esa farsa.

Una de las comisuras de los finos labios de Lazar se elevó. Quizá para su seria expresión fuera una sonrisa, pero para Bastien no resultaba más que una mueca horrible.

—Ten cuidado, chico.

Bastien no sabía si esas palabras eran un consejo o una amenaza, pero no pensaba darle el placer de continuar con la conversación.

Sorteó el cuerpo del capitán de la guardia y abrió la puerta de su dormitorio para internarse en él.

Cuando la cerró a su espalda, respiró hondo y se dejó caer de rodillas. Su pecho palpitaba con tanta violencia, que cada latido dolía.

—Mi corazón me matará —susurró.

TERCERA PARTE

TEMPESTAD

Los Dioses crearon los Dones Menores amándose y destruyéndose.
Kaal amaba a Balar, pero odiaba a Kitara.
Vergel creaba vida cuando se encontraba con Kitara,
pero destruía cuando se enfrentaba a Kaal.
El agua y el fuego siempre fueron enemigos, y siempre lo serán.
El viento y la tierra siempre fueron opuestos, y jamás podrán mezclarse.

Sexto capítulo de las Antiguas Escrituras.

34

CRUCIADA

34

ENCRUCIJADA

Pisar su tierra hizo que algo se encogiera en el pecho de Lya.

Habían pasado varios días desde que habían cruzado la frontera y se habían adentrado en la Sierra de Arcias, con sus montañas escarpadas, sus valles profundos, sus bosques silvestres. El olor que flotaba en los senderos le recordaba a algunas de las excursiones que hacía con sus hermanas cuando era muy niña y su don todavía no se había manifestado. Era una esencia que siempre le había encantado. Jazmín, tierra húmeda, flores salvajes, nieve. Hasta el viento que silbaba entre las rocas de las montañas olía de forma diferente que en las llanuras o en las zonas más al sur de Valerya.

Estar allí debería hacer a Lya feliz. Y sin embargo...

¿Cuántos días quedaban para llegar a las puertas de la capital? No dejaba de pensar en ello. Huir a Itantis después de lo que había ocurrido en Grisea le había parecido algo lógico, pero ahora, cuando se imaginaba cruzando la entrada del castillo, un escalofrío la recorría de arriba abajo. Lord Tyr Altair la había vendido a los Doyle para deshacerse de ella y, aunque le doliera, sabía que no se alegraría de verla. Estaba segura de que su padre no la abrazaría contra su pecho, ni diría: «Bienvenida a casa». Posiblemente, a la única que verdaderamente le alegrase su regreso fuera a Vela, si es que sus hermanas mayores todavía no la habían convertido en una de ellas.

¿Realmente estaba haciendo lo correcto? ¿Realmente se estaba dirigiendo hacia donde ella deseaba?

No podía negar lo evidente. A pesar de todo lo que había visto, a pesar de todo lo que había hecho, iba a echar de menos ese extraño viaje. El ambiente ruidoso de las tabernas en las que a veces comían, los largos caminos a pie, las noches en las que dormían bajo un cielo estrellado, los abrazos y las carcajadas de Lucrezia, que siempre eran contagiosas, las miradas de Dimas, que desde hacía días se habían multiplicado.

Pensaba en ello cada noche antes de dormir. Y eran esos mismos pensamientos los que la hundían en sueños extraños y oscuros y la hacían levantarse cansada y ojerosa.

¿Qué era lo que realmente deseaba? ¿Qué era lo que realmente quería hacer? ¿Qué era capaz de sacrificar para ello?

No lo sabía, o quizá todavía no fuera tan valiente como para aceptar la respuesta.

Era mediodía, pero apenas había más luz que en un anochecer.

Dimas, Lucrezia y Lya avanzaban lentamente, envueltos en sus capas de viaje. El viento que corría por el empinado sendero los embestía sin piedad y los helaba hasta los huesos. Todavía quedaban un par de semanas para el otoño, pero en la Sierra de Arcias parecía siempre invierno.

Lya se frotó los brazos por debajo de la ropa y apretó los dientes para que no le castañeteasen más. Estuvo a punto de pedirle la cantimplora a Lucrezia, que se mantenía en calor a base de tragos de alcohol, cuando una sombra enorme apareció a su lado.

Era Dimas. Sus ojos oscuros la calentaron un poco, pero no lo suficiente como para que otro escalofrío gélido la estremeciera. Él suspiró y se deshizo de su capa de viaje. Con suavidad, se la colocó sobre los hombros y la envolvió bien con ella.

—No te atrevas a devolvérmela —advirtió, antes de adelantarse y encabezar de nuevo la marcha.

Lya bajó un poco la mirada, azorada, pero de camino se encontró con los ojos de Lucrezia, que le regalaron un guiño divertido que solo consiguió ruborizarla más.

—Tal vez deberíamos pasar unos días en Itantis —dijo, sin que esa expresión juguetona abandonara sus labios—. Necesitaremos mejor ropa de abrigo y, según he oído, los días de mercado son espectaculares.

Lya levantó un poco la cabeza para ver la enorme espalda de Dimas, que se encorvaba por culpa de la pronunciada subida. Esperó a que se negara, que resoplase como siempre hacía y dijese que sería una pérdida de tiempo. Sin embargo, no separó los labios.

Evitó los ojos cómplices de Lucrezia, mientras su imaginación se disparaba sin que pudiese controlarla. Lya se vio mostrándoles a sus compañeros de viaje los rincones de su castillo, el impresionante templo construido en honor al Dios Vergel, las estrechas callejuelas de la ciudad, las tiendas donde trabajaban el cristal, y las cuevas, donde las estalactitas y las estalagmitas parecían candelabros. Las fiestas de la ciudad se celebrarían dentro de poco, a mitad de otoño. Los habitantes decoraban la ciudad con candiles y flores nocturnas, que se abrían solo cuando aparecían la luna y las estrellas. Habría bailes en las plazas, y una parte de ella no pudo evitar preguntarse si, quizá, Dimas le pediría uno.

Era un sueño bonito. Más incluso que aquel en el que se imaginaba caminando por un bosque de flores, con un príncipe azul a su lado. Ese sueño la hacía sonreír; en cambio el de ahora la hacía temblar. Pero de pronto, esa visión se rompió en su mente como una pompa de jabón cuando sintió cómo el terreno se estremecía bajo las plantas de sus pies.

—¿Lya? —preguntó Lucrezia, al ver cómo se detenía de golpe.

Dimas, unos pasos por delante, también frenó para observarla.

Ella no les contestó. Se arrodilló sobre el sendero y apoyó las palmas de las manos sobre la tierra húmeda y marcada por sus huellas. Cerró los ojos y dejó que su don se extendiera y siguiera ese estremecimiento constante, como si se tratara de un hilo del que tirar.

Lo sentía en las raíces que se adentraban como podían entre las piedras, en los escasos matorrales que había, cuyas hojas se sacudían imperceptiblemente.

Se incorporó con brusquedad y observó su alrededor, con los ojos abiertos de par en par.

—Algo se aproxima —murmuró—. Un batallón, quizá.

Dimas y Lucrezia intercambiaron una larga mirada antes de echar otro vistazo. En mitad de la montaña no había mucho sitio donde esconderse. Apenas había matorrales o árboles. Estaban rodeados por piedras, guijarros y polvo, poco más.

—Tengo una idea —musitó Lya, mientras se acercaba a uno de los lados del camino.

Se arrodilló en el suelo y hundió los dedos en el terreno. Dejó que los guijarros y las piedrecillas le cubrieran las manos. Esa vez no cerró los ojos. Respiró con pesadez e intentó concentrarse. Su don se activó con lentitud. No se extendió rápido, pero sí seguro por todo su cuerpo hasta llegar a las puntas de sus dedos. Sintió cómo escapaba de ella y se adentraba en la tierra, haciéndola latir al ritmo de su corazón.

Al principio no ocurrió nada. Sabía que estaba intentando algo que jamás había conseguido, pero no apartó las manos, no dejó de empujar a su don hacia ese suelo medio muerto, tan poco apto para la naturaleza. Y entonces, lo sintió. Un pequeño pulso de vida, palpitando en las profundidades. Apretó los dientes y empujó un poco más, antes de notar una ligera vibración del suelo como respuesta.

Las piedras del camino crujieron y la tierra comenzó a temblar. Y, de pronto, a su alrededor, varios árboles surgieron de golpe, ya adultos, con las ramas repletas de hojas y flores. La hierba también creció, tanto que hasta llegó a cubrir las caderas de Lya.

Dimas separó los labios, pero, aunque la miraba, no fue capaz de decir nada. Lucrezia, sin embargo, corrió hacia ella y observó el pequeño bosque que Lya acababa de crear a partir de rocas y polvo.

—¿Cómo has podido hacer algo así?

—No... no lo sé —respondió ella con sinceridad. Sentía la cara roja de vergüenza y orgullo.

Dimas no sonrió, pero al menos sus labios estaban menos arrugados cuando le devolvió la mirada. Entonces, el relincho de un caballo a lo lejos lo hizo apartar su vista de ella. La clavó en el horizonte.

—Se están acercando.

Los tres se escondieron tras la hierba alta y los árboles.

Cuando Lya rozó con sus yemas la corteza de uno de sus árboles, temió que se hiciera astillas y cayera al suelo, como muchas veces había ocurrido cuando practicaba junto a sus hermanas en sus inmensos terrenos. No obstante, sintió la madera fuerte cuando sus dedos la recorrieron y el tronco no cedió cuando pegó su espalda en él.

Por si acaso, dejó el don activado, lo sentía palpitar en su interior. Dimas, cerca de ella, tenía la mano apoyada en la empuñadura y Lucrezia había sacado el arco. Estaba tumbada, bien oculta en la hierba alta, pero tenía una flecha lista para disparar.

Poco a poco, el silencio de las montañas se rompió. Al principio fue un murmullo lejano, que iba creciendo y adquiriendo forma. Voces, cascos de caballos, la fuerza de decenas de botas al pisar al unísono, el sonido metálico de las armaduras y las armas al rozarse unas con otras.

Lya se asomó un poco, solo lo justo para que sus ojos divisaran el sendero. Y entonces, vio aparecer al primer hombre. Sujetaba un estandarte en el que ondeaba un escudo. Era verde, con un gigantesco roble en su centro, de ramas y raíces poderosas y largas. El escudo de la familia Altair. *Su familia.*

Un calambre la recorrió entera y agarrotó todos los músculos a su paso.

Lya sabía que debía dar un paso al frente, salir del lugar donde se escondía. Cualquiera al servicio de la familia Altair la reconocería y la conduciría de vuelta a Itantis, a su hogar. Sin embargo, se mantuvo con la espalda clavada en el árbol, luchando por controlar su respiración, sin desviar los ojos del camino. Dimas, con lentitud, apartó sus pupilas de ella para hundirla en los primeros hombres y mujeres que aparecieron vestidos con armaduras de combate.

Los ojos de Lya se abrieron de par en par. No entendía nada. Jamás había visto a los caballeros que servían a su familia así vestidos, como si estuvieran preparados para una batalla. Pero ¿qué clase de batalla?

De pronto, detrás de la gigantesca fila de caballeros, Lya vio aparecer a dos figuras sin armadura. Iban montadas en caballos de crines oscuras y charlaban entre sí, sin prestar atención a nada más.

Se le atragantó el aliento al reconocerlas. Eran Gadea y Nerta, sus hermanas mayores. La heredera y la segunda en la línea de sucesión al gobierno de la Sierra de Arcias.

Ambas iban vestidas con ropa de combate. Nada de esas faldas opulentas y esos corpiños que tanto le gustaban a Lya. Usaban trajes de cuero, con pieles de animales en vez de capas, que las protegían del frío. El pelo, de distintas tonalidades, lo llevaban firmemente atado con tallos, despejando sus caras de piel dura y bronceada.

Eran dignas hijas del Dios Vergel. Sus cuerpos tenían los colores de los árboles y las flores, pero al contrario que Lya, mostraban la naturaleza más cruda. Gadea tenía los ojos oscuros, del color de las hojas viejas antes de que llegara el invierno, y el pelo de un rojizo apagado. La mirada de Nerta, sin embargo, era del mismo verde claro de primer brote de primavera, y el pelo amarillo pajizo, como el de los árboles en otoño.

Con la boca seca y el corazón martilleando en sus oídos, Lya vio cómo se acercaban poco a poco a su escondite. Solo unos metros las separaban, pero, aun así, no se movió.

Cuando pasaron junto a los troncos tras los que estaba escondida, vio cómo dejaban de hablar y miraban a su alrededor, con el ceño fruncido. Esperó que sus caballos se detuvieran, que bajaran a inspeccionar el terreno, pero no escuchó que los cascos dejasen de golpear el sendero. Sus hermanas continuaron su camino, seguidas por decenas de soldados y caballeros.

Cuando por fin el último desapareció por la senda, Dimas se apartó de los árboles y Lucrezia se puso en pie, y guardó el arco y la flecha.

—Lya...

—Eran mis hermanas mayores —la interrumpió, porque sabía qué iba a decir. Se volvió hacia ellos, frunciendo el ceño—. Está ocurriendo algo. Parece... parece como si fueran a luchar contra alguien.

—Eso no importa —replicó Dimas. Se volvió hacia el otro extremo del sendero—. Nuestro camino no es el de tus hermanas. Ellas no se dirigen a Itantis.

Lya se quedó durante un instante en silencio, con el sonido del corazón llenando sus oídos.

—Podríamos seguirlas.

—¿Qué? —exclamó Lucrezia, con los ojos abiertos de par en par.

—Quiero saber qué es lo que ocurre.

—Te enterarás en cuanto cruces las puertas de tu bonito castillo —contestó ella, con consternación—. Lya, acepta mi consejo. Los problemas de los nobles son malolientes y siempre salpican a los más desafortunados. Tienes tu hogar al alcance de tus manos. Un par de días más y llegarás a casa.

Los ojos de Dimas escrutaron a Lya sin piedad y escarbaron en su interior. Intentaba dar con la respuesta correcta, así que ella apartó la mirada para que no encontrara la verdad mientras respondía:

—Prometisteis llevarme hasta Itantis, no separaros de mi lado y protegerme durante el viaje. Si no cumplís vuestra palabra, os quedaréis sin recompensa.

La boca de Lucrezia se abrió de par en par y se volvió hacia su compañero, escandalizada.

—Oh, por los dioses. Ahora es ella quien nos chantajea. Somos unos cazarrecompensas pésimos, Dimas.

—Si mis hermanas abandonan la Sierra de Arcias, daremos la vuelta —dijo Lya, con una firmeza que no sentía en absoluto—. Solo quiero descubrir qué es lo que ocurre.

Dimas no contestó, pero se colocó frente a ella. Lya continuaba con los ojos bajos, sin mirarlo directamente a la cara. Con lentitud, él alzó la mano y colocó dos dedos bajo su barbilla. Sus dedos eran ásperos, pero su gesto fue suave, casi delicado, y le arrancó un violento estremecimiento a Lya. No se resistió cuando le elevó la barbilla con cuidado. Ahí donde Dimas la tocaba, la piel le ardía, así que sus ojos estaban empapados de una extraña sensación, casi dolorosa, cuando no tuvo más remedio que enfrentar los de él.

—¿Estás segura de que esto es lo que quieres? —le preguntó, en un murmullo ronco.

Lya no supo por qué, pero algo le dijo que esa pregunta contenía mucho más que esas palabras que acababa de pronunciar. Se lo decían sus pupilas, consumidas por el desvelo, y sus dedos, que todavía no se habían separado de su barbilla.

Ella lo miró sin aliento e intentó hacer caso omiso del fuerte calor que le abofeteaba las mejillas. Tragó saliva con pesadez y sus pies dieron un paso inconsciente hacia él, recortando la distancia que los separaba.

—Jamás he estado tan segura —contestó con un susurro.

—De acuerdo.

Se apartó de ella con brusquedad, como si su contacto también le quemara, y comenzó a recorrer el camino que habían seguido las hermanas de Lya. Ella se apresuró a seguirlo, pero Lucrezia le puso la mano en el hombro y la detuvo.

—Lya, ¿de verdad deseas regresar a casa? Porque si quieres, podrías venir con nosotros. —La escrutó sin rastro de esa diversión que siempre la acompañaba—. Hay otras formas de no alejarte de Dimas.

—¿Qué? —murmuró Lya, mientras intentaba controlar el ahogo que trepaba por su garganta.

—Quizá logres mentirte a ti misma, pero a mí no puedes engañarme. He visto esa mirada antes y las cosas no terminaron bien.

Lya dio un par de pasos atrás para separarse de ella.

—Yo no soy Saya Beltane.

Le dio la espalda y, antes de que Lucrezia pudiera contestar, aceleró el paso y siguió a Dimas, que se había detenido al pie del sendero para esperarlas.

Lucrezia suspiró, mientras la seguía a un par de metros de distancia. Aunque habló en voz baja, sus palabras alcanzaron a Lya.

—No. Pero eres una noble y él no tiene un don. A ojos de tu mundo, tú eres la princesa y él es el monstruo en una historia que no puede terminar bien.

35

SIN SER SUFICIENTE

Apartó la mirada del cuerpo de Val. Su imagen era demasiado para ella.

Si antes su torso era un mapa donde las cicatrices formaban reinos, ahora, las nuevas heridas creaban continentes.

Anna no sabía a cuántos hombres y mujeres había asesinado Val. Cuántos esclavistas heridos había dejado en manos de los esclavos liberados para que los remataran, pero su venganza por Zev casi le había costado la vida. Era un saco de sangre y huesos cuando Anna lo arrastró en mitad de la noche, desesperada, en busca de algún lugar seguro. Con los dedos resbaladizos, empapados por la sangre de él, cauterizó algunas de sus heridas, las más superficiales, mientras Val se retorcía, sin fuerzas siquiera para gritar de dolor.

Ella todavía no sabía cómo había podido hacerlo. No tenía ni idea de cómo lo cargó sobre su espalda toda la noche, rogando a Kaal, el Dios del Fuego, que la guiara hacia algún lugar si realmente era su hija, si su sangre corría por sus venas. Anna no supo si fue él,

SANGRE DE DIOSES

que sintió lástima por ella, o la casualidad, pero al amanecer, dio con una casa de huéspedes no muy alejada del Camino Real.

Las casas de huéspedes no eran como las posadas o las tabernas. Solían ser mucho más grandes, y alojaban generalmente a nobles y a caballeros ilustres. Nada que ver con lo que eran ellos cuando, desesperada, había golpeado la enorme puerta de madera.

Marysa y Adreu eran el matrimonio a cargo del lugar. Se habían asustado cuando la vieron derrumbarse, con el cuerpo de Val todavía sobre el suyo. Se habían mirado y los habían arrastrado hacia el interior, que se encontraba en completo silencio. Todos los huéspedes dormían.

Estuvieron a punto de llamar a un médico, pero desecharon la idea cuando vieron la marca de las cadenas sobre el delgado pecho del chico. Durante un momento, Anna pensó que los delatarían, que los denunciarían a los Altair, dueños de esas tierras, pero lo único que hicieron fue prometerle que harían todo lo posible por salvar su vida.

Anna recordaba que, mientras los veía trabajar sobre el cuerpo de Val, cosiendo y desinfectando las innumerables heridas que lo cubrían, se le habían llenado los ojos de lágrimas. Le hubiese gustado que él estuviera consciente, que viera cuánto se esforzaban en ayudar a un desconocido como él. Quizá, eso apagaría un poco su rabia y le haría recobrar algo de fe en la gente de Valerya.

—Tenemos una habitación —había dicho Marysa mientras le dedicaba a Anna una mirada por encima del hombro. Tenía las uñas negras por la sangre seca de Val—. Podéis quedaros hasta que él se recupere.

—No tenemos dinero —le había contestado ella, con la mirada gacha.

Había tenido que abandonar las provisiones que habían llevado consigo desde que habían salido de Ordea. Anna no podía con todo y tuvo que elegir entre estas y Val. No había dudado en tomar su decisión.

Marysa y Adreu habían intercambiado otra mirada, antes de que el hombre centrara su atención en ella.

—Podrías ayudarme en la taberna. Tengo gente trabajando para mí, pero a veces hospedamos a tantos que no damos abasto. Unas manos de más no nos vendrían mal.

Anna había asentido, con los ojos todavía brillantes. Tenía deseos de abrazarlos.

—Trabajé como criada en un castillo —había contestado—. Prometo ayudaros en todo lo que necesitéis.

Era lo que había prometido y lo que había cumplido. Pasado el tiempo, cinco días después, miró de reojo a Marysa, que acababa de terminar de limpiar las heridas de Val en uno de los pocos descansos de la casa de huéspedes.

—No tardes en bajar —dijo, cuando se apartó por fin del cuerpo del chico—. El comedor está a rebosar.

—Enseguida voy —respondió, mientras la mujer cerraba la puerta con suavidad.

Anna se giró para observar a Val. Al día siguiente de llegar recuperó la conciencia, pero desde entonces apenas había pronunciado palabra. Se pasaba las horas en las que no estaba durmiendo mirando al fuego, pensando en cosas que Anna no quería imaginar.

A veces, cuando lo contemplaba a escondidas, pensaba que Val había asesinado a algo más que a los esclavistas aquella noche. Creía que se había matado un poco a sí mismo.

—Deberías irte —dijo de pronto él, sobresaltándola—. Ellos te necesitan más que yo.

—Creo que estás equivocado —replicó Anna antes de acercarse.

Val giró un poco la cabeza y sus ojos negros siguieron los movimientos de ella. Anna rodeó la cama y se sentó sobre el colchón, a poca distancia. El calor de la chimenea la alcanzó y, aunque las llamas casi lamían la falda de su vestido, la sensación era agradable, la reconfortaba.

Las sombras que proyectaba el fuego hacían que la mirada de Val fuera todavía más oscura.

—A veces no sé a qué estamos jugando, Anna.

—Yo no estoy jugando a nada —replicó ella.

Val sacudió la cabeza y clavó los ojos en el centro de la chimenea, donde la madera, partida en dos, crepitaba y se volvía de un color naranja intenso.

—Sabes perfectamente que esto no durará para siempre. —Él suspiró cuando ella arrugó todavía más el entrecejo, confusa—. Nuestra alianza.

—¿Alianza? —repitió ella, mientras esbozaba una pequeña sonrisilla—. Creía que tú eras mi secuestrador y yo tu víctima.

—Así debería haber sido siempre. —Los labios de Val también se estiraron con una sorna dolorosa—. Zev no estaría muerto.

Anna palideció de pronto y bajó la cabeza, un puño acababa de hundirse en su pecho. Val suspiró y volvió a clavar su mirada en ella.

—Esto no durará para siempre. Tarde o temprano, nos separaremos. —Anna estuvo a punto de interrumpirlo, pero él se adelantó—. ¿Qué crees que ocurrirá cuando lleguemos al Valle de Austris?

—Te protegeré —contestó ella con firmeza.

—Aunque te proclamasen reina de Valerya al día siguiente, no podrías hacer nada para protegerme. Soy un esclavo. Hay demasiada distancia entre nosotros. ¿Crees que algún noble aceptará que alguien como yo camine con libertad por la corte?

—Entonces cambiaré las leyes —replicó Anna—. ¿Crees que estoy de acuerdo con lo que vi el otro día? ¿Crees que acepto que haya esclavos? Si llego a ser reconocida como heredera, lucharé para cambiar esas estúpidas y antiguas reglas. Nadie podrá detenerme.

Los dedos de Val le envolvieron la muñeca y Anna se quedó muda de golpe. Bajó la mirada, observando con ojos vidriosos cómo sus largos dedos se deslizaban por ella, en un intento de caricia. Se preguntó, casi asustada, si él sería capaz de sentir el pulso que latía en su muñeca, totalmente descontrolado.

—Es demasiado tarde —susurró él—. Han pasado muchos siglos, hemos sufrido tanto... Tú no viste qué hicieron los esclavos cuando los liberé. Un cambio de leyes no puede saciar la sed de sangre que llevamos dentro. No queremos cambios. Queremos muerte, queremos venganza.

—Eso es una locura —contestó ella, con un hilo de voz—. Algo así solo desembocaría en una guerra. En una gran guerra.

—¿Y qué crees que deseamos? Lo que le prometí a Zev cuando murió no fue ninguna mentira. Pienso cumplirlo, aunque me cueste la vida. —Sus dedos dejaron de acariciarla y su mano se apartó—. Llegará un momento en el que nos separaremos y llegará otro en el que nos volveremos a encontrar. Pero esa vez, será diferente. Tú estarás en un extremo y yo en el otro. Tú serás mi enemiga y yo seré tu enemigo.

Anna se levantó de la cama, incapaz de pasar un instante más junto a él. De pronto, la habitación se le hacía muy pequeña y el aire, insuficiente.

Caminó con rapidez hacia la puerta, pero no terminó de abrirla. Apoyó la mano en el picaporte y se volvió una última vez hacia Val. Él no había apartado sus ojos de ella.

—Después del baile, en Ordea, me dijiste que te sentías desprotegido cuando estaba demasiado cerca de ti —susurró, sin aliento—. ¿Es verdad?

Él ni siquiera parpadeó cuando contestó.

—Anna, no puedo dejar de mirarte.

—¿Y eso no debería cambiarlo todo?

Lo encaró, con los puños apretados. Los latidos de su corazón sonaban como truenos en el interior de su cabeza. De nuevo, Val no vaciló antes de responder.

—El amor no siempre es suficiente. Hasta Zev, que era un niño, lo sabía.

Anna hubiese dado un paso atrás de no haber tenido el talón pegado al marco de la puerta. Apretó los dientes con furia. Esas malditas palabras deberían ser pronunciadas en una situación diferente. Quizás, a escondidas en la vieja cocina del castillo de Grisea, entre una simple criada a la que su señora odiaba y un esclavo más.

—Debería serlo —contestó, con la voz hecha pedazos.

Val se giró sobre la cama, pequeño, herido y delgado. Sin embargo, su sombra era tan enorme que ocupaba la mayor parte del suelo de la habitación.

—Mírate —susurró mientras esbozaba una débil sonrisa—. Ahora sí que pareces la princesa de un cuento de hadas.

Anna no lo soportó más. Salió del dormitorio y cerró de un portazo a su espalda. Ni siquiera miró hacia atrás. Caminó con rapidez y recorrió el tercer piso de la casa de huéspedes.

Bajó las escaleras de dos en dos hasta llegar a la planta baja, donde se encontraba la cocina, un enorme salón común, las mejores habitaciones y el comedor que, como le había advertido Marysa, estaba a rebosar.

—Por fin —exclamó Adreu al verla—. Marysa necesita que le eches una mano en la cocina. No da abasto.

Anna asintió y se dirigió hacia la enorme estancia pegada al comedor, donde los calderos burbujeaban y las mesas estaban repletas de pan, embutidos y quesos a medio cortar. Observarlo todo la transportó sin que pudiera evitarlo a aquella tarde en Grisea, cuando conoció a Val, que silbaba alegremente mientras orinaba en el guiso que más tarde se tomarían los Doyle.

Ese súbito recuerdo le retorció un poco el estómago. Sentía como si estuviera conteniendo un océano en sus ojos. Ni siquiera fue capaz de escuchar a Marysa, que le hablaba atropelladamente.

— ... no sé cómo daremos abasto —oyó, cuando regresó por fin a la realidad—. Cuando pasado mañana lleguen, tendremos que...

—¿Pasado mañana? —preguntó, prestando atención de golpe. Se apresuró a limpiarse las lágrimas con las manos.

—¿No me estabas escuchando? Por los dioses, Anna. Un mensajero de los Mare ha llegado hoy para anunciar el arribo de varios soldados y caballeros de la familia. Pero lo peor no es eso, no. Uno de los señores de la Bahía de Eulas los acompañará. Un noble de una familia de Dones Mayores. ¿Sabes lo que significa eso? —Sacudió la cabeza con desesperación—. Estrés, muchísimo estrés.

—¿Los Mare? —repitió Anna. Sus rodillas temblaron un poco.

—Sí, sí. Los Mare. ¿Qué te ocurre esta noche? Solo repites lo que digo. —Marysa le dio la espalda para revolver el contenido de uno de los guisos—. Oh, dioses, cuánto odio a los nobles. No hacen más que dar órdenes y amenazar.

Esperaba a que le contestase, pero Anna estaba demasiado paralizada, pensando en lo que significaba realmente esa noticia. Los Mare. Los enemigos naturales de los Lux. ¿Qué ocurriría si descubrían que la hija de su mayor oponente estaba al alcance de sus manos? Se había firmado un pacto de no agresión, pero ahora el rey había muerto, y todos sabían en Valerya que aquello no había sido más que un teatro, que ese odio acumulado durante tantos años no iba a desaparecer por una simple firma en un pergamino.

Lo rezaban las Antiguas Escrituras. El Dios Kaal era el enemigo natural de la Diosa Kitara. La propia naturaleza lo confirmaba. El

agua y el fuego no podían encontrarse sin que uno venciera al otro.
O el fuego se extinguía, o el agua se evaporaba.

—¿Anna? —La cálida mano de Marysa en su hombro la hizo
reaccionar por fin—. ¿Estás bien?

—Sí, sí. Claro que sí —contestó, en un tono tan poco convincente
que le hizo apretar los labios.

—Ese chico que cuidas... el esclavo, ¿por casualidad pertenecía
a los Mare? ¿Es de ellos de quienes escapó?

Anna relajó la expresión y negó con lentitud.

No, no creía que la vida de Val corriera peligro.

Pero la suya sí.

Después de medianoche regresó por fin al dormitorio.

Cuando entró, el frío la hizo estremecer. La chimenea estaba
casi apagada, así que con un chasquido de sus dedos volvió a encen-
derla. El fuego batió tan intenso que espabiló un poco a Val, que se
había quedado dormido.

La observó con los ojos todavía empañados por el sueño.

—¿Estás bien?

Anna asintió porque no tenía voz para mentir. Miró de soslayo
su propia cama, hecha y fría, en el otro extremo de la habitación y
volvió la vista hacia Val. Se estremeció y notó cómo una emoción
oscura y violenta estallaba en sus ojos. Él no pestañeó y, con un susurro que erizó la piel de Anna, se movió un poco hacia un lado,
dejando un espacio libre.

Ella lo miró a los ojos con el aliento entrecortado. Notaba la
boca muy seca y la mente embotada. El corazón había comenzado
a latir a un ritmo renqueante y las paredes del dormitorio parecían
tambalearse en torno a ella. Se sentía completamente perdida en los

ojos penetrantes de Val; casi podía notar unos hilos invisibles enredarse en su cuerpo y tirar de ella hacia ese pequeño espacio de sábanas y brazos cálidos. Hacia él, en dirección a su infierno de dudas, contradicciones, locura y miradas negras.

Anna sintió los pies pesados y los músculos del tronco demasiado anquilosados cuando apoyó las rodillas en el colchón y se inclinó.

No, no debían hacerlo. Anna lo sabía, Val lo sabía. Pero cuando las puntas rojizas del cabello de Anna rozaron las mejillas de Val y él movió su mano y la apoyó en la nuca de ella, una convulsión los sacudió. Y, con dulzura pero con firmeza, Val se irguió y acercó sus labios a los de ella, besándola con una necesidad hambrienta, demasiado profunda, demasiado intensa. Los dos dejaron escapar un resuello ahogado cuando sus lenguas se entrelazaron con desesperación, en una lucha que ninguno de los dos podía ganar.

Val se dejó caer hacia atrás, con los labios todavía entreabiertos, hinchados. Los oídos de Anna zumbaban y sentía la mirada enfebrecida, tan desordenada como los latidos de su corazón. Aún notaba el tacto de la mano áspera de Val posada en su cuello, y su mirada no se había movido de la suya. Los ojos de él tenían un brillo peligroso y bullente de desenfreno.

—Ven aquí —susurró.

Anna sabía que él la deseaba tanto como ella, pero la camisa se le había abierto y, bajo la luz de las llamas de la chimenea, sus heridas a medio cicatrizar parecían más terribles que nunca. Con una mano temblorosa, le acarició la marca que lo alejaba tanto de ella, y se metió bajo las sábanas. Intentó mantener las distancias, a pesar de que toda su piel se resistía a estar lejos de él, pero Val hundió las manos en su pelo y se acercó a ella. Su aliento rozaba la frente de Anna con cada respiración.

—Tienes razón —murmuró ella de pronto, con los labios a centímetros de su cuello—. Antes, cuando dijiste que nos separaríamos, que nos terminaríamos convirtiendo en enemigos...

—Anna. —Val solo pronunció su nombre, aunque quería decir mucho más.

—Pero yo siempre te seré leal. A ti y a tu gente. —Ignoró el dolor que le producían esas palabras, que arañaban su garganta al salir—. Debes creerme.

Val inclinó un poco la cabeza y, por primera vez desde la muerte de Zev, hubo una chispa burlona aclarando la oscuridad de sus pupilas.

—¿Es una orden?

Los labios de Anna se doblaron en una sonrisa.

—Sí, es una orden.

Los brazos de Val se deslizaron sobre su espalda y la apretaron contra él. Ella respiró hondo y apoyó la mejilla en su hombro, dejándose llevar.

Cuando él habló, sus labios le acariciaron la piel.

—Como ordene entonces, *majestad*.

36

ENCUENTRO

El camino hacia la Sierra de Arcias no fue sencillo. Días después de haber partido a caballo de la Bahía de Eulas, los amplios campos y las tierras en torno a los ríos comenzaron a transformarse en colinas cada vez más escarpadas. El grupo no era muy extenso, apenas veinte caballeros sin contar a Etienne y a Bastien, pero en el camino perdieron algún caballo y algún jinete por culpa de los acantilados y las trampas que ocultaba la ruta. Era mejor atravesar los senderos y las montañas a pie, pero tardarían más, y Lord Tyr Altair había recalcado que se trataba de un asunto urgente.

Cada paso que avanzaban a Bastien le parecía equivocado. Eran numerosos para enfrentarse a un No Deseado, por muy poderoso que fuera, pero por más que Etienne intentara convencerlo, había algo que no sonaba bien en esa misión. Por las noches trataba de conciliar el sueño, pero esa duda oscura volvía a él y se sumaba a las otras que lo atormentaban hasta desvelarse.

—Siempre pareces perdido en tu cabeza —le dijo una vez Etienne. Era de noche y habían montado un pequeño campamento en uno de los valles entre montañas—. Cuánto me gustaría ser un Kaur para saber qué es lo que piensas.

—Quizás esté cansado de la alianza con tu familia y esté pensando en cómo escapar —había contestado Bastien, con las cejas arqueadas.

Una hoguera estaba encendida entre ellos y dibujaba claroscuros en ambos rostros.

—Silvain me comentó que podría existir esa posibilidad, pero le prometí que, si intentabas escapar o traicionarnos, te mataría yo mismo —contestó, con una sonrisa taimada estirando sus labios—. Hay muchas cosas en las que podrías retarme. Pero esa no es una de ellas.

Eran muchas las ocasiones en las que Bastien dudaba de si Etienne bromeaba o no. Era difícil cuando siempre había sonrisas que acompañaban a sus respuestas, o cuando él mismo tenía que luchar contra sus labios. Porque por mucho que se negara a aceptarlo, Etienne lo hacía sonreír mucho, tanto como Anna lo había hecho cuando no eran más que un par de niños.

Las primeras noches, en las que la temperatura todavía les permitía descansar al raso, se volvía en su dirección y lo veía dormir. No quitaba ojo de sus pestañas espesas, que formaban sombras en las mejillas que caían hasta sus labios, a los que casi le lastimaba contemplar. Habría sido un error no acompañarlo en este viaje, pero también había sido un error haberlo hecho. Cuando lo contemplaba a escondidas, Bastien se preguntaba cuál de los dos errores era el peor.

De lo que sí estaba seguro era de que se estaba adentrando demasiado en el océano que contenían los ojos azules de Etienne Mare y de que llegaría un momento en que la corriente lo envolvería y le impediría regresar a la orilla.

Más de una semana después de haber dejado Caelesti, se detuvieron a pasar la noche en una vieja casa de huéspedes, situada cerca del Camino Real, en un pequeño valle entre montañas. Habían enviado a un jinete de la familia Mare días atrás para avisar la llegada al alojamiento. Era el único sitio cercano al campo de esclavos destrozado en el que podrían dormir bajo techo y tener fuego y comida.

Cuando Bastien desmontó, miró a su alrededor. Había heno y agua preparada para los caballos, y los dueños, un matrimonio de sonrisa nerviosa, esperaba junto a la entrada del edificio.

—Es un honor recibiros en nuestro humilde negocio, Lord Mare —saludó el hombre, antes de inclinarse en dirección a Etienne—. Hemos vaciado casi todas nuestras habitaciones para que vuestros hombres puedan descansar adecuadamente. También, si lo deseáis, tenéis a disposición baños calientes y una cena abundante junto a la chimenea.

—No deberíais haberos molestado tanto —contestó Etienne, sonriendo, siempre sonriendo—. Mis hombres y yo os pedimos perdón por las incomodidades que os hayamos podido ocasionar.

—No es ninguna molestia, mi señor —dijo la mujer, que parecía algo más calmada—. Por favor, pasad y calentaos. Os enseñaremos dónde se encuentra vuestro dormitorio.

Siguieron al matrimonio al interior de la casa de huéspedes. Era un lugar sencillo, pero resultaba agradable y parecía limpio. En el aire flotaba un olor seductor que se escapaba de alguna puerta entreabierta y hacía que los estómagos rugieran.

No había ningún forastero ocupando las mesas del enorme comedor, donde las tres chimeneas estaban encendidas y calentaban la estancia. Las únicas personas presentes eran varios jóvenes que trabajaban en la barra, los que apenas les dedicaron una rápida inclinación antes de continuar con sus tareas.

El matrimonio les indicó cuáles eran sus habitaciones. Bastien descubrió, con una extraña alegría, que la suya estaba en la planta baja, en el mismo pasillo en donde dormiría Etienne. En los dos pisos superiores se encontraban repartidos el resto de los caballeros. Todos los dormitorios estaban reservados para ellos, excepto el del matrimonio y los de los empleados.

Antes de cenar, los condujeron al tercer piso y los llevaron hasta una enorme sala en donde habían preparado varias bañeras con agua caliente. Etienne se bañó en su propio dormitorio, lo cual alivió a Bastien en gran parte. Si a veces no sabía a dónde mirar cuando estaba vestido, no tenía idea de qué haría si lo viera desnudo frente a él.

Cuando bajaron al comedor, sin las armaduras ni los escudos, armados solo con lo mínimo, Etienne ya esperaba allí, sentado en una mesa cercana a una de las chimeneas. Estaba vestido de azul, como siempre, y su pelo rubio estaba todavía un poco húmedo. Cuando vio a Bastien, le hizo señas para que se sentara a su lado. Él fingió no tener otra alternativa.

—¿Algún día conseguiré que te calmes cuando estés cerca de mí? —Como la expresión artera de sus ojos claros lo ponía más nervioso, Bastien acercó una de las copas llenas de vino caliente a su boca y bebió, con cuidado de no mirarlo—. ¿En qué estás pensando?

—Eres demasiado monotemático —contestó Bastien, con un resoplido.

Dejó la copa en la mesa, pero no separó los dedos de ella. Le hizo dar vueltas, sin dejar de observarla, mientras la mirada de Etienne seguía sin separarse de él.

—Vamos, suéltalo. Parece que te vas a ahogar en tu propia bilis.

Bastien suspiró y esperó a tener el control de cada uno de los músculos de su cara y de su cuerpo para soltar la copa y girarse en su dirección.

—Sigo sin entender esta misión.

—Ya te lo dije en Caelesti, muchas de las misiones que debemos realizar no conducen a ninguna parte. Solo se llevan a cabo para ganar apoyos a largo plazo.

—No lo sé —respondió él, frunciendo el ceño—. Algo me dice que no deberíamos estar aquí.

Estaba a punto de añadir algo, pero la mano de Etienne se deslizó por su espalda e hizo que Bastien olvidara lo que estaba por decir. Giró la cabeza con brusquedad y lo miró, con un atisbo de temor. Etienne tenía que ser consciente de la forma en la que se estremecía, pero no apartó la mano, ni alejó el rostro del suyo.

—Bastien, no va a ocurrir nada —dijo Etienne con lentitud. Sus ojos azules, alumbrados por el fuego de la chimenea, se convirtieron en una fuerza antigua y oscura que, poco a poco, se fue apoderando de él—. Mañana buscaremos a ese No Deseado. Si damos con él, lo atraparé y lo llevaré hasta Itantis. Si no, mandaré una larga carta a Lord Tyr Altair, disculpándome por mi inmensa torpeza. Incluso podemos acercarnos hasta su castillo. Pestañearé y pondré una de esas sonrisas que tanto le gustan a la gente. No podrán hacer otra cosa que perdonarme.

Aunque a Bastien le costara la vida, consiguió volver el rostro para que Etienne no viera cómo sus labios se estiraban irremediablemente.

—Tienes un serio problema con tu ego.

—Tal vez, pero al menos he conseguido que te tranquilizases. —Bastien no respondió, aunque llevaba razón—. Vamos, disfrutemos de la cena y olvidemos todo. Ya no estamos en el castillo de Caelesti. Ahora solo somos tú y yo.

Bastien se tensó de nuevo, consciente de golpe de que Etienne no había apartado todavía sus dedos de su espalda. Casi podía sentir los fantasmas de sus padres tirar de su brazo, tratando de alejarlo, pero por primera vez, se resistió.

A hurtadillas, echó un vistazo a su alrededor. Los caballeros y soldados los rodeaban, repartidos en las mesas del comedor, pero ninguno les prestaba atención. La comida, la bebida y las conversaciones eran suficiente distracción.

—¿Solo tú y yo? —repitió. Sonó indiferente—. Yo cuento aquí más de veinte personas.

Etienne elevó los ojos al techo y se apartó por fin de él. La falta de su mano en su espalda provocó en Bastien una extraña sensación de pérdida, pero intentó que no se mostrara en su expresión, que seguía fría e indiferente.

—Algún día conseguiré que bajes la guardia —dijo Etienne mientras se inclinaba para servirse algo de la carne que humeaba en las grandes bandejas—. Y cuando lo consiga, te sorprenderé.

—Yo nunca bajo la guardia —replicó Bastien.

Etienne ladeó la cabeza en su dirección y le dedicó una mirada capaz de hacerle estallar en llamas, aunque el don de los Lux no estuviera dentro de Bastien.

—Ya veremos —susurró, con un dejo de promesa.

Como Bastien era incapaz de soportar el peso de sus ojos, volvió la atención a la comida y se sirvió más de lo que podría comer en días. Etienne lo observó divertido, pero no dijo nada cuando la carne resbaló por los bordes del plato.

Con el primer bocado Bastien recordó lo hambriento que estaba, así que comenzó a engullir con ganas mientras sus ojos volvían a deslizarse por el comedor.

En un extremo, los dueños de la casa de huéspedes los contemplaban ansiosos, temerosos de que la cena no fuera bien. A su lado y tras la barra, había varias chicas y chicos, algunos mayores que Bastien, otros más jóvenes. Se movían sin cesar, llevando y trayendo bandejas y jarras.

Inconscientemente, sus ojos se posaron sobre una de las chicas. Sujetaba con firmeza un par de jarras, con la seguridad que le debía haber dado toda una vida haciéndolo. Estaba de espaldas a él, así que no podía verle el rostro. Llevaba un largo pañuelo verde envolviendo su pelo, aunque, por un extremo, se escapaban un par de mechones, rojos como la sangre.

—¿Te gusta?

—¿Qué? —preguntó Bastien, y su mirada volvió a Etienne. Él se había vuelto a acercar. Demasiado.

—Esa chica —contestó, antes de señalarla con disimulo—. No dejas de mirarla.

Como si notara el peso de los dos pares de ojos, la joven se dio la vuelta con cierta brusquedad y los miró.

Y entonces, Bastien se sintió morir.

Reconoció esa cara redonda, esa boca pequeña y esos grandes ojos castaños, que guardaban más fuego en su interior del que podía ver.

—Creo que acabo de presenciar un enamoramiento digno de un cuento de hadas —comentó Etienne, divertido, aunque su voz parecía llegar desde muy lejos.

Ella también lo reconoció. Bastien vio cómo sus ojos se abrían de par en par justo antes de darle la espalda de nuevo. Sin hacer caso a los caballeros que le pedían más cerveza, se dio la vuelta y se escabulló entre las mesas.

Bastien se puso en pie.

—¿A dónde vas?

Ni siquiera contestó a Etienne. Saltó por encima del banco y fue directo al lugar donde había visto desaparecer a la joven. Los dueños de la casa de huéspedes lo miraron cuando pasó por su lado, preocupados, pero no hicieron amago de detenerlo. Él ni siquiera les prestó atención. Abandonó la calidez del comedor y se adentró en una de las galerías, fría y envuelta por la negrura, hasta que de pronto un brazo se enredó en su cuello y tiró con fuerza de él. El empellón lo arrojó al suelo.

Se quedó quieto, boquiabierto, observando la llama, brillante, que acababa de aparecer frente a sus ojos, envolviendo unos dedos que deberían estar quemándose.

—Deberías esconder tu don —susurró, con la voz ahogada.

Anna seguía apoyando todo su peso en el antebrazo que le apretaba el cuello.

—Lo haré cuando te expliques —replicó. El fuego de sus dedos iluminaba los sentimientos de su mirada, donde se mezclaban la traición y la confusión—. ¿Qué haces con ellos? Ese joven es un Mare.

—Te responderé cuando me dejes respirar de nuevo —le contestó, asfixiado.

Ella apartó el brazo que no estaba envuelto en llamas. Bastien se incorporó y se frotó el cuello dolorido, sin dejar de mirarla. Hacía poco más de un mes desde la última vez que se habían visto y, sin embargo, parecía que habían transcurrido años.

—¿Qué está ocurriendo, Bastien? —preguntó Anna.

Continuaba observándolo de la misma forma en la que lo había hecho en el comedor del castillo de Grisea, con esa mezcla de pena y anhelo. Había cosas que no cambiaban.

—Cuando me hirieron, los mercenarios me secuestraron y me condujeron hasta Caelesti. —En su mente restalló el recuerdo de aquel horrible viaje.

—¿Caelesti? ¿La capital de la Bahía de Eulas? —repitió Anna, interrumpiéndolo antes de que pudiera añadir nada más—. ¿Fue la familia Mare la que organizó el ataque?

—No he podido averiguar cómo descubrieron que existías y de quién eras hija, pero sí sé que ellos contrataron a los mercenarios para que acabaran con mi familia y contigo —respondió Bastien, en un murmullo veloz—. Una vez en Caelesti, los Mare asesinaron a los mercenarios para evitar que se difundiera la verdad sobre qué familia había estado detrás del ataque.

—Entonces, ¿qué haces con ellos? —murmuró Anna.

—Hice un trato.

—¿Un trato? —repitió ella. Su ceño cayó sobre sus ojos oscuros y las llamas de sus dedos titilaron.

—Sé lo que significo para ti. Les dije que te convencería para que me acompañaras y después te entregaría a ellos. —Bastien levantó las manos para detener la mano de Anna envuelta en fuego—. Pero es una alianza falsa. Era la única manera de seguir con vida y ganar un poco de tiempo. Una mentira y una verdad.

—¿Y cuál es la verdad? —preguntó ella, con un hilo de voz.

—Sabes de sobra cuál es.

Anna no leyó ni una sola duda en los ojos de Bastien y, antes de que él pudiera reaccionar, se abalanzó sobre él, con la mano ya apagada. Lo apretó con fuerza entre sus brazos y pegó su mejilla en el cuello de su primo. Él respiró hondo y le rodeó los hombros. Habían pasado muchos años desde que Anna lo había abrazado. La última vez había sido durante el accidente de las caballerizas, cuando él tenía media cara quemada y ella lo acunaba entre sus brazos, llorando, confusa, mientras le prometía que se pondría bien.

Podría haber estado semanas entre sus brazos. Anna le recordaba a Grisea, a sus juegos de niños, a sus padres, pero fue ella la que de pronto se tensó y se apartó de él.

—A pesar de estar mintiendo, parecías disfrutar. —Un atisbo de desconfianza emborronó la expresión de Anna—. Ese joven rubio vestido de azul no deja ni un maldito segundo de sonreír.

—Se llama Etienne. Es el menor de los hermanos Mare. —La mano de Etienne flotó en la imaginación de Bastien, esperando iniciar un baile—. Solo finjo, Anna. Él no me importa.

Bastien asintió para corroborar sus palabras, aunque se llevó una mano al estómago al sentir cómo algo se le retorcía por dentro sin piedad.

Anna desvió la mirada por la galería oscura. Sus hombros, de pronto, estaban tensos.

—¿Qué ocurrió con Lady Aliena?

Bastien tuvo que tragar saliva para poder responder.

—Uno de los mercenarios la mató. Supongo que es más fácil de transportar a un Inválido que a una noble con don.

—Lo... lo siento muchísimo —murmuró ella, antes de alejarse unos pasos de Bastien. Tenía la cara envuelta en sombras, pero Bastien podía percibir su tristeza—. Siento de verdad todo lo que ha pasado por mi culpa.

Él sacudió la cabeza y se acercó de nuevo a ella.

—¿Qué estás haciendo aquí, a la vista de todos? Si alguien te descubriera...

Un par de mechones rojizos escaparon del pañuelo verde que le cubría la cabeza. Antes de que ella pudiera evitarlo, él alargó la mano y tiró de la tela, dejando su larga melena al aire. No supo si la respiración se le interrumpió del enfado o de la impresión. Ya no quedaba nada de ese color negro que cubría su pelo, que ahora era de un rojo tan brillante que recordaba a las llamas de una hoguera. Tenía un brillo sobrenatural.

Observándola, no había duda. Era la hija del Rey Nicolae. Era una auténtica Lux.

—¿En qué estás pensando? —preguntó Bastien, el frío se comió de pronto su voz.

—Tú tienes tu historia y yo tengo la mía. Sé lo que hago.

—¿En serio? ¿Qué haces entonces sirviendo como criada en una casa de huéspedes? —La mirada de Anna no vaciló cuando los ojos de Bastien la observaron con enfado—. Deberías estar camino a Ispal. Escúchame, el hermano menor de la reina...

—Esta parada es temporal —lo interrumpió ella.

—¿Y cuánto tiempo pretendes estar aquí? ¿Lo suficiente como para que Etienne te descubra?

Anna sacudió la cabeza y se acercó a él, crispada.

—No es tan sencillo. No puedo marcharme de aquí, sin más. Hay alguien que depende de mí.

Los ojos de Bastien se abrieron de par en par.

—¿Alguien?

Antes de que Anna pudiera contestar, unos pasos los sorprendieron. Los dos se dieron la vuelta a la vez mientras ella recuperaba de un tirón el pañuelo y se cubría la melena.

—Vaya, lo siento mucho. No quería ser indiscreto —dijo una voz conocida, que provenía de las sombras—. Siento haberos molestado.

La sangre de Bastien resbaló hasta sus pies cuando reconoció la figura de Etienne. A su lado, sintió cómo Anna se tensaba.

—Solo estábamos hablando —replicó, con una voz que no parecía suya.

Etienne ladeó el rostro; no lo creía en absoluto. Sin embargo, en vez de replicar, se volvió hacia Anna, a la que examinó con curiosidad. Su sonrisa no vaciló cuando se dirigió a ella.

—Siento si mi amigo te está importunando —comentó mientras le dedicaba un guiño divertido—. Es un buen chico, pero a veces no sabe expresar sus emociones.

Ella asintió, entre aturdida y confusa. Y entonces, para horror de Bastien, vio cómo Etienne alargaba la mano en su dirección. Por los dioses, no tenía ni idea de qué estaba haciendo.

Anna se quedó paralizada y le lanzó una mirada fugaz a Bastien, completamente perdida, no solo porque estaba a punto de estrechar la mano a quien era su enemigo natural, sino también porque los nobles nunca tocaban a los criados, a menos que fuera para abusar de ellos. Todavía extrañada, dejó que sus dedos se enlazaran con los de Etienne. Bastien los observó, con los ojos vidriosos y boquiabierto. Se preguntó si sentirían la hostilidad corriendo por sus venas, si se reconocerían a pesar de que no había revelado la verdadera identidad de Anna, si la sangre de Kitara reaccionaría ante la de Kaal.

Sin embargo, nada ocurrió. El agua y el fuego se habían unido, pero ninguno luchaba contra el otro.

Etienne le dedicó una pequeña inclinación y se separó por fin de ella. Los pulmones de Bastien volvieron a llenarse.

—Intenta ser considerada con él —dijo, sin que su sonrisa desapareciera—. Se esfuerza mucho en ser despiadado, aunque nunca lo consigue.

Anna volvió a asentir, todavía rígida y muda, y Etienne se reclinó sobre el oído de Bastien. Cuando su aliento rozó el lóbulo de su oreja, sintió cómo un terremoto lo sacudía por dentro.

—No te acuestes muy tarde —le susurró—. Ya sabes que mañana salimos al amanecer.

Bastien asintió y Etienne se separó de él. Le dedicó otra pequeña reverencia a Anna antes de desaparecer por la galería.

Bastien permaneció inmóvil, incapaz de digerir lo que acababa de presenciar. Sin embargo, la mano de Anna, que se aferró a su brazo sin la delicadeza de Etienne, lo devolvió pronto a la realidad.

—Yo debo regresar al comedor, pero hablaremos más tarde —le musitó a toda velocidad—. Llama a la última puerta del pasillo del tercer piso, la que da al este. Cinco golpes; tres fuertes, dos débiles. ¿De acuerdo?

Bastien sacudió la cabeza a modo de respuesta. Anna le dedicó una larga mirada que era difícil de descifrar y se perdió camino al comedor.

—Por todos los malditos Dioses de Valerya —susurró Bastien, antes de que las rodillas le fallaran.

37

COBARDE

Cuando el sol comenzó a caer, la tropa de Gadea y Nerta Altair decidió hacer un alto. No buscaron un lugar resguardado, alejado de la vista. Acamparon a un lado del camino, perfectamente visibles. Las únicas tiendas que se levantaron fueron las de las hermanas de Lya, que pronto desaparecieron en su interior. Los soldados y los caballeros encendieron un par de hogueras y se arremolinaron en torno a ellas.

Tras unas enormes rocas y un pequeño conjunto de árboles, situados a no más de cien metros, Lya los observaba. No parecían nerviosos, aunque daba la sensación de que no se iban a quitar las ropas de combate para dormir. Se escuchaban muchas carcajadas y algunos comenzaron a cantar cuando uno de los soldados sacó un pequeño laúd.

—Lya, no se van a mover de ahí —comentó de pronto Lucrezia, atrayendo su atención.

Ella suspiró y se acercó hasta donde se encontraban los cazarrecompensas. No podían encender ningún fuego, porque la luz y el humo atraerían la atención de los soldados, así que se resguardaron bien cubiertos por capas y pieles, sentados muy cerca unos de otros.

—Tendremos que hacer guardia —dijo Dimas.

Lucrezia y Lya asintieron, mientras echaban mano de la carne seca que llevaban comiendo los últimos días. Lya masticó con hambre y miró de nuevo hacia las grandes piedras, tras las que se ocultaba el campamento de sus hermanas.

—¿Has pensado en mi proposición? —preguntó de pronto Lucrezia.

—¿Proposición? —repitió Lya, algo perdida.

—La de unirte a nosotros.

Dimas volvió la cabeza como un relámpago hacia ella.

—¿Qué?

—Lya podría ser una buena aportación. Tiene un don poderoso y no es una No Deseada —continuó ella. Ignoró los ojos de Lya, que le suplicaron que dejase de hablar—. Seríamos la envidia de los demás cazarrecompensas.

Los ojos de Dimas eran peores que los puñales. ¿Cómo era posible que se le clavaran tan adentro, que se retorcieran tanto, y que, sin embargo, no le causaran dolor?

Él apretó los labios y se incorporó con rudeza. Les dio la espalda y comenzó a andar.

—Sígueme —dijo.

Lya sabía que esa palabra estaba únicamente dirigida a ella, así que se incorporó y se internó en la penumbra, cada vez más densa.

Dimas se detuvo en un pequeño prado, rodeado de piedras y arbustos. Había flores nocturnas por todos lados, con los pétalos abiertos bajo la luz de la luna. Se habían alejado tanto del campamento de Gadea y Nerta Altair que las hogueras no eran más que pequeñas estrellas repartidas en la tierra.

—¿Qué estás haciendo? ¿A qué crees estar jugando? —le preguntó Dimas cuando se giró hacia ella—. A estas alturas, deberíamos estar a solo un par de jornadas de tu hogar, donde te espera tu familia, fuego y comida, riquezas y príncipes azules a los que encandilar. ¿Sabes qué es lo que vas a encontrar aquí, con nosotros? Muerte. Solo muerte —exclamó, con la voz rota, señalándose a sí mismo—. ¿Por qué no echas a correr? Solo tienes que darte la vuelta y seguir el sendero que asciende. Eso es lo que haría la princesa, es como termina el maldito cuento. Ella vuelve a un palacio donde la esperan, vive feliz y come unas jodidas perdices.

—No quiero irme —musitó Lya. Cortó de una cuchillada sus palabras, teñidas de desesperación y tristeza—. No puedo dejaros.

Dimas torció la boca y sus ojos negros avasallaron los de ella. Dio un par de zancadas y recortó el escaso trecho que los separaba. Colocó con suavidad las manos sobre los hombros de Lya.

Ella lo miró, incapaz de hacer otra cosa que no fuera respirar.

—No te equivoques. Si no vuelves a donde verdaderamente perteneces, solo lograrás acabar como yo. —Entrecerró los ojos y las sombras que despedían sus pupilas parecieron envolverla por momentos—. Eso es lo que quieres, ¿eh? —Achicó la distancia inexistente, acariciando su frente con la suya. Por debajo del salvajismo que despedían sus ojos bárbaros, Lya podía ver algo parecido al ruego y al desengaño—. ¿Qué crees esperar de mí? ¿Qué ganarías quedándote a mi lado? No tendrás flores, ni riquezas. No escucharás palabras galantes ni declaraciones bajo la luz de la luna. No tendrás oro, plata o diamantes. Solo contarás con madera, hierro y óxido. Tendrás verdades crueles y dolor sin rebajar. No soy un buen hombre. Me has visto matar y has visto cómo lo he hecho. Sin compasión, sin honor. No soy un maldito caballero de cuento. —Se separó de ella un único paso, y la dejó derrotada y sin aliento—. Ya conoces tus opciones. Sabes lo que te espera aquí. Ahora elige.

Lya separó los labios para contestar, sentía cómo todas esas palabras que le gustaría decir le arañaban profundamente la garganta. Pero un súbito siseo la hizo volverse en redondo.

—¿Qué...? —murmuró, confundida.

Levantó la mirada hacia Dimas que, como ella, echaba un vistazo a su alrededor, alerta. Se había llevado la mano a la empuñadura de la espada.

Algo se enredó en los tobillos de Lya, con fuerza, y la arrojó al suelo de bruces. Ella gritó y Dimas alargó los brazos, intentando alcanzarla. Lya estiró su mano todo lo que pudo. Llegó a rozar las yemas de sus dedos durante un momento antes de que lo que fuera que envolviera sus tobillos tirase de ella, arrastrándola colina abajo.

Lya dejó de ver la mano alzada de Dimas y sus horribles cicatrices, sustituyéndolas por la visión del terreno embarrado y oscuro, que parecía acercarse a trompicones a ella. Se retorció como pudo y consiguió tocar lo que la sujetaba tan firmemente. Eran enredaderas. Trató de usar su don contra ellas, obligarlas a que la soltaran, pero no funcionó. La voluntad que las controlaba era mucho más fuerte que la suya.

Pasó a toda velocidad junto a las rocas y a los árboles donde antes se habían resguardado, junto a Lucrezia. Sin embargo, ella había desaparecido, solo quedaban los macutos y algunas pertenencias desperdigadas de mala manera.

—Por Vergel —murmuró Lya, cuando las lianas que seguían tirando de ella la hicieron atravesar el sendero y la condujeron hasta el campamento de sus hermanas.

Dioses. Cómo había podido ser tan estúpida.

Los soldados y los caballeros, entretenidos con las hogueras y la cena, se levantaron de golpe cuando la vieron aparecer, arrastrada por el suelo, con la falda del vestido alzada, el pelo lleno de hojas y polvo y las extremidades arañadas por el camino.

Ella ni siquiera luchó por resistirse. Sabía que todo eso acabaría cuando llegara hasta sus hermanas.

Lya las vio en el preciso instante en que Dimas apareció a su lado, también llevado a rastras. Las enredaderas envolvían todo su inmenso cuerpo. Lucrezia ya estaba junto a sus hermanas. Su mirada era desafiante, a pesar de que varios caballeros la rodeaban, con el filo de sus espadas cerca de su cuello.

Con la misma brusquedad con la que las lianas habían atrapado el cuerpo de Lya, se aflojaron y cayeron a sus pies. Ella se incorporó, dolorida, entre toses, intentando colocarse bien la falda, que había quedado hecha trizas por las piedras y los guijarros.

Dimas maldecía mientras las despedazaba a espadazos.

—Es una gran entrada, ¿no crees, Gadea? —comentó Nerta, mientras se volvía hacia la aludida con una sonrisa taimada en sus labios—. Arrastrándose por el suelo. Como una serpiente.

Gadea no dijo nada. Se limitó a observar a Lya, evaluadora. De sus cuatro hermanas, ella era la mayor y la más silenciosa de todas. Era la futura heredera de Lord Tyr Altair y, como tal, elegía bien sus palabras antes de hablar. Eso sí, cuando las decía, generalmente solían ser como cuchilladas.

Nerta era diferente. Si Gadea parecía recubierta de hielo y cautela, ella lo estaba de fuego y frenesí. Lya nunca había tenido una buena relación con sus hermanas mayores, pero Nerta era la única que le inspiraba verdadero miedo. Más de una vez, después de sus estúpidos juegos en los que Lya no era más que una víctima, daba gracias a los Dioses por que ella hubiese nacido en segundo lugar, y no en primero.

—Pensábamos que habías muerto en el ataque a Grisea —dijo Gadea, al cabo de unos segundos.

—Nadie se interesó en buscarme —replicó Lya, fingiendo más coraje del que sentía—. Viva o muerta.

—Los atacantes no eran más que mercenarios. Si hubieras muerto por su mano, habría sido una vergüenza para ti y una deshonra para nuestra familia. Si no, deberías haber llegado a nuestro castillo hace semanas.

Lucrezia puso los ojos en blanco y resopló. Atrajo la atención de todos. Lya negó con la cabeza, pero ella la ignoró.

—Había olvidado que los nobles tratan como escoria a los demás, incluso a los miembros de su propia familia.

Gadea no dijo nada, pero Nerta ladeó la cabeza y la misma enredadera que había envuelto a Lya se alzó y salió despedida hacia Lucrezia. Ella chilló y cayó de rodillas, con un arañazo largo y sangrante cruzándole la cara.

—¡Dejadla en paz! —exclamó Lya, mientras Dimas arremetía contra sus hermanas.

Él se esperaba el contraataque, así que alzó la espalda y destrozó la enredadera de una sola estocada cuando esta cayó sobre él. Antes de que pudiera hacer nada más, Lya se colocó frente a Dimas con los brazos alzados, creando una especie de muro entre los cazarrecompensas y sus hermanas.

—Ellos solo son mis compañeros de viaje. No somos enemigos —dijo, obligando a su voz a sonar calmada y segura—. Lo único que intentaba hacer era regresar a Itantis.

—¿Regresar? —preguntó Gadea, en un susurro congelado—. ¿Siguiendo el camino contrario?

—Me dirigía hacia allá, pero cuando vi a los soldados y a los caballeros, quise averiguar qué estaba ocurriendo. Queráis o no, sigo perteneciendo a esta familia.

—Sí, ya sabemos que nos viste —contestó Nerta, poniendo los ojos en blanco—. Esos ridículos árboles que hiciste crecer en mitad del sendero tenían tu sello. Demasiadas flores, hermanita. Siempre hay demasiadas flores.

—Si usaras bien tu don, habrías hecho crecer una vegetación diferente. Fuiste muy poco sutil —añadió Gadea, implacable, como siempre—. Pero la cuestión no es esa. Si tanto te preocupas por tu amada familia, ¿por qué no te mostraste? ¿Qué hacías escondida, observándonos desde las sombras?

—Fuiste tú la que decidiste convertirte en nuestra enemiga, Lya —añadió Nerta, con los ojos clavados en su hermana pequeña—. Espiándonos, persiguiéndonos a escondidas. Eso es algo que no hacen más que los traidores. Así que no te sientas ofendida si te tratamos como a uno.

A un gesto de su cabeza, los caballeros los rodearon con las armas en alto y varias sogas preparadas.

—Sé que sería patético si lo intentaras porque no lograrías nada, así que te recomiendo que guardes tu don para otro momento —dijo Gadea, gélida. Su ceño se frunció con advertencia—. Considéralo un consejo de hermana mayor.

Lya desvió la mirada de una a otra y algo muy dentro de ella se rindió. Dejó caer los brazos a ambos lados del cuerpo y hundió la mirada en el suelo, mientras los caballeros la maniataban.

Una sensación de horrible familiaridad la envolvió y la ahogó. Desprecio. Inutilidad. Era lo mismo que la sacudía cada mañana cuando amanecía en el castillo de Itantis.

Lya ni siquiera tuvo el valor de levantar la mirada para ver cómo amordazaban a Lucrezia y a Dimas.

Había sido una completa estúpida. Y una cobarde. Tenía que haber tomado una decisión, aun sabiendo lo que significaba, tenía que haber sido valiente. Pero como siempre, no lo había sido, y se había condenado a sí misma, arrastrándolos a ellos también.

38

MADRUGADA

Cuando la puerta se estremeció con el primer golpe, Anna se incorporó de la cama. Val, a su lado, se removió y abrió los ojos. La observó con el ceño fruncido.

—¿Qué puede querer Marysa? —preguntó, con la voz ronca por el sueño—. Queda mucho para el amanecer.

Pero los golpes continuaron, siguiendo las instrucciones exactas que Anna había dado hacía unas horas. Se cubrió con la capa de viaje y, con un chasquido de sus dedos, hizo que el fuego regresara a la chimenea, en la que solo quedaban ya unas brasas humeantes.

—No es Marysa —contestó, antes de dirigirse hacia la puerta.

No la abrió de inmediato. Apoyó la mano en el picaporte y se giró hacia Val, que se incorporó a medias en la cama, con la cara torcida por el dolor. Su mano se apoyó en el abdomen, donde sus heridas cicatrizaban poco a poco.

—Prométeme que, pase lo que pase, no utilizarás tu don —susurró Anna.

La confusión de Val se convirtió en sensación de peligro.

—Pero ¿qué...?

—Yo confío en ti —lo interrumpió, hablando con vehemencia—. ¿Confías tú en mí?

Él dudó durante un instante, pero finalmente asintió. Sin embargo, su postura rígida no se relajó. Y, a pesar de que la ventana estaba cerrada, Anna podía sentir una ligera brisa azotándole los cabellos que escapaban de su trenza.

Con presteza, abrió la puerta e hizo entrar a la persona que se encontraba tras ella.

El momento en que los ojos de Val se cruzaron con los del recién llegado se llenó de tormentas.

—*Tú* —siseó. Parecía mentira que en solo un monosílabo cupiera tanto asco, dolor y rabia.

Aunque había prometido no utilizar su don, un fuerte aire los zarandeó y apagó de un resoplido las llamas de la chimenea.

Bastien, vestido con cota de malla, como si estuviera preparado para una batalla, arqueó las cejas y observó a Val con esa frialdad que lo caracterizaba.

—¿Nos conocemos?

—Sorpresa. El heredero noble no se acuerda del esclavo que se meó en su comida.

Los párpados de Bastien se entrecerraron.

—¿Qué acabas de decir?

—Basta. —Anna se colocó en medio de los dos, con los brazos alzados—. No es el mejor momento para discutir.

Con una sacudida de sus manos, hizo que las llamas volvieran a prenderse en la chimenea. Bastien se sobresaltó un poco y sus ojos se clavaron, nerviosos, en el fuego ondulante.

No se había acostumbrado a verla utilizar su don.

—Querías saber por qué no estoy de camino a Ispal —comenzó ella con lentitud—. Él es el motivo.

Bastien puso los ojos en blanco, nada impresionado.

—¿Y quién es él?

Anna estaba a punto de hablar, pero Val levantó la mano e hizo un gesto con la cabeza.

—Permitidme, *mi señor* —comenzó, con un respeto tan falso como hiriente—. Me llamo Val, nada más. Como bien sabéis, Lord Doyle, los esclavos no tenemos derecho a llevar apellido. —Bastien clavó un instante la vista en Anna, y ella le devolvió la mirada, en silencio—. Soy parte del regalo de una boda que nunca llegó a celebrarse, se-cuestrador de la futura reina de Valerya y descendiente perdido de los Aer.

Antes de que Anna pudiera evitarlo, Val comenzó a flotar por encima de la cama. Bastien ahogó una maldición que ella jamás le había oído pronunciar y retrocedió hasta dar con la espalda en la pared.

Sin embargo, Val apenas aguantó en el aire. Hizo un gesto de dolor y se desparramó sobre el camastro, mordiéndose los labios con fuerza para evitar que un gemido escapara de su garganta.

—¿Qué... qué quiere decir con «secuestrador»? —farfulló Bas-tien. Anna no lo había visto tan en blanco desde aquella fatídica noche, tras la muerte de sus padres—. ¿Cómo... cómo es posible que pueda...?

—Él me ayudó a huir de Grisea —contestó ella, omitiendo la par-te en la que Val estuvo sopesando vender su cabeza al mejor pos-tor—. Es mi compañero de viaje. Nos dirigíamos hacia Ispal cuando... resultó herido.

Anna esperó a que Bastien dijera algo, lo que fuera, pero sus labios, súbitamente blancos, no se separaron. En sus ojos azules os-curos pudo ver estallar rayos y truenos. Pensaba. Era demasiado listo. Tenía que serlo para haber conseguido ocultar durante diecio-cho años la falta de un don. Anna había visto esa expresión mucho tiempo atrás, cuando él estaba sentado en la gran mesa del comedor y ella se dedicaba a recoger los platos.

—Fuiste *tú* —susurró, con la mirada hundida en Val—. El chico al que vieron volar. El mismo que destrozó el campo de esclavos.

Un escalofrío la recorrió de pies a cabeza. Desvió la mirada de uno a otro, confusa, mientras Val se enderezaba sobre la cama, alerta. El suave balanceo de las sábanas le hizo comprender que su don podía desatarse de un instante a otro.

—¿Cómo lo sabes? —preguntó Anna, con un hilo de voz.

—Porque es el motivo por el que estoy aquí —contestó Bastien mientras se giraba hacia ella—. Encontrar al culpable que asesinó a los ochenta esclavistas y que liberó a los esclavos.

¿Ochenta?, repitió una voz débil en la cabeza de Anna. Miró de soslayo a Val, sin poder evitarlo, pero él ni siquiera parpadeó. Sacudió la cabeza, intentando centrarse de nuevo.

—¿Y qué tiene que ver la familia Mare en todo esto?

—Etienne dice que es una forma de recabar apoyos de la familia Altair para cuando Silvain, su hermano mayor, reclame la corona de Valerya. Un favor deberá otro favor.

Anna asintió, aunque no se le escapó la suavidad con la que había pronunciado ese primer nombre. El rostro de Bastien se había convertido en una máscara de tensión y caos.

—No puedes seguir aquí, Anna. Es demasiado peligroso. Si... si alguien descubre quién eres... Debes marcharte.

—¿Marcharme? —repitió, con la boca seca—. Ya te lo he dicho. No puedo marcharme.

—¿Qué? —Bastien parecía al borde de la desesperación, sin comprender todavía—. ¿Por qué?

Anna tragó saliva, sin ser capaz de contestar. Él, exasperado, balanceó la mirada entre ella y Val, y de pronto, comprendió. Soltó un bufido y se llevó las manos a la cabeza.

—¿Estás dispuesta a que tus mayores enemigos te encuentren por acostarte con...?

El aire dio un violento chasquido a su alrededor, como una señal de aviso, pero Bastien no se inmutó.

—No me he acostado con él —lo interrumpió Anna, aunque sintió la piel en llamas por el simple hecho de imaginárselo.

Bastien arqueó una ceja, mientras balanceaba sus ojos azules de la cama deshecha de Val a la de Anna, sin tocar, en el otro extremo de la habitación.

—¿Sabes lo que podría ocurrir si se enteraran de que compartes cama con un... un...?

—Esclavo —terminó Val por él, con un dejo de aburrimiento.

—Me da igual que descienda directamente de los Aer. Es un No Deseado. Conoces de sobra lo que hacen a aquellos que se atreven a relacionarse con nobles, ¿verdad?

Claro que lo sabía. Si bien en Grisea no había ocurrido un hecho así en sus dieciséis años de vida, estaba al tanto de que los Doyle habían mandado a más de un hombre o mujer a la horca por mantener una relación con quien no debían, con quien estaba prohibido para ellos.

—Esa es una ley cruel —murmuró Anna.

—Pero tienes que cumplirla, aunque seas la misma reina de Valerya —contestó Bastien.

Sus ojos tenían fuerza, pero no la suficiente como para atemorizarla. Negó con la cabeza y retrocedió un par de pasos para acercarse a Val.

—Seguiré mi camino a Ispal, pero cuando él recupere fuerzas. Mientras tanto, me quedaré aquí.

—Por todos los dioses, Annabel...

Escuchar su verdadero nombre ahora era peor que recibir una bofetada.

—Me llamo Anna —lo interrumpió, con rabia. A su espalda, las llamas de la chimenea se avivaron—. Si quieres dirigirte a mí con ese nombre, tendrás que hacerlo con el título adecuado.

Ahora fueron las pupilas de Bastien las que parecieron echar humo.

—Muy bien, *alteza*. Quedaos aquí, si es lo que deseáis. Yo intentaré alejar a los Mare, mientras vos os dedicáis a jugar a los cuentos de hadas. —Le dedicó una reverencia tan ridícula como exagerada—. Ahora, si me dais vuestro permiso, me retiraré. Y por favor, recomendadle a vuestro amigo no volar en presencia de desconocidos. Después de lo que ha hecho y de quién está tras él, podría traerle unos cuantos problemas.

Bastien no añadió nada más. Les lanzó una última mirada que podría derretir toda la nieve y el hielo que cubría los picos de la Columna de Vergel, y encaró la salida con tanta brusquedad que se tropezó con la silla en la que reposaba parte de la ropa de Anna. Maldijo entre dientes y cerró dando un sonoro portazo.

Transcurrió casi un minuto completo antes de que alguno consiguiera hablar.

—Tengo que admitir que, para lo estirado que siempre me ha parecido, tiene su gracia.

Anna suspiró y dio unos pasos atrás para derrumbarse en la cama. Había dormido toda la noche, pero se sentía terriblemente cansada.

—Además, hay algo en lo que tiene razón —continuó Val. Anna desvió la mirada hacia él—. Si la familia Mare está aquí, deberías marcharte. Aunque no pueda trabajar ahora para ellos, sé que Marysa y Adreu no me echarán ni me entregarán a los Altair.

—No insistas —siseó ella, con vehemencia—. No voy a abandonarte.

—Sabes muy bien que le has mentido. Yo nunca fui un simple compañero de viaje. Realmente pensaba entregarte a la familia noble que me pagase más por ti.

—Y yo, aquella vez que traté de escapar, tuve la intención de encontrar el castillo más cercano y denunciar al No Deseado y al esclavo que me habían secuestrado —contestó Anna, sin vacilar, sin dejar de mirar esos ojos llenos de noches y tempestades—. Pero hemos cambiado. Sé que ahora no permitirías a ningún noble hacerme daño, y yo haría lo imposible para impedir que alguien intentase ponerte esas malditas cadenas de nuevo.

La nuez de Val se movió cuando tragó saliva con pesadez. A pesar de la oscuridad que invadía la habitación, a Anna le pareció ver cómo sus mejillas se sonrojaban, tal y como había sucedido ese día que habían bailado junto a la hoguera, en Ordea.

—Sigue haciendo promesas muy peligrosas, majestad —susurró.

Anna le respondió con una sonrisa leve. Estuvo a punto de separar los labios, pero entonces el fuego creció de golpe y las llamas casi escaparon de la chimenea, antes de calmarse con la misma brusquedad.

Val, con las cejas arqueadas, bajó la vista a sus manos.

—Yo no he sido —se apresuró a decir Anna.

Él sacudió la cabeza y miró de nuevo a la chimenea.

—Yo tampoco.

La madera crujía y restallaba en el interior, al rojo vivo. Las llamas, ondulantes, de un naranja y un dorado intensos, se estremecían con violencia y acariciaban el tiro de la chimenea.

—Ha sido el viento —murmuró Val—. Ha cambiado de dirección.

39

LA DECISIÓN

Bastien se levantó de la cama, a pesar de que no había logrado cerrar los ojos durante toda la noche, ni antes del encuentro con Anna ni después.

Las sábanas y las mantas yacían enredadas en sus pies, en la chimenea no quedaban más que brasas, pero el frío que lo hacía tiritar no tenía que ver con la temperatura. Sentía el cuerpo helado, pero su cabeza estaba en llamas.

Había estado pensando toda la noche y ya había tomado una decisión.

Estaba vestido para una nueva jornada, así que solo tuvo que ponerse unas botas y la gruesa capa con el rostro de la Diosa Kitara bordada en ella antes de salir de la habitación. Su mano seguía aferrando la tela que había robado de la habitación de Anna cuando había fingido tropezar con la silla. El pañuelo verde que le había visto usar aquella misma noche, el que cubría su cabellera ahora escarlata.

Tenía que ser rápido. No sabía si tendría suerte, si no estaba más que cayendo en una trampa que condenaría su vida, pero tenía que intentarlo. Quizás, así se apagarían un poco las voces de sus padres en el interior de su cabeza.

Llamó a una de las puertas y, apenas unos instantes después, le abrió un joven de su edad, con el pelo revuelto y los ojos pegados del sueño. Parpadeó, sorprendido, e hizo una torpe inclinación. Bastien ni siquiera le dio tiempo a saludar.

—Busco a Kayden —dijo.

El joven sacudió la cabeza y lo miró confuso. Durante un instante, Bastien pensó que aquello no era más que una estupidez, que cuando preguntó por aquel nombre antes de acostarse, le habían proporcionado una información falsa. Quizá Silvain Mare se había aliado con Blazh Beltane y le habían tendido una trampa. Pero entonces, el joven se volvió hacia la oscuridad de su habitación y exclamó:

—¡Eh! Lord Doyle desea hablar contigo.

El corazón de Bastien se zarandeó cuando una sombra apareció tras el soldado. Era otro joven como él. Todavía llevaba la camisa de dormir y también parecía adormecido. Su rostro era común, no había nada extraño en él. Un soldado más.

—¿Necesita algo, señor? —preguntó.

Cuando el otro joven se marchó, Bastien alzó la mano y la luz de la única antorcha del pasillo se reflejó en el pañuelo verde que sostenía. Kayden observó la prenda y, con lentitud, alzó la mirada.

—Vengo a recordaros que mañana, a pesar de no acompañarnos, deberéis estar vestidos y alerta, por si Lord Etienne os necesita —le informó Bastien, con voz átona.

Con un movimiento rápido, el joven le arrebató la prenda de los dedos y la guardó en el interior de su camisa de dormir.

—Podéis estar tranquilo. Cumpliremos con lo acordado.

Bastien inclinó la cabeza y el soldado hizo una pequeña reverencia antes de cerrar la puerta. Respiró hondo y caminó a zancadas hacia el comedor de la casa de huéspedes.

Acababa de sellar su destino.
Para bien o para mal.

40

ANTES DE LA TORMENTA

Algo impactó en la cabeza de Lya y la despertó de golpe. Miró a su alrededor, confusa, pero a la única que encontró fue a Nerta, que se paseaba junto a ella, mordisqueando una manzana de piel roja.

—Buenos días, *princesa*.

—No me llames así —siseó. Su don palpitó con rabia en su interior.

Su burla le dolía, sobre todo, después de haberla hecho dormir a la intemperie, sin más abrigo que su capa de viaje, maniatada. Algunos de los caballeros y soldados que habían pasado junto a ella la habían mirado de soslayo, visiblemente incómodos. Lya también era su señora, pero su padre había creado una jerarquía entre ellas que debían respetar. Y en esa lista Lya era la última, por debajo incluso de su hermana más pequeña. Por mucho que ordenara que la liberasen, o que soltaran a Dimas y a Lucrezia, que habían dormido también atados a su lado, no la obedecerían.

—¿Quieres desayunar? —le preguntó Nerta mientras le ofrecía la manzana mordida—. Oh, lo olvidaba. Los prisioneros no tienen derecho a comer.

—Hermana —advirtió una voz fría tras ella—. No seas infantil.

La aludida apretó los labios, rabiosa, pero dedicó una rápida reverencia a Gadea.

—Como ordenes —respondió. Arrojó la fruta a los pies de Lya, demasiado lejos como para que pudiera alcanzarla.

Gadea no separó los ojos de Nerta hasta que ella desapareció tras los soldados y los caballeros, que se encargaban de levantar el campamento.

—Esto es ridículo —dijo Lya a su hermana mayor—. Libéralos. Fui yo la que decidí espiaros.

Gadea frunció el ceño y examinó con atención a sus acompañantes. Por supuesto, no encontró expresiones suplicantes o asustadas. Casi parecía que, de no haber sido por las cuerdas que los envolvían de pies a cabeza, ya se habrían abalanzado contra ella.

—Ellos podrían haber elegido, y eligieron mal. Después de que terminemos con esto, vendrán a Itantis, contigo, y serán juzgados por nuestro padre. —Sus ojos oscuros le devolvieron una mirada lúgubre—. Como serás juzgada tú.

Lya intentó que sus palabras no le provocaran un escalofrío.

—¿*Esto*? ¿Qué es *esto*?

—Para nosotras, un simple trámite. Para ti, una lección. Cuando todo comience, abre bien los ojos y aprende. Pero —añadió, entornando la mirada—, si intentas escapar, Nerta no esperará a llegar a casa para castigarte.

No añadió nada más. Se perdió entre los soldados, sin mirar ni una vez atrás. Al fin y al cabo, nunca lo había hecho, ni siquiera cuando Lya solo era una niña que lloraba cuando se caía y estaba aprendiendo a caminar.

El carraspeo de Lucrezia la devolvió a la realidad. De pronto, fue más consciente del dolor que le provocaban las cuerdas en sus extremidades, del frío que le atenazaba el cuerpo.

—Lya, no te lo tomes a mal, pero tienes una familia de mierda.

Una buena dama debería negarlo, pero ella apretó los labios y bajó la cabeza.

Apenas unos minutos después, varios caballeros los obligaron a levantarse y los condujeron hasta los caballos de Nerta y Gadea. Ellas, vestidas con ropa de combate, apenas les dedicaron un rápido vistazo.

Ataron la cuerda que envolvía las muñecas de Lya a la silla de montar de la mayor de sus hermanas y, frustrada, vio cómo hacían lo mismo con las ataduras de Dimas y Lucrezia.

Cuando alzó la mirada, los ojos de Nerta le sonreían con crueldad.

—Es hora de dar un paseo —ronroneó.

41

EL INICIO DE LA TEMPESTAD

El campamento de esclavos al que se dirigían estaba cerca, pero tuvieron que dar un rodeo cuando se encontraron frente a un precipicio enorme.

—Tendremos que descender sin los caballos —comentó una soldado, observando el estrecho sendero que descendía, muy empinado, entre las rocas escarpadas.

Etienne asintió y bajó del suyo con un salto grácil.

—De acuerdo. Echaremos un vistazo y luego volveremos a subir.

La mujer hizo una pequeña reverencia y se llevó a los animales.

A Bastien no le gustaban demasiado las alturas, así que tuvo cuidado cuando se asomó al borde del acantilado. A pesar de que no podía apreciar los detalles por la distancia, podía evaluar el caos en el que se había convertido el campamento de esclavos.

Casi parecía imposible creer que esa destrucción la había ocasionado ese chico que había visto de madrugada, delgado y herido.

No, casi parecía imposible creer que alguien, incluso con un don, pudiera causar tal nivel de destrucción.

Era sobrecogedor.

La mano de Etienne sobre su hombro le hizo recuperar parte de la calidez que había perdido.

—Bajemos.

Cabeceó y siguió su espalda, que se encorvó cuando comenzó el descenso abrupto. Esa mañana casi no le había dirigido la palabra. Normalmente, a esas horas ya estaba un poco harto de su parloteo, pero ese día apenas había despegado los labios excepto para dar órdenes a sus soldados y caballeros. Una parte de él estaba aterrorizada, porque creía que había averiguado su traición. Al fin y al cabo, no había visto a Kayden durante el desayuno, y ahora tampoco los acompañaba. Pero otra parte le aseguraba que, si Etienne supiera realmente lo que estaba pasando a sus espaldas, llevaría encadenado horas.

Bastien miraba con tanta fijeza su nuca, cubierta por un ensortijado cabello rubio, que cuando Etienne volvió de pronto la cabeza y lo sorprendió observándole, dio un paso atrás, sin mirar dónde pisaba. Su talón izquierdo no encontró suelo que pisar y perdió momentáneamente el equilibrio. Se balanceó hacia el precipicio.

—¡Bastien!

Etienne enredó las manos en su muñeca justo a tiempo y tiró con fuerza de él. Bastien se precipitó hacia adelante y aterrizó en su pecho. Intentó apartarse, pero él lo sujetó con firmeza, estrechándolo contra su cuello.

—¿Estás bien?

Esta vez apoyó las manos en el torso de Etienne para alejarse. Ni siquiera fue capaz de mirarlo a la cara.

—Me encuentro perfectamente —contestó. Sentía la cara, el cuerpo y la garganta en llamas—. Gracias por la ayuda.

Etienne sacudió la cabeza, un poco aturdido, y continuó descendiendo por el acantilado. Esa vez, por si acaso, Bastien no levantó la mirada del camino, ni siquiera cuando, al cabo de unos minutos, Etienne le habló.

—Siento lo de ayer.

—¿Qué?

Miró hacia atrás, pero los caballeros y los soldados que los seguían en el descenso se encontraban a demasiada distancia como para que escucharan la conversación.

—Siento haberte interrumpido con esa chica.

—No me interrumpiste —replicó Bastien con rapidez. Si había algo que deseaba, era que olvidase pronto el rostro de Anna—. Solo hablábamos. Nada más. —Etienne le lanzó una mirada por encima del hombro, en la que quedaba más que claro que no le creía—. Ella no es nadie —insistió, poniendo énfasis en la última palabra.

—Me gustó. Y ya sabes que tengo un don con las personas. Puedo ver su corazón —contestó Etienne, antes de apretar los labios—. Pero creo que... me sentí un poco celoso.

—¿Qué? —repitió Bastien, esta vez, en un murmullo roto.

Etienne pareció a punto de decir algo más, pero entonces sus ojos se levantaron y se hundieron en el campamento, o más bien, en lo que quedaba de él. Ahora que estaban tan cerca, podían ver perfectamente en qué condiciones había quedado.

Bastien siguió su mirada y controló su boca para que no se abriera de par en par.

Si lo que había visto desde tan lejos era horrible, de cerca era espantoso.

Etienne salvó de un salto la distancia que lo separaba del suelo y Bastien lo imitó. Se adentraron en el desastre con lentitud, sobrecogidos. A su espalda, Bastien podía escuchar las maldiciones y los juramentos de los caballeros y los soldados que los acompañaban.

—Esto no puede haberlo hecho una sola persona —musitó Etienne, sin dejar de mirar a su alrededor—. Es imposible.

Estaría de acuerdo con él si no hubiera conocido ayer al culpable.

La decena de tiendas donde habían dormido antes los soldados y los esclavistas se habían convertido en montañas de cenizas, de las que solo quedaba algún mástil de madera ennegrecido. Las mesas, las armaduras, las armas, todo estaba desparramado como basura por el terreno. Hasta las propias jaulas en las que dormían los esclavos estaban destrozadas. Los barrotes de acero estaban separados y retorcidos, y algunas estaban partidas en dos, como si algún dios las hubiese golpeado con sus propios puños. Aunque habían retirado los cadáveres, todavía había sangre cubriendo el suelo. Había tanta, y era tan oscura, que se confundía con las manchas de hollín que había provocado el incendio.

—¿Crees que fue la hija perdida de Nicolae Lux? —preguntó Etienne, volviéndose hacia Bastien—. Tuvo que haber un gran incendio. Los que no acabaron destrozados, murieron envueltos por las llamas.

—Imposible —replicó Bastien de inmediato, consiguiendo que los ojos azules del chico se clavaran en él con recelo—. Ella jamás recibió entrenamiento. Lleva apenas algo más de un mes siendo consciente de su don.

Etienne cabeceó, distraído, y avanzó varios pasos más antes de detenerse. Aunque no podía ver su cara, Bastien sí observó cómo sus manos se convertían en puños y cómo giraba la cara, con una mezcla de asco y aprensión.

Se acercó a él, extrañado, y no tardó en descubrir de dónde venía su disgusto. No habían retirado todos los cadáveres. Al menos, no los de los esclavos. A algunos de ellos los habían matado durante la huida, y ahora yacían tumbados, en la misma postura en la que habían muerto, medio desnudos, algunos con los ojos todavía abiertos.

Un poco más adelante, podían ver lo que parecía ser una fosa común. No era fácil de adivinar que, cuando el ataque contra los esclavistas había comenzado, algunos de ellos estaban enterrando a sus propios compañeros.

Todos debieron morir hacía varios días, pero la débil capa de hielo que recubría el terreno y el frío sempiterno que envolvía la Sierra de Arcias los habían conservado. Olían de una forma extraña, antinatural, pero no desprendían el típico olor agridulce de los cuerpos en descomposición.

—Los Altair podrían habérselos llevado también —susurró Etienne, con el rostro demudado.

Su ceño se frunció con rabia antes de volverse hacia sus soldados.

—Que terminen de cubrir esa fosa —ordenó, con una expresión tan fría y despiadada que nada tenía que envidiar a la de Silvain—. Por Kitara, son humanos. No se merecen que los buitres y los cuervos se coman la poca carne que les quedaba en los huesos.

Bastien clavó la mirada en los cuerpos y sintió cómo algo se retorcía dentro de él. Nunca había escuchado a nadie, ni a sus padres ni a cualquier otro miembro de las Familias Menores, en las que los límites entre clases estaban más difuminados, hablar así de los esclavos, tratar así a sus cadáveres.

El esclavista particular de Grisea no era un hombre cruel, no maltrataba por placer, pero era duro. Más de una vez había escuchado cómo gritaban los esclavos cuando los castigaban y Bastien no había sentido más que cierta incomodidad. Los gritos siempre eran desagradables, vinieran de donde vinieran. Jamás había sentido lástima o compasión por ellos, así que le impactó la forma en la que se retorcieron los labios de Etienne, en cómo sus ojos brillaban y los nudillos se le blanqueaban de tanto apretarlos. Nunca se habría imaginado que alguien como él, que pertenecía a la familia más poderosa de Valerya tras la desaparición de los Lux, pudiese sentir tanto la muerte de unos esclavos que ni siquiera eran suyos.

Los caballeros y los soldados no protestaron. Intercambiaron una mirada, sorprendidos como Bastien, pero obedecieron de inmediato.

Etienne se alejó de la fosa común y respiró hondo varias veces para calmarse. Bastien lo siguió, guardando las distancias, hasta que se detuvieron en el centro mismo del campamento. En él, había un poste con cadenas partido por la mitad. Otro lugar más de castigo para los esclavos, a la vista de todos.

—No tuvieron ninguna oportunidad —dijo entonces Etienne. Se giró para encararlo—. Dio igual que los hubiese atacado un ejército que un No Deseado demasiado poderoso. Este campamento está construido estratégicamente. No es sencillo escapar de este lugar seas esclavo, soldado o noble.

Alzó el índice y señaló las inmensas paredes de piedra que los rodeaban. Tenía razón, con semejantes muros no era fácil escapar, a no ser que fueras un No Deseado que podía volar. No había forma de que los caballos bajaran hasta allí, del mismo modo en que una huida en masa no era factible. Solo había un sendero de subida y bajada, que obligaba a ir en fila de uno en uno.

Construyeron el campamento en ese lugar para que el que tratara de escapar no lo hiciera con vida.

Bastien continuaba observando el acantilado con atención, cuando de pronto le pareció ver a un hombre en mitad de él. Colgaba en el vacío, contra uno de los muros rocosos. Unas lianas le envolvían el cuerpo y lo sujetaban. Miraba directamente en su dirección y llevaba un arco entre las manos.

Bastien lo miró con fijeza, confuso, y entonces, el hombre tensó una flecha y apuntó.

El cuerpo de Bastien se movió solo. Tomó impulso y se arrojó contra Etienne. Lo tiró al suelo en el preciso instante en que un silbido letal rasgaba el aire por encima de sus cabezas.

Bastien alzó la mirada y, a apenas unos palmos de distancia, vio la flecha hundida en el suelo.

—¡Escudos! —vociferó un caballero tras ellos.

Una decena de soldados se abalanzaron sobre ellos y los cubrieron con los escudos. Todos, decorados con la mirada feroz y azul de la Diosa Kitara.

Retrocedieron con rapidez, a pesar de que no había ningún lugar en el que esconderse. Estaban rodeados por un acantilado circular. Las tiendas eran solo astillas y ceniza, y el único sendero que existía era aquel por el que habían descendido. Bajo ataque, usarlo para escapar era un suicidio.

De pronto ya no era una flecha la que caía contra ellos. Eran decenas, cientos. Los soldados y los caballeros mantuvieron fijos sus escudos, aunque algunas de ellas los atravesaron en parte, deteniéndose a muy poca distancia de las cabezas.

—¿Quién...?

La voz de Etienne se extinguió cuando una bandera, conocida por todos, apareció en la cima del acantilado. El enorme abeto frondoso de raíces gigantescas era inconfundible.

Bastien contempló las figuras que acababan de aparecer en el borde del precipicio. La mayoría eran caballeros y soldados, en un número que los superaba con creces. Ellos eran demasiado pocos. Gran parte del grupo que había salido de Caelesti se había quedado en la casa de huéspedes, a la espera de órdenes. Se suponía que solo iban a recabar cierta información sobre el ataque que se había producido en el campo de esclavos.

Entre la multitud que pendía del abismo, destacaban entre tanta armadura plateada dos figuras esbeltas vestidas con ropas de combate. No podía distinguir sus rasgos, pero por la forma de sus cuerpos, adivinó que eran mujeres.

—Gadea y Nerta Altair —murmuró Etienne, pálido por el asombro y la ira—. La primera y la segunda hija de Lord Altair.

Las hermanas mayores de Lya. Bastien se quedó sin habla. Solo las miró, mientras en su cabeza se desataba una tormenta.

—Es una trampa.

Las hermanas de Lya movieron los brazos y balancearon sus cuerpos con brusquedad y rigidez. Siguiendo sus movimientos, una oleada de la tierra que cubría el campo de esclavos salió despedida hacia ellas y creó una larga y ancha rampa que las conducía directamente al campamento destruido.

Ellas descendieron a toda velocidad. A sus espaldas, las seguían decenas de soldados y caballeros.

—Abrid todas vuestras cantimploras —ordenó Etienne y miró a sus hombres—. Voy a necesitar toda el agua que tengáis.

Bastien se apresuró a desenroscar el tapón, pero los dedos de Etienne lo detuvieron. Levantó la mirada, interrogante.

—Voy a necesitar algo más de ti —susurró, ronco.

—Lo que quieras.

—Un arma. Me da igual si piensan que soy un Inválido, si creen que soy un inútil por no ser capaz de defenderme solo con mi don. Pero mira a tu alrededor, Bastien. No sé dónde hay más fuentes de agua. Con lo que llevemos en las cantimploras no será suficiente. —Esbozó de pronto una pequeña sonrisa y le guiñó un ojo—. Es hora de que pongamos en práctica tu entrenamiento.

Bastien no le respondió ni le dedicó otra sonrisa, porque sentía los labios acalambrados. En vez de ello, extrajo uno de los puñales que colgaban de su cinto y se lo entregó.

Etienne se lo guardó bajo la cota de malla y, entonces, con un ligero movimiento de sus dedos, el agua de las cantimploras de todos sus soldados y caballeros, también de la de Bastien, salió a presión de los recipientes y lo rodeó como una capa sacudida por el viento.

Su sonrisa desapareció. Se volvió y enfrentó a las hermanas Altair, que acababan de poner los pies sobre el terreno. Las seguían tantos que a Bastien le era imposible no compararlos con el pequeño grupo que tenía a su espalda.

—Me parece que la flecha que me habéis disparado no es un regalo de bienvenida a vuestras tierras —dijo Etienne, con calma—. Y no sois una comitiva amistosa, adivino también, aunque es un placer volver a veros, Lady Gadea, Lady Nerta —añadió mientras les dedicaba una mínima reverencia.

—Habría sido demasiado fácil, Lord Etienne —contestó una de las mujeres. Tenía el pelo rubio oscuro y la agresividad cincelada en cada rasgo que componía su rostro—. Pero satisfactorio. Un Mare, muerto tras ser atravesado por una vulgar flecha.

—Esto no es nada personal contra vos —dijo la otra. Su voz era fría, pero serena—. Con la muerte del rey, sin un heredero al trono, el tiempo de los Dones Mayores ha llegado a su fin.

Etienne ladeó la cabeza y, con un chasquido de sus dedos, el agua que flotaba en el aire y lo rodeaba tomó forma de látigo y envolvió su mano derecha.

—Me halaga saber que no es personal. Casi me había entristecido.

El agua se agitó con la ligereza del viento, y golpeó a la primera mujer que había hablado con tanta fuerza que salió despedida hacia atrás e impactó contra el muro de rocas del acantilado.

Nadie se movió. Ella se incorporó a duras penas y dejó escapar una risa que puso a Bastien los vellos de punta.

—¿Eso es todo lo que sabéis hacer, Lord Etienne? Oh, siento tanto que no podamos proporcionaros más agua...

—No os preocupéis —contestó él, gélido—. Puedo conseguir más.

El mismo látigo que había golpeado a una de las hermanas cayó sobre uno de los soldados de los Altair. El hombre rodó por el suelo y terminó tendido frente a los pies de Etienne. Él se arrodilló y clavó sus manos en el cuello, en la piel que dejaba libre la armadura.

De pronto, el soldado dejó escapar un estertor agudo y ronco a la vez, y se estremeció entre las manos de Etienne. Su piel se arrugó de golpe. Perdió toda la elasticidad y el color se volvió de la misma tonalidad que la tierra que pisaban. Entre los dedos de Etienne, Bastien vio cómo aparecía una enorme burbuja de agua transparente que se unía al resto de líquido que lo rodeaba y lo hacía mayor.

A Bastien le costó reprimir la arcada cuando vio el cadáver arrugado del soldado. Lo había deshidratado con el simple roce de sus dedos. Lo que hacía segundos era un ser humano vivo ahora parecía una momia reseca.

Etienne se incorporó de nuevo. Su postura desafiaba a las hermanas Altair.

—¿A qué estáis esperando?

Y entonces, se desató la tempestad.

42

UNA OPORTUNIDAD

El súbito sonido de las espadas al chocar le hizo levantar la mirada del suelo.

Dimas y Lucrezia, maniatados y sentados junto a ella, clavaron también los ojos en el borde del acantilado. Por mucho que estiraba el cuello, Lya no podía ver nada. Estaban demasiado lejos del abismo para ver lo que sucedía en su interior.

—¿Qué ocurre? —le preguntó a uno de los soldados que sus hermanas habían dejado para vigilarlos.

Él dudó durante un momento antes de separar los labios.

—Se está produciendo una batalla.

—Oh, qué agudo —bufó Lucrezia, con los ojos en blanco—. Con esos gritos, creía que estaba en mitad de un maldito baile de palacio.

—¿Contra quién están luchando? —volvió a preguntar Lya, sin separar la mirada de la expresión cauta del soldado.

—Mi señora, no sé si debería...

—Mis hermanas te han prohibido liberarme, pero no que respondas a mis preguntas. Sigo siendo miembro de la familia a la que sirves —lo interrumpió—. Así que contesta.

—La familia Mare —dijo el hombre, en voz baja, tras intercambiar una mirada con sus dos compañeros.

—¿La familia Mare? —repitió Lya, sin aliento. A su lado, Dimas y Lucrezia se miraron con el ceño fruncido, tan extrañados como ella—. ¿Para qué? ¿Es que quieren empezar una guerra?

—Será una batalla rápida, mi señora. Somos muy superiores en número.

—Los números no importan una mierda —intervino Dimas con brusquedad—. La familia Mare es la última que posee un Don Mayor.

—Pero ellos solo tienen a Lord Etienne —replicó el soldado—. Y nosotros contamos con Lady Gadea y Lady Nerta.

Durante un instante, a Lya le vino a la memoria el rostro de Etienne Mare, cuando coincidió con él en una reunión de grandes familias, varios años atrás. Tenía un pelo rubio brillante, que recordaba al color de la arena de las playas de Caelesti, y unos ojos azules que transmitían amabilidad.

Jamás lo había visto pelear, pero sí estaba segura de que tendría verdaderos problemas si se enfrentaba solo a sus hermanas. A ellas sí las había visto luchar y sabía lo que eran capaces de hacer. Cuando todavía entrenaban juntas en su castillo, lo sufría. Gadea era calculadora y observaba los movimientos de su oponente con la paciencia letal de una serpiente. Nerta, sin embargo, era pura destrucción. Recordaba que, durante uno de sus entrenamientos en solitario, prácticamente había arrasado con un bosque entero. Lya sabía lo peligrosa que podía llegar a ser. Era perfecta para crear el caos.

Aunque... eso era lo que necesitaba ahora. Mucho caos.

Cerró los ojos durante un instante y, con un estremecimiento interior, activó su don. Junto a sus manos, sintió cómo la tierra se removía un poco. De ella brotó una pequeña raíz. Lucrezia y Dimas se percataron de ello, pero no despegaron los labios.

La raíz se arrastró por el suelo y se elevó como una serpiente a punto de atacar. Los soldados, con los ojos clavados en el fondo del acantilado, no fueron conscientes de cómo esta se enroscaba en torno a uno de los cuchillos que portaban y lo extraía de la vaina con suavidad.

Con el mismo sigilo, la raíz arrastró el arma hacia Lya, y la colocó firme contra sus muñecas. Ella solo tuvo que frotar un par de veces la cuerda para que cayera al suelo.

Se arrastró, aguantando la respiración, y utilizó el cuchillo para cortar las ataduras de Dimas y Lucrezia.

Cuando la última cuerda fue cortada, los tres se incorporaron. Y en esa ocasión, el sonido de los guijarros hizo volverse a los soldados que los vigilaban.

Dieron un paso atrás, confusos, sin entender qué había ocurrido.

Lya ni siquiera les permitió hablar. Con un movimiento rápido de su brazo, la raíz que había extraído de la tierra hizo un barrido e hizo que los hombres se desplomaran. No pudieron ponerse en pie de nuevo. Dimas y Lucrezia cayeron sobre ellos y los dejaron inconscientes de un golpe.

Lya, entonces, se acercó al borde del precipicio y miró.

A sus pies, el mundo se había convertido en un infierno de tierra, espadas, sangre y estallidos de agua. Era delirante y sobrecogedor. Vio muchos soldados y algunos caballeros muertos, con las armaduras tan sucias por el barro y la sangre que no podía reconocer a qué bando pertenecían.

El lugar en el que se enfrentaban estaba prácticamente destruido. Era un campamento de esclavos, de eso no había duda. Las cadenas, el poste de castigo, la fosa común... todos esos elementos lo demostraban, aunque apenas quedaba ya nada en pie.

Sus hermanas destacaban a pesar del caos. A su paso levantaban enormes trincheras de tierra que utilizaban para ocultarse y atacar. Los del otro bando no encontraban ni un solo escombro tras el que esconderse. Estaban siendo masacrados.

Frente a Gadea y a Nerta, con una enorme balsa de agua bailando sobre su cabeza, subyugada a su voluntad, se encontraba Etienne Mare. Era inconfundible con su traje azul marino y su cabello rubio, aun con todo el barro que lo cubría.

Se defendía con uñas y dientes. Utilizaba ese pequeño lago flotante como ataque y escudo. Sus movimientos fluidos no se parecían en nada a los embates de sus hermanas, bruscos y poderosos. Cada vez que acometía, Etienne parecía danzar.

A su lado, había un soldado que era su sombra. No poseía ningún don, pero manejaba la espada con habilidad y cortaba todas las lianas que Gadea y Nerta lanzaban contra ellos.

De pronto, una mano se apoyó en su hombro. Dimas. Manteniendo el contacto, él bajó la mirada y observó el caos que se hallaba bajo sus pies, en un silencio contenido. Sus dedos se apretaron un poco más contra la piel de Lya, en un ademán protector.

—Será mejor que nos marchemos —murmuró Lucrezia, que se había acercado también—. Ahora nadie reparará en nosotros.

Aunque Lya asintió, no se movió cuando vio cómo, de pronto, Etienne caía al suelo en el momento en que lo alcanzaba una de las lianas que controlaba Nerta. Lo había herido en una pierna. El chico que estaba a su lado se volvió y gritó de tal forma su nombre, que su voz hizo eco por todo el acantilado.

Las pupilas de Lya se dilataron aún más y cayó de rodillas, con medio cuerpo flotando sobre el precipicio.

Reconocía esa voz. Y reconocía ese rostro.

Pero no lo podía creer.

—Bastien —murmuró.

LAS TORNAN CAMBIAN

S e colocó delante de Etienne para cubrirlo con su propio cuerpo. Apenas tuvo tiempo de observar su rostro, atravesado por el dolor, y su pierna herida. Etienne apretó la mano contra ella y, entre los dedos, Bastien pudo ver correr anchos hilos de sangre.

El sufrimiento que debía sentir lo destrozó tanto como a él. Aumentó su rabia, sus deseos de borrar esa sonrisa cruel que no abandonaba los finos labios de Nerta Altair. Si fuera Anna, usaría su don contra ella y la haría arder sin piedad, la obligaría a soportar el mismo dolor que lo sacudía cada vez que escuchaba las exclamaciones ahogadas de Etienne.

Pero lo único que tenía era su espada, así que se abalanzó sobre la mujer con el arma en alto. No la tocó, pero la entretuvo lo suficiente como para que los soldados auxiliaran a Etienne.

Por suerte, Gadea, la mayor de las hermanas, estaba ocupada con varios de los caballeros de los Mare, que la estaban enfrentando con valentía. Aunque Bastien sabía que no podrían detenerla durante mucho tiempo. Era cuestión de minutos que murieran, como lo habían hecho la mayoría de los soldados y caballeros que los habían acompañado en aquella jornada.

Bastien golpeaba y cortaba sin cesar. Nerta, a unos metros de él, no tenía más rasguño que el que le había producido Etienne cuando la lanzó contra la pared del acantilado. Movía sus brazos con rapidez y sacudía el terreno con los talones. Cada vez que lo hacía, las lianas surgían de él, veloces y directas.

No eran simples fragmentos de plantas. Bastien había visto cómo habían atravesado armaduras, abriendo la carne como si se tratase de la hoja más afilada. Sabía que, si no esquivaba sus ataques, acabaría como los hombres y mujeres que yacían en el suelo, a su alrededor.

Rodó una vez más por el barro, y esquivó las lianas que intentaban golpearlo con la fuerza de un látigo. Giró sobre sí mismo y cortó los largos cabos verdes que danzaban en torno a él. Uno de estos lo esquivó y se enredó en uno de sus tobillos. Bastien bajó la espada, pero cuando estaba a punto de cortarlo, sintió un fuerte tirón y salió despedido por los aires.

El aire se escapó de sus pulmones y consiguió cubrirse la cabeza instantes antes del impacto contra la pared del acantilado. El dolor lo partió por la mitad y se intensificó cuando golpeó la tierra.

Boqueó e intentó recuperar el oxígeno. Se llevó la mano a la cabeza y parpadeó. Notaba la sangre resbalando por su frente, pero eso no le impidió ponerse en pie.

Recuperó su espada y se volvió hacia el centro del llano, donde se concentraba la batalla.

Etienne estaba de nuevo en pie, un torniquete controlaba la hemorragia de su pierna izquierda. El agua seguía moviéndose a su voluntad, golpeaba a veces como látigos, envolvía en otras ocasiones las cabezas de sus enemigos y los ahogaba. Pero, herido, apenas podía hacer nada contra las dos hermanas.

Los caballeros de los Mare que luchaban contra Gadea ahora eran nuevos cadáveres, tumbados sobre el barro.

Etienne movió una de sus manos y una burbuja enorme de agua se dirigió directa hacia la cabeza de la hermana mayor de las Altair. Le envolvió el rostro. Sus dedos se convirtieron en un puño y, a pesar de la distancia, Bastien pudo ver cómo la mujer intentaba deshacerse de la bolsa de agua que la asfixiaba, sin éxito.

Ella no se rindió. Con la punta del pie golpeó el suelo y, de él, brotó una larga liana que cayó sobre Etienne y le rodeó el cuello. Lo apretó con fuerza. Él jadeó y, con la mano que tenía libre, intentó deshacerse del cabo verde, que lo ahorcaba poco a poco, igual que el agua ahogaba con lentitud a Gadea Altair.

Ninguno de los dos dones vacilaba, aunque sus dueños se estaban matando lentamente.

Pero no era una pelea justa, uno contra uno. Nerta se volvió hacia Etienne, con una expresión homicida dibujada en sus duros rasgos, y levantó la mano.

A pesar de que Bastien continuaba sin ver bien, de que todavía no había recuperado la respiración, corrió hacia ella.

No podía dejar que Etienne muriera. No podía permitirlo. Y aunque sus padres gritaron desde lo profundo de su interior, le pareció que otro aullido silenciaba sus voces para siempre.

Extrajo de su cinturón el puñal que le quedaba, idéntico al que le había entregado a Etienne al inicio de la batalla, y lo lanzó con precisión a la espalda de la mujer.

No supo qué la alertó, pero ella se dio la vuelta y, con un movimiento de su brazo que imitó la liana que tenía detrás, desvió la trayectoria del puñal. Este terminó clavado en el suelo, a sus pies.

Nerta creyó que eso detendría a Bastien. Creyó que no volvería a esgrimir la espada. Sería lo más inteligente, desde luego. Pero algo dentro de Bastien lo obligó a seguir adelante, a aumentar la velocidad y a saltar hacia ella con los brazos extendidos. Quizá porque tras Nerta pudo ver el rostro amoratado de Etienne, a punto de perder la conciencia. Quizá porque, como le había dicho una vez una extraña anciana, su corazón lo mataría.

Si Nerta Altair no lo hacía antes.

Los puños de Bastien encontraron su cara y la golpeó con toda la fuerza que le quedaba. El aullido de Nerta le sacudió los oídos. Fue lo único que percibió antes de que una de sus lianas lo envolviera por la cintura y lo hundiera en la tierra con un golpe seco que le cortó el aliento.

Un agudo pitido lo desolló por dentro y, medio desorientado por el impacto, vio cómo Nerta se incorporaba y se limpiaba con furia la sangre que le resbalaba por la comisura de los labios. Escupió algo blanco que hizo sonreír a Bastien tontamente.

Un diente.

—Has cometido un gran error, idiota —siseó ella, con la voz saturada por el veneno—. Has cometido un grandísimo error.

Bastien no respondió, aunque, de todas formas, no tuvo tiempo para ello. Siguiendo la orden de Nerta, cuatro raíces brotaron del suelo y se aferraron a sus cuatro extremidades. La quinta que surgió, cuyo extremo era tan afilado como un puñal, se dobló hacia Bastien, como si fuese la cabeza de un animal, observándolo antes de devorarlo.

Los labios de Nerta eran más que rojos cuando le sonrieron, salvajes. Movió el índice con lentitud y señaló su corazón.

Bastien escuchó a Etienne gritar su nombre. No sabía si se había librado de la atadura que le aferraba el cuello, porque su voz sonaba destrozada y ronca. Con el rabillo del ojo le pareció ver su figura, que luchaba por acercarse a él, pero Gadea le bloqueaba el paso con sus ramas y lianas.

Bastien ni siquiera podía girar la cabeza para verlo, aunque le habría encantado. Mirar sus ojos azules mientras abandonaba ese mundo no era una mala forma de morir.

La sonrisa de Nerta se pronunció y, entonces, la raíz tomó vida. Cayó sobre él, sobre su pecho. Sobre su corazón.

Bastien dejó caer los párpados y esperó que el dolor agudo lo atravesara, que le arrebatara la vida e hiciera que se reuniera de nuevo con sus padres en la tierra de los dioses. Pero no sintió nada. No escuchó la voz de su madre, ni experimentó nada diferente al frío y húmedo barro sobre el que estaba tumbado.

Abrió los ojos de golpe. El extremo de la raíz arañaba el peto de su cota de malla, pero nada más. Envolviéndola, varias lianas impedían que avanzase. Hacían tanta fuerza que las escuchaba crujir y desgarrarse poco a poco. Parecían dos manos librando un largo pulso.

Confundido y desorientado, desvió la mirada hacia Nerta. Ella, por el contrario, ni siquiera le prestaba atención. Mantenía los ojos levantados hacia el borde del acantilado, pálida de ira. No era la única que miraba en esa dirección. Gadea y Etienne resollaban de rodillas en el suelo y también alzaban la vista, tan confusos como Bastien.

Siguió la dirección de sus miradas y clavó las pupilas en una figura arrodillada justo en el borde, con las manos extendidas hacia él.

Llevaba un vestido destrozado y sucio, sumamente distinto al que tenía puesto la última vez que la había visto. Su pelo castaño, del color de la madera más sana, volaba en torno a su cara, completamente libre, sin esos aparatosos recogidos cubiertos de perlas y flores. Sin embargo, fueron sus ojos los que lo hicieron dudar y no reconocerla. En sus iris verdes no había miedo, no había vergüenza, no había timidez. Solo decisión y mucha, muchísima fuerza.

—Lya —jadeó.

A su lado vio dos sombras. Una mujer y un hombre enorme.

Volvió los ojos hacia la raíz que amenazaba su corazón; apenas aguantó unos instantes más antes de que las lianas que gobernaba Lya con su don la hicieran pedazos. No se detuvo ahí. Las ataduras que envolvían sus extremidades desaparecieron y una de las lianas envolvió su cintura y lo lanzó hacia Etienne y los pocos caballeros que quedaban con vida.

—¿Estás bien? —le preguntó este, mientras lo ayudaba a ponerse en pie.

No pudo responder. Solo tenía ojos para Lya, que seguía en el borde del acantilado.

La chica más cobarde que había conocido acababa de salvarle la vida.

—Nerta, cálmate.

La voz de Gadea lo hizo despertar. Giró la cabeza en su dirección y observó la lividez de la aludida, la forma en la que apretaba los dientes, como un animal a punto de perder el control.

—Nerta —insistió Gadea.

Pero su hermana no la escuchaba. Les dio la espalda, se olvidó de ellos y corrió hacia el acantilado. Etienne hizo amago de ir tras ella, pero Gadea se movió con rapidez y se colocó frente a él, con las manos alzadas, tensa, lista para atacar de nuevo.

—Rendíos. No tenéis ninguna oportunidad —dijo, con gélida tranquilidad—. Si así lo hacéis, prometo proporcionaros una muerte digna y rápida.

Nadie habló. Nadie se movió. Bastien solo giró un poco la cabeza y miró a su alrededor. Solo quedaban Etienne y cinco caballeros aparte de él. El resto estaban todos muertos.

Frente a ellos no solo estaba Gadea. Quienes la acompañaban seguían siendo más de los que eran ellos mismos al principio del ataque.

Bastien intercambió una mirada agónica con Etienne, y sintió el irresistible y estúpido deseo de darle la mano.

Estaba a punto de hacerlo.

Movió un poco el brazo, pero de pronto algo frío y húmedo tocó su palma, y le hizo levantar la mirada.

Otra gota de agua cayó sobre la nariz de Bastien y resbaló por su mejilla, como si se tratase de una lágrima.

A pesar de que no lo miró, pudo imaginar cómo Etienne sonreía.

Estaba empezando a llover.

44

Deudas saldadas

—¡¿Por qué has hecho eso?! —gritó Lucrezia, mientras huían por el sendero que bajaba por la montaña. Se alejaban a toda prisa del campamento de esclavos.

—Lo iba a matar —contestó Lya, entre jadeos—. Si tuviera que hacerlo de nuevo, lo haría.

—¿Y qué? ¿Has visto cuántos muertos había? ¿Qué más daba uno más?

—Se lo debía —continuó, sin dejar de correr—. Ya lo abandoné una vez.

La imagen de aquella fatídica noche todavía la torturaba en los sueños. La forma en la que se había marchado mientras Anna se defendía y Bastien caía herido, en el suelo, con una espada enterrada en el hombro.

No sabía qué hacía luchando al lado de los Mare, ni siquiera sabía por qué la familia Altair, su familia, había decidido atacarlos, pero le traía sin cuidado. Se había prometido a sí misma que no huiría más y eso era lo que había hecho.

Aunque esa decisión la condenase.

—¡Por ahí! —exclamó Lucrezia. Con un dedo señaló los primeros árboles.

Tras ellos, el bosque se hacía más denso y crecía, y se extendía por la falda de la montaña hasta llegar al valle. Si conseguían alcanzarlo, tendrían alguna oportunidad de escapar.

Sin embargo, mientras Lya se dirigía hacia él, a la zaga de la carrera desesperada de Lucrezia y Dimas, adivinó que algo no marchaba bien. Frenó en seco y, con los ojos abiertos de par en par, vio cómo el árbol más cercano a ellos se estremecía. De pronto, cayó hacia delante, cerca de donde se encontraba Lucrezia.

No era una caída natural.

Lucrezia ni siquiera se había dado cuenta de que lo tenía prácticamente encima.

Lya se tiró de bruces al suelo y clavó los dedos en la tierra húmeda y fría, infundiendo su don, descargándolo por completo.

A varios metros de ella, justo al lado de donde Lucrezia pisaba, un pequeño árbol quebró la tierra y emergió de ella. El tronco era fino, sus ramas eran abundantes pero delgadas, así que crujieron y se rompieron cuando el enorme abeto se precipitó contra él y contra la mujer. No soportó el peso y la caída, aunque fue suficiente. Le proporcionó a Lucrezia los segundos necesarios para alejarse y llegar hasta Dimas.

Lya respiró hondo y esbozó una sonrisa agotada justo antes de que algo envolviera sus piernas y tirase de ella.

Se deslizó por el suelo, tragando tierra y guijarros. Luchó por sujetarse a algún lado, sin conseguirlo. Escuchó cómo Lucrezia gritaba su nombre, pero Lya no podía levantar la cabeza y mirarla. Solo veía tierra y negrura. Con brusquedad, el tirón aumentó y la elevó en el aire hasta colocarla boca abajo. La sangre se le fue a la cabeza y, con los ojos llorosos por culpa del polvo que había entrado en ellos, vio el rostro borroso de su hermana Nerta.

—Sabía que podías escapar de los soldados, pero no creí que tuvieras el valor necesario para hacerlo —siseó. Su voz estaba cargada de furia—. Eres más estúpida de lo que imaginaba.

—¿Estás enfadada porque he bloqueado tu ataque? —preguntó Lya. Intentó mirarla con fijeza, aunque seguía sin ver bien.

Un gruñido fue la contestación que recibió. Nunca, jamás, ni durante los entrenamientos, ni durante esos juegos macabros en los que participaba con sus hermanas, había logrado interceptar ninguna de sus arremetidas, mucho menos destruir sus ramas, sus lianas o sus árboles. Pero en ese momento, en apenas unos minutos, había conseguido lo que no había hecho en años.

Nerta destilaba tanta rabia que Lya no sabía cómo no era engullida por ella.

—Si no me sueltas, podría destrozar esta liana también.

Sintió cómo la atadura la apretaba con más fuerza todavía y ahogó un grito de dolor. Por Vergel, parecía que le iban a separar las piernas del tronco. Sin embargo, apenas duró un instante. Escuchó un crujido y cayó al suelo de bruces.

Cojeando, se arrastró para alejarse de su hermana.

Miró hacia atrás. Lucrezia tenía el arco que acababa de usar entre sus manos, y preparaba otra flecha que disparar. La que ya había usado se había incrustado a los pies de Nerta, con la liana rota clavada en su punta.

Dimas se colocó frente a Lya mientras ella se ponía en pie con dificultad.

—Mírate, hermanita. Escondiéndote detrás de unos plebeyos sin don —canturreó Nerta, con la voz destrozada por la diversión y la rabia—. Vergel se equivocó al regalarte sus huesos. Eres una maldita vergüenza para nuestra familia y para todo el mundo noble.

—¡Basta ya! —exclamó Lya—. Ya es suficiente, Nerta. Déjame en paz. Déjalos en paz a ellos.

—Perdiste tu derecho de ordenarme nada en el momento en que decidiste espiarnos como una maldita serpiente.

Los labios de Lya se separaron antes de que ella pudiera controlarlos.

—Tú eres mucho peor que cualquier serpiente.

Los ojos de Nerta se abrieron de par en par, arrastrados por la sorpresa. Lya jamás había conseguido que esbozara una expresión así. De sus ojos, de su cara, no había recibido nada que no fuera burla, decepción y desprecio.

—¿Qué acabas de decir? —siseó.

Debería callarse. La Lya a la que su padre había vendido porque se sentía demasiado avergonzado de ella lo haría. Pero esa Lya se había quedado en Grisea, escondida tras unas enredaderas.

—La verdad. Tú no eres mejor que yo.

El mundo entero pareció temblar un poco cuando Nerta avanzó un paso.

—¿Eso crees? ¿Sabes cómo podríamos averiguarlo? —susurró, con una dulzura que resultaba escalofriante—. Vamos, haz un poco de memoria.

Lya apretó los dientes y los puños. Claro que lo recordaba, era algo que no podría olvidar jamás. Su padre, poco después de que su madre muriera, había obligado a las hermanas a combatir unas contra otras. Al principio, le exigía a Lya luchar contra sus dos hermanas mayores, pero tras un enfrentamiento con Nerta que la dejó inconsciente durante días, su padre decidió cambiarle su oponente. Cuando Vela, la hermana más pequeña, de solo doce años, la venció, Lord Tyr Altair decidió prometerla con Bastien Doyle. Al parecer, era el único destino que merecía.

Para Nerta era solo un juego, pero no para Lya. Sabía qué ocurriría cuando se enfrentasen. Su hermana vencería, y ella...

—¿Comenzamos?

Lya ni siquiera tuvo tiempo para responder. Escuchó un profundo crujido a su espalda y se volvió para ver cómo un abeto gigantesco se precipitaba sobre ella. Levantó las manos justo a tiempo, y lo detuvo en el aire. Luchó contra el don de su hermana, que la empujaba hacia abajo. Sus piernas se doblaron, incapaces de aguantar más, y acabó arrodillada sobre el barro.

No podría resistir mucho más. Lya lo sabía y Nerta también.

Un súbito empellón la hizo rodar por el terreno justo antes de que el árbol la aplastara. Cuando abrió los ojos, vio el rostro de Dimas, a centímetros del suyo.

—¿Estás bien? —susurró.

Lucrezia gritó. Miraron hacia arriba y se apartaron justo a tiempo, antes de que una enorme rama, del tamaño de un hombre, cayera sobre ellos.

Lya se incorporó entre jadeos y observó las enormes plantas de espino que Nerta había conseguido crear. No eran normales, Lya jamás había visto algo así en la vida real. Parecían raíces, pero eran mucho más gruesas, y de ellas nacían decenas de púas tan grandes como la hoja de cualquier puñal.

A su espalda, Lya pudo escuchar cómo crujían los árboles, cómo agitaban sus ramas y movían sus raíces.

Se acercaban a ellos.

Rodeándolos.

45

EL PUÑAL

La lluvia no cesaba, y eso ayudó a que Etienne estuviera en igualdad de condiciones.

Bastien lo miró de soslayo, observando cómo el agua lo obedecía, cómo brotaba de sus manos y danzaba en el aire, golpeando a Gadea Altair con la fuerza de una espada.

Ella se defendía, haciendo surgir a cada paso enormes muros de tierra que bloqueaban los ataques de Etienne. Sin embargo, cada vez retrocedía más, cada vez se acercaba más a la pared del acantilado. Él la acorralaba poco a poco.

La situación de Bastien, sin embargo, no era la misma. Solo quedaban cinco caballeros y él para luchar contra los hombres y mujeres de los Altair, que los superaban ampliamente en número. Solo era cuestión de tiempo que cayeran.

Quizás un noble con don podría enfrentarse a treinta soldados y sobrevivir, pero Bastien era un Inválido y ni siquiera tenía el nivel de un caballero. Pero, aun así, no dejaba de atacar. Sabía que cuanto más daño causara, más tiempo le estaría proporcionando a Etienne, más posibilidades de ganar.

El caballero que tenía a su lado emitió un estertor ahogado cuando la hoja de un hombre de los Altair atravesó su cuello. Bastien retrocedió con la espada en alto, mientras el hombre se retorcía, sangrando, luchando en vano por que el aire llegara a sus pulmones.

La espada que acababa de condenar al caballero amenazaba a Bastien ahora, con el filo empapado de rojo. Sin aliento, se agachó con rapidez y recogió el arma del moribundo. Al fin y al cabo, ya no la iba a necesitar.

Alzó las dos armas, mirando a un lado y a otro, completamente rodeado e, invocando todo su coraje, se abalanzó sobre el hombre que estaba más próximo.

El caballero era rápido, pero Bastien lo era más. Esquivó una estocada y dirigió la espada que sujetaba con la mano izquierda al costado del hombre. Este la interceptó con su arma, pero no vio venir a tiempo la espada que él sujetaba con la otra mano. Bastien le hundió la hoja en el estómago, en el pequeño hueco que creaban las junturas de la armadura. Ni siquiera tuvo tiempo para ver cómo caía al suelo. Dos caballeros se abalanzaron sobre él, con sus armas en alto.

Cayeron con fuerza. Las espadas que él empuñaba temblaron con violencia por el impacto y resbalaron de sus manos. Desesperado, se inclinó para recogerlas, pero sintió un dolor lacerante, insoportable, en la espalda. Bastien dejó escapar un grito que hizo eco por todo el acantilado y cayó de bruces. Su boca saboreó el barro. Se incorporó a medias, aunque el dolor nublase su vista. Se tanteó el pecho, no encontró sangre. Aún podía luchar.

De rodillas, consiguió alcanzar su arma. Bastien la alzó, entre resuellos, pero el mismo caballero que lo había herido le apartó el acero con un ademán brusco y se inclinó hacia él. A su espalda, las armaduras de sus compañeros de combate parecían fantasmas que venían a arrastrar a Bastien hasta las puertas de la muerte.

Esa anciana a la que había visitado cuando era solo un niño tenía razón. Iba a morir por culpa de su corazón.

Si no fuera por él, no estaría allí, arrodillado, observando cómo una espada estaba a punto de atravesarle el pecho.

Pero antes de que llegara siquiera a rozarlo, una cascada de agua apareció de golpe. Cayó sobre el caballero y los otros diez que lo rodeaban, y los arrastró lejos de Bastien.

Él abrió la boca de par en par, aturdido, y volvió la cabeza para observar a Etienne. Estaba frente a Gadea, con una mano alzada en dirección a la mujer y la otra vuelta hacia él. Le sonreía de esa forma que lo hacía temblar.

Acababa de salvarle la vida.

Y había condenado la suya.

Gadea, con los huesos apretados contra la pared del acantilado, empapada y sucia por el barro y la sangre, golpeó con la palma abierta el suelo. De él salió disparada una raíz larga y afilada, que atravesó el estómago de Etienne y lo arrojó a varios metros de distancia.

Las pupilas de Bastien se dilataron debido a la impresión. Todo el dolor que sentía se desvaneció. Se olvidó de los tres caballeros que quedaban vivos de la familia Mare, que luchaban por contener el mar verde que suponían los hombres y las mujeres de los Altair, y echó a correr hacia Etienne.

Bastien cayó al suelo y derrapó sobre el barro mojado hasta llegar a él. Estaba colocado de medio lado, con los ojos cerrados y terriblemente pálido. Sus manos, empapadas en rojo, estaban apoyadas en su estómago. Había tanta sangre que no podía ver la forma de la herida, ni su profundidad.

—¿Etienne? Vamos, Etienne —jadeó Bastien, desesperado, apretando las manos sobre las suyas, intentando taponar la herida—. Háblame.

Él parpadeó un poco y elevó levemente la cabeza, con la mirada turbia y desenfocada. Alzó sus dedos solo lo suficiente para rozar la carne quemada de su cicatriz.

Bastien sabía que Gadea Altair se estaba acercando a él, sabía que era cuestión de minutos, de segundos quizá, que sus soldados llegaran hasta ellos y los remataran. Pero le daba igual, no podía separar sus manos de Etienne, era incapaz de no hundirse en esos ojos que parecían contener océanos. No sabía cómo podía seguir sonriendo de esa manera mientras la vida se le escapaba entre sus manos.

Los ojos de Etienne se elevaron un poco y Bastien siguió su mirada. Se dio la vuelta, enfrentando a Gadea Altair. Sus hombres y mujeres estaban tras ella, con las espadas esgrimidas, listas para utilizarlas. Su cuerpo estaba rodeado por las mismas lianas que usaba para atacar.

A pesar de que el dolor lacerante de la espalda apenas le permitía respirar, Bastien elevó su propia arma y apuntó al pecho de Gadea. Los dos caballeros que quedaban vivos se colocaron junto a ellos, embarrados y cubiertos de sangre, pero con las espadas preparadas.

—Apártate.

Bastien sintió cómo la mano de Etienne se enredaba en su muñeca, pero no se alejó de él.

—Sé inteligente. Mira a tu alrededor —dijo Gadea, hablando con calma—. Vais a morir, pero podéis elegir la forma en la que queréis hacerlo. Si te haces a un lado, Etienne Mare morirá con honor y será ejecutado por un igual. Si no, me encargaré de que la vergüenza caiga sobre su familia. Asesinaré a un segundo heredero con la vulgar hoja de cualquier espada. Y los pocos que quedáis... sufriréis una agonía larga y dolorosa.

Bastien ni siquiera parpadeó. Continuó inmutable, apretando los dientes para que el dolor y el miedo que sentía no se reflejaran en su cara.

Etienne no dejaba de tirar de su muñeca.

—Por favor, apártate —oyó que decía.

—Tú no eres mi señor —replicó Bastien—. Y yo no tengo por qué acatar tus órdenes.

—No... no es una orden. Es una súplica —insistió él, su voz cada vez más débil—. Hazte a un lado.

El corazón de Bastien se rompió un poco más y le fue imposible tomar otra bocanada de aire. Lo observó por encima del hombro, con la mirada borrosa por unas malditas lágrimas que no logró controlar.

—Etienne...

—*Bastien.*

Hubo algo en su voz que le dio fuerza, algo que le hizo confiar. Consciente de la humedad en su cara, que nada tenía que ver con la lluvia que seguía cayendo, se hizo a un lado y dejó que Gadea Altair se acercara al cuerpo herido de Etienne.

—Si intentas hacer algo, el trato se romperá —le advirtió ella, cuando pasó junto a Bastien.

Él no contestó, pero sintió cómo la empuñadura de la espada le ardía entre las manos.

Gadea se arrodilló junto a Etienne y alzó una de sus manos. Rodeándola, una raíz tomó forma, afilándose, girando hasta quedar frente al pecho del joven, frente a su corazón.

—Siento que esto acabe así, Lord Mare. Pero hay cosas que son mucho más grandes que nosotros y existen órdenes que debemos cumplir.

Los labios de Etienne se estiraron una vez más, aunque su sonrisa no iba dedicada a ella.

—Yo también lo siento, Lady Altair.

Y entonces, Bastien atacó a Gadea por la espalda. Su espada no llegó a rozarla, por supuesto, porque una de las lianas que la rodeaban detuvo la hoja a pulgadas de su nuca.

Gadea se tensó y sus ojos oscuros se volvieron hacia él, helados y empapados en rabia.

—Has cometido un gran error —siseó.

—No. Sois vos la que lo habéis cometido.

Las pupilas de Gadea empequeñecieron de golpe. Se giró hacia Etienne, pero fue demasiado tarde. Él ya le había enterrado el puñal en el pecho, el mismo que Bastien le había prestado al inicio de la batalla. Hasta la empuñadura.

Ella jadeó, intentó respirar, incorporarse, pero su cuerpo no le respondió. Hasta las lianas que sujetaban la espada de Bastien cayeron como cuerdas inertes.

La confusión que invadió su rostro engulló el resto de las emociones. No hacía más que mirar la empuñadura que brotaba de su corazón y la mano de Etienne, firmemente aferrada a ella.

No lo entendía. Bastien sabía que no lo entendía, porque nadie con un don semejante sabía utilizar un arma de metal. Los nobles creían que no las necesitaban porque lo consideraban una vergüenza, una debilidad.

Pero Etienne era diferente. Y eso lo había hecho vencer.

Gadea ahogó un largo gemido y cayó de espaldas sobre el barro. La sangre manaba de la herida de su pecho y la confusión invadía todavía su mirada cuando dejó de respirar.

Bastien se giró hacia Etienne, con una sonrisa desmayada en los labios, pero él no lo vio. Sus ojos se cerraron y cayó hacia atrás.

Bastien se arrojó contra él y lo envolvió con los brazos antes de que se golpeara contra el suelo. Intentó levantarlo y colocarlo sobre su espalda, pero los hombres y las mujeres de los Altair avanzaron hacia ellos con las espadas preparadas, listos para atacar. Los dos únicos caballeros que quedaban de la familia Mare flanquearon a Bastien y a Etienne, una pequeña barrera de arena contra un océano verde.

—Todavía podéis salvar a vuestra señora —dijo Bastien. Se obligó a hablar con calma, a pesar de que la sangre de Etienne le empapaba las manos y estaba seguro de que Gadea Altair estaba muerta—. Así que podéis perder el tiempo matándonos y matándola a ella, o dejarnos pasar y salvarle la vida.

Los que se encontraban más cerca de ellos se miraron y avanzaron otro paso sin bajar sus armas.

Bastien retrocedió. Sus dedos se crisparon sobre las pantorrillas de Etienne, que yacía inconsciente sobre su espalda. La herida le ardía, su vista estaba medio nublada, sabía que por mucho que corriera no podría huir. Aun así, levantó la espada y esperó.

El soldado Altair que tenía más cerca dio un paso en su dirección, pero no llegó a dar otro. De pronto, un silbido cruzó el aire, restalló junto al oído izquierdo de Bastien, e impactó en la cara de su enemigo.

Las plumas de una flecha asomaron en uno de sus ojos.

Bastien separó los labios en el instante en que otro de los hombres de los Altair gritaba:

—¡Escudos!

Una lluvia de flechas cayó sobre ellos. Bastien se hizo un ovillo, con Etienne entre los brazos. Recogió sus miembros cuanto pudo y lo apretó contra su pecho.

—Aguanta, aguanta, aguanta... —masculló, aunque no sabía a quién se lo decía.

El sonido que hacían las flechas al caer sobre los escudos y el barro era como el granizo. Constante y duro. Aunque los soldados de los Altair estaban cerca, no podían arriesgarse ni a dar un paso más.

Poco a poco, un sonido nuevo se unió a ese golpeteo constante.

Bastien se atrevió a levantar la cabeza, y el alivio casi lo hizo desmayarse cuando vio la mirada fiera de la Diosa Kitara dibujada en el peto de unos hombres armados que se acercaban a ellos.

Jamás habría imaginado que esos ojos monstruosos le proporcionarían tanta paz.

Un batallón completo de la familia Mare estaba a solo unos metros de ellos. Había descendido por la rampa que las hermanas Altair habían creado. La mayoría ya se encontraba tras los soldados de los Altair, pero todavía quedaban algunos resbalando por la larga cuesta de barro. Entre tanto azul, Bastien pudo distinguir una figura más oscura vociferando órdenes. Era Lazar Belov.

¿Qué hacía allí?

Los soldados de la familia Altair no tuvieron más remedio que olvidar a los cuatro hombres que quedaban con vida en el centro del campo de esclavos y centrar sus esfuerzos en los recién llegados, que cayeron sobre ellos sin piedad.

Un joven con armadura se acercó a Bastien y le tendió la mano. Él, con la boca seca, reconoció a Kayden, el soldado al que había entregado el pañuelo de Anna esa misma mañana.

El joven negó con la cabeza antes de que pudiera preguntar nada.

—Nos ha enviado el capitán Belov. Tiempo después de que partierais, llegó un batallón con una carta urgente de Lord Silvain, avisando del posible ataque. Vamos, os conduciremos hasta la casa de huéspedes. Debemos darnos prisa.

Kayden envolvió su mano en torno al brazo de Bastien y tiró de él para ponerlo en pie. Su mirada se quedó quieta durante un instante en los ojos cerrados de Etienne.

—Lo olvidaba —añadió, con una sonrisa rápida—. Lord Blazh Beltane os da las gracias.

46

COMO DESEES

L ya se preguntó de pronto si su hermana sería capaz de matarla.
Una parte de ella decía que no, que por mucho desprecio que
le profesase, por mucha vergüenza que sintiera por que Lya perteneciera a su misma familia, no sería capaz de hacerlo. Pero otra, la
misma que sangraba y se retorcía de dolor, dudaba.

Y eso le provocaba escalofríos.

Aunque las raíces que surgían del suelo se alzaban frente a Lya
y la protegían, no eran lo suficientemente resistentes como para soportar el ataque de las ramas de espino.

Lya sangraba y, al moverse, arrastraba una pierna herida por
una de las lianas de Nerta, que había llegado a alcanzarla.

Dimas y Lucrezia, aunque mojados por la lluvia y el barro, no
estaban heridos como ella. Lya no había dejado de colocarse frente
a ellos, una y otra vez, una y otra vez, protegiéndolos con su débil
don. Quizás una parte de ella dudaba de si su hermana sería capaz
de matarla, pero de lo que estaba segura era de que no vacilaría ni
por un instante en asesinarlos a ellos.

Por eso ignoraba los gritos de Dimas, que le pedían, casi en súplica, que se quedara a su lado.

Él no tenía idea de lo que podía llegar a hacer Nerta Altair. Pero Lya sí.

Se incorporó de nuevo, atragantada en sus jadeos. Llamó a su don, a pesar de que lo sentía tan agotado dentro de ella como sus músculos y sus huesos.

—Tengo que serte sincera, hermanita —comentó Nerta. Ni siquiera tenía las mejillas rojas por el esfuerzo. Sonrió y enseñó todos sus dientes—. Has mejorado mucho. Ahora, puede que incluso seas capaz de ganarle a tu hermana de doce años.

Sus palabras la distrajeron, así que cuando sintió el latigazo de dolor fue demasiado tarde. La rama de espino se había enredado en torno a sus tobillos y se clavó en su piel. Tiró de ella y la arrojó al suelo acercándola a Nerta.

Lya intentó aferrarse al terreno, hundió las uñas en la tierra, se retorció, hasta que la sombra gigantesca de Dimas apareció a su lado y, de un potente tajo, liberó sus pies.

Estuvo a punto de susurrarle las gracias cuando levantó la mirada y vio cómo las ramas se dirigían hacia Lucrezia. Lya gritó, poniéndose en pie, pero la misma rama que Dimas había cortado volvió a cobrar vida y los arrojó hacia un lado con fuerza. Rodaron varios metros por el suelo embarrado, hasta que una roca detuvo el movimiento en seco.

Lya no supo cuánto tiempo permaneció tendida, helada e inmóvil, con las manos hundidas en el barro. No tenía fuerzas para levantarse, apenas era capaz de respirar. El mundo se había convertido en un remolino de sombras grises y negras.

A su derecha, escuchó cómo Dimas maldecía e intentaba incorporarse, tan mareado por el golpe como ella. Lya lo imitó, aunque se quedó de rodillas, inmóvil, cuando vio cómo las lianas de su hermana, esta vez sin espinas, envolvían el cuello de Lucrezia y la alzaban en el aire. Ahorcándola.

Dimas avanzó, su rostro estaba negro de ira.

—Un paso más y le rompo la tráquea —canturreó Nerta.

Lucrezia tenía los ojos inflamados y cubiertos de rojo. Sus piernas se agitaban en el aire, deseosas de encontrar un lugar en el que apoyarse.

Con los ojos ardiendo, Lya clavó una dura mirada en su hermana.

—Déjala en paz.

—¿Por qué?

La liana que se cerraba en torno al cuello de Lucrezia se apretó un poco más. El estertor agónico que escapó de sus labios sonó en los oídos de Lya como una sentencia de muerte.

—Porque si no, te juro que te... —La voz de Lya se quebró por culpa del jadeo que la partió en dos por dentro.

—Que ¿qué? Atrévete a pronunciar la palabra, hermanita. No es tan difícil, créeme.

A Lya no le hacía falta pronunciar ninguna palabra. Había mantenido las manos hundidas en la tierra y su hermana mayor no se había percatado de la larga raíz que había surgido tras ella, afilada, retorcida, apuntando a su nuca.

Nerta debió ver algo en sus ojos, porque arqueó las cejas y miró por encima de su hombro.

Lucrezia, con el rostro amoratado, apenas tenía fuerzas para mover ya los pies.

Cuando Nerta volvió a girarse hacia Lya, no había miedo en su expresión, solo una calculada indiferencia.

—¿Serías capaz, *Lya*? —Era la primera vez que pronunciaba su nombre desde su reencuentro. Y lo pronunció con tanto asco y desprecio, que una náusea sacudió a su hermana pequeña por dentro—. ¿Serías capaz de hacerlo?

Sus dedos, hundidos en la tierra, se crisparon. Lucrezia, con los ojos inyectados en sangre, le lanzó una mirada de súplica. Dimas, sumido en un insoportable silencio, balanceaba su mirada oscura entre su compañera y Lya.

El corazón le iba a destrozar el pecho con sus latidos.

—Por favor, Nerta. Detente.

—Puedes detenerme tú sola. Pero necesitas un valor que no tienes, *hermanita* —contestó, sin que su expresión se alterara—. Hazlo.

Lya desvió momentáneamente la mirada hacia Lucrezia, pero ella ya no le podía devolver nada. Estaba inconsciente. Por los dioses. Por Vergel. Esperaba que solo estuviera inconsciente.

La raíz que Lya había creado con su don se acercó un poco más a la nuca de su hermana, desnuda, desprotegida. Con solo un movimiento rápido de sus dedos, rompería la piel, la atravesaría, acabaría con ella y con todas sus pesadillas de la infancia.

No sabía si eran lágrimas o gotas de lluvia lo que le empapaba la cara cuando insistió.

—Basta ya, no...

—¡Hazlo!

Apretó los dientes, los párpados, los labios. Sentía cómo la vida de Lucrezia se escapaba poco a poco, en silencio, por un simple juego, por el simple placer de su hermana por verla sufrir.

—Nerta —musitó, por última vez.

—¡HAZLO!

El don se escapó del cuerpo de Lya antes de que pudiera controlarlo. Sucedió como aquella vez, en la que atacó a los caballeros de los Beltane. Una semilla estalló de pronto en su interior, salvaje.

Pero en esa ocasión, todo sucedió muy rápido.

El cuerpo de Lucrezia cayó al suelo hecho un guiñapo, inerte, y su hermana se quedó súbitamente rígida, de una forma casi antinatural.

Durante un instante, Lya creyó que la había matado, que su raíz la había atravesado el cráneo y había acabado con su vida. Pero de pronto, Nerta giró la cabeza, observándola con las pupilas dilatadas y los labios blancos. La liana que había sujetado a Lucrezia era la misma que en ese momento envolvía su raíz, que crujía y se movía, como un animal atrapado, furioso.

Le pareció atisbar un resplandor rojizo en la nuca de su hermana mayor antes de que ella se girara por completo en su dirección y la encarara.

—Lo has hecho.

Era un murmullo, pero su voz llegaba hasta Lya con la fuerza de un huracán.

Sí, lo he hecho.

Mirando su expresión, Lya creyó que el mundo iba a estallar. Había cometido un error que no podría reparar jamás.

Nerta volvió a separar los labios, las gotas de sangre le corrían por el cuello. Lya cerró los ojos, esperando el final de todo. Había intentado matar a su hermana. Y había estado a punto de conseguirlo.

Pero de pronto, un grito a lo lejos le hizo separar los párpados. Se volvió en redondo, al igual que Nerta, que alejó sus ojos de águila de ella para clavarlos en el soldado que se acercaba a caballo, galopando a toda velocidad. La reclamaba a gritos.

El hombre no prestó atención a nadie más, ni siquiera a Lucrezia, que yacía inconsciente sobre el terreno, cuando se bajó del caballo a trompicones y se arrojó a los pies de Nerta. Estaba doblado por el dolor o el miedo y, cuando habló, lo hizo con una voz que resonó en todos los rincones.

—Mi señora, Lady Gadea ha muerto.

El mundo dejó de girar. La respiración de Lya se entrecortó de camino a los pulmones y hasta la propia lluvia pareció detenerse, congelada a medio camino del suelo y el cielo.

Nerta separó los labios, pero nada más. La confusión la golpeó por primera vez en su vida. Sacudió la cabeza, aunque la palidez permaneció en sus mejillas.

—Eso es imposible.

El suelo que todos pisaban pareció zarandearse por sus palabras.

Lya lo vio entonces. En los ojos del caballero no había dolor, sino pánico. Temía a Nerta, temía su reacción. Los hombres y mujeres que trabajaban para su familia conocían tan bien como Lya los estallidos de su hermana. En su lugar, ella también estaría temblando de terror.

—Etienne Mare ha sido quien ha acabado con su vida. Siento muchísimo daros esta noticia —continuó el hombre—. Rogamos al Dios Vergel que la acoja en...

Su boca seguía en movimiento, aunque el sonido se extinguió cuando una de las lianas de Nerta se enredó en torno a su cuello. Esa vez no jugueteó, no perdió el tiempo. De un fuerte apretón la cara del hombre se volvió inánime y el cuerpo cayó junto al de Lucrezia.

Nerta ni siquiera había pestañeado.

Se giró y, de un salto ágil, subió al caballo que había montado el caballero. No miró atrás. Apretó los talones contra el lomo del animal y desapareció al galope, en dirección al acantilado desde el que Lya había visto por última vez a Bastien y a su hermana Gadea.

Tras un jadeo, Dimas y ella echaron a correr hacia Lucrezia.

Él cayó de rodillas a su lado. Se quitó el guante con brusquedad y lo arrojó al suelo. Con la mano desnuda, apartó el pelo de la cara de Lucrezia y colocó dos dedos en su cuello; una línea de carne viva cruzaba su piel.

Los segundos que transcurrieron fueron interminables.

—Está viva —susurró de pronto. Lya soltó el aire de golpe y se dejó caer sobre el terreno, también de rodillas—. Pero debo llevarla a un sanador. Sigue inconsciente.

Lya asintió, con la mirada clavada en el rostro de Lucrezia, que poco a poco iba adquiriendo un color normal.

Los ojos de Dimas se hundieron en Lya. Separó los labios, pero ella se adelantó. Sabía lo que le iba a decir.

—No puedo ir con vosotros.

Levantó la mirada hacia él, con los ojos anegados en lágrimas. Miró su pelo, que era más azabache que nunca por la lluvia que todavía lo empapaba; sus cicatrices, que se destacaban en su piel, y sus ojos, esos ojos negros que la mareaban y la hacían sumergirse en un mundo en donde la oscuridad era más deseable que la luz.

—Mi hermana...

—Lo comprendo —la interrumpió él, con voz ronca.

Dimas quería que se fuera con ellos, a pesar de sus palabras del otro día. Lya lo veía escrito a fuego en su rostro. Pero él respetaba su decisión y, aunque no la compartía, sí la entendía. Y eso la rompía todavía más por dentro.

—Cuando Lucrezia se recupere, venid a Itantis, acudid al castillo —musitó, con la voz quebrada—. Os daré la recompensa que os prometí el primer día.

Dimas negó con la cabeza y aproximó la mano para apartarle un mechón de pelo que se le había pegado a las mejillas. Lya elevó la mirada y sintió cómo su corazón se partía por la mitad.

Sonreía. Dimas estaba sonriendo. No con esa expresión tan suya, repleta de sarcasmo y rabia. Sonreía de verdad. Con un gesto claro y limpio, casi inocente.

—Para mí, saber que llegarás a tu castillo sana y salva, que serás feliz no con un maldito príncipe, sino con alguien que esté a tu altura, es una recompensa más que suficiente.

No quería llorar, pero las lágrimas se deslizaron sin control por sus mejillas. Apoyó durante un instante su mano sobre el pecho de Dimas y se dejó ahogar una última vez en su mirada. Después, acarició el rostro de Lucrezia y se inclinó para besarla en la mejilla.

—Dime que esta no será la última vez —susurró mientras se incorporaba—. Prométeme que volveremos a vernos.

Dimas se llevó el puño al corazón, como si fuera de nuevo un caballero al servicio de una familia noble.

—Como desees.

A Lya se le escapó una pequeña sonrisa, pero se obligó a moverse. No podía permanecer a su lado durante más tiempo. El deseo de quedarse junto a Dimas y Lucrezia era casi insoportable.

Le dedicó una última mirada, antes de darle la espalda y echar a correr. No miró atrás, aunque le destrozaba no hacerlo. Corrió y corrió en dirección al acantilado, desandando los pasos que antes habían recorrido los tres para escapar de sus hermanas.

Todavía lloraba cuando llegó al precipicio.

Se detuvo solo un instante para observar boquiabierta hacia abajo. Toda la calidez, todo su deseo, se apagó con la rapidez de un fuego al que se le echa agua.

Había decenas de cuerpos repartidos por todo el campamento, ya de por sí destrozado antes de que comenzara la batalla. La mayoría vestía con el azul de los Mare, pero Lya también veía el escudo de su familia aquí y allá, dibujado en las armaduras de los caballeros y soldados, ahora muertos.

No vio a Bastien entre los difuntos, ni a Etienne Mare, al que tanto se afanaba por proteger.

Todos los caballeros supervivientes, que apenas llegaban a una decena, formaban un círculo en el centro del campamento. En el medio, había dos figuras más. Una estaba de pie. Otra, tumbada, con los miembros extendidos y un charco rojo rodeándola.

—Gadea —jadeó.

Lya echó a correr y bajó a trompicones por el terraplén que sus hermanas habían creado al comienzo de la batalla. Ahogada, con el corazón destrozado, casi sin fuerzas, avanzó hacia el cuerpo que yacía en el barro.

Los caballeros y los soldados se hicieron a un lado, dejándola pasar.

Cuando llegó al mismo centro del círculo, Nerta ni siquiera la miró. Permanecía de pie, callada, con los labios blancos y apretados, y los ojos tan hundidos en Gadea como el puñal que estaba en el pecho de su hermana.

Lya cayó de rodillas junto a ella, dejando que la sangre de su hermana se mezclara con la que ya ensuciaba la falda de su vestido.

—¿Cómo ha sucedido? —murmuró Lya.

—Una vergüenza. Una maldita vergüenza. —La voz de Nerta era tan afilada como la hoja de una espada—. ¿Quién se ha atrevido a tocar a mi hermana con una sucia arma?

Los hombres y mujeres que las rodeaban se miraron con aprensión antes de que alguien se atreviese a responder.

—Fue Lord Etienne Mare. Tenía escondido un puñal.

Lya sabía lo que eso significaba para su hermana, para su familia en general. Que un noble fuera asesinado por un arma corriente era una vergüenza insoportable. Era la peor forma en la que podía morir.

—¡¿Y por qué Lord Etienne Mare... NO ESTÁ AQUÍ?! —escupió Nerta, con los ojos tan abiertos que sus pupilas parecían diminutas—. ¡¿Por qué no está atado, sangrando como un cerdo, esperando a que yo lo destroce?!

Otra mirada entre los caballeros y los soldados, esta vez más cargada de horror.

—Logró escapar junto a varios de sus soldados.

—Nerta... —susurró Lya, avanzando un paso en su dirección.

El hombre que acababa de hablar perdió su vida en un único pestañeo. Una raíz afilada entró y salió de su pecho, y él cayó al suelo, con la boca todavía abierta en la última palabra que había pronunciado.

El resto dio un paso atrás, con los ojos brillantes de espanto.

—¡Nerta! —gritó Lya, tirando con fuerza de su hombro—. Ya basta. Ellos no tienen la culpa. Lo sabes.

Ella la miró por encima del hombro y Lya vio cómo estaba rota por dentro, aunque no lo demostrase por fuera. Durante un instante, creyó que la iba a abrazar cuando redujo el espacio que las separaba de un paso y levantó los brazos.

Pero se equivocó, como siempre lo hacía cuando se trataba de su hermana. Ahora, la nueva heredera de su familia.

—Pero tú sí la tienes —le siseó al oído.

De soslayo, llegó a atisbar la sombra verde de una liana, pero no fue lo suficientemente rápida como para reaccionar, y esta se enredó en su cuello y la levantó, separando sus pies del suelo.

Un dolor insoportable le atenazó la garganta, pero no fue nada comparado con la sensación de no poder respirar. Lya sacudió las piernas, llamó a su don, clavó las uñas en las cuerdas verdes, pero nada funcionó.

Cuando su vista se llenó de manchas negras y plateadas, elevó los ojos y los clavó en el borde del acantilado, esperando ver la esbelta figura de Lucrezia y la sombra gigantesca de Dimas. Sin embargo, nadie apareció.

Lya se fundió en una oscuridad fría y despiadada, que no era como la de ese hombre que alguna vez le había parecido el monstruo de la historia.

Fueron sus cicatrices lo último que vio antes de que todo se volviera negro.

47

SÚPLICA

Cuando Bastien llegó a la casa de huéspedes, se abalanzó contra la puerta y la desencajó a golpes.

Hizo tanto ruido que el matrimonio encargado del lugar apareció tras salir del comedor, blancos del susto. Sus expresiones se terminaron por demudar cuando vieron a Bastien empapado hasta los huesos, cubierto de sangre y barro, y tras él, cargado por los únicos dos caballeros que habían quedado con vida del grupo inicial, a Etienne Mare.

Sus ojos se abrían y se cerraban, pero no había sentido en su mirada. Su piel dorada, tostada por el sol, ahora era tan pálida como las paredes que los rodeaban. Jadeaba sin control y de su boca escapaban pequeñas nubes de vaho. Su sangre manchaba el suelo.

—¡Tenemos que llamar a un sanador! —exclamó la mujer. Se llevó las manos a la boca, horrorizada.

—No hay tiempo —contestó Bastien, sus ojos estaban clavados en las escaleras que subían. Había dejado al resto de los hombres de los Mare atrás, él se había adelantado para buscar ayuda. Tenía que actuar con rapidez antes de que Lazar Belov regresara—. Sé quién puede ayudarlo. ¿Dónde está Anna?

—¿Quién es Anna?

El hombre frunció el ceño cuando formuló la pregunta, pero Bastien sabía que mentía. Lo vio por la forma en la que desviaba la mirada, por la fuerza con la que su mujer le apretaba las manos.

Dio un par de pasos en su dirección y bajó el tono, para que solo fueran ellos quienes lo escucharan.

—Sé perfectamente a quiénes escondéis en este lugar, así que, si no queréis que Lord Mare muera por vuestra culpa, decidme dónde se encuentra Anna.

La duda les corroyó la expresión y se miraron una vez antes de contestar:

—En su habitación del tercer piso.

No les dio las gracias. Se volvió hacia los caballeros y les hizo una señal en dirección a las escaleras.

—Deberíamos avisar a alguien, Lord Doyle —dijo uno de ellos, con cautela.

—Un sanador no llegará a tiempo. Se desangrará en cuestión de minutos —replicó Bastien, con más seguridad de la que realmente sentía—. Si sabéis cómo detener una hemorragia como esa, decídmelo.

Pero ninguno de los dos volvió a separar los labios, así que no tuvieron otra opción que seguirlo cuando echó a correr escaleras arriba.

Bastien estaba mareado por la pérdida de sangre, por el cansancio, pero se obligó a seguir subiendo peldaños, aferrándose al viejo pasamanos para no retroceder. Cuando llegó al tercer piso, sin respiración, casi incapaz de mantenerse sobre sus propias piernas, no dudó y se dirigió a trompicones hacia esa misma puerta que había golpeado hacía unas horas.

Esta vez no tocó antes de entrar. Se apoyó en ella y tiró del picaporte. Sintió cómo cedía bajo su peso. La puerta chirrió y se abrió con violencia, y le hizo caer al suelo.

En la habitación, las dos figuras presentes se volvieron hacia él. El fuego de la chimenea ardía con demasiada intensidad tras ellos, el viento avivaba las llamas y hacía flotar las cenizas calcinadas. Bastien no supo si fue el mareo, pero cuando alzó la mirada en dirección a Anna y al esclavo, le pareció ver a dos Dioses jóvenes, rodeados de fuego y aire, imparables y peligrosos.

Tras él aparecieron los caballeros, cargando con un semiinconsciente Etienne entre sus brazos.

Anna alzó la mirada hasta él, deformada por la sorpresa y la confusión.

—Tienes que ayudarme —suplicó Bastien.

48

ANNABEL LUX

Los labios se le separaron por la impresión cuando clavó los ojos en Bastien, que se encontraba a sus pies, medio arrodillado, con las manos extendidas hacia ella, como si estuviese rezando a un Dios.

Tenía el pelo empapado por la lluvia que no había cesado de caer. Por todo su traje de combate había salpicaduras de barro y sangre. Cuando se inclinó un poco, a Anna le pareció ver una herida en mitad de su espalda, de la que caía un fino hilo de sangre.

Parecía a un paso de desvanecerse, pero su estado no era nada comparado con el del joven rubio que dos caballeros vestidos de azul llevaban entre sus brazos. Anna lo reconoció al instante, aunque no parecía el mismo. Era Etienne Mare, el joven que se había acercado la noche anterior para darle la mano, sin tener ni idea de quién era ella realmente.

Si no fuera porque sus párpados estaban ligeramente alzados, mostrando un atisbo de sus iris azules entre parpadeos, hubiera creído que estaba muerto.

—¿Qué estás haciendo? —siseó Val.

Los caballeros que sujetaban a Etienne parecían hacerse la misma pregunta, porque se miraban entre ellos.

—Ella puede ayudarlo —contestó Bastien, con un hilo de voz.

Anna se quedó pálida del estupor y parpadeó, como si no lo hubiese escuchado bien.

—¿De qué estás...? —comenzó, pero él la interrumpió.

—Se está desangrando. Y tú puedes cauterizarle las heridas.

Se hizo un silencio sepulcral en el dormitorio. Anna sentía cómo el corazón se le detenía en el pecho, mientras Val dejaba escapar un siseo rabioso y se incorporaba. Levantó un brazo y lo colocó frente a ella, creando una especie de muralla entre Bastien y Anna.

—Lárgate antes de que te haga volar por los aires —advirtió Val, con su sonrisa más peligrosa—. Ya sabes que puedo hacerlo.

—Mi señor... —murmuraron los caballeros, cada vez más confundidos.

Pero Bastien los ignoró a todos. Le dio la espalda a Anna y se arrastró hacia Etienne Mare, que parecía recuperar y perder el conocimiento a cada instante. Con los ojos muy abiertos, Anna vio cómo lo tomaba de las manos, cómo se las apretaba, cómo lo miraba... como nunca había mirado a nadie.

Algo se retorció en su estómago. Esa imagen le recordaba demasiado a sí misma, a cuando había sostenido a un Val herido e inconsciente, después del ataque al campamento de esclavos. Sus ojos, el sentimiento que se quemaba en ellos, era el mismo que la había consumido a ella aquella noche. Y fue en ese momento en que lo comprendió, supo que Bastien estaba perdido. Tal y como lo estaba Anna.

—Etienne, Etienne... —murmuraba Bastien, con la boca a pulgadas de su oído—. Ordénales que nos dejen solos. Confía en mí. Ella te puede ayudar. Ella es la única que puede salvarte la vida.

Anna no sabía si él lo escuchaba siquiera. Vio cómo abría y cerraba los ojos, mientras los caballeros hacían amago de llevarse la mano a sus espadas, guardadas en los cintos. Sin embargo, antes de que llegaran a rozar la empuñadura, una voz débil, muy rota, se escuchó en el dormitorio.

—Dejadnos... solos.

—Pero, señor... —musitó uno de los hombres, tenso.

—Es... una orden —masculló el chico, sin fuerzas.

Los caballeros, con un bufido, apartaron las manos de las empuñaduras y dejaron a Etienne sobre la cama de Anna. Después de lanzarle una mirada peligrosa a Bastien, que él ni siquiera vio, se dirigieron hacia la puerta.

—Estaremos a la espera. Y... *niña* —chistó el otro caballero, sobresaltando a Anna—. No trates de hacer nada de lo que te puedas arrepentir. —Cerró de un portazo.

En los oídos de Anna, aquello casi sonó como una premonición. Sin embargo, en el momento en que solo quedaron los cuatro en el dormitorio, se acercó hasta Bastien y el joven herido.

Un viento helado le mordió los tobillos bajo la falda del vestido, pero no retrocedió cuando Etienne Mare abrió sus inmensos ojos azules y la observó.

—Bastien, yo no puedo salvarle la vida —murmuró Anna, con suavidad.

Le habló, pero sabía que él jamás lo entendería, ni querría hacerlo. No sabía qué había pasado entre el segundo heredero de los Mare y Bastien, pero sabía que él no lo dejaría morir, igual que ella no había dejado morir a Val.

—Tienes el Don del Fuego. Puedes cauterizarle las heridas, puedes hacer que deje de sangrar.

Val saltó al escuchar esas palabras. Avanzó tambaleante hacia ellos, con la mano apoyada en su costado vendado y los ojos negros despidiendo vientos huracanados.

—Una palabra más y te juro que te mataré —siseó. Acompañando a sus dichos, otra brisa helada recorrió la habitación y revolvió el cabello de Bastien, de por sí enredado.

Los ojos de Etienne, perdidos entre el otro mundo y este, se balancearon entre todos ellos. Sus labios pálidos no podían moverse.

—Aunque quisiera no podría hacerlo —insistió Anna—. Todavía no controlo bien mi don. Podría matarlo.

—¡Anna! —exclamó Val.

—Si no haces nada, morirá también —replicó Bastien, sin esa frialdad y ese desapego que siempre brillaban en sus palabras. Ahora, en cada sílaba se concentraban una pasión y un fuego que ella no había escuchado nunca—. Aunque seas quien seas, él te necesita.

De soslayo, Anna vio cómo un brillo extraño relumbraba en las pupilas de Etienne, que de pronto se dilataron y se clavaron en las de ella.

—La última vez que utilicé mi don con una persona... —susurró, sin dejar de mirar a esos ojos azules como el mar—, la convertí en cenizas y brasas.

—Sé que no lo harás.

—Esto es una locura, Anna. Déjalo ya, por favor —exclamó Val. Tiró de su brazo para que se girara en su dirección—. Si él vive, tú estarás condenada. Sabe quién eres.

—No, no lo sabe —contestó Bastien de inmediato.

Pero se equivocaba. El brillo que ahora incendiaba las pupilas de Etienne Mare era indiscutible, a pesar de que ni siquiera tenía fuerzas para hablar. Sabía quién era ella. Sabía que era su mayor enemigo. Y sabía que Anna estaba al tanto de quién era él. Y que sostenía su vida entre sus manos, igual que su familia tuvo la de ella durante la noche del ataque a Grisea.

Annabel, la hija de Nicolae Lux, habría dejado que se desangrara a sus pies, o mejor, lo habría matado con sus propias manos. Lo habría convertido en una estatua de ceniza. Pero Anna no solo era la hija del antiguo monarca de Valerya. Se lo había prometido a Val. Se lo había prometido a Zev cuando había sido asesinado como consecuencia de esas leyes que su propio padre había consentido. Se lo había prometido a sí misma hacía mucho tiempo.

—Lo intentaré.

—¿Qué?

Val intentó sujetarle las manos, pero en esa ocasión, Anna se apartó y dio un paso atrás. Le lanzó una mirada de advertencia que lo dejó clavado en el suelo. Cuando habló, había un dejo de súplica en su voz.

—Anna, por todos los malditos Dioses, no puedes ayudarlo, eres...

—Soy más que Annabel Lux —lo interrumpió, con los ojos quietos en los de Etienne Mare.

Etienne seguía sin responder, aunque esa vez no parpadeó. No dejó de mirarla cuando ella se arrodilló a su lado, al borde de la cama. Ni siquiera frunció el ceño cuando sus manos se acercaron a la inmensa herida de su abdomen, de la que no cesaba de manar sangre.

Anna cerró los ojos y ya no se vio reflejada en sus iris celestes. Notaba su don encenderse en su interior, alumbrándola por dentro como las brasas de una hoguera. Imaginó que sus manos eran hierros que llevaban horas calentándose en el fuego, que iban perdiendo su color natural mientras se calentaban más y más, hasta llegar al rojo vivo.

Exhaló con lentitud y abrió los ojos. Frente a ella, las palmas de sus manos brillaban como dos estrellas.

Sintió cómo Val daba un paso atrás y la mirada de Bastien se volvía sobrecogedora. Bajó la vista hacia Etienne Mare que, con un gesto imperceptible, asintió.

Sin pensarlo dos veces, colocó las manos sobre su ancha herida sangrante.

Su piel no se convirtió en ceniza con su caricia, pero sí ardió. Dejó escapar un humo que mareó a Anna e hizo gritar a Etienne bajo sus manos. El súbito hedor le provocó náuseas. Jamás había escuchado a nadie gritar así.

Mantuvo las manos quietas un par de segundos más, con la respiración contenida, antes de apartarlas.

Cuando lo hizo, clavó la mirada en la quemadura que todavía humeaba, roja y brillante, hundida en su abdomen, de la que, sin embargo, no brotaba ni una sola gota de sangre.

Cayó hacia atrás con las palmas de las manos apagadas, en el preciso momento en que los caballeros que esperaban en el pasillo abrieron la puerta con rudeza, alertados por los gritos. Parecían a punto de echar mano a sus espadas, pero se detuvieron cuando vieron la herida de su señor cauterizada.

Bastien ahogó algo que pareció un sollozo y se abalanzó contra Etienne, que ahora tenía los ojos muy abiertos, con las pupilas casi desaparecidas en la inmensidad de sus iris, cubierto de sudor y con la respiración agitada. Le sujetó la mano y se la acercó a su cara en un gesto tan íntimo que casi hizo que Anna desviara la mirada.

Observarlos la hacía sentir como si estuviera espiando tras el ojo de una cerradura.

—Etienne... —murmuró. Su voz nunca había sonado tan cálida y llena de ternura.

El aludido desvió sus pupilas de Anna y las clavó en Bastien. Estaban tan cerca que los mechones largos y negros se mezclaban con los rubios.

Entonces, Etienne habló, y su voz hizo eco por toda la habitación.

—Traidor.

Fue lo único que dijo. Miró a Anna una vez más y perdió el conocimiento.

Los caballeros reaccionaron por fin y, de un tirón, apartaron a Bastien de su señor. Lo cargaron entre los dos y salieron de la habitación. Desaparecieron en la galería sin mirar atrás.

Los tres se quedaron en silencio, sin mirarse, hasta que Bastien se levantó con trabajo del suelo y se dirigió arrastrando los pies hacia la puerta. Ese hielo que siempre lo envolvía parecía haberse convertido en cristal cuando se detuvo y giró la cabeza hacia ella.

—Gracias, Anna. Siempre estaré en deuda contigo.

No añadió nada más mientras cerraba la puerta a su espalda y sus pasos se perdían por el corredor.

Aunque seguía con los ojos clavados en la puerta del dormitorio, Anna sintió cómo Val se acercaba a ella, rodeado de un viento que agitó los mechones rojizos de su cabello.

—Creo que ha llegado la hora de continuar nuestro viaje —susurró.

49

DEMASIADO TARDE

Bastien abrió los ojos y miró a su alrededor, algo aturdido. Tardó más de lo normal en reconocer que se encontraba en su pequeño dormitorio de la casa de huéspedes.

Después de que Etienne lo mirara a los ojos, con su piel echando todavía humo, y de que esa palabra se hundiera en él más que el puñal que había matado a la heredera de los Altair, todo se convirtió en un sueño oscuro y sin sentido. Apenas recordó cómo había llegado hasta allí, cómo cayó sobre la cama y se quedó dormido.

Se incorporó con cuidado y observó las mantas revueltas, húmedas por culpa de su ropa empapada y llenas de manchas negruzcas. Con un suspiro, se deshizo de la cota de malla y de toda prenda que lo cubría hasta quedarse con el torso descubierto frente a un viejo espejo. Se dio la vuelta y observó por encima del hombro el reflejo de su pálida espalda. En ella, pudo ver la herida que le había hecho uno de los caballeros de los Altair. Parecía una estrella de sangre en mitad de un cielo blanco. No sangraba, pero era alargada y retorcida, y le dejaría cicatriz.

Apartó la mirada y, con un suspiro, alcanzó la camisa amplia y vieja que utilizaba para dormir. El roce contra la herida le produjo un ramalazo de dolor, pero Bastien apretó los dientes y aguantó, aunque no tuviera a nadie frente al que aparentar nada. Quizás eso ya se había convertido en una costumbre.

Se dejó caer en la cama de nuevo y miró de reojo la chimenea que estaba apagada. Sabía que Etienne continuaba inconsciente; de haberse despertado, ya lo habría llamado. Después de lo que había ocurrido, Bastien estaba seguro de que le pediría muchas explicaciones.

Aunque él no estaba seguro de poder proporcionárselas.

De pronto, la puerta de su dormitorio se abrió, y una figura alta y esbelta, vestida completamente de negro, entró en la habitación sin pronunciar ni una palabra.

Bastien se abalanzó contra su espada, que descansaba apoyada junto a la chimenea, pero se detuvo en seco cuando descubrió quién era.

Lazar Belov.

—Me han relatado lo ocurrido. Sé que Lord Etienne y sus hombres fueron atacados por dos de las hijas de Tyr Altair. Me han dicho que le salvaste la vida —dijo, antes de que Bastien pudiera separar los labios. Su voz sonaba menos tensa y gélida que lo habitual—. Nuestros espías dieron la voz de alarma dos días después de que abandonarais Caelesti. Nos dimos prisa, pero no logramos alcanzaros a tiempo.

Había algo en sus ojos oscuros que brillaba de una forma antinatural. Bastien desvió la mirada y la clavó en las cenizas frías que quedaban en el interior de la chimenea.

—Puede que Tyr Altair haya comenzado una guerra —contestó, a bocajarro.

—Tyr Altair no pertenece a una familia con un Don Mayor, pero es descendiente de los Virentia, que sí lo eran —contestó

Lazar Belov, pensativo—. Ahora que las Grandes Familias parecen a punto de extinguirse, que todavía no se ha hecho pública la existencia de la hija de Nicolae Lux, cree que es hora de que el trono recaiga sobre otros. Hay familias que no tienen Dones Mayores, pero que son lo suficientemente poderosas como para ostentar el trono.

Bastien no lo negó. Todavía podía ver cómo la naturaleza tronaba, explotaba y escupía alrededor de las hermanas Altair, bajo su control total.

Si Nerta no hubiese abandonado a su hermana mayor en mitad de la batalla, Etienne no seguiría vivo. Y él tampoco.

Tragó saliva, pensativo, terriblemente agotado, y entonces, el rumor de un tumulto le hizo levantar la cabeza. Lazar frunció el ceño y su mano voló hacia la empuñadura de su espada. Se colocó frente a Bastien y lo cubrió con su propio cuerpo, como si quisiera protegerlo.

La puerta volvió a abrirse y tras ella aparecieron tres soldados vestidos con el azul de los Mare. Todos llevaban las armas desenvainadas, aunque se quedaron clavados en el sitio cuando vieron al capitán de la guardia frente a Bastien. Este no los conocía, no era ninguno de los que los habían acompañado en el viaje desde Caelesti. Debían ser algunos de los hombres de Lazar.

—¿Qué ocurre? —preguntó el capitán, con voz grave.

Los soldados no dudaron al contestar.

—Tenemos orden de arrestar a Bastien Doyle.

Lazar separó los dedos de la empuñadura de su espada y balanceó su mirada, ahora confusa, entre los soldados y Bastien, que se envaró de golpe, con el corazón dando golpes de tambor en su pecho.

—¿Quién ha dado esa orden? —preguntó.

—Lord Etienne Mare.

Fueron las palabras que Bastien necesitó para reaccionar. Si Etienne estaba despierto, si esa era la decisión que había tomado, no era solo su vida la que estaba en peligro.

Empujó el dolor y la amargura de la decepción muy adentro, muy hondo, donde no pudiera distraerlo, a pesar de que lo estaba destrozando.

Y se movió.

Con una mano, aferró el atizador que reposaba junto a la chimenea y, con él, golpeó la nuca de Lazar. El hombre se derrumbó antes siquiera de que se diera cuenta de lo que había ocurrido. Sin soltar el atizador, le robó la espada y la alzó, apuntando con ella a los soldados.

—Dejadme pasar —siseó entre dientes.

La respuesta de ambos fue avanzar hacia él, así que Bastien no se lo pensó dos veces y se arrojó contra ellos.

Estaba herido y agotado, pero con el atizador golpeó de lleno la cara de uno de los soldados, que cayó al suelo de madera, aullando de dolor. De una estocada, se deshizo del otro hombre y, empujando con todo el peso de su cuerpo, tiró al tercero. A toda velocidad, corrió por el pasillo. En el otro extremo, se hacinaban más hombres de la familia Mare. Todos se volvieron hacia él cuando lo vieron salir de la habitación, con sus compañeros a sus pies. Bastien saltó por encima de ellos y echó a correr. A su espalda, escuchó el sonido de nuevas pisadas. Arrojó el atizador por encima de su cabeza y escuchó algún grito de dolor que le proporcionó unos instantes más.

Sorteó al matrimonio que se encargaba de la casa de huéspedes y que, situados junto a la escalera que ascendía, le dirigieron una mirada espantada.

Con pavor, observó los enormes charcos de agua que cubrían el suelo y mojaban las escaleras, en dirección al tercer piso. Bastien se sujetó al pasamanos para darse más impulso, y subió los peldaños de dos en dos, con la respiración convertida en resuellos y la espalda ardiendo por el dolor y el esfuerzo.

Se lo había prometido a su madre. Se lo había prometido a sí mismo. Había jurado que estaría junto a Anna. No podía llegar tarde.

Pero no llegó. Lo supo en el preciso instante en que alcanzó la tercera planta y vio, casi en el otro extremo de la galería, a Etienne. Tenía puesto un traje de combate distinto al que llevaba durante la batalla en el campo de esclavos, y avanzaba apoyado en las paredes. Rodeándolo, como una larga capa que llegaba hasta el suelo, había una enorme bolsa de agua flotante.

Por los dioses, ni siquiera sabía cómo se podía mantener en pie.

—¡Etienne! —gritó, con la voz desgañitada.

Él se detuvo de pronto y se giró hacia Bastien. Los hombres y las mujeres que se encontraban tras él también se volvieron, con las manos cerca de sus armas.

Bastien no necesitó nada más, sabía que Etienne podía ver su mensaje escrito en sus ojos. Por desgracia, Bastien también podía verlo en el mar celeste de su mirada, y no leyó más que sufrimiento, impotencia y mucha, muchísima rabia.

Nunca había visto tanto peligro bullendo en sus ojos. Parecían contener maremotos.

Los soldados que había dejado atrás alcanzaron a Bastien. Esta vez, supo que no podía hacer nada contra ellos. Dejó caer la espada al suelo y, con la mirada puesta más allá de Etienne, gritó con las pocas fuerzan que le quedaban:

—¡Anna! ¡CORRE!

50

CARA A CARA

Le pareció oír gritar a Bastien. Y después, con toda claridad, escuchó su nombre seguido por una única palabra: «Corre».

Corre.

Corre.

Corre.

Val, inclinado sobre un macuto improvisado que habían hecho con una sábana, alzó la cabeza de golpe y la miró en el instante en que la puerta de la habitación estallaba en mil pedazos.

Una cascada de agua se abalanzó sobre Anna con toda su fuerza, pero no llegó a tocarla. Se quedó quieta, creando un muro que iba del suelo al techo. Deteniéndola para que no se acercase a ella, el viento de Val la controlaba y la empujaba hacia atrás.

A través del agua, Anna podía ver el rostro de Etienne Mare, todavía muy pálido, pero con los ojos brillantes de decisión.

Val se colocó a su lado, con las manos extendidas. Todavía no estaba recuperado, y tenía el rostro fragmentado por el esfuerzo y el dolor. Su cuerpo, doblado, empujaba la inmensa masa de agua.

—La ventana —jadeó—. Sal por la ventana.

Anna corrió hacia el pequeño ventanuco que había junto a la chimenea. Etienne, no obstante, siguió sus pasos con el rabillo del ojo y, con un movimiento fluido de sus brazos, separó la cascada de agua en dos. Una cayó sobre Val, pero la otra parte se dirigió hacia ella, con una fuerza suficiente como para destrozar la ventana y arrojarla al exterior.

Su don chilló en su interior y Anna se dejó llevar por él. Cruzó los brazos delante de ella, intentando protegerse del agua, pero antes de que esta pudiera mojarla, unas llamaradas intensas, explosivas, escaparon de su piel.

Algunas gotas la salpicaron y el vapor de agua se le metió en los ojos, pero el muro no llegó a hacerle daño. El calor que desprendía era tan intenso que el agua se evaporaba antes de que llegase a tocarla.

El fuego que había creado se retorció, incontrolable. Lamió las vigas del techo y se extendió rápidamente por ellas. Etienne solo dedicó un instante a observar cómo el fuego se comía la habitación antes de centrar de nuevo su atención en Val y en Anna.

Había una decena de caballeros que se agolpaban detrás de él, en el pasillo. Aunque observaban la escena con ojos desorbitados, no se atrevían a entrar. Entre ellos, Anna no podía ver a Bastien, tampoco oírlo.

El agua de Etienne se dividió de pronto en decenas de burbujas gigantescas. Varias se dirigieron hacia ella, hacia su cabeza. Anna se agachó y rodó por el suelo, con los brazos todavía envueltos en llamas. Sus manos rozaron sin querer la cama de Val y esta, al momento, se incendió.

Su don estaba descontrolado. Solo era cuestión de tiempo, de *poco* tiempo, que la habitación terminase devorada por el fuego.

Pagó cara su distracción cuando una de las burbujas le envolvió la cabeza. El mundo se convirtió de pronto en un borrón ondulante y la respiración se le entrecortó por la falta de oxígeno. El agua se le introdujo a la fuerza por la nariz y la boca, y la ahogó. Sacudió los brazos, desesperada. Lanzó llamaradas a un lado y a otro, pero la película acuosa que la cubría le impedía localizar dónde se encontraba Etienne.

De pronto, una ráfaga de viento la envolvió por la cintura y la lanzó con brusquedad al otro extremo de la habitación, estrellándola contra la pared de madera y yeso, que crujió bajo el impacto de su cuerpo. Anna gritó de dolor, pero la burbuja se deshizo y pudo volver a respirar.

Giró la cabeza y lanzó una mirada de agradecimiento a Val, pero él no la vio. Había colocado los brazos en cruz, en un gesto protector, pero era demasiado tarde. Su ayuda lo había condenado. Etienne Mare hizo un movimiento circular con las manos y dirigió toda el agua que ondulaba y flotaba por la estancia hacia él. Esta lo arrastró, hizo trizas la ventana y lo arrojó desde el tercer piso al exterior, envuelto en agua, madera y cristal.

—¡VAL!

Anna se incorporó entre gritos, pero cuando se dirigió hacia el lugar donde él había caído, el tablón que se encontraba bajo sus pies crujió peligrosamente y tuvo que dar un paso atrás.

El fuego se había extendido por toda la estancia, había devorado el techo y gran parte de las paredes. Los soldados de la familia Mare habían retrocedido, pero no Etienne, que seguía junto a la puerta de la habitación. El agua lo rodeaba como si fuera un manto infinito.

Anna se colocó ante él y lo enfrentó con los brazos llenos de fuego. Se preguntó cuántas veces se habría reproducido esa escena.

Un heredero de una familia con un Don Mayor contra otro. Kaal contra Kitara. Lux contra Mare. Fuego contra agua. Era una historia que se repetía una y otra vez, y que nunca tendría final.

Etienne lo sabía y Anna, mirando esos ojos azules como el mar, tan distintos a los de ella, cálidos como el fuego, también era consciente de ello. Así que atacó.

Se olvidó de sus brazos ardiendo y se concentró en el fuego que había a su alrededor. Le fue mucho más sencillo manejarlo que las propias llamas que ella había creado. Hizo que el fuego cayera como lluvia sobre el joven, que al instante provocó una enorme cúpula de agua para protegerse.

Había estallidos de vapor cada vez que las llamas tocaban su burbuja protectora, pero en ningún momento lograron atravesarla.

De soslayo, Anna vio cómo Etienne movía una de sus manos. Parte del agua que lo protegía se dividió en decenas de fragmentos helados, que casi parecían opacos bajo la luz de las llamas. De pronto, estos volaron hasta ella. Anna se arrojó al suelo, esquivándolos por poco.

Con los ojos muy abiertos, miró hacia atrás, donde habían impactado los extraños proyectiles. Se habían deshecho en agua, pero la pared había quedado marcada con decenas de agujeros.

Anna miró de nuevo al joven y, en esa ocasión, ni siquiera tuvo tiempo de ponerse en pie.

Etienne avanzó varias zancadas en su dirección, con el rostro duro, los ojos resplandecientes, a punto de abalanzarse sobre ella.

Estaba a menos de dos metros de distancia cuando dejó caer los brazos y, con ellos, toda el agua. Ella apenas tuvo tiempo para levantar los suyos.

Anna no solo utilizó el fuego de sus brazos. Las llamas que cubrían prácticamente todo el dormitorio se arrastraron hacia ella y crearon un muro grueso, ardiente, que detuvo el embate del agua.

El impacto fue brutal.

Anna apretó los dientes, clavó las rodillas en el suelo, pero el agua de Etienne cada vez caía con más fuerza sobre ella y su fuego se debilitaba. El vapor de agua salía disparado, se dispersaba por toda la estancia como niebla, y volvía borrosa la mirada de los dos.

Anna sintió como si una mano gigantesca e invisible estuviera aplastando su espalda y la empujara sin piedad hacia el suelo, con el deseo de enterrarla en él. Ahogó un gemido por el esfuerzo, pero por mucho que intentase resistir, era imposible. Su fuego estaba desapareciendo, el muro que la separaba del agua era cada vez más delgado, y gotas ardientes comenzaron a salpicarla entera.

El peso que caía sobre ella era insoportable. Sus brazos cedieron un poco, mientras se arrastraba hacia atrás, hacia su propio callejón sin salida.

El muro ondulante estaba a punto de devorarla cuando, de pronto, un grito atravesó el fuego y el agua.

—¡Al suelo!

Era Val. Anna giró la cabeza solo lo suficiente para atisbar su cuerpo flotando en el vacío, al otro lado de la ventana destrozada.

Etienne Mare también lo vio, y sus ojos se abrieron de par en par por la impresión.

Val movió sus brazos y Anna se abalanzó hacia el interior de la chimenea apagada en el preciso instante en que una columna de aire violento, imparable, destrozaba lo poco que quedaba de la ventana y empujaba el muro de fuego y agua contra una de las paredes del cuarto, haciéndola añicos.

La casa de huéspedes se sacudió sobre sus cimientos.

Anna ni siquiera se permitió tomar aire. Aprovechando la confusión de Etienne, se incorporó y salió de la chimenea a toda velocidad. Pasó junto a él y le lanzó una mirada rápida antes de saltar por el hueco en el que antes había estado la ventana.

Movió los brazos y los pies en el aire y, entonces, unas manos se enredaron en sus brazos, sujetándola antes de que se precipitara contra la tierra.

El viento rugía a su alrededor.

—Abrázame fuerte —dijo. Anna levantó la mirada y los ojos de Val le sonrieron con esa picardía que tanto había echado de menos.

Antes de que él acelerase el vuelo y Anna sintiera un tirón atroz en su estómago, miró hacia atrás.

La casa de huéspedes había perdido gran parte de la fachada y en ese momento, envuelta en llamas, parecía a un suspiro del derrumbe. Muchos de los caballeros de los Mare se apostaban en el exterior y los veían volar, paralizados. Algunos gritaban y alzaban los brazos en su dirección. Pero no se encontraban solo ellos. Frente a la puerta de entrada, Marysa y Adreu solo tenían ojos destrozados para contemplar en qué habían convertido su trabajo y su vida.

La pequeña sonrisa que había empezado a aflorar en los labios de Anna desapareció, y no supo de pronto si era el vuelo de Val o el desengaño lo que le había provocado las náuseas.

Sin que pudiera evitarlo, las palabras que le había dicho aquella noche Jakul, junto a la hoguera, volvieron a su cabeza.

El fuego no puede salvar a nadie.

El fuego es destrucción.

El fuego es muerte.

51

EL TRAIDOR

El tintineo de algo metálico hizo despertar a Bastien. Parpadeó, intentó enfocar la mirada, aunque eso solo consiguió que un trueno de dolor le partiera la cabeza en dos.

No recordaba bien qué había ocurrido, cuál había sido el golpe que le había hecho perder la conciencia. Apenas tenía grabada una imagen confusa, en la que varios soldados de la familia Mare caían sobre él y lo golpeaban sin piedad hasta convertir su mundo en un pozo negro y sin fondo.

Movió un poco los brazos, y algo duro y helado le rozó el cuerpo. Logró por fin que los párpados se abrieran, aclarando definitivamente su mirada. Ahora lo entendía. El tintineo venía de las cadenas con las que habían envuelto sus cuatro miembros. Lo habían encadenado a una silla.

Miró a su alrededor, todavía confuso, y tardó en reconocer el comedor de la casa de huéspedes. Parte del techo se había derrumbado y ahora podía ver lo que quedaba de los dormitorios de la planta superior. La gran mayoría de las mesas y los asientos habían desaparecido y una extensa mancha negra de hollín recubría la mayor parte de las paredes, indicando el lugar donde el fuego las había devorado.

El don de Anna había destruido el edificio casi por completo.

Los soldados de los Mare caminaban de un lado a otro, con prisa y tensión. Nadie se molestó en dedicarle ni un solo vistazo.

Volvió a mover los brazos, esta vez con mayor energía, y el tintineo de las cadenas consiguió llegar hasta un grupo de caballeros, situados en el otro extremo de la sala. Se apartaron, mostrando a dos figuras que sus cuerpos habían ocultado.

Etienne y Lazar Belov.

Los dos clavaron la mirada en Bastien y, con un gesto, la conversación que mantenían se dio por finalizada.

Etienne, todavía con sus pupilas fijas en las de él, convirtió las manos en dos puños y avanzó hacia Bastien. Seguía pálido, parecía agotado, pero los pasos que lo llevaron hasta él no fueron vacilantes.

Se detuvo a muy poca distancia. Sus rodillas casi rozaron las piernas de Bastien, dobladas y atadas a la silla.

Le hubiese gustado estirar los brazos hacia él, tocarlo, pero lo único que consiguió fue que las cadenas hicieran más ruido.

Sus ojos jamás lo habían mirado así. Ni siquiera cuando había sido un prisionero en la Torre Roja. No había rastro de la amabilidad, de la sonrisa, de la burla juguetona que siempre estaba presente en ellos. En ese instante no había más que un frío de muerte. Parecía que Bastien se estaba asomando a la orilla de un océano congelado.

—Etienne... —murmuró, con la voz seca.

—Te dirigirás a mí de manera adecuada, prisionero —lo interrumpió, impertérrito—. No serás ejecutado inmediatamente. Regresarás a Caelesti y serás juzgado.

Él ni siquiera separó los labios para contestar. Etienne no lo iba a escuchar, estaba demasiado lejos como para que pudiera oírlo.

—Te condenarán a muerte, Bastien —añadió.

Su voz se rompió un poco, pero en sus ojos seguía habiendo nieve. Le dedicó una mirada más antes de dirigirse de nuevo hacia los caballeros que lo esperaban en el otro extremo de la estancia.

Bastien respiró hondo y desvió un poco los ojos hacia la izquierda, donde estaba la segunda figura que se había acercado a él. Su mirada también estaba sepultada por el hielo.

—Imagino que verme así te provoca felicidad —comentó Bastien, antes de levantar la mirada hacia Lazar Belov, que no le había quitado la vista de encima desde que se había aproximado—. En cuanto lleguemos a Caelesti, dejaré de ser un problema para ti.

Lazar no respondió. Sus cejas descendieron hasta que sus ojos se convirtieron en dos rayas.

—Puede que muera —continuó Bastien. Sintió cómo las palabras le desgarraban la garganta—. Pero, al menos, lo haré cumpliendo la voluntad de mis padres. Lo haré salvando la vida de la que fue mi amiga, de mi prima, ayudándola en su camino al Valle de Austris, a la capital. —Se permitió esbozar una débil sonrisa de triunfo—. A la corona.

El hombre se colocó frente a él, de espaldas a los caballeros y soldados de la familia Mare.

—Realmente hablaste con Blazh Beltane, ¿no es así? Le proporcionaste información, maldita sea. —De los labios de Lazar escapó un largo siseo, que le recordó al silbar de una serpiente—. Eres un chico estúpido, Bastien Doyle.

Él arqueó las cejas, extrañado, pero no porque lo insultara. Era la primera que lo llamaba por su nombre.

—Cuando te conocí, pensé que eras más inteligente. Creí, incluso, que podrías serme útil.

—Yo no soy la marioneta de nadie —replicó Bastien.

Lazar esbozó una media sonrisa en la que bullía la frustración.

—Yo pensaba lo mismo cuando tenía tu edad y, como tú, me equivoqué.

Bastien apretó los labios, cada vez más confuso por el rumbo que estaba tomando la conversación.

—Cometí el mismo error que tú hace muchos años. Me enamoré de un joven que estaba prohibido para mí, que podía llevarme a la condenación más absoluta. Pero me era imposible alejarme. Era encantador, intrigante, valiente. Volvía locas a la mayoría de las damas en los bailes y a algunos nobles que fingían sin mucho éxito. Ese joven se llamaba Nicolae Lux.

En algún momento Bastien había dejado de respirar. Recobró el aire de golpe y observó con los ojos muy abiertos el rostro de Lazar, pálido, triste, pero de pronto, más vivo que nunca.

—Yo no...

—No te atrevas a negarlo —lo interrumpió él, con vehemencia—. He visto cómo miras a Etienne. Los caballeros me han dicho lo que has hecho, cómo estuviste dispuesto a morir por él, cómo lo cargaste sobre tu espalda hasta llegar aquí, cuando lo que realmente tendrías que haber hecho era dejarlo morir. Es tu enemigo.

—No es mi...

—*Es tu enemigo* —insistió él, con ojos relampagueantes—. Pero has cruzado un punto de no retorno y ahora no puedes dar marcha atrás.

Bastien hizo crujir los dientes dentro de su boca, mientras un fuego similar al que casi había destrozado el lugar hacía hervir la sangre en sus venas.

—Tú tampoco lo hiciste mejor. Traicionaste a tu rey.

Lazar dio un paso atrás, como si lo hubiese abofeteado. Su voz se convirtió en un susurro que solo escuchó Bastien.

—Yo jamás he traicionado a Nicolae. Ni una sola vez.

Bastien separó los labios, pero no se le ocurrió ninguna palabra que decir. Había demasiada verdad en su voz. Lo observó y recordó todos aquellos horribles murmullos que habían corrido sobre él cuando, de pronto, dejó de servir a Nicolae Lux e hincó la rodilla ante la familia Mare.

El corazón de Bastien bombeaba con tanta fuerza, que le hacía daño en el pecho.

—Entonces, si jamás lo has traicionado, eres leal a su hija, a la verdadera heredera del reino, a Anna... —susurró, desesperado—. ¿Por qué no me has ayudado? ¿Por qué no me liberas? Los dos queremos lo mismo.

Una sombra hizo todavía más oscuros los ojos de Lazar, que meneó la cabeza y se inclinó hacia él.

—Tú la has condenado.

Bastien frunció el ceño y un arrebato de furia le hizo sacudir las cadenas con impaciencia.

—Le dije que huyese hacia el Valle de Austris, le dije que tenía que llegar cuanto antes a Ispal. Sé que la Reina Sinove permanece en la capital. Su hermano pequeño quería llevarla hasta ella.

—Ese es el último lugar de Valerya que debería pisar.

—¿De qué estás hablando? —bufó Bastien, exasperado.

—Fue la familia Mare la que organizó la expedición para encontrar a la hija de Nicolae, pero esa iniciativa no partió de ellos. Silvain Mare no sabía que Nicolae Lux tenía otra heredera... hasta que alguien se lo dijo.

El caos que gobernaba la cabeza de Bastien fue cobrando sentido poco a poco.

Y lo destrozó.

El mundo se desvaneció a su alrededor, y solo quedaron él y Lazar, y sus palabras.

Sus malditas palabras.

—Quien transmitió la información no fue ningún espía. No hizo falta. La propia Reina Sinove les ofreció la cabeza de Anna en bandeja.

52

MI REINA

E l sol estaba empezando a caer cuando Val tiró de las riendas para detenerse.

Hacía solo dos días desde que habían abandonado los últimos restos de la Columna de Vergel y, en una de las posadas en donde se habían detenido a comer algo, habían robado un par de caballos mientras sus dueños se emborrachaban y cantaban a gritos.

De esa forma avanzaron con mucha mayor rapidez. En apenas dos jornadas, Anna y Val habían recorrido casi lo que avanzaban en una semana a pie. El límite del Valle de Austris, las tierras de los Lux, lo cruzarían al día siguiente. Lo que podría ocurrir cuando llegasen a Ispal, la capital del reino, y atravesaran las puertas del palacio mantenía la cabeza de Anna ocupada. Así no tenía espacio para recordar la última imagen de Marysa y su marido, y de su hogar devastado por su fuego.

Por la noche, las pesadillas la visitaban. El calor, las cenizas, el fuego, eran los protagonistas. Siempre estaba envuelta en llamas, siempre acababa quemándolo todo.

Estaba tan sumida en sus pensamientos, recordando el mal sueño de aquella noche, que no se dio cuenta de que Val se había detenido hasta que un súbito silencio la envolvió.

Tiró de las riendas del caballo y lo frenó. Val, varios metros por detrás, tenía el cuerpo ladeado y los ojos perdidos en el camino que estaban dejando atrás. El sol había empezado a caer, pero todavía podían recorrer varios kilómetros más.

—¿Qué ocurre? —preguntó Anna. Bajó de su caballo de un salto—. ¿Crees que alguien nos persigue?

—No, no —contestó él, antes de sacudir la cabeza—. Pero necesitaba detenerme.

Anna entornó la mirada y se acercó un poco a él. Su mirada se había apagado y ahora apuntaba al suelo.

—¿Val? —murmuró.

—No puedo seguir con esto —dijo de pronto, antes de levantar la vista hacia ella.

Anna retrocedió el paso que acababa de dar en su dirección.

—¿De qué estás hablando?

—De este viaje. *De ti.* —Inhaló tan hondo que a ella le pareció que la dejaba sin aire—. Sé que, si me adentro en el Valle de Ispal, si cruzo su frontera, ya no seré capaz de dar marcha atrás. Y si lo hago, traicionaré a Zev, a los míos. Pero, sobre todo, me traicionaré a mí mismo.

Anna no contestó, aunque el frío que sentía por dentro estaba empezando a entumecerla.

—Zev tenía razón. Esto no es un maldito cuento de hadas que canta un juglar al lado de una chimenea. En este mundo, no hay lugar para una futura reina y un esclavo.

—Pero yo podría cambiarlo —contestó Anna, con un hilo de voz—. Podría intentarlo.

—Entonces ven conmigo. —Val avanzó un paso. Sus enormes ojos la abarcaban por completo—. Cambiemos este maldito reino.

Una ligera brisa se agitó entre ellos y Anna sintió cómo la acariciaba, cómo la empujaba suavemente a ir hacia él, pero ella no se movió.

—Tú no quieres cambiarlo, Val. Tú quieres destruirlo.

El viento que la envolvía lo hizo con más fuerza y consiguió que su falda se agitara como las alas de un pájaro.

—A veces es necesario hacerlo.

—¿Y que llueva sangre, carne y hueso sobre Valerya? —susurró Anna. En su cabeza, hacían eco las palabras de Jakul—. ¿Eso es lo que quieres?

—Es lo que se merecen las familias nobles.

—¿Prian Lux también mereció morir, cuando solo era un niño? —replicó ella, exasperada, alzando la voz.

—Él habría continuado el legado del Rey Nicolae. Puede que fuera tu padre, pero no era un buen hombre. Con él, el comercio de esclavos aumentó, arruinó a muchos por culpa de sus impuestos. Mientras él bebía y bailaba en sus fiestas, muchos morían de hambre.

—Yo no soy como él y tampoco quiero serlo. Pero no podré cambiar nada si lo que tengo es un reino en ruinas, devastado por la guerra.

—¿Lo que tienes? —repitió Val, con una mueca—. Tú no tienes nada. El reino, las personas, no te pertenecen. Estás hablando como ellos, como los malditos nobles.

—Y tú hablas como los Liberados —replicó ella, gélida, a pesar de que un incendio la devoraba por dentro.

—Prefiero formar parte de ellos que de la gente como tú.

Anna separó los labios, pero no se le ocurrió nada que decir. En mitad del silencio, podía escuchar su respiración, que jadeaba por el enfado. Los ojos de Val se cubrieron de tristeza, pero ella sabía que no iba a rectificar sus palabras. Había demasiada verdad en él como para que intentara esconderla.

Los segundos transcurrieron mientras se veían reflejados en los ojos del otro. Poco a poco, la furia de Anna se desvaneció, sin dejar más que unas cenizas heladas.

—Estamos despidiéndonos, ¿verdad? —susurró.

—No para siempre —contestó Val, mientras esbozaba una sonrisa abatida—. Sé que nos volveremos a encontrar.

—Eso no lo sabes.

—Claro que lo sé. Kaal amaba a Balar, la Diosa del Aire —contestó, encogiéndose de hombros como aquel día en el que se había cruzado en el camino de Anna—. El fuego no se puede extender sin el viento, y el viento no se puede mover sin el calor.

En el centro de esos ojos que guardaban borrascas y tormentas negras, ella creyó atisbar un poco de luz. Era pequeña, lejana, pero brillaba como ninguna y la atrapaba en su interior.

Y Anna se dejó llevar por ella una última vez.

Recortó la distancia que los separaba de dos simples zancadas y, colocando la mano en su hombro, tiró de él.

Sus labios se fundieron y una brisa súbita, violenta y caliente, la envolvió y la empujó con fuerza hacia Val. Pero ni sus manos ni el aire parecían bastar para unirlos. Anna sentía sus costillas encajadas en las de él, su lengua buscando refugio en su boca. Pero no era suficiente. Y él, de alguna forma, parecía estar ya demasiado lejos. Con la misma brusquedad que se había acercado, se alejó un paso, guardando una distancia que se juró no recortar.

Val levantó la vista con lentitud. Anna vio cómo separaba los labios, pero ella fue más rápida y colocó el índice sobre ellos. No sabía si era ella la que temblaba o la boca de él rozando su piel.

—Hasta la próxima entonces, hijo del viento.

Las mejillas de Val seguían ruborizadas, pero torció los labios con picardía, con esa sonrisa tan suya.

—Hasta la próxima, *mi reina*.

No hubo una reverencia. Ni siquiera una mirada más. Anna sabía que a él le costaba tanto como a ella despedirse. Alargar el momento solo los desgarraría más. Así que sujetó las lágrimas tras los ojos cuando Val se dio la vuelta, subió de un salto al caballo, y comenzó a galopar en sentido contrario.

Ella se quedó ahí quieta, con los ojos vidriosos y el aliento entrecortado, y no se movió hasta que el sonido de los cascos se hizo uno con el silencio que envolvía el atardecer.

Respiró hondo con dificultad, se frotó los ojos con el dorso de la mano y caminó con las rodillas temblorosas hacia su caballo. Estaba a punto de montarse cuando se detuvo y miró a su alrededor. Sus ojos recorrieron los árboles que rodeaban el sendero ancho. Estaba sola, pero de pronto se sentía observada, como si una presencia la vigilara entre las hojas, como un depredador.

Esperó unos instantes más, pero lo único que oyó fue su respiración, que escapaba a oleadas rápidas. Sacudió la cabeza y se subió de un salto a su caballo. No miró atrás cuando agitó las riendas y apretó los talones contra el lomo del animal.

Cabalgó sin pensar en nada, con los ojos perdidos en el horizonte que parecía infinito, que no se acercaba ni un ápice a pesar de lo que ella avanzaba. No sabía si ya había traspasado los límites del Valle de Ispal, pero veía un gran río a lo lejos. De los muros o los tejados de la capital de Valerya, de Ispal, no había ni rastro. Todavía necesitaría un par de jornadas para llegar.

Decidió detenerse cuando el sol se escondió tras la hierba verde de las suaves lomas, tan distintas a las rocas frías y escarpadas de la Sierra de Arcias. Estaba más al norte del reino, pero allí la temperatura era más suave, el suelo parecía menos duro y el río que discurría a unos metros de ella transmitía un sonido tranquilizador.

Dejó de galopar y, al trote, se adentró en la espesura de los árboles que seguían el cauce del agua. El terreno estaba cubierto de verdín y las copas de los árboles eran tan frondosas que llenaban el lugar de penumbras. Sin embargo, tintes rosados coloreaban todavía el cielo.

Mientras su caballo bajaba la cabeza para beber, ella se arrodilló e introdujo las manos en el río.

Observó sus dedos hundidos, cómo el agua los acariciaba ahora, cuando un par de días antes había estado a punto de matarla. Todavía sumergidas, sus manos se convirtieron en puños.

—No debería ser así —susurró.

Sacó las manos del agua y las sacudió para secarse, pero entonces un borrón verde se agitó junto a ella y le acarició la mejilla. Anna volvió la cabeza con brusquedad y dejó escapar un jadeo cuando descubrió a un joven a su lado.

Por los dioses, no lo había escuchado llegar. Ni siquiera había hecho crujir los guijarros que cubrían la orilla del río.

Sus dedos largos sujetaban aquella prenda, que oscilaba con una ligera brisa y hacía juego con el color de sus ojos, grandes y profundos, tan indescifrables como su expresión.

Reconocía ese pañuelo. Se había cubierto con él la cabeza mientras ayudaba a Marysa y a Adreu en la casa de huéspedes, pero creía que lo había perdido.

El desconocido tenía el pelo negro como la noche, y las puntas le rozaban unos hombros cubiertos con una capa oscura, aterciopelada. Una vestimenta que solo podía llevar un noble.

Anna se puso en pie con rapidez y retrocedió hacia su caballo.

El joven desconocido seguía con la mano extendida en su dirección cuando dijo:

—No lo conseguirías.

Ella se quedó paralizada y miró a su alrededor. De detrás de cada árbol surgió un soldado armado. Ninguno había desenvainado sus armas, pero todos tenían las manos apoyadas en sus arcos o en la empuñadura de sus espadas, listos para utilizarlas. Los ojos de Anna se toparon con un escudo, dibujado en la pechera de todas las armaduras. Una mantícora. Un monstruo de leyenda con tres cabezas que surgían de un cuerpo musculoso, de cuatro patas de garras retorcidas. Un león de inmensa melena, un dragón con las fauces abiertas y un águila de pico afilado la observaban desde todos los ángulos, acorralándola.

El ceño de Anna se frunció y sus manos se cubrieron de llamas.

El fuego resplandeció en mitad de la penumbra y dibujó sombras en el rostro del joven desconocido.

—¿Quién eres? —susurró Anna.

Él avanzó un paso en su dirección. Bajó el brazo, pero continuó con el pañuelo bien apretado entre sus dedos.

Sus ojos eran dos fragmentos de jade. Tan profundos como indescifrables.

—Me llamo Blazh Beltane. Estoy aquí para acompañarte a Ispal, al hogar de tu padre, Nicolae Lux, y de mi hermana, la Reina Sinove.

El joven avanzó otro paso y Anna deslizó una mirada vidriosa hacia ese pañuelo verde que sostenía su mano.

Blazh Beltane no apartó los ojos de ella.

—Estoy aquí para conducirte al trono que te está esperando.

DRAMATIS PERSONAE

LA FAMILIA REAL

† Nicolae Lux: rey de Valerya. Fallecido en extrañas circunstancias.

Sinove Beltane: esposa del rey. Primogénita de la familia Beltane.

† Prian Lux: primogénito y único heredero del matrimonio real. Murió ahogado cuando solo era un niño.

NOBLEZA VALIRIENSE

Familia Doyle.

† Emmanuel Doyle: señor de las tierras de Grisea. Asesinado por mercenarios.

† Aliena Vasil: señora de Grisea. Asesinada por mercenarios.

† Mirabella Vasil: hermana de Aliena. Murió al dar a luz.

Bastien Doyle: único heredero de las tierras de Grisea.

Familia Altair

Tyr Altair: señor de la Sierra de Arcias. Viudo.

† Eda Altair: antigua señora de la Sierra de Arcias. Fallecida.

† Gadea Altair: primogénita y heredera de la Sierra de Arcias. Asesinada por Etienne Mare.

Nerta Altair: segunda en la línea sucesoria de la familia.

Lya Altair: tercera en la línea sucesoria de la familia.

Vela Altair: cuarta en la línea sucesoria de la familia.

Familia Mare

Silvain Mare: cabeza de familia. Señor de la Bahía de Eulas.

Luna Ravenhead: señora de la Bahía de Eulas.

Etienne Mare: segundo en la línea sucesoria de la familia.

† Herry Mare: antiguo señor de la Bahía de Eulas. Padre de Silvain y de Etienne. Fallecido.

Melea Vivant: madre de Silvain y de Etienne. No se muestra en público desde la muerte de su esposo.

Familia Beltane

Sinove Beltane: reina consorte de Nicolae Lux.

† Saya Beltane: segunda en la línea sucesoria de la familia Beltane. Fallecida.

Blazh Beltane: hermano menor de la Reina Sinove.

Familia Kaur

Bhakid Kaur: hija única. Amiga de la infancia de Etienne.

BASTARDOS, PLEBEYOS, NO DESEADOS, ESCLAVOS Y LIBERADOS

Anna/Annabel Lux: antigua criada de los Doyle. Hija de Nicolae Lux.

Val: esclavo huido. No Deseado descendiente de los Aer.

† Zev: esclavo huido. Asesinado por esclavistas.

Lazar Belov: capitán de la guardia de la familia Mare.

Dimas: cazarrecompensas. Antiguo caballero de la familia Beltane.

Lucrezia: cazarrecompensas. Antigua compañera de armas y amiga de Dimas. También sirvió bajo las órdenes de la familia Beltane.

Reiner Dalca: caballero de la familia Beltane, posterior capitán de la guardia de la Reina Sinove.

Jakul: líder de los Liberados. Protector de Ordea. No Deseado.

Elia: capitana de la guardia de Ordea. No Deseada.

Agradecimientos y nota de la autora

Generalmente, estas son dos secciones que suelen ir separadas, pero, en esta ocasión, debían ir de la mano.

Reencontrarme con *Sangre de Dioses* fue toda una sorpresa, una idea loca que surgió de pronto y a la que me vi arrastrada. Lo había escrito en 2017. Se había publicado en Argentina en agosto del 2020... había pasado mucho tiempo. Casi me había despedido para siempre de estos personajes y... madre mía, menos mal que no lo hice.

Anna, Lya, Bastien y sus *malas compañías* han sido un soplo de aire fresco que me han hecho enamorarme de nuevo del reino de Valerya y de la sangre de los Dioses que discurre por su gente. Ha sido maravilloso reencontrarme con ellos, y es todavía más maravilloso saber que volveré a hacerlo en un futuro. Si habéis leído hasta aquí, no es ninguna sorpresa adivinar que esta historia tiene continuación. Porque no, no soy tan mala como para dejar un final tan abierto.

Así que, en esta ocasión, eres el primero en recibir un GRACIAS con mayúsculas, Leo. Todavía recuerdo cuando me lo propusiste, cómo te entusiasmó la idea y cómo me la contagiaste a mí. Muchas gracias por confiar de nuevo en mi escritura.

En segundo lugar, gracias a vosotros, a vosotras, a todos los que leísteis *Sangre de Dioses* cuando se publicó en Argentina, a los que luchasteis para que se publicara en el resto de países, a quienes preguntabais por una continuación. Sin vuestro apoyo, todo esto no tendría mucho sentido. Espero que os haya gustado el inicio de esta historia tanto o más que lo que he disfrutado yo al reencontrarme con ella.

Mil gracias a los que creyeron en la primera versión de esta novela: Victorilla, Laura, Patri, Nancy... Vuestro entusiasmo sigue plasmado en sus páginas. Y también a los que habéis sido los lectores de esta nueva edición: Fer, Bibiana... muchas gracias por vuestras frases. Significan mucho para mí.

No puedo olvidarme de agradecer a Luis Tinoco la portada tan impresionante que ha creado, y a todos los que han contribuido con su trabajo (maquetadores, diseñadores, editores) para hacer este libro más bonito en su interior y exterior. Un gracias especial a Kai, por esa lectura tan importante para el manuscrito.

Por último, y no por ello menos importante, gracias a mi familia. A la que está verdaderamente ahí, apoyándome siempre. Os quiero mucho.

Espero que la sangre de los Dioses corra ahora por vuestras venas y permanezca en ellas mucho tiempo... a la espera de quién será el próximo heredero o heredera del reino de Valerya.

Que los Dioses os guarden.